# 扫眉才子
## 绝世风华薛涛

何涌 郑勇……著

四川文艺出版社

图书在版编目（CIP）数据

扫眉才子：绝世风华薛涛／何涌，郑勇著. — 成
都：四川文艺出版社，2023.7
（四川历史名人丛书小说系列）
ISBN 978-7-5411-6493-4

Ⅰ. ①扫… Ⅱ. ①何… ②郑… Ⅲ. ①长篇历史小说
－中国－当代 Ⅳ. ①I247.5

中国版本图书馆 CIP 数据核字（2022）第 198946 号

SAOMEI CAIZI: JUESHI FENGHUA XUETAO

# 扫眉才子：绝世风华薛涛

### 何 涌 郑 勇 著

出 品 人　谭清洁
编辑统筹　罗月婷
责任编辑　陈雪嫒
内文设计　史小燕
封面设计　魏晓舸
责任校对　段　敏
责任印制　桑　蓉

出版发行　四川文艺出版社（成都市锦江区三色路238号）
网　　址　www. scwys. com
电　　话　028-86361802（发行部）　028-86361781（编辑部）

邮购地址　成都市锦江区三色路238号四川文艺出版社邮购部　610023
排　　版　四川胜翔数码印务设计有限公司
印　　刷　成都蜀通印务有限责任公司
成品尺寸　168mm×238mm　　　　开　本　16开
印　　张　19.75　　　　　　　　字　数　320千
版　　次　2023年7月第一版　　　印　次　2023年7月第一次印刷
书　　号　ISBN 978-7-5411-6493-4
定　　价　68.00元

# 四川历史名人（第二批）丛书总序

## ——传承巴蜀文脉，让历史名人"活"起来

　　文化是民族的血脉。文化兴国运兴，文化强民族强。

　　党的十八大以来，习近平总书记以政治家的战略眼光，以唯物主义的科学态度，从中华文化的思想内涵、道德精髓、现代价值和传承理念等方面多维度、系统化地阐述了对待中华文化的根本态度和思想观点。他将中华优秀传统文化提升到"中华民族的基因""中华民族的根和魂"的崭新高度，指出"一个国家、一个民族不能没有灵魂"，要"加强对中华优秀传统文化的挖掘和阐发"，努力实现传统文化的"创造性转化、创新性发展"。

　　中华文化源远流长，积淀着中华民族最深沉的精神追求，是中华民族独特的精神标识，为中华民族生生不息、发展壮大提供了丰厚滋养。与古印度、古埃及、古巴比伦文明相较，中华文明至今仍然喷涌和焕发着蓬勃的生机。四川作为中华文明的重要发源地之一，历史文化源通流畅、悠久深厚。旧石器时代，巴蜀大地便

有了巫山人和资阳人的活动，2021年公布的全国十大考古发现之一的稻城皮洛遗址，为研究早期人类迁徙提供了丰富材料。新石器时代，巴蜀创造了独特的灰陶文化、玉器文化和青铜文明。以宝墩文化为代表的古城遗址，昭示着城市文明的诞生；三星堆和金沙遗址，展示了古蜀文明的不同凡响；秦并巴蜀，开启了与中原文化的融通。汉文翁守蜀，兴学成都，蜀地人才济济，文风大盛。此后，四川具有影响力的文人学者，代不乏人。文学方面，汉司马相如、王褒、扬雄，唐陈子昂、李白、薛涛，宋苏洵、苏轼、苏辙，元虞集，明杨慎，清李调元、张问陶，现当代巴金、郭沫若等，堪称巨擘；史学方面，晋陈寿、常璩，宋范祖禹、张唐英、李焘、李心传等，名史俱传；蜀学传承，汉严遵，宋三苏、张栻、魏了翁，晚清民国刘沅、廖平、宋育仁等，统序不断，各领风骚。此外，经过一代代巴蜀人的筚路蓝缕、薪火相传，还创造了道教文化、三国文化、武术文化、川酒文化、川菜文化、川剧文化、蜀锦文化、藏羌彝民族文化等，都玄妙神奇、浩博精深。瑰丽多姿的巴蜀文化，是中华文化的重要组成部分，是四川人的根脉，是推动四川文化走向辉煌未来的重要基础。记得来路，不忘初心，我们要以"为往圣继绝学"的使命担当，担负起传承历史的使命和继往开来的重任，大力推动巴蜀文化的传承、接续与转化，让巴蜀文化的优秀基因代代相传。

"四川历史名人文化传承创新工程"是深入贯彻习近平新时代中国特色社会主义思想，践行"两个结合"，推动中华优秀传统文化创造性转化、创新性发展的生动实践。自2016年10月提出方案，2017年启动实施，推出首批十位四川历史名人，彰显了历史名人的当代价值，推动了中华优秀传统文化传承发展。2020年6月，经多个领域权威专家学者的多次评议，又推出文翁、司马相如、陈寿、常璩、陈子昂、薛涛、格萨尔王、张栻、秦九韶、李调元等十位第二批四川历史名人。这十位名人，从汉代到清代，来自政治、文学、思想、教育、科学、史学等领域，和首批历史名人一样，他们是四川历史上名人巨匠的杰出代表，在各自领域造诣很高，贡献突出：文翁化蜀兴公学，千秋播德馨；相如雄才书大赋，《汉书》称"辞宗"。陈寿会通古今写三国，并迁双固创史体；张栻融合儒道办书院，超熹迈谦新理学。薛涛通音律、善辩慧、工诗赋，女中豪杰；格萨尔王征南北、开疆土、安民生，旷世英雄。陈子昂提倡兴寄风骨，横制颓波，天下质文翕然一变；李调元钟情乡邦文献，复兴蜀学，有清学术旗鼓重振。常璩失意不愤，潜心历史、地理、人物，撰《华阳国志》，成就中国方志鼻祖；秦九韶在官偷闲，精研天文、历律、算术，著《数书九章》，站上世界数学顶峰。

"四川历史名人丛书"的编纂出版，是深入贯彻落实中央《关于加强和改进出版工作的意见》和中办、国办《关于推进新时代古籍工作的意见》精神，推动四川出版高质量发展的重大举措，是传承巴蜀文明、建设文化强省、振兴四川出版的品牌工程。其目的是深入挖掘历史名人的思想精髓，凝练时代所需的精神价值，增强川人的历史记忆，延续中华文化的巴蜀脉络，推动中华文化传承创新，为实现中华民族伟大复兴提供精神力量。

"四川历史名人丛书"的编纂出版，始终坚持正确的政治方向、出版导向、价值取向，深入挖掘名人的精神品质、道德风范，正面阐释名人著述的核心思想，借以增强川人的文化自信，激发川人了解家乡、热爱家乡、建设家乡的澎湃力量；始终坚守中华文化立场，着力传承中华文化的经典元素和优秀因子，促进人民在理想信念、价值理念、道德观念上团结一致；始终秉承辩证唯物主义和历史唯物主义观点，用客观、公正、多维的眼光去观察历史名人，还原全面、真实、立体的历史人物，塑造历史名人的优秀形象，展示四川文化的独特魅力，让历史名人文化为今天的社会发展提供精神动能。

"四川历史名人丛书"的编纂出版，注重在创新上下功夫，遵循出版规律，把握时代脉搏，用国际视野、百姓视角、现代意识、文化思维，将思想性、知识性、艺术性、可读性有机结合，找到与读者的共振点，打造有文化高度、历史厚度、现代热度的文化精品，经得起读者检验，经得起学者检验，经得起社会检验，经得起历史检验；注重在质量和水平上下功夫，立足原创、新创、精创，努力打造史实精准、思想精深、内容精彩、语言精妙、制作精美的文化精品，全面提升四川出版的知名度和美誉度，为建设文化强省、助推治蜀兴川再上新台阶提供思想引领、舆论推动、精神鼓励和文化支撑，为增强中华文化影响力贡献四川力量。

"四川历史名人丛书"编委会

2022 年 4 月 5 日

# 目录

# 楔 子

渐渐到了暮春，风越来越软，春色也越来越老。

牡丹该开了。

这些天来，薛涛心里只有那丛"洛阳红"。它已开花二十多年，近两年总不能应时而开；看来，花也老了。

见窗外阳光明丽，薛涛来了精神，朝着门外喊了两声"翠翠"。翠翠知道主人的心意——这几年，她就像照顾自己一样伺候那丛"洛阳红"，生怕它不再开花。

翠翠答应了一声，进入屋子，帮她穿衣化妆，一同来到院中。薛涛弯腰舀起一瓢水，忽传来小岚、小梅的叫嚷声。薛涛叫了两声"小岚"，不见回应，便将水瓢交给翠翠，踱了出去。

小岚、小梅是峨峨的孙女，小岚大五岁，两人正混在人堆里。薛涛凑近，顺着她们的目光一看，原来是一个小贩在卖玩意儿。那人二十来岁，听口音不像西川人；卖的玩意儿很稀奇，做得也精巧，牢牢锁住了两个孩子的目光。

薛涛拉她们出来，问："祖母叫你来干什么?"

小岚说："读书。"

小梅说："帮娘娘种牡丹。"

薛涛虽年过六旬，看起来却不到五十岁，两个孩子也觉得她年轻，便叫她"娘娘"。

薛涛叹息一声，说："娘娘老了，不想再种了，只望那丛'洛阳红'，能再开几回花。"

三人正要进门，忽听背后有人喊"小岚、小梅"。薛涛回头一看，是峨峨和阿贾尔且。峨峨自从嫁给阿贾尔且，倒是越活越滋润，尽管如今已是满头华发。

峨峨曾是薛家的婢女。薛涛的父亲去世后，家道中落，她与峨峨相依为命，情意之深不逊姐妹。

薛涛见峨峨面色凝重，猜测有不好的事发生，忙请他们进屋坐。峨峨却让阿贾尔且带走两个孩子，自己扶着薛涛进了门。

两个孩子跟随祖父离开，心仍牵挂着小贩和他的机巧玩意儿，一路频频回头。或许是生意不好，小贩正在收拾，看样子是想去别处碰碰运气。

阿贾尔且暗想：南诏大军已经兵临城下，成都人生死难料，哪有闲心买你那玩意儿？

峨峨扶着薛涛走过花丛，翠翠见了，忙过来请安。翠翠原是峨峨的丫鬟，后来峨峨见她为人细心又能吃苦，便让她来侍奉薛涛。

薛涛见峨峨一脸犹豫之色，拍拍她的手，说："有什么事不妨直说，我孤身一人，又是这把年纪，还有什么不能承受？"

这话却不能让峨峨放心，她将薛涛拉到一旁坐下，半天才说："阿贾尔且在外面听人说，元稹元相公，在鄂州去世了……"

峨峨本不想告诉薛涛这消息，但她知道，大凡认识小姐的人，都知道她和元稹曾有一场轰轰烈烈的恋爱；只要她出门，难免会从他们口中知道此事。与其如此，还不如自己亲口告诉她；她若受不了刺激，还能从旁劝慰。

多年前，薛涛在通州主动离开元稹，此后很少关注他的消息。只知道她离开不久，他便迎娶了官宦之后裴淑，自此仕途顺畅，曾一度官至宰相。

哪知多年不闻，此刻听到的，却是他去世的消息！

峨峨见薛涛面色惨白，猜她仍没有放下元稹，正欲劝慰，却见薛涛摆了摆手，说："我想一个人静静。"

"小姐，还是让我陪着你吧……"

薛涛看着峨峨，微微一笑，说："真要有事，也该在十八年前，而不是今天。如今兵荒马乱，你回去看好孩子，不要出什么事。"

峨峨见薛涛还算镇定，依言离开，去找阿贾尔且和孩子。

薛涛提裙进屋，关上门，打开一个红木柜子，于最底层取出一锦盒来。盒面上积满细灰，仿若岁月留下的斑斑泪渍。薛涛用手拂去灰尘，打开盒子，左侧是一摞红色小笺，右侧是一排玉件。

最上面那张小笺上的文字，写于二十多年前，字迹斑驳，就像女人老去后满是皱纹的脸，早已辨认不出曾经的绝色风华。

薛涛一面看，一面低声吟诵：

> 锦江滑腻峨眉秀，化出文君与薛涛。
> 言语巧偷鹦鹉舌，文章分得凤凰毛。
> 纷纷词客皆停笔，个个君侯欲梦刀。
> 别后相思隔烟水，菖蒲花发五云高。

薛涛以为自己不会哭，结果还是哭了——当读着元稹写给自己的诗句的时候。泪水冲花了妆容，让她的脸就像小笺上的文字一样斑驳。

薛涛将目光移到旁边的玉件上——和诗笺不同，它们依然晶莹光洁。时光赋予它们的，不是腐蚀，而是滋养。

她的手从玉件上抚过，又一块块拿起。或许是因为年老力弱，或许是因为时光的沉淀增厚了玉的质地，薛涛觉得它们比年轻时重了不少。

它们也应该沉重，因为它们不只是一块块玉，还是一个个人、一段段如烟往事、一份份沉甸甸的情。

它们，是他们的一段人生，却是她的整个人生。

因"洛阳红"有残败之忧，去岁薛涛曾亲往青城山，求教擅种牡丹的吴道士。吴道士告诉她一个秘方：用碾碎的玉种牡丹，有起死回生之效。吴道士还说，女子也是牡丹，用玉粉敷脸，能使苍颜变红颜。

薛涛觉得他言语轻浮，便没采用他的建议。当然，也可能是她不敢打开锦盒，以及，舍不得让那一块块精美的玉化成一堆堆绝望的残粉。

是她还在等待什么吗？

她不知道。

如今，最后一个送她玉的人也飘离人间，她还有什么值得期待，还有什么值得顾惜？

薛涛终于打定主意，备好石臼、铁杵，顺手从锦盒中摸出一块玉来：这是一个雕件，上刻"喜鹊踏梅图"。玉的前主人，是前任西川幕主韦皋。

薛涛觉得，韦皋就在这块玉里，让她的手心一阵凉一阵热。

韦皋总令她有一种琢磨不透的感觉，在他面前，她时常战战兢兢，不知他下一瞬施加给她的，是至高无上的恩宠，还是冷如冻铁的责罚。

薛涛将玉放入石臼，举起铁杵，正欲捣下，峨峨突然冲入门来，大叫："小姐，南诏打进了外城。还有、还有……"

"还有什么？"

"小岚和小梅不见了！"峨峨的声音已经带着哭腔。

"阿贾尔且不是带她们走了吗？！"

"出门不远，她们就偷偷离开了祖父，去追刚才在你门口卖稀奇玩意儿的小贩。外面兵荒马乱，她们会不会、会不会……"

薛涛也是一阵慌乱，就像当年知道母亲将不久人世，却又无能为力一样。她放下铁杵，拉住啜泣不止的峨峨快步出了门。翠翠见了，也赶紧跟了上来。

一阵风吹过，"洛阳红"受了惊扰，娇躯乱颤，仿佛随时都会凋落，遗留一地残红。

# 第一章

## 一

眼前就是西川幕府，巍峨却压抑，明亮却冰冷。

一月前，阿母裴氏喘症发作，薛涛一开始没在意，认为此次也会如以往一样，吃几服药就能好。薛涛去找汪大夫，他一直给阿母看病，就住在浣花溪畔，相隔不远。

汪大夫按照经验给裴氏开了方，说："先把这几服药吃了，要是不行，我再上门去看。"

谁知一语成谶，裴氏吃了药不仅未见好转，病情反而一日重过一日。汪大夫上门把了脉，又开了几天药，裴氏吃了，症状才稍有缓解。

半月前，成都连下几场秋雨，裴氏冒雨种花，风寒入侵，喘症骤然加重。汪大夫束手无策，薛涛只得另寻名医。这些名医诊金都收得极高，薛涛变卖了首饰，又找韦皋幕府中的段文昌借了十贯钱，勉强对付过去。

然而，看了几轮大夫，吃了上百罐汤药，裴氏的病却毫无起色，如今已不能下床。

幕府的老马前来接薛涛时，裴氏喘息正重，人则半睡半醒。薛涛不忍离开阿母，老马却一催再催，说临行前幕主交代，让她即刻入府，不得拖延！

薛涛听了，含泪对峨峨说："你好好照顾我阿母。有什么事，务必到幕府找我……"

峨峨答应下来，薛涛这才出门上了马车。老马照着马臀狠狠抽了两鞭，不知是担心迟到被责罚，还是把对薛涛的怨气发泄到畜生身上。

薛涛本想问老马，幕主急着召唤，到底来了什么显贵？见他这般模样，哪里敢问。

她既担心母亲病情，又害怕迟到被韦皋责罚；听到老马鞭打、痛斥马儿，觉得自己也在被人驱赶。只不过，驱赶她的人不是坐在车上，而是一身华服，坐在灯烛辉煌的幕府里。

马儿奔跑了一路，她的眼泪，也流了一路。

薛涛擦干眼泪，撩起裙裾，下车进入幕府。那轮一路随她奔跑的寒月，此刻仍然追随着她，似乎想问：你为何要离开奄奄一息的阿母，去奔赴一场需要你、伤害你，却永远不属于你的欢宴？

这是月亮的疑惑，却是她无法言说的悲凉。

"你怎么才来？"一个男子的声音从前面的花木中传来，带着几许责怪、几许幽深。

薛涛一看，是韦皋的幕僚姜荆宝。

"别人在里面听曲子、饮美酒，我却在外面喝冷风——这都是因为你！"姜荆宝抱怨一番，又大声催促，"都来迟了，怎么还走得这般慢，莫非是要韦公亲自出来接你？"

姜荆宝嘴急，心却不急，趁四下无人，右手摸向薛涛腰间。薛涛早有防备，侧身一闪，躲过了他的偷袭。姜荆宝右手落空，左手往花丛中一掠，将手心摊开。薛涛一看，是一朵海棠。

"来幕府赴宴，怎么连头饰也不戴？来，我帮你戴朵花，添点喜庆。"

"我自己来！"薛涛板着脸说，同时快速摘下一朵海棠，插入云鬓。

姜荆宝将海棠抛到地上，表情变得有些难看。

姜荆宝不仅是韦皋幕僚，还是韦皋在江夏时的旧友，薛涛不敢太得罪他，忙找话题："不就吃个酒、行个令吗？何必催得这么急！"

姜荆宝这才想起正事，一边催薛涛走，一边问："你可知今晚的客人是谁？"

"谁？"

"黎州刺史韦晋，他明日要去松州。"

"他不回黎州，去松州做什么？"

"联络当地头人，共同对付南诏和吐蕃。"

说着已到宴厅门前，弦歌雅乐透门而出，夹杂着主人、宾客的劝酒与欢笑声。两名仆人等薛涛和姜荆宝走近，推开虚掩的大门。薛涛一看，里面绮席铺陈，众人互相敬酒，谈笑正欢。舞池中，几名来自幕府乐营的官伎，粉黛浓妆，巧笑嫣然，飞袖如云。韦晋、刘辟、段文昌等人看了，不住喝彩。

所有人中，只有端坐于上首的韦皋面色冷峻，仿佛随时都可能发火。

薛涛不禁心头一沉。

一曲终了，众人的眼睛转到薛涛身上，目光或愠怒、或担心、或释然，不一而足。

一年前，韦晋第一次见薛涛，就被其美貌与风采倾倒。他佯装醉酒，冲到舞池想搂抱她，结果被韦皋一通训斥。此刻再见她，他嘴唇一抿，露出一丝得意的微笑。

薛涛担心有人呼她侍酒，赶紧跑进乐伎堆里，抱起那等待已久的琵琶。

一瞬之后，丝竹又起，笛音如清风过岭，箜篌似月弄碧水；继而琵琶齐奏，恍若飞泉出幽谷，珍珠落玉盘……

演奏开始后，薛涛心绪渐渐平静，只盼今晚能稳抱琵琶，不必强作欢颜劝人饮酒。阿母重病卧床，却要让她挤出满脸欢悦，博这些位高权重的男人一笑，其艰难不亚于背负百斤重物，行走于悬崖峭壁之上。

可惜，她的"如意算盘"很快落了空：一曲奏毕，乐吏罗秀成便走上前来，命她去侍酒。薛涛既不愿劝别人饮酒，更怕被别人灌酒，使她不能回家照料母亲，迟迟不肯起身。

罗秀成小心地看了韦皋一眼，低声相劝："你来迟已惹怒了幕主，还不将功补过，是想受罚不成？"

薛涛不怕处罚，但若因此耽误时辰，不能早点回家照顾母亲，那可不得了。

一念至此，只好放下琵琶，迟迟疑疑走向席间。韦皋也不正眼看她一下，仿佛走来的只是一个影子。

三年前，韦皋入主西川，幕府中常需歌舞饮宴、迎来送往。有人向他推荐薛涛，说她天生丽质又才华超绝，只需稍加调教，就能替他笼络下属，取悦贵客。

推荐者还言之凿凿地讲了一件事：薛涛九岁那年，一个纳凉之夜，其父薛郧以庭中梧桐为题，吟出"庭除一古桐，耸干入云中"，薛涛竟随口接吟"枝迎南北鸟，叶送往来风"，令饱学多才的薛郧惊叹不已。

后薛家逃难至蜀地，薛郧因才华、人品俱高，被举为眉山县丞。一年后，薛郧病故，薛涛母女安葬好他后流寓锦城，靠给别人做针线活度日。

韦皋听了推荐者所讲，很是好奇，派人将薛涛招至幕府。韦皋为官多年，见过不少绝色美人，正当妙龄的薛涛虽只是荆钗布裙，还是让他眼前一亮，尤其那双蕴含英气和灵气的眼睛，使她有别于一般女子，更是令人惊叹。

韦皋指了指一旁的书案，说："听说你诗文俱佳，写一首给我看看。"

薛涛不卑不亢地说："薛涛献丑了，请韦公出题。"

"我来西川途中，曾游览巫山庙，就以此为题。"

薛涛听完，略作沉思，很快落笔如飞。须臾之间，一首《谒巫山庙》便呈现在韦皋面前。

韦皋看着墨迹淋漓的白麻纸，轻声诵读："山色未能忘宋玉，水声犹是哭襄王——宋玉的《高唐赋》，能背吗？"

"能。昔者楚襄王与宋玉游于云梦之台……"薛涛一字不差地背诵了全文。韦皋又考了她几篇文章，薛涛竟全能背诵。

韦皋惊叹她的才学，又怜她衣食无依，将她召入乐营；若遇贵客，便会召她前来饮宴。

然而，她仗着他的宠爱，越来越不把他放在眼里——今天的迟到，就是最好的证明！

她似乎已经遗忘，她是什么身份；而他，又是什么身份！

罗秀成见薛涛还在犹豫，韦皋则满脸秋霜，赶紧将她带到离韦皋最近的那张空几前，声色俱厉地呵斥："不可再有下次！"

这样讲，既是为保护薛涛，更是为撇清自己的责任。

薛涛点了点头，坐到座位上；她不知道，这位置正是韦皋专门为她准备的。

自从薛涛进入宴厅，韦晋的目光就没有离开过她，面前的美酒佳肴早被他打入了冷宫。

薛涛，才是他今晚最想饮的那盏酒。

见韦皋仍面如秋霜，薛涛心头一紧。她知道，今晚若不让这个难伺候的主人释怀，不仅自己没好果子吃，想回家照顾母亲就更是奢望。一念至此，赶紧端起了酒盏。

韦晋见了，大声起哄："对对对，洪度今夜迟到了半个时辰，应该自罚三盏！"

洪度是薛涛的字，她父亲想了一个通宵，才有了这个词，取"洪水滔滔依然可度"之意。

真是哪壶不开提哪壶！段文昌担心地看了一眼韦皋，目光落到薛涛身上。他知道她母亲病重，猜测这正是她迟到的原因。

薛涛放下酒盏，努力挤出一点笑容，说："听说韦刺史从黎州带有治耳疾的偏方，不知可有其事？"

"是有此事。去年我患了耳疾，需贴耳大声说话才能听清。黎州一姓韩的大夫，有祖传秘方，我吃了几丸，相当有效。大夫嘱我长期服用，以期根治。"韦晋的目光将薛涛浑身上下扫了个遍，最后停留在她小巧白皙的耳朵上，问，"莫非，洪度也患有耳疾？"

薛涛一声微叹，终于将目光投到了韦皋脸上，说："如果没患耳疾，怎会听不见幕主召唤，迟到了半个时辰？"

此话一出，满堂尽笑，皆佩服薛涛的机敏。韦皋没有笑，吃了一块点心，说："药要吃，酒，更要罚！"

## 二

见韦皋说话，薛涛总算放下心来，正准备饮酒，却听他又说："饮完酒，你给大家露两手。"

"对对对，寡酒无趣，得寻点乐子！"西川节度副使刘辟率先叫好。众人紧随其后，都把目光射到薛涛身上，就像万千赏花人，盯着花丛中开得最早、最美的那株牡丹。

若是平时，薛涛纵不喜欢，也不会推辞。可如今母亲重病卧床，生死难测，她哪有心思活跃气氛，为饮宴锦上添花？韦皋见薛涛一脸不愿，脸色又阴沉下来，大声叫人斟酒，眼看就要发火。

薛涛不敢再推却，侧身对韦皋说："饮酒之前，请韦公准允薛涛一件事。"

韦晋见韦皋久未回答，忍不住问："何事？"

"准许薛涛连饮六盏。"

韦晋心中虽高兴，却不解地问："迟到一次，只罚三盏，为何要饮六盏？"

薛涛斜了韦晋一眼，语带娇嗔，说："偏方没拿到手，耳疾难除，明天反正也会迟到，不如提前把明天的也饮了！"

此话一出，韦皋气也不是，笑也不是，脸色却变得霁和，对韦晋说："对她讲过的话，一定要兑现，不然她会永远记着。"仿佛为了显示公允，又对薛涛说，"你说过的话也要兑现——饮酒！"

薛涛只得端起酒盏，觉得里面不是酒，而是眼泪，饮下它，就是饮尽全天下的忧伤、无奈与失意。薛涛一盏一盏又一盏，连饮五盏，整个身体仿佛已被眼泪灌满。执壶的卿卿见了，给她斟满最后一盏酒。

薛涛转向韦晋说："这盏，薛涛要向韦刺史赔罪。"

韦晋见她敬自己酒，喜得眉开眼笑，盯着她娇美如海棠的脸颊问："你……什么罪？"

"韦刺史是贵客，薛涛却对你耍嘴皮子，有失恭敬，请务必海涵。"

说完，酒盏已举至额前。

韦晋举盏相迎，说："小事，小事。韦晋心中一直有个愿望……"他看了一眼韦皋，又说，"今日托幕主之福，韦晋应该不会抱憾而归！哈哈哈！"

说罢，举杯一饮而尽，那酒似已带了海棠的芬芳，变得特别甘美醉人。

薛涛觉得韦晋话中有话，却不及细想，说："听出来了，也看出来了——韦刺史本次重任在肩，临行之前，唯一担心的是酒饮得不尽兴。"

"对对对，"韦皋说，"韦刺史将赴松州，重任在肩……斟酒斟酒，让他临行饮个痛快，不留遗憾！"

韦晋听出了韦皋的话外之音，连饮两盏，看着薛涛说："洪度不仅才高八斗，落笔成章，还有许多妙活，还不快快露两手，让我也快活……见识见识！"

韦皋担心薛涛再拒绝，一脸严肃地命令："把你的看家本领拿出来，让韦刺史好好瞧瞧！"

"李太白有云：更怜花月夜，宫女笑藏钩。薛涛就陪韦刺史玩个藏钩。"说罢，薛涛摊开左手，掌心已躺着一枚骰子。等韦晋说了声"好"，薛涛便将骰子高高一抛，众人还没看清，那骰子已稳稳落在她中指的指尖上，着魔般转个不停。

韦晋伸长脖子，瞪圆双眼，死死盯着薛涛皓白如玉的手，不知是想看她手中有无机关，还是想趁机饱览秀色。却见薛涛又一抛，骰子重新落回掌心，她又将两个白瓷小碗倒扣几案，问："敢问韦刺史，骰子在哪个碗下？"

薛涛双手快如脱兔，韦晋哪里看得分明？好在只有两只碗，即便瞎猜，也有一半概率答对，正欲开口说话，不料卿卿抢了先："且慢，还没说输了怎么罚酒呢。"

韦晋盯着薛涛，笑眯眯地说："这个好办！我若猜中，洪度罚酒一盏；我若猜不中，甘愿罚酒—— 一壶！"

见他如此豪爽，刘辟、段文昌、姜荆宝等人均大声喝彩。

"洪度，你以为如何？"韦晋得意地问薛涛。

"依韦刺史。"

"'醉坐藏钩红烛前，不知钩在若个边'，诸位，韦晋要猜了……"韦晋一边说，一边摩拳擦掌，做出一副急不可耐的样子。然而，众人等了半天，却见他既不开口，又不出手。

"不行，我得再好好看看！"韦晋说完，起身离席，来到薛涛面前，目光从她的脸一路落到双手，停留许久后，才移向她手下的两只碗。

众人以为他要开猜，谁知他又抬起头来，拱手对刘辟等人说："洪度手法快若闪电，方才实在没有看清。诸公要是不想韦晋醉着离开成都，都帮忙拿个主意，看韦晋该猜哪边？"

卿卿知道薛母生病，忙帮着说话："男子汉大丈夫，猜个藏钩哪能找人帮忙？再说了，您不想醉着离开成都，洪度还不想醉着离开幕府呢。"

薛涛听了，感激地看了卿卿一眼。然而，一众男子就像没有听见卿卿的话，以为自己看明白的，如刘辟等人，指着薛涛的左手大呼"左边"；以为自己看明白，却唯恐韦晋不醉的，比如姜荆宝等人，则大呼"右边"。

一时人声鼎沸，乱作一团。

韦晋方才虽没看清，此刻见薛涛左手压得要用力一些，觉得骰子应该在左碗；转念一想：若轻易就能猜中，薛涛的藏钩之术，怎会名动锦城？

韦晋主意已定，大声说："在右碗！"

"韦刺史可确定？"

"一言既出，驷马难追。"

"好，那薛涛可要揭碗了！"

众人愈加兴奋，屏声敛气，直勾勾看着薛涛一波三折：先揭开右碗，再掀开左碗——却是两碗皆空；摊开左手，那骰子赫然就在掌心！

众人轰然叫妙，韦皋也面露微笑，目光扫过薛涛，却见她眉头微锁，似乎藏有心事。

韦晋照着额头自赏一巴掌，接过卿卿递上的酒壶，目光笼罩着薛涛，脖子一仰，咕噜噜一饮而尽；饮罢将酒壶一放，嘴角一抹，大叫道："再来！"

听那声音，竟比猜中了还要高兴。

这一回，薛涛衣袖高挽，将骰子慢慢推入左手碗底。韦晋双目如炬，一眨不眨，想看明白薛涛如何在东挪西倒中瞒天过海。一开始，勉强还能看清那水葱般的纤指，如蝴蝶般飞舞；不多时，便觉眼花缭乱，脑袋昏沉。他假意摔倒，去摸几案上薛涛的手，那手却灵巧地飞过，留给他更深的遗憾、更大的渴望。

"请韦刺史再猜。"

韦晋把目光投向众人，他们也是一片茫然。韦晋伸出手指，一会儿指指左边，一会儿指指右边，忽又收回手指，大笑着说："我猜，还是两只碗都没有——骰子在你手中！"

"不改？"薛涛冷笑着问。

这一笑让薛涛增加了几分冷艳，韦晋更难自持，看了一眼上首的幕主。薛涛也跟着他的目光看向韦皋，灯火照着他微霜的两鬓，让他显得比平时要苍老几分。

薛涛想起年迈病重的母亲，鼻子一酸，欠身说："夜凉风冷，韦公饮一盏酒驱驱寒。"

韦皋见她如此关心自己，心头一软，有些后悔对韦晋许下那个承诺；转念一想，她不过一官伎，联合松州头人对付吐蕃和南诏，却是千秋大计。大丈夫行事，岂能瞻前顾后，因小失大？

听了薛涛的话，刘辟等人猛然想起，刚才只顾自己乐呵，竟忽视了幕主，一起敬韦皋酒，要他也猜一回。

韦皋饮了一盏侍女递来的美酒，说："我猜左碗。"

薛涛莞尔，问两人："可都想好了？"

韦晋大声回答"想好了"，韦皋只轻轻点了点头。薛涛正要揭碗，韦晋突然伸手压住她的双手，趁机捏了一把，说："这次，我来翻碗。"

薛涛虽满腹厌恶，却不敢表现出来，慢慢抽出双手，说："韦刺史愿意代劳，薛涛感激不尽。"

韦晋一双大眼看着薛涛，不知是想饱餐她的如花美颜，还是担心她再做手脚，同时左手使力，翻开原本在薛涛右手下的那只碗——但见碗底空无一物。

韦晋本该去翻剩下那只碗，却临时改变了主意，对薛涛说："洪度，能否让我看看你的双手？"

薛涛毫不犹豫地翻开双手，但见皓腕如玉，十指如葱，手心更是被满室的烛光照得亮如明镜。韦晋上上下下找了个遍，哪里有骰子的影子！

当然，他想找的，本也不是骰子。


三


手心没有，右碗没有，那就一定在左碗——显然，韦皋猜对了。

众人齐声恭喜幕主，韦皋朗声大笑，说："韦刺史、洪度，你俩愿赌服输。"

听韦皋把自己和薛涛称为"你俩"，韦晋如沐春风，抓过卿卿递来的酒壶灌了个饱，打了个酒嗝，瞪着一双被酒烧红的眼睛，对薛涛说："我这壶解决了，洪度那盏呢？你可不要要赖！"

薛涛右手朝卿卿招了招，卿卿会意，上前给她斟了小半盏酒。刘辟见卿卿满头珠翠摇晃，烛光映照，如同清波月影，忍不住自饮了一盏，目光依旧笼罩着她，使她无所逃遁。

韦晋大叫："斟满，斟满！"

卿卿无奈，只得满满地替薛涛斟了一盏。

韦晋又大叫："快饮，快饮！"

薛涛微微冷笑，说："韦刺史何必心急？"

韦晋盯着她，一脸深意地说："我就是很心急……"

薛涛一愣，说："不是还有一只碗没揭吗，韦刺史怎就料定一定是薛涛输？"

"右碗没有，你手里也没有，骰子一定在左碗——你输了，韦公赢了！韦公赢了，他说啥你都得听！"

韦皋知道，韦晋这话明是说给薛涛听，其实是想提醒自己不要忘了对他的许诺，不禁心生不满。他来蜀时间不长，尚未彻底驯服西川的文官武将，如今又要倚靠韦晋，只好暂时容忍他的放肆。他端起酒盏饮了一口，以掩饰脸上的不快。

薛涛看了一眼韦皋，说："如果薛涛说，输的是韦公呢？"

此话一出，满堂皆惊，韦皋也放下了酒盏，和众人一起，将目光投向那只依然扣在几上的碗。

原本信心十足的韦晋此时也变得结巴："难……难道这只碗下也没有？怎……怎么可能？"

"如果真有这种可能呢？"

"那，我愿代韦公饮一壶！但我……还是不信！"

"韦刺史既然不信，何不再揭一次碗？"

见薛涛一脸自信，韦晋心虚起来，犹豫了半天，才将手缓缓伸了过去；好像面前不是一只碗，而是一把刀。那手触到碗底，却又变得迅捷，倏忽之间，碗已翻转，众人一看——碗底扣着的，竟是一枚女子头上的翠簪！

男宾们发出一声惊叹，女宾们则纷纷往头上摸去，见自己的簪子还在，舒口长气左瞧右看，替翠簪寻找失主。

最后，众人的目光落到了卿卿身上，只见她一脸羞红，一只手压住鬓角，迟迟不肯移开；眼睛则斜觑着薛涛，目光中有佩服，有不满，更多的却是嫉妒。

卿卿和薛涛同年入乐营，一同学习歌舞弹奏，情同姐妹。只是，每当在宴会上，看见薛涛成为众星捧月的主角，自己则无人关注，卿卿总不免有几分失落与怨恨。这次薛涛顺走她的翠簪，让她当众出丑，更是深深刺激了她。

"我百般护你，你却拿我炫技，陷我于难堪境地，这岂是朋友所为？"见众人指着自己的头大笑，卿卿愤愤地想。

大家看了卿卿一番，又把目光移到薛涛身上。

薛涛微微一笑，翻开右手，只见骰子安然躺于掌心，仿佛一个沉于梦乡的婴儿，浑然不知熟睡之时，早已几经辗转。

韦晋如梦初醒，盯着卿卿捧在手上的酒壶，大声喊冤："洪度，我猜对了，骰子就在你手中！"

众人见堂堂刺史竟如此耍赖，忍不住大笑起来，大声喊卿卿上酒。卿卿依言送上罚酒，韦晋心有不甘，赖着不肯认罚。

姜荆宝等人齐声说："灌他！灌他！"

卿卿上前一步，左手勾住韦晋粗壮的脖子，右手高举酒壶就要给他灌酒。

韦晋恼怒起来，一把推开她，朝着韦皋大叫："我已连饮数壶，洪度却一盏未饮——韦公，这可不是待客之道！"

韦皋点了点头，说："此话有理。"

卿卿被韦晋推搡，早已花容变色，把受辱的账算到了薛涛头上，说："韦刺史饮了这壶，洪度也会跟着饮一壶。您是幕主的贵客，洪度定会让您称心如意。"

韦晋喜笑颜开，大叫："好，好，美人这话说得好！"

听了这话，薛涛忍不住眉头一皱：她今晚拿出看家本领，不是想炫技，而是担心喝醉后不能回家照顾母亲。哪知方才用翠簪换骰子，却得罪了卿卿，让她也帮着韦晋劝酒。

薛涛知道自己若拒绝，势必同时惹怒韦皋和韦晋，万般无奈地点了点头。卿卿见状，将壶嘴伸入韦晋嘴中。韦晋张开嘴巴，一口口吃下卿卿灌下的美酒，目光却始终在薛涛身上扫视，仿佛如此就能将她同时饮下。

卿卿见了，心里又升起一阵醋意，等韦晋饮完，端起一满壶酒，摔到薛涛面前。薛涛盯着眼前的酒壶，觉得里面装的不是酒，而是毒药，是可以同时毒死她和母亲的毒药。

"快饮，快饮！"韦晋大声催促。

薛涛只得端起酒壶，酒喝下去，全部又变成了泪。薛涛不敢让他们看见自己哭，装作喝醉，埋头擦去泪痕。再度抬头时，众人见她双颊酡红，就像最美的一朵海棠，让人忍不住想摘入手中，据为己有。她脸上凄楚的表情，又让人心头一怜，觉得此花既已饱经风雨，怎忍心再下毒手摧残？

或许是因为有心事，薛涛真的醉了，眼前一片蒙眬，胸腹之间更是难受无比。

韦皋见状，说："时候不早，酒也吃得差不多了，都散了吧。"

众人听了，纷纷和韦皋、韦晋告辞。段文昌临行之前，忍不住看了薛涛一眼。他已猜到她即将面临什么，却无力施救——再说了，自从她进入乐营，就应该知道，这是她无法摆脱的宿命。

薛涛也想跟着众人离开，双腿却虚软无力，走出两步便摔倒在地，韦晋赶紧伸手将她拉了起来。

一瞬之间，偌大的宴厅只剩下薛涛和韦晋。薛涛饮下的酒全变成了冷汗，顿时什么都明白了——这根本就是一场交易，她就是交易的筹码：韦皋把她送给韦晋，韦晋得到她，心甘情愿臣服韦皋，替他联结松州诸部落，共同对付吐蕃和南诏。

韦皋让薛涛进入乐营，这对于一个女子而言虽是屈辱，但一来他没有强迫她，而是由她自行决定；二来她依靠乐伎的身份，让自己一家不至于冻饿而死，这令她对他一直心存感激。

比起其他乐伎，韦皋对她要宠爱得多，除了钱，海棠巷那座宅子，也是他赏赐的。另外，他偶尔还会说几句关切之语，让她想起早逝的阿爷。

哪里想到，她视他如父，他却把她当成一件物品，用来交易，用来笼络下属！

薛涛无限悲愤，一把扯掉云鬓上的海棠花，狠狠摔到地上。

她以为自己是一朵花，其实，在男子眼里，她只是一盏酒，只有饮入口中，吞入肚腹，彻底地占有，才能彻底地满足！

然而，一旦被他们吞入肚腹，她就变得一钱不值！

见韦晋还抓着自己的手，薛涛赶紧抽了出来，迈步朝门外走去。韦晋抢上一步，搂住她的纤腰，说："时候还早，洪度何不再陪我饮几盏，让我'不留遗憾'？"

薛涛奋力挣扎，韦晋的手却如兽夹一般夹住她，目光打量着自己的"猎物"，看她什么时候屈服。

就在薛涛快绝望之际，峨峨气喘吁吁地闯了进来，说："小姐，总算见到你了，主母她……"

后面的话，薛涛一句也没听进去，刚才的挣扎，已耗尽她的力气，此时更是软泥般垮下去。

韦晋听说薛涛死了母亲，早没了兴致，低骂了一句"晦气"，双手一松，任凭她委倒于地。峨峨赶紧去扶她，却哪里扶得起来。

直到此时，薛涛才发出一声声哀号，眼泪滚滚而下。韦晋被哭声惊动，驻足回头，看到了一个被眼泪浸泡的女人，一个全天下最伤心、最柔弱的女人。

韦晋叹息一声，回头离开，脚步带上了几分柔软，如同头顶的明月。


# 四


含泪葬完母亲，薛涛一身孝服回到海棠巷口。抬头一望，一年轻男子正站在她家门前，看样子是想伸手敲门。另有几人与他相距三五步，正互相攀谈，目光则看向她家的方向，仿佛都在等他将门敲出结果，好一拥而入。

这群人薛涛从未见过，看他们的穿戴，不像引车卖浆之流；观其举止，更不像取道小巷的路人。年轻男子终于拉起门环摇了摇，"当当"声传了过来，如同一把把射向她的飞刀。薛涛大惊，暂时抛下丧母的哀戚，拉上峨峨转身便跑。峨峨问她出了什么事，她也不回答，埋头只顾奔跑，就像一头被猎人狂追不舍的小兽。

两人牵手跑进桂花巷，往左一拐，钻入河边一片茂密的秋海棠林子。出得林子，混入码头上熙来攘往的人流，绕到海棠巷的另一端，悄悄从后门进了家。

院门一掩，薛涛柔弱的双肩门闩似的顶住门扉，峨峨也在她旁边蹲了下来。喘了许久，两人终于缓过气来。薛涛摸着胸口，轻轻踱到前门，贴着门缝往外一觑，刚才那群人已经离开。海棠巷空空的，像是被人洗劫过。

薛涛拍了拍胸口，这才回答峨峨刚才的问题："你觉得他们像不像债主？"

先前替母亲治病，薛涛已向段文昌借了十贯钱，如今又需安葬母亲，她不好再找他借。再说了，他只是一个小校书，俸禄不多，只怕也没钱再借给她。

按理说，只要她愿意向韦皋开口，借个几十贯钱不成问题；可自从知道那晚他设下毒计，要将她送给韦晋，她便对他满腹怨恨，以致立下誓言：就算求助于路人，也再不向这曾经的"恩人"弯腰！

乐营中人无固定收入，主要靠官员打赏，普遍没什么积蓄。卿卿因擅长讨刘辟等人欢心，所得赏赐较多；她又素来手紧，因而积蓄颇丰。

结果，薛涛一向她开口，便遭到了拒绝。薛涛知道那晚顺走她的翠簪令她很难堪，却没想到她如此记仇，浑然不顾多年的姐妹之情。

薛涛无奈回家，和峨峨商量应对之策。裴氏生前，峨峨经常陪她去给一些人家做针线，认得不少街坊邻居。峨峨自告奋勇出去借钱，走了东家走西家，总算借到几十贯钱，料理了裴氏的后事。

峨峨见薛涛有些草木皆兵，忙说："我看得很清楚，不是债主。"

"不是债主，那是什么人？"薛涛心头一宽，却又不免疑惑，"和我们家有来往的男子，可没有几个。"

裴氏去世，幕府中只有段文昌一人前来吊丧，陪着薛涛洒了几滴眼泪。其余男子，都把她当成一只美丽的猎物，暗布陷阱，只盼能早点把她弄到手中；至于她的喜怒哀乐，他们浑不顾及。

"敲门那人，看起来倒是有几分眼熟……想起来了！"峨峨忽有些喜出望外，"他每隔一年半载就会登门一次，每次来，主母都会热情接待他。听他和主母的谈话，他像是从很远的地方来；在成都待一阵后，又要到很远的地方去。

还有，他每次来都会牵一匹枣骝马。"

薛涛有些奇怪，问："听你这么说，他像是个商人。奇怪了，阿母怎么从没和我提起过？"

"对了，"峨峨想起什么，又说，"主人的砚台、字画，全被他买走了。"

听了这话，薛涛恍然大悟：怪不得阿爷的遗物明明收得好好的，后来却一件也寻不着！她想，阿母从不给她提起这事，一是怕被她责怪，二是担心她知道家里缺钱用，像卿卿一样，胡乱委身那些只觊觎她美色的男子。阿母没怎么读过书，却也知道"以色事人者，色衰而爱驰"的道理，并时常以此告诫她。

想起母亲的良苦用心，薛涛不禁又流下泪来。

薛涛又想起，母亲临终前，伸出枯柴一般的手拉住她，万般叮嘱："女子不比男子，一步行差踏错，就会步步错、终身错。入乐营是迫不得已，你一定要小心提防，不要被那些男子轻易污了身子。你还年轻，一定要记住一个道理：身为女子，才情、美貌、财帛都靠不住，找一个真正疼惜你的男子，生几个孩子，才是最最重要的事。"

慈音犹在耳边，慈容却再不可见，这是何等悲凉！

峨峨见薛涛美目含泪，知道她又想起了亡母，忙转移话题："小姐，这人专买主人的旧物。你说，他会不会是主人的故旧？"

薛涛心想，阿爷在世时，只是眉山县县丞，俸禄不算高，又爱救济他人，家中并无多少积蓄。后来，他出使南诏，途中染疾而亡。他那些砚台、字画，都是极寻常之物。这人如果不是他故旧，确实没理由数度登门，重金买走这些平常之物。

不管怎样，这人算是薛家的恩人。薛涛一念至此，赶紧擦干眼泪，和峨峨脱去孝服，换了一身素装，追出门去，想找到敲门那男子。然而，找遍了海棠巷附近街市的茶肆和里坊，却哪里有恩人的影子？

薛涛和峨峨沮丧地回到家，老马已经等在了门口。薛涛秀眉一皱：难道今天又有宴会？母亲刚刚安葬，她哪有心情去那歌舞升平之地！

老马硬邦邦地说："幕主要见你。"

身为官伎，就算在老马这样的奴才眼里，也毫无尊严可言！

见薛涛提裙上车，峨峨忙小声提醒："小姐，你不换身衣服？"

"我就穿这件。"薛涛已经打定主意：今天就算被韦皋打死，她也绝不奏一支曲、吟一首诗、敬一盏酒！

进入幕府，却不闻乐声，薛涛正感奇怪，瞥见段文昌从一片幽深中穿出，遂问他幕主何在。

段文昌说："韦公正在击鞠，你和我一起去吧。"

两人来到击鞠场，正好看见韦皋和刘辟各领一队，手持月杖，从两侧跃马上了草地。周围的观众见了，发出海一般的呼啸声。

唐朝皇帝、贵族很喜欢击鞠，不少还是个中高手。正所谓上行下效，大唐官员也很喜欢击鞠。西川幕府设有专门的击鞠场，韦皋隔三岔五，会和下属或宾客比上一局。

当然了，韦皋这样的节度使，击鞠除了个人喜好，还有其他目的：保持尚武之气，让手下将士真心拥戴自己。

薛涛见韦皋一身淡黄色劲装，跃马挥杆，将木制的圆球击打到离对方球洞七八米处。刘辟等人在后面紧追不舍，却始终无法追上他。

终于，韦皋纵马来到木球旁，挥杆一击，那球准确无误地飞入用木板制作的球洞，引得场上场下一片欢呼。

薛涛知道，大唐皇帝若是和其他人击鞠，第一个球必须由皇帝击入，这叫"拔头筹"。在西川幕府里，"拔头筹"的机会自然得留给幕主。

韦皋今天兴致极高，玩了一个多时辰仍不知疲倦。薛涛无心观赛，然而韦皋已经看见她，她不敢离开，只好暗自祈祷他们早点结束。

又过了一个时辰，韦皋终于心满意足，下场去沐浴更衣；做完这一切，才命人叫薛涛去书房见他。

薛涛来到韦皋书房外，门外书童见了，赶紧通报。

这是薛涛第二次来这里——第一次是韦皋刚入西川幕府，听说她颇有才艺，特地将她招来书房，考较她的才学。

从此，她脱离食不能果腹、衣不足御寒的日子，却也入了乐籍，成为人们眼中的"低贱之人"。至于这幕府的主人，更是把她当成笼络下属的工具！

见了韦皋，薛涛曲身行礼，硬邦邦地说："薛涛拜见韦公。"

韦皋放下手中文书，抬起头来，目光落在她脸上，一时竟忘记移开。

替韦晋壮行的宴会后，他已有半月没见她，没想到她竟清瘦至此！她未施脂粉，一身素服，衬得她的脸颊更无血色；以往灵动无比的双眼，现在却有些迟钝，含着几丝惧怕、几丝哀怨、几丝倔强和不服。

韦皋心生怜惜，脸上却不动声色，绕过书案，伸出一只手到她面前。薛涛见他不喜不怒，不知他葫芦里卖的什么药，却又不敢违拗他，拉着他的手站了起来。

薛涛的手刚要离开，韦皋却一把抓住，察觉她肌肤发凉，把另一只手也覆盖上来，将她的小手护在了双手之间，说："你阿母的事，我听墨卿说了。"

墨卿是段文昌的字。

薛涛一路忐忑，此刻知道不是让她应酬他人，终于放下心来。韦皋伸手替她抹去眼泪，说："这等大事，你为何不告诉我？"

薛涛不冷不热地说："薛涛身份低贱，何况阿母去世虽然事大，却是私事，怎敢惊动韦公？"

韦皋没有接腔，一手举起挥了挥，另一手仍握住薛涛的手。早已候在旁边的家仆，端着一个托盘走上前来。

韦皋说："这是三十贯钱，是那晚宴会的赏赐。"

薛涛想起那晚，他将自己作为"筹码"送给韦晋，仍觉得满腔悲愤，一时没有说话。

韦皋见她不言不语，眉毛一挑，问："怎么了？"

薛涛知道，如果拒绝接受这笔钱，他一定会生气；再说了，她现在也需要它。

"谢韦公！"薛涛赶紧致谢，同时埋下头，尽量不让他发现她因屈辱而导致的哽咽。

韦皋却以为她是因感激而哭，松开她的手，说："去吧。"

薛涛道了声"遵命"，家仆端着托盘跟随其后。走到门口，薛涛回望韦皋，却见他已在埋头批阅文书。秋阳透过门窗打在他身上，使他一半明亮，一半阴暗。

# 五

薛涛用韦皋赏赐的钱还了欠段文昌等人的债，又将父亲尸骨迁到成都和母亲合葬。

此后半年，韦皋顾念她重孝在身，除非来了贵人，或是客人一再相邀，才让她入府参加宴会。无事之时，薛涛就在家中读书写诗，等待买走父亲遗物的恩人——照峨峨的说法，他每隔半年左右就会上门一次。哪知半年过去，敲门声响出若干次希望，推门看见的却全是失望。

薛涛最近萌生了一个愿望：赎回父亲之物，带着它们返回长安。

离开故园时，她还小。不过，父母一次次的讲述，让她记住了长安的富庶与繁华。

那里有辉煌壮丽的三大宫：大明宫、太极宫、兴庆宫。每遇节庆，皇帝会出现在兴庆宫两座高大的连体楼阁之上，接受万民瞻仰，和全长安人一同饮宴庆祝。

那里有钟声悠扬的大小雁塔，每年高中的进士，会在大雁塔上题名，将无上的荣耀镌刻其上。在这一天，全长安的女子都会围聚在大雁塔外，欣赏新科进士的风采；期望他们中的某一个，能成为自己的郎君……

那里还有全天下最繁华的东、西两市，商铺鳞次栉比，顾客和游人摩肩接踵；南来北往的商人，带着万国的货物汇聚于此，和不同肤色、操着不同语言的人讨价还价……

这半年，她入幕府赴宴的次数虽少，韦皋的打赏却相当丰厚；每次和她说话，也异常温和，甚至不乏关爱之情。看得出来，他似乎在为上次把她作为筹码送给韦晋而内疚。

然而，韦皋会是阿母所说的"真正疼惜她的人"吗？

他贵为幕主，身边才貌双绝的女子多如春花，他可能真心对她好吗？另外，他比她大二十多岁，就算真心对她好，这好又能持续多久？若干年后，他魂归西天，而她又年老色衰，该依靠何人？

再说了，如果他真钟情于她，早就替她去了乐籍，收入府中。他既不开口，她怎好自作多情？

说起来，向她献殷勤的男子并不少。不过，他们只是觊觎她的美色，并无和她携手一生的打算。她虽已过及笄之年，囿于乐籍的身份，在择偶上并不能自主。她就像一个精美的货物，陈列于市，等着别人的挑选，却永远没有挑选别人的机会。

如果父亲还在，如果她还留在长安，如果京城没有被安禄山和史思明的马蹄践踏，她的命运，一定会比现在好得多。

然而，她也知道，回归故乡不过是一个梦：阿爷的遗物能赎回，阿爷却不能起死回生；回得了长安，却回不了家——那个安在盛世繁华中、温暖又完整的家！

峨峨见薛涛整日闷闷不乐，劝她出去散心。薛涛懒懒地不愿动，峨峨便不由分说拉她出了门。

正是春深似海的时节，锦城风轻云淡，鸟鸣新树，空气中弥漫着百花和青草的嫩香。薛涛沉重的心情，总算减轻了几分。

太阳偏西时，两人来到了马料场外。薛涛想起峨峨说过，恩人每次来，都会牵一匹枣骝马，心中一动：他远道回成都，少不了买马料，何不进去看看，说不定能偶遇他呢！

主仆二人正东张西望地寻找，迎面走来三名男子。他们见薛涛脱俗如仙子，峨峨虽做丫鬟打扮，也像玉兰花一样娇美白皙。男人们的六只眼睛立即变成六条鱼，在她们身上游来游去。

薛涛本想躲开他们，他们却勾肩搭背齐头并进，将路彻底拦断。薛涛和峨峨躲无可躲，只得迎了上去。

走近之后，薛涛抬眼一看，左边那人个子很高，生得疏朗俊秀，眼睛虽盯着她们不放，表情却还算正经。另外两人要矮许多，中间那个是个胖子，右边那个是个瘦子，都龇牙咧嘴地看着她们，像是把她们当成了只属于他们的盛宴，垂涎欲滴的模样看起来异常下流。

峨峨久居市井，知道他们调戏女子的套路，待三人走近，拉着薛涛的手快走几步，想从高个子旁边穿过。胖子仗着膀阔腰圆，屁股一甩，高个子猝不及防，被撞得倒向左侧，和薛涛碰了个正着。

薛涛"哎哟"一声摔倒在地，脚踝已经火烧火燎地痛起来，峨峨赶紧蹲下一边替她查看伤情，一边怒斥："走路不长眼睛！你们可知撞的是谁？"

胖子下流地笑着，说："我知道——撞的是美人！"

"这是西川幕府的薛涛！"

三名男子一听，顿时面面相觑。薛涛怕耽误找恩人，起身拉着峨峨继续朝前走。走了十多步，实在疼痛难忍，又蹲下来轻轻揉捏。

高个子见她们停下，追了上来，问："你真是薛姑娘？"

薛涛柳眉一竖，问："是又如何？"

高个子见她生气，急忙抱拳道歉。薛涛见胖子和瘦子停在原地，他却专门回来找自己，言语又诚恳，气消了一大半。

高个子问："薛姑娘可认得卿卿？"

"你是说西川乐营的卿卿？"见他点头，薛涛又问，"你与她什么关系？"

"禀薛姑娘，我是利州人，和卿卿山前水后地住着，自小就相识。"

提起卿卿，薛涛心里莫名复杂起来，顿了顿，问："该如何称呼你？"

"我叫柳玉蜀，是幕府的参曹史，今与同僚奉了上头之令，替边地驻军购买马料。"

薛涛大吃一惊，问："怎么，又要打仗？！"

柳玉蜀一脸疑惑，问："薛姑娘时常出入幕府，难道不知道？"

薛涛微微不悦，嗔道："问你就说，哪来那么多问题！"

柳玉蜀忙解释说："自从东蛮首领骠傍、苴梦冲、苴乌相继入朝表示顺服，南诏也有意与大唐修好。吐蕃很着急，一方面派人联络南诏和松州诸部，一方面积极招兵买马，随时准备开战。韦公知道大唐、吐蕃之间必有一战，下令储备粮草军马，以备不测。"

薛涛想起半年前，韦皋派黎州刺史韦晋入松州，联络当地部落头人，不知进展如何。

见柳玉蜀和薛涛有说有笑，停在远处的瘦子和胖子迎了上来。薛涛不喜欢他们——尤其是胖子，板着脸一言不发。

柳玉蜀问："薛姑娘来马料场办何事？"

"找马。"

胖子一听，立马摩拳擦掌，做肝脑涂地状："找什么马？"

峨峨见薛涛不说话，问："你们可曾见过一匹枣骝马？"

瘦子说："枣骝马多了去了，你必须说出一些特征来，比如胸的宽窄、腿的长短、毛的多寡等等，我们才好帮着找。"

峨峨依据记忆，细细描述了一番。三人听了，均摇头说没有见过。

峨峨着急起来，说："枣骝马的主人是小姐的恩人，我们一直在找他。"

听了这话，三位参曹吏都后悔刚才夸下海口：找马尚不容易，何况还要借马找人？柳玉蜀暗想：借马找人不可能，何不直接找人？

"薛姑娘的恩人，有什么特点？"

峨峨说："他可能是往来西川和吐蕃的行商，二十余岁，高高瘦瘦的，右肩比左肩要矮一点。"

胖子忙说："薛姑娘放心，从今日起，我们会既留意马，又留意人！"

自从知道眼前佳人是薛涛，胖子便满心惶恐，时时想找机会弥补。见薛涛没有接话，知她还在为刚才的事生气，忙用脚踢了踢柳玉蜀。

柳玉蜀会意，弯腰行了个礼，说："薛姑娘，刚才多有得罪。韦公面前，请姑娘莫要、莫要……"

薛涛的心思都在恩人上，哪有闲心和他们计较，点点头，拉着峨峨继续往前走。走了没几步，柳玉蜀又追了上来，一副欲语还休的模样。

薛涛不知何时才能再见恩人，心情不好，没好气地说："男子汉大丈夫，有话就说，何必这般扭扭捏捏！"

柳玉蜀这才鼓起勇气，说："薛姑娘要是遇见卿卿，请替我传一句话：自从三年前一别，玉蜀日思夜想，只望能……再见她一面。"

说罢，也不等薛涛回答，转身快步而去。薛涛早猜到他和卿卿关系不一般，却没想到他还是一个多情人！她痴痴地看着他的背影，一会儿想到卿卿，一会儿又想到自己，心中失落、羡慕、伤感诸般情感混杂，仿佛自己也和一个多情的男子缠缠绵绵地爱了一场。

"小姐，时候不早了，我们回家还是继续找？"

"找，继续找！"薛涛回过神来，坚定地回答。

# 六

主仆二人沿着马料场找了一圈，不见马，也不见人。眼看红日西坠，暮色四合，两人只得返回海棠巷。一入巷口，忽闻蹄声嘚嘚，抬眼一看，可不正是那匹苦等多日的枣骝马吗?! 马上那人，可不正是高高瘦瘦的个子，右肩比左肩要矮一点吗?!

薛涛提步便追，没想到被脚下的土洼给绊了一下，又扭到刚才受伤那只脚，钻心之痛瞬间撕裂成一串呻吟，在巷子里悠长地回荡。

马上男子转过头来，见峨峨扶着一粉妆玉琢、蝉鬓鸦鬟的女子，早已猜到是谁。他飞身下马，快步来到薛涛跟前，和峨峨一起搀扶起她。

仿佛要给薛涛留下一个好印象，他端了端双肩，话也说得轻缓："姑娘可是薛县丞之女?"

薛涛又疼又激动，说不出话来，峨峨便替她回答："是的! 恩公，小姐等了你几个月，今天还一大早就出门，找了你整整一天!"

男子不知峨峨为何称自己"恩公"，疑惑地看着她们，一时竟忘了说话。

峨峨又说："请问恩公尊姓大名?"

男子这才回过神来，说："我叫阿贾尔且，曾得薛县丞救助，他才是我的恩公。"

他和峨峨"恩公"来"恩公"去，虽然出自肺腑，听起来却有几分滑稽。两人目光在空中一碰，忍不住都笑了起来。阿贾尔且虽到过薛家多次，却都是和薛母交谈，与峨峨接触并不多。此刻见她不仅容貌清丽，还温柔朴实，忍不住心中一动；看她的目光，也多了几分别样的意味。

薛涛疼痛缓解，心情也渐渐平静，在峨峨的搀扶下慢慢站起来，说："恩公，请进屋吃盏茶。"

"小姐切莫这样称呼，就叫我阿贾尔且吧。当年我带了一批货入吐蕃，经过松州时遭遇劫匪，不仅马和货物被全部抢走，还砍伤我右肩。我既没马骑，又没东西吃，在雪地里走了三天三夜，仍没见到半点人烟。第四天，我遇到了去松州公干的薛县丞，他帮我医治伤口，还把随身携带的干粮分我一半……"说到这里，阿贾尔且已经有些哽咽，"如果没有薛县丞，我早就命丧松州，他才是我的恩公！"

听了阿贾尔且的讲述，薛涛想起亡父，也是泪花闪烁。

峨峨忍不住责怪："你啊你，小姐这几天好不容易心情好些，你又提这些往事干啥？"

"小姐遇到了什么伤心事？"

峨峨气得直想捶他一拳，别转脸不说话。薛涛强忍眼泪，低声说："我阿母也去世了。"

听了这话，峨峨的眼泪也掉了下来。阿贾尔且则瞪大了双眼，一脸的惊愕，半天才吐出一口气来。

薛涛在峨峨和阿贾尔且的搀扶下，一颠一跛走向巷底的小院。因为识得旧路，枣骝马行走在前，似乎也感受到后面三人的哀戚，走得异常缓慢；马蹄声在小巷中留下沉钝又绵长的回响，犹如一首挽歌。

跨过院门，阿贾尔且看着来过数次的小院，想起以往每次登门拜访，都会在海棠树下和裴氏聊聊薛县丞。如今物是人非，怎不令人伤感？见薛涛正看着自己，他忙从马背上取下一个包袱打开。薛涛凑近一看，全是父亲的遗物。

薛涛眼眶再度湿润，说："这些遗物，我想再买回来。"

"小姐切莫如此说！"阿贾尔且不停摆动双手，说，"它们本就属于你。"

阿贾尔且告诉了薛涛购买薛郧遗物的经过：来薛家之后，他见裴氏身体不好，需要时常求医问药，薛家过得很穷困。然而，每次给裴氏钱物，她都拒绝接受；她说薛涛父亲素来善良，行善出自本心，绝非贪图回报。

阿贾尔且无法，只得提出用钱购买薛郧遗物，以求能永远铭记他的恩德，裴氏这才同意。这几年，他一直好好保存着恩公的遗物，只盼有一日能物归原主。

薛涛听了，忙起身一揖，说："如此大德，真不知如何相报。"

峨峨恰于此时沏来两杯茶，见了主子的遗物，鼻子一酸，忍不住哼唱起来：

牛吃陌上草，马吃田边秧，

姑娘起得早，打马回乡邦。

薛郧教薛涛这首童谣时，峨峨也在一旁，很快便记住了。她们曾经哼唱着它，跑过长安富丽热闹的街市，跑过川南柳丝摇摆、桃花灼灼的田野……

薛郧一去世，峨峨失去庇护，每日忙于生计，再无闲情唱歌——薛涛倒是有，只不过，那已是为了取悦他人。

薛涛听着熟悉的歌声，跟着轻轻哼唱；一滴滴眼泪落下，让歌声多了几分哀伤。


# 七


阿贾尔且还有一个客人要见，吃了一盏茶便向二人告辞。主仆二人将他送至门口，目送一人一马消失在隐约的灯火和深浓的花香里，这才闩门进屋。

薛涛进入房间，就着灯火，一遍遍把玩父亲留下的字画、砚台。它们仿佛还残留着父亲的体温、浸润着父亲的笑声与说话声，让她既欣慰，又伤感。

峨峨怕她太伤心，忍不住劝说：“小姐，时间很晚了，早点休息吧。”见她不听，干脆走过来，将她面前的东西全部收走。

薛涛这才明白她的用意，心头一暖，说：“陪我说说话吧。”

“等你伤好了，我陪你说三天三夜。”

薛涛嘴角一翘，说：“受伤的是脚，又不是嘴，怎会妨碍说话？峨峨，你觉得阿贾尔且怎么样？”

“他很好啊，知恩图报，不枉主人救他一场。”

“这我当然知道，不过，我想说的不是这个。你有没有觉得，他看你的目光……”

峨峨俏脸一红，打断她说：“小姐你……好讨厌！”

“是，是，我是‘好讨厌’；可阿贾尔且对你，却是‘好有意’！”

峨峨扭转身子不敢看薛涛，说：“他有意，我没意。”

薛涛扳正她的身体，拉着她的手说：“你也不小了，难道想和我过一辈子？

女子迟早是要嫁人的。"

"你也是女子，怎么不想想嫁人的事？主母在的时候，一直希望你能找个好人家。"

薛涛叹息一声，说："哪个女子不想嫁人？可我这样的身份，想找个好人家，谈何容易。"

峨峨反把她的手握住，说："小姐，你何不去了乐籍？我们都已长大，又有手有脚，难道还养不活自己？"

"岂不闻乐籍好入不好出？"薛涛凄然一笑，说，"那就是一个笼子，落进去容易；想出来，难啊！"

"你深得韦公宠爱，求求他不就行了？"

峨峨的天真，让薛涛忍不住"扑哧"一笑，捏了捏她的小脸蛋，说："韦公现在宠爱我，是因为我对他有用。如果去了乐籍，不能助他迎来送往，我对他而言，将毫无价值。这样亏本的事，他是绝对不会做的。"

峨峨噘起嘴巴，说："大家都说，小姐能诗善文，才华不逊于西川任何一名男子。韦公为何不能请你替他出谋划策、书写文书？为什么必须去做那等事？"

窗外一阵风起，刮得院中的树木哗哗直响，好像有人在悲泣。

薛涛叹息一声，说："这就是身为女子的悲哀。我们女子，就像河边的柳枝，男子则是刮过的风——风刮向哪边，柳枝就只能向哪边飘荡。等风停了，柳叶也变得枯黄，只能掉入江中，逐水而流，仍然不得自由！"

薛涛说了这话，忽然触动心怀，忍不住吟道："女子犹如风中柳，从来动静不自由。一旦秋雨成寒露，落叶流水两悠悠。"

峨峨听出她的伤心，赶紧安慰："幕府其实挺好，除了幕主的打赏，小姐的满腹锦绣，在唱曲行令时，也能派上用场——小姐刚才这首诗，如果谱曲吟唱，不知会打动多少人！"

薛涛微微一笑，说："明明说的是你，怎么又说到我头上？快说，你觉得阿贾尔且怎么样？"

"我们是柳枝，他就是一只大雁，今天在成都，明天在松州，后天在吐蕃。要是……跟了他，我是变成大雁跟他飞呢，还是变成他栖身的树，天天等他回来？"峨峨幽幽说完，忽又换上一副笑脸，说，"再说了，我还是喜欢天天和小姐守在一起，小姐才是我最亲最爱的人！"

薛涛听了她的话，觉得有几分道理，说："好好好，你就和我一起过，一年又一年，直到变成两个白发苍苍的老婆婆！"

又谈了一阵话，两人做了晚饭吃了，熄灯准备睡觉，门外忽然响起一阵嘚嘚的马蹄声。

薛涛心头一喜，一脸戏谑地说："你的'大雁'飞回来了。"

峨峨满脸晕红，脱口而出："就不会是'风'来找'柳枝'？"想到此话不吉利，赶紧住口。

马蹄声停止，敲门声响了起来。主仆俩开门一看，门外正站着老马。

"幕主有请，你准备一下。"

峨峨恨不得打自己嘴巴，侧脸去看薛涛，她正一脸哀愁，俏脸苍白得就像头顶的月亮。

"小姐，都是我不好，我不该那么说……"

薛涛淡淡一笑，说："傻瓜，该来的总要来，和你说不说有什么关系？走，去帮我梳梳头。"

两人回到屋内，峨峨哽咽着说："小姐，今晚能不能不去？"

"为什么？"

峨峨看了看薛涛的脚踝，说："你的脚有伤……"

薛涛叹息一声，说："脚伤不怕，怕的是冷脸难看，罚酒难吃！不想让我被罚，就快点给我梳头。"

峨峨听了这话，只得拿起梳子给她梳头，问："幕主真那么可怕？"

薛涛愣了片刻，说："等哪日我有空，给你讲讲他是怎样对待他岳父，你就知道他是怎样一个人了。"


# 八


锦江边的喜凤楼上，眉州刺史何晨正一人独坐。听见上楼的脚步声，他忙走到包厢门外，见来者正是他等的人，拱了拱手，一脸带笑说："姜公，里面请!"

姜荆宝也不客气，进入包厢大剌剌坐下，问："何刺史，钱带来了吗？"

何晨没有接话，将三碟茶食、两碟点心往他面前移了移，再取酒斟上，这才说："姜公既已开口，何晨手头再紧巴，也要帮你把钱凑齐。"

这话说得实在太难听，姜荆宝冷哼一声，说："放心吧，两次所借，不出半载，姜荆宝一定全数奉上，不差一文！"

何晨敬了他一盏酒，故意笑着问："难道姜公最近有横财？"

姜荆宝端起酒盏轻轻一抿，咂咂嘴说："有好酒怎么没好话？不是我吹牛，荆宝鞍前马后跟着韦公，弄几个小钱算得什么？"

何晨心头一阵鄙夷：既然如此，你何必一次又一次找我借钱。嘴里却说："何晨愚拙！整个西川，谁不知你与幕主的关系？"

姜荆宝以为他被说服，举盏邀他共饮。何晨一想到他不仅还钱遥遥无期，以后还会不断向他"借钱"，心已凉了半截；酒一入口，也变得冰冷无比，好比被人灌了一口雪水。

事到如今，只好再劝姜荆宝赴任青神。

四年前，韦皋奉朝廷之命领镇西蜀，到任第三日，将监中囚犯一一取出，重新审理，看是否存在冤案。

审了十余人，韦皋正感疲倦，衙役又带上一人来。他打起精神，把目光投向犯人。

那犯人也正在看他，继而一脸喜色，大声问："幕主可是姓韦，名讳一个'皋'字？"

一旁的幕僚听了这话，喝道："大胆！幕主姓名，岂容你直呼！"

韦皋仔细看那张沾满污泥和干草的脸，觉得有点面熟，一时却想不起是谁，遂问："你是谁？"

犯人大叫道："韦公可还记得姜家荆宝？"

韦皋恍然大悟，差点儿从椅子上站起，问："你是姜荆宝？你怎么会……成了囚犯？"

年轻时，韦皋游历江夏，与江夏太守之子姜荆宝年岁相当，志趣相投，成了挚友。两人不仅形影不离，姜荆宝还经常遣婢女玉箫伺候韦皋。

韦皋喜欢和姜荆宝游玩清谈，又贪恋玉箫美貌温柔，竟在江夏一住多年，直到家中多次来信催促，才依依不舍地离开。

姜荆宝听了韦皋所问，惨然答道："与韦公分别后不久，我来蜀地出任青神县令。谁知时运不佳，家人不慎失火，烧毁了官署仓库，我也因此获罪，被收入监牢。不瞒韦公，我已经吃了五年牢饭……"

韦皋听了姜荆宝所言，埋头看了卷宗，说："你虽有错，但罪不至此……"

说完，当即下令将姜荆宝放出监牢，不久后又奏请朝廷，再派他出任青神县令。谁料眉州刺史何晨与姜荆宝素有嫌隙，竟多方阻挠，不让他赴任。

韦皋初来乍到，幕主之位还没坐热，只好让姜荆宝滞留西川府，暂做幕僚。

随着时间的推移，韦皋逐渐掌控了西川官场，何晨又探得姜荆宝确是韦皋密友，上锦城三顾三请，姜荆宝却赖着不走了。

赖着不走的原因，一是锦城富足繁华，绮丽温柔，让人迷醉；二是待在韦皋身边，何晨担心他在韦皋面前说他坏话，不得不时常贿赂他；他找何晨"借钱"，他也不敢拒绝——这可比去当青神县令轻松得多，油水也更富足！

何晨陪着姜荆宝吃了几盏酒，说："何晨今日冒昧相邀，除了筹到钱想亲手交给姜公，还有一事相求：请姜公早日去青神。如今青神县群龙无首，百姓、僚属全在翘首盼望姜公……"

一听此话，姜荆宝双手摆得就像两只奔跑的马蹄，说："不行，不行，韦公这里还离不得我。"

接下来，不管何晨如何劝说，姜荆宝只管坐稳吃酒，只字不提去青神一事。

何晨这次也是铁了心，姜荆宝不点头，他就一直劝，大有不达目的誓不罢休之势。楼下传来更夫报时的梆声，提示已是二更。锦城除了汉人，还有不少吐蕃、南诏等异域之民居住，故效仿长安，也要进行宵禁。姜荆宝遂以此为由，向何晨告辞。

何晨心里却如明镜一般：宵禁禁的是平民百姓，你在幕府任职，谁敢找你麻烦，分明就是以此为借口！

"不怕，真要有事，我替你担着。"

姜荆宝又借口明日晌午要陪韦皋前往大慈寺，双手一拱，起身准备离开。

何晨眼明手快，一把拽住他衣袖，强拉入座，说："姜公再不去青神，我、我如何向韦公交代?!"

见何晨真急了,姜荆宝有几分恼怒,更多的却是担心:如果彻底撕破脸,以后想从他身上搞钱,可不能像现在这般容易。

想到此处,姜荆宝重新坐回座位,说:"我自己不肯去,与你有什么关系?你跟韦公说清楚就行了嘛。韦公要真有不满,自会找我,绝不会迁怒于你。"

"怎么与我无关?当初我有眼无珠,害得你滞留幕府。如今四年过去,你还是不肯去青神,上对韦公,下对百姓,我都无法交代。这个刺史当得实在憋屈,我还不如辞官归田算了!"

姜荆宝不知他这么说是真心还是假意,只得好言安抚:"我在韦公身边,对你也有好处——你要是有什么想办却又办不了的事,韦公面前,我还可以替你美言几句嘛。我要是去了青神,你哪来这样的便利?"

这话倒有几分道理,何晨渐渐消了气;眼珠一转,想起一事:他有一个小妾,今年正好十八岁,长得美艳无比,又善于逢迎,极得他的欢心。

这小妾出身商人之家,有一个兄长,今年二十五岁,读过几年书,目前在郫县任县尉。他想谋求县令之职,找到了何晨,希望能助他一臂之力。至于钱,完全不在话下。

何晨敬了姜荆宝一盏酒,将小妾兄长的事给他说了。姜荆宝想赚他一笔,但近年因种种原因,他在韦皋面前说话已经没那么管用。刘辟、段文昌等人说话虽然管用,却又不怎么看得起他。

姜荆宝脑子一转,一个主意冒上心头,将嘴凑到何晨耳边,说:"这事难度较大,不过,我会尽力去办。另外,如果一个人愿意帮你,我们双管齐下,此事成功的概率将更大。"

"谁?"

"薛涛。"

何晨明显不信:"一个官伎,能有如此能量?"

姜荆宝抿了一口酒,神秘一笑,说:"这你就不懂了。如今西川府中,她的话,比刘辟、段文昌的话还管用!"

何晨听了,笑得露出满口黄牙,端起酒盏又敬姜荆宝。两人吃酒到三更,姜荆宝拿了钱,与何晨搂着下楼,揖别登车,各自回家。

# 九

第二天，姜荆宝随韦皋还未抵达大慈寺，何晨的马车已经穿过海棠巷，停在了薛家门前。

薛涛见驾车的是个陌生人，正感诧异，何晨已经掀帘走了下来，拱手说："相识多年，第一次前来拜访，还请洪度见谅。当初和薛县丞共事，彼此之间很是投契，哪知他竟英年早逝。"说完，缓缓摇了几下头。

薛郧在眉州做官时，不喜何晨为人，与他没有私交。薛郧死后，薛涛流落锦城，入了乐籍，成为幕府常客。何晨在一次酒宴上见过她，问了旁边的刘辟，才知她是薛郧之女。

何晨想她不过一官伎，没想着去笼络，哪知她现在如此受韦皋宠爱，竟到"言听计从"的地步？

薛涛不知他所来何意，寒暄几句后便没了话说。

何晨哈哈一笑，说："我从眉州远道而来，洪度难道不想请我进去吃盏茶？"

薛涛道了声"失礼"，侧身请何晨进屋，又吩咐峨峨煮茶待客。

何晨招招手，车夫从车上取下几份沉甸甸的手礼，紧随着他踏进叶凋花瘦的小院。见薛家房屋破旧，何晨暗想：薛涛若真受韦公宠爱，送礼央她办事的人不知有多少，宅院怎会如此破陋？姜荆宝莫非是在骗我？

可是，今天一大早，他先去拜访了两个熟悉的幕府幕僚，他们也说近来薛涛很受韦公器重——难道薛涛为避非议，另外置有豪宅？

薛涛见何晨带了这么多礼品，吃了一惊，问："何刺史，这是何故？"

"一点眉州方物，聊表心意，请洪度莫要拒绝。"何晨叹息一声，说，"令尊和令堂若还健在，和洪度一同回眉州看看，让何晨尽一尽地主之谊，那该……多好！"

听他提起父母，薛涛早触动了心怀，把送礼一事抛到了一边。

何晨趁热打铁："洪度不必伤感，令尊和令堂在天有灵，知道你大受韦公宠爱，一定能含笑九泉。洪度，我今天上门，其实有一事相求……"

把小妾兄长的事说了一遍，对于那兄长的才能品德，自然是无中生有，添油加醋，大吹特吹。

"何刺史与家父是旧交，你说此人又如此有才德，只要有机会，薛涛自然会向韦公举荐。只是，薛涛不过一小女子，韦公怎会采纳我的建议？"

何晨笑着说："洪度过谦了！如今整个西川府，谁不知道韦公对你言听计从？"

薛涛纳闷不已：谁说韦公对我言听计从了？若真是如此，我首先要让他替我去了乐籍。如今阿母已去世，我和峨峨随便做点什么，也足以养活自己，何必再去做那迎来送往的低贱之事？

然而，受人夸奖毕竟是一件快乐的事。更何况，何刺史不夸奖她的美貌与才华，而是夸奖她的能耐，这就更显得新鲜别致。

很快，茶上来了。薛涛请何晨入座吃茶，问了些眉州故人，闲话些山水旧事。何晨发现薛涛脚受了伤，又说了不少问候之词，让薛涛更感温暖，更增信任。

见薛涛已经被笼络住，何晨借口还有事办，起身告辞。薛涛送至门口尤嫌不足，又送他入海棠巷。何晨命马车先行，自己和薛涛缓步巷中。

何晨见两旁海棠夹道，枝柯相连，惊叹道："要是赶上花期，这小巷景致，该是何等繁丽。"

薛涛点着头说："何刺史来得不巧，海棠花刚刚谢尽。如果早半月来，这里芬芳满巷，红粉交错，信步其间，足以洗尽尘劳。"

何晨捻须一笑，说："明年我早点来拜访，也像洪度一样，过过神仙日子。"压低了声音，又说，"刚才所谈之事，就拜托洪度了！"

薛涛点头答应，何晨拱了拱手，上车而去。目送马车消失，薛涛返回家中，喊过峨峨，去看何晨所送的礼品。

从小至今，薛涛从未收过这么厚重、精致的礼物，光礼篓之华美，就看得主仆二人啧啧赞叹。薛涛心里又是感激又是得意，双手摸摸这个，摸摸那个，不知先开哪个好。

"小姐，这里面装的是什么？"

"何刺史说是眉州方物。"

说完，薛涛终于下定决心，打开一个礼篚。凑近一看，里面装着满满一篚"樱桃锤"。这樱桃锤是等早春樱桃成熟时，以鲜果入饼而成，色泽鲜亮，入口甜软，市面卖得极贵。

两人馋涎难禁，一人取出一个，吃得粉腮轻鼓，一脸欢喜。

峨峨一边吃，一边说："小姐，这樱桃锤可不是眉州方物啊。"

薛涛一愣，意识到什么，在礼篚中一阵狂翻，很快便在篚底发现了一大袋钱。她将手中残饼扔在地上，又去翻看其他几个礼篚——每个篚底都藏着一大袋钱！

峨峨一脸欢喜，大叫道："小姐，我们再也不差钱了！"说完，伸手去抓面前礼篚中的钱袋。

"停下！"薛涛突然一声暴喝。

听了这话，峨峨的手就像触到火焰一般，快速缩了回来；愣了一阵，眼泪又随之滚落——小姐还从未这么凶巴巴地对待过她呢！

薛涛见了，很愧疚，握了峨峨的手，说："峨峨，这钱我们不能要。"

"凭什么嘛，"峨峨带着哭腔，"这是何刺史自愿送给我们的，又不是我们偷来、抢来的。"

薛涛微微一笑，说："那你说说，何刺史为什么要送我们钱？"

峨峨仍在生气："人家怎么知道？他找的是你，又不是我！"

薛涛故意逗她："那你想不想知道？"

"不想！"峨峨肯定又利索地回答，目光却牢牢盯住薛涛，生怕她反悔。

薛涛知她口是心非，把何晨托她办的事，大致讲了一遍。

"不就是传句话吗？并不难办呀。"

"事虽不难办，但何晨为此事贿赂我，足见他这亲戚并非有才德之人。这样的人做了一县之主，遭殃的会是百姓。我若促成此事，岂不成了罪人？"

峨峨对这些道理似懂非懂，目光仍在面前的樱桃锤上，用手指着它们说："小姐，钱不能要，樱桃锤我能不能再吃一个……"

薛涛拿起一个，笑着递给她，说："你这个馋鬼！"

峨峨接过，把它一分为二，递一半给薛涛。薛涛摆手表示不要，禁不住峨峨反复递过来，只得接过，和峨峨一起吃了起来。

峨峨犹有不甘，小心翼翼地问："小姐，你真舍得这些钱？"

薛涛的目光扫过一个个钱袋，想起母亲病重那段时间，她为了筹集药费，每日焦急不已。在少有的睡眠中，她却接连做了几个类似的梦：无意中打开一个匣子，发现里面竟装满了钱！她快乐又兴奋地捧起它们，在一片黑暗中笑醒，摸着身上的薄衾，听着一旁阿母时断时续的呻吟，只觉得无比凄凉。

现在，她真的拥有了这么多钱，她很心动，却不能要——她怕从此每晚做噩梦。

薛涛叹息一声，说："我当然舍不得，不过，俗话说得好：君子爱财，取之有道，这些不义之财，我们不能要。"

峨峨早已消了气，戏谑道："你又不是男子，当什么君子？"

薛涛顿了顿，说："女子行事，若能俯仰无愧天地，也可以做个君子！"

峨峨撇撇嘴，说："何刺史的马车，现在只怕已跑出成都，你怎么还钱给他？难不成追到眉州官衙？"

薛涛尚未答话，突然传来一阵敲门声和说话声。薛涛听出是老马的声音，对峨峨说："不用追到眉州，交给幕主就行了。"


十


乐营里一派忙碌，调弦试音咿呀作声，画眉插簪当窗对镜。薛涛一看，众人皆在，唯独不见卿卿。

一问，卿卿还没回来。

刚才老马来传话，幕主今晚要宴请新晋殿中侍御史柳镇，让乐营好好准备。这柳镇虽然官小，却是德宗皇帝派来调查一桩贪腐案的。

两个月前，德宗收到一份密奏，举报西川幕主韦皋收了成都一蓝姓富商一笔巨款，替他摆平了一桩杀人案。

德宗虽不信此事，还是决定派柳镇入蜀彻查，好还韦皋一个清白。韦皋知道了柳镇此行目的，决定设宴好好款待，要求乐营全员出动。

按理说，这样的大事，幕府一定也会派人去叫卿卿，为何她直到现在仍未出现？

　　时间紧迫，薛涛坐下开始化妆，刚抿住胭脂色的唇纸，就见卿卿小跑着进来，坐在她旁边，也开始化妆。

　　薛涛取出唇纸，喊了声"卿卿"。卿卿"哦"了一声算是回答，手下不停，脸上更是毫无表情，仿佛与她只是街头偶遇的陌生人。

　　薛涛还想再说什么，却见乐吏罗秀成走了过来，大声责备卿卿："你为何迟来这么久？难道不知道，今晚幕主要宴请柳御史？"

　　卿卿头也不抬，满是不屑地说："我赴刘公家宴去了，你要不信，今晚可以当面问刘公。"

　　卿卿搬出刘辟来，罗秀成不敢再说什么，只催她快点准备；出门之后，才小声骂道："刘辟不过是个副使，真正的西川之主是韦皋！妈的，你傍上个副使就如此嚣张，他要是哪天当了幕主，你不是要把我吃了?!"

　　薛涛见卿卿对自己不冷不热，把唇纸放入口中，继续化妆。铜镜中的女子，变得越来越娇丽富贵，薛涛看见的，却是一个高瘦男子的英俊面容，他脸上有几分忧伤，几分羞怯，更多的却是深情，像锦江一样绵长悠远的深情。

　　薛涛终于还是忍不住，侧脸问卿卿："你可认得一个叫柳玉蜀的男子？"

　　卿卿身体微微一颤，双眼火光似的一闪，很快又变成一堆残灰，铺满两个瞳仁。

　　卿卿冷冷地说："不认识！"

　　"卿卿，那晚是我不好，我给你赔不是。"见卿卿面色尚不难看，薛涛又说，"前几天，我在马料场遇见了柳玉蜀。他说和你是同乡，希望能与你再次相会；看样子，他……很思念你！"

　　卿卿看了一眼周围的官伎，低声说："这些事，我们下来再说。"

　　薛涛明白她的顾忌，点了点头，心头如释重负：她总算没有辜负那个痴情男子的重托。更让她高兴的是，卿卿似乎已经原谅她那晚的无心之失；有破裂之忧的姐妹情，总算可以修补。

　　一盏盏华灯被点亮，让满天星辰黯然无色。不知起于何处的乐声，穿过重重华屋和幽深的花木飞到耳边，显出一种如烟似丝的缥缈。韦皋带着幕府大小官员，簇拥着柳镇，踏着月色与灯光，被美妙的乐声牵引着，步入幕府最大、最豪华的那间宴厅。

见客人进门，乐伎卖力地演奏起来，舞池中的少女翩翩而起，舞出一片灿烂云霞。

分宾客坐好，韦皋便开始殷勤劝酒。

柳镇虽不过从七品小官，但他是侍御史，有弹劾之权；同时，此来又专为查他的"贪腐渎职案"，这不能不让韦皋小心应对。

"安史之乱"后，节度使权力日大，威胁皇权，令皇帝深为忌惮，却又不敢轻易治其罪。一些根基深厚的藩镇，比如河朔三镇，不仅不向朝廷缴纳岁贡，藩镇内所有财政人事大权，朝廷均无法插手；就连节度使去世后，新的节度使人选也由藩镇自行决定。

韦皋自幼胸怀大志，雄心勃勃想干出一番大事业。然而，他入蜀只有数年，羽翼未丰，根基未稳，还不敢像其他节度使一样无视朝廷。

他今天组织偌大一场宴会，就是想让柳镇满意。可惜，不管众人如何劝酒，柳镇都是浅尝辄止，话说得就更少了。

韦皋思虑多遍，自忖那件案子已处理得毫无漏洞，不会给柳镇留下任何把柄。那么，他又是为了何事不乐呢？

韦皋向薛涛连使几个眼色，让她设法活跃气氛，挑起柳镇的谈兴和酒兴。薛涛会意，将藏钩、投壶等建议提了个遍，柳镇都兴趣缺乏，让她也大为沮丧。

恰在此时，段文昌说起初唐四杰与蜀地，说完四杰又说到了生长于剑南东川的陈子昂，引起了众人的兴趣。

薛涛也加入了谈论，她对四杰和陈子昂的逸闻趣事如数家珍。柳镇一开始没在意，当薛涛说起卢照邻在蜀地的一段恋情时，他才听入了迷。

卢照邻少年成名，得到高宗李治叔父李元裕的欣赏，请他到王府中任典签，后又推荐他到京城做官。

可惜，数年后李元裕病逝，卢照邻失去靠山，被调入蜀任新都县尉。三年任期结束，因朝中无人，他无官可做，只得继续滞留蜀地，每日饮酒赋诗，潦倒度日。

就在这时，他认识了一位姓郭的姑娘。郭姑娘不仅貌美，还善解人意，给了卢照邻许多安慰，也让他对前途渐渐恢复了信心。

没过多久，朝廷传来铨选官员的消息。卢照邻准备和同样滞留蜀地，且郁郁不得志的王勃，一同入京参与铨选。其时郭姑娘已经怀孕，却不愿耽误爱郎前程，默默为他收拾好行礼，催促他早些启程。

遗憾的是，卢照邻和王勃都没被选上。卢照邻一来自卑，二来没有收入，不敢再回成都见郭姑娘，以免拖累她们母子。

有一年，骆宾王到成都公干，卢照邻特意找到他，请他顺便前去看望郭姑娘。而穷困潦倒的他，只能默默思念她，写诗怀念她。

卢照邻写过一首名为《长安古意》的长诗，薛涛一字不差地将它背完，说："此诗'得成比目何辞死，愿作鸳鸯不羡仙'一句，卢照邻应该是特意写给郭姑娘的。"

柳镇既佩服薛涛高超的记忆力，又惊叹她对于诗文的妙解，忍不住喝了声彩，说："作此诗后不久，卢照邻便凄惨离世，他和郭姑娘，再无机会做比翼齐飞的鸳鸯，有情人却不能长相守，何其遗憾！"

韦皋见柳镇终于来了兴致，颇为高兴，又给薛涛使了个眼色。薛涛赶紧起身，向柳镇一揖，说："柳御史在上，薛涛去年读到一篇文章，其见解之独到，气势之磅礴，行文之流畅，令人折服，愿为柳御史背诵。"

"哦，背背看。"

薛涛开始背诵。柳镇一听，竟是儿子柳宗元所作的《刑赏论》。柳镇生平最得意之事，就是生了柳宗元这个儿子。他虽然还未中进士，但柳镇认为，以儿子的才华，入仕是迟早的事。同时，柳镇还相信，只要皇帝愿重用儿子，他甚至可以一改时弊，让大唐恢复往日的荣光！

《刑赏论》是柳宗元前年所作，柳镇相当喜欢，读至全文能诵。现在，知道远在西川的一名官伎，竟也像自己一样欣赏儿子的文章，他大感快慰，问："韦公，此女是何人？"

韦皋捻须一笑，说："洪度，还不快向柳御史介绍下自己？"

"禀柳御史，小女子姓薛名涛，字洪度。家父薛郧，长安人，因避'安史之乱'入蜀地。"

柳镇听了大为感慨，说："想当初，大唐威震八方，万国来朝，何等威风！

若不是玄宗皇帝宠幸杨贵妃，误用安禄山等胡人，激起乱臣贼子的勃勃野心，那场大乱怎会发生？万千百姓怎会背井离乡？大唐国力，又怎会衰减到今天这等地步？"

韦皋趁机举起酒盏，说："柳御史一片忧国忧民之心，堪为我辈楷模。来，我们一起敬柳御史！"

众人应邀举杯，柳镇也举起酒盏，说："我大唐虽命运多舛，可每遭危难之时，总有忠义之士挺身而出，挽狂澜于既倒，救百姓于水火。韦公当年灭朱泚爪牙于酒宴，就是明证！这盏酒，我们一起敬韦公！"

柳镇所说之事，发生在唐代宗大历九年（774），其时大将朱泚反叛，韦皋和朱泚原手下牛云光戍守陇州，牛云光意图率众投靠朱泚。韦皋与他虚与委蛇，使其放松戒心，趁一次酒宴将其诛杀。

"敬韦公！"众人齐声大喊。

韦皋很是得意，下座走到柳镇面前，说："谢柳御史！"

柳镇举盏和他一饮而尽，两人哈哈大笑。须臾，韦皋凑到柳镇耳边，说："柳御史入朝，请代呈圣上：只要有韦皋在西川一天，必保我大唐西南边陲稳如泰山！"

柳镇点点头，说："韦公一片忠诚之心，柳镇自然明白。不过，韦公的身边人，却需要小心提防，以免他们向圣上造谣。"

韦皋以为他说的是监军黄高，眉头立时皱紧。

"安史之乱"后，各节度使势力日大。为了约束他们，皇帝派出宦官到各地任"监军"，掌管军资调配，监视藩镇动态，成为藩镇的"二号人物"。

驻扎西川的宦官监军名黄高，与韦皋关系不睦已是公开秘密——今天，韦皋请他入幕府赴宴，就被他当场拒绝。

韦皋猜测黄高事先已宴请过柳镇，拉了他的手，说："那些小人之言，请柳御史一定不要相信。我对圣上的忠诚日月可鉴，若韦皋有任何不轨之心，就让我……不得好死！"

# 十一

韦皋想不到薛涛背了篇文章，就让柳镇兴致高涨，对她说："良宵岂容虚度？你还有什么把戏，快使出来给柳御史瞧瞧。"

薛涛笑着说："柳御史，文章背完了，接下来是不是行个酒令？"

柳镇为难地说："我对此不精通，怕扫了诸位的兴。"

薛涛心想，行令太过简单，不如吟诗，既风雅，又能一展才学，或能博柳镇喜欢，于是说："那就吟诗吧，柳御史才高八斗，一定擅长此道。"

柳镇听了，捻须说："所吟之诗是自创还是选自他人？"

薛涛想到刘辟不擅写诗，又性格乖僻，若是让他难堪，说不定他会当场发怒，于是说："都可以。不过一定要快，我击掌三下，还未出口就算输。"

"可还有其他规则？"

"不论长安之宾，还是锦城之主，所咏必与江河相关，如水、波、舟等。另外，若后者所吟之诗与前者诗意重复，也算输。"薛涛说完，又宣布惩罚细则，"佳者自饮一盏，差者须自罚两盏并讲个笑话。"

段文昌说："这规则太过简单，难不住幕主和御史两位高才。"

薛涛略作思索，说："韦公贵为地主，北望长安，吟诗当止于河；柳御史贵为钦差，赐福西川，南不逾长江；余者在江、河之间自择自便。"

薛涛刚说完，柳镇抢先说："韦公贵为幕主，应当先来。"

韦皋手摸下颌，说："好吧，那就由我来抛砖引玉：黄河之水天上来，奔流到海不复回。"

薛涛请卿卿替韦皋筛酒一盏，众人见了，忙赞韦皋择得佳妙。

等韦皋一饮而尽，蜀州刺史侯瑜说："渭水自萦秦塞曲，黄山旧绕汉宫斜。"

众人一时不知好坏，都望向薛涛，薛涛说："'渭水自萦秦塞曲'是说渭水流经八百里秦川，清波白浪皆似哼唱秦腔，妙！"

侯瑜笑眯眯地饮下一盏酒。

接下来该去年才到西川幕府的卢士玫。一月前，他拜谒完杜工部草堂，又从薛涛处借得《杜工部集》数卷，日研夜读，颇有心得，随口拣出一句杜诗："浣花溪里花饶笑，肯信吾兼吏隐名。"

众人一听，浣花溪畔，婆娑花木影映碧水，实则是借花影而言水，不言水而有水，中规中矩，一饮而过。

又过三人，轮到刘辟。从一开始，他便打定主意撷英拾萃，以博柳镇另眼相看。

柳镇赴幕府宴会之前，已被刘辟邀入家中，好好款待了一番。为了保密，同时也为了让柳镇满意，刘辟只叫上了卿卿。哪知柳镇对美色没多少兴趣，刘辟又不敢贸然奉上钱财，以免弄巧成拙。

刚才见柳镇和韦皋耳语，刘辟担心他将自己私下宴请的事告诉韦皋，急得一身冷汗。偷偷察言观色，见韦皋面色如常，这才渐渐镇定下来。

刘辟知道柳镇雅好诗文，希望能在吟诵时择一好句，赢得他的好感。不料他想到的几个好句子，皆被前边的人选择，等轮到自己，还只想起"惟见长江天际流"，可"长江"得留给柳镇，不由得呆愣当地。

薛涛击掌两下，有心提醒说："刘公，该你了。"

刘辟无奈，只好投机取巧："孤帆远影碧空尽，惟见锦江天际流。"

柳镇以为自己没听清，问："什么？"

刘辟只好又说一遍："孤帆远影碧空尽，惟见锦江天际流。"

众人面面相觑，都把目光看向了薛涛。段文昌暗自替薛涛担心：若放过刘辟，柳镇会不满；若处罚刘辟，以他的小肚鸡肠，则不免被记上一笔。

薛涛皱眉沉思：若说天下诗文中没有此句，一定惹刘辟不快，笑着说："不可不可，江河之水已有韦公所吟在先，你此句与他诗意有重合之嫌——先饮两盏酒，再讲个笑话。"

刘辟不服："韦公所选是黄河之水，我所选是锦江之水。河水不犯井水，锦江水也不犯黄河水嘛！"

姜荆宝、卢士玫等人一听，忍不住大笑出声，笑完又把目光投向薛涛，看她如何应对刘辟的强词夺理。柳镇也随着众人，把目光投到薛涛身上，捋着半白的胡子，眉头皱紧，似乎在替薛涛思考如何回答。

却见薛涛微微一笑，斟了一盏酒，来到刘辟面前，说："刘公刚才那笑话讲得不错，我看在座诸人，包括韦公和柳御史都笑了。再饮过两盏罚酒，刘公就可以好好思考下一轮该吟什么诗了。"

听完薛涛这番话，段文昌长舒了一口气，卢士玫大叫了声"妙"，柳镇的手脱离了那丛心爱的胡须，双掌连拍了三下——就连刘辟本人，也不得不佩服薛涛的机敏，接过酒盏一饮而尽。

唯一不舒服的是卿卿。

每次宴会，不管她怎样卖力，人们最关注的都是薛涛。她就像一盏从未被点燃的灯，薛涛每一次燃放，都是对她的巨大刺激，在她心中慢慢堆满怨恨；上次薛涛顺走她的翠簪，终于让这怨恨像火山一样喷发出来。

论相貌，论歌舞，她都不比薛涛逊色。她唯一不如薛涛的，就是诗。

而大唐，恰好是由诗砌成的。

见刘辟还差一盏酒未饮，卿卿赶紧上前，横在了刘辟和薛涛中间，慢慢替他斟酒。

薛涛见她面色不善，猜她以为自己想博刘辟欢心，不禁微微冷笑：你把刘辟当个宝，我却只觉得他可怕！

薛涛退回座位，吟诗继续。接下来该韦皋侄子韦正贯。他十多岁年纪，行伍出身，却弃武从文，痴迷于寻章摘句。他早已想好了句子，吟道："渭水长桥今欲渡，葱葱渐见新丰树。"

薛涛心想：长桥卧波虽然美妙，却与卢士玫花木映水异曲同工，算步人后尘，按理当罚。不过，一来此句出自玄宗皇帝《初入秦川路逢寒食》，二来韦正贯方入作诗之门，自己也曾点拨过他几次，不宜打击其信心，于是说了声"好"，让韦正贯自饮了一盏。

韦正贯得薛涛肯定，开开心心地喝光了酒。

段文昌、姜荆宝两人吟完，就轮到柳镇了。属于他的"长江"虽没人染指，可飞鸟轻舟、波影流光，早在他人吟诵的大河小江里说了个遍，薛涛击掌两下，柳镇仍未能找到合适的句子。

韦皋怕柳镇出丑，对薛涛说："柳御史的酒盏空了，洪度还不快去斟酒？"

薛涛会意，拿起酒壶，款款走了过去；一边斟酒，一边小声说："柳御史何必舍近求远？在座之人，早有人替你写下了好句。"

说完，目光朝韦皋瞟了瞟。

柳镇一拍膝盖，大叫道："有了，长江不见鱼书至，为遣相思梦入秦——韦公之句也！"

说罢，哈哈大笑。韦皋跟着笑了两声，心思却早已飘远。

柳镇所吟之句，出自他多年前写的《忆玉箫》一诗。诗中所说的"玉箫"，正是当年在江夏时，姜荆宝送给他的侍女。两人彼此有情，如今却阴阳两隔，有缘无分，让人感叹造化弄人。

韦皋的目光落到了巧笑嫣然的薛涛身上，不禁心头一动：她会是另一个玉箫吗？

吟诗数轮，众人吟诵完前人妙句，又开始自创。因击掌三下必须吟诗，别说刘辟、姜荆宝等文采不佳之人，就是柳镇、段文昌这等才学渊博者也应对吃力，连吃了好几盏，渐渐有了醉意。

韦皋怕柳镇大醉，提议散席，带着薛涛和另两名侍女，亲自送他到客房休息。

到达门外，柳镇拉着薛涛的手，说："时辰还早，韦公、洪度，我们继续……吟诗！"

薛涛见柳镇喝醉失态，担心韦皋顺水推舟，再将她当作"筹码"送出，以笼络这来自京城的钦差。她不敢看韦皋，低头看向地上，灯光映出了他们三人的影子。她的影子，夹在两个男人的影子之间，显得瘦弱又孤单，仿佛随时都可能被他们吞没。

然而，韦皋说出来的却是另外一番话："柳御史，洪度今晚多饮了几盏酒，已经醉了。我让她明天一早再来陪你吟诗，你看可好？"

"洪度醉了？那好，明天、明天我们再好好……吟诗！"

韦皋挥了挥手，身后的两名侍女会意，上前两步，扶着柳镇进入了房间。韦皋见了，转身要走，却见薛涛仍待在当地。

"你怎么了？"

"没……什么！"

薛涛一边说，一边跟随韦皋慢慢朝前走去。

自从听了韦皋那句话，薛涛一直恍然如在梦中，一个疑惑在脑中挥之不去：幕主怎么突然变了一个人？

显然，比起韦晋，柳镇的价值要高得多。

"安史之乱"后，皇帝威权大减，节度使拥兵自重，时有反叛。德宗因对藩镇态度强硬，导致淮西节度使李希烈叛变，迅速夺取襄城。德宗为解襄城之围，下诏令泾原节度使姚令言率军讨伐李希烈。

姚令言率军经过长安城下，其时天寒地冻，士兵们又冷又饿，要求朝廷赏赐钱粮。德宗因国库空虚，不仅不愿赏赐，还催促姚令言快速率军赶赴襄城。

士兵获知消息后大怒，掉转矛头攻入长安。德宗仓皇出宫，逃往奉天。直到一年后，这场兵变才彻底平息，德宗得以返回长安。

自此之后，德宗对藩镇更为猜忌，开始利用宦官监军监督众节度使，并时常派钦差大臣赴各地明察暗访，了解其有无不轨之举。

柳镇此来，多半也带有皇帝诏命，但他直到现在仍不肯出示，这不能不令韦皋担心。

从今晚的酒宴可以看出，柳镇很欣赏她，若能投其所好，不仅可以套出他此行的目的，还能搞好和他的关系。到时候皇帝有什么打算，朝廷有什么消息，都能及时获取——这对于韦皋而言，绝对是莫大的诱惑。

巨大的好处摆在面前，伸手就可捡拾，薛涛不明白，他为什么就放弃了呢？

不觉间走到了一条花木扶疏的小径，此处灯火昏暗，让韦皋的背影看起来更显朦胧，就像一个永远也解不开的谜。


# 十二

第二天一早，薛涛应约来到柳镇房间。本以为他宿醉未醒，哪知他已立于书案前，正在奋笔疾书。

薛涛凑近一看，写的正是他昨晚提到的韦皋旧作——《忆玉箫》：

> 黄雀衔来已数春，别时留解赠佳人。

长江不见鱼书至，为遣相思梦入秦。

薛涛赞了几句柳镇的字，柳镇却充耳不闻，指着纸问："你可知道，韦公这诗是为谁而作？"

韦皋和玉箫的情事，薛涛曾听姜荆宝说过一二，知道两人彼此有情，最终却有缘无分；至于背后原因，她曾数度追问姜荆宝，他却讳莫如深。

薛涛一脸兴奋地说："薛涛也知道这背后有故事，可惜未知其详。柳御史既然知道，还请不吝赐告！"

柳镇捋了捋胡须，说："我也是听人说的，你姑且听听：多年前，一长安公子游学江夏，时日一久，与友人家中婢女玉箫暗结私情。忽一日接到家书，要回家省亲，公子本想带玉箫同返长安，临走时又变了主意，孤身而回。数年后，公子忆起旧事，一时相思难禁，便有了此诗——这段情事，与你昨日所讲卢照邻和郭姑娘的情事，倒是有几分相像。"

柳镇此来西川，做了不少功课，尽量了解韦皋生平，以期不辱朝廷使命。

听了这话，薛涛却大失所望：这些内容，幕府中几乎人人皆知。她最想知道的是：韦皋为什么不带走玉箫？愿意为她写诗，显然是有情，可为何后来不回江夏接她？另外，这玉箫姑娘没有等来韦皋，有没有另嫁他人？

明知柳镇多半不知，薛涛还是忍不住问："那公子为何突然改变主意，不带玉箫同返长安？如果真有急事，事毕后也应该再赴江夏，为什么宁愿写诗怀念，也不愿兑现曾经许下的山盟海誓？"

"这个，这个……"柳镇结巴了半天，说："婚娶大事，须依父母之命、媒妁之言，那公子想来是不敢擅自做主。"

"不对！"薛涛断然否定，"据我所知，那公子行事向来有主见，常常不拘礼法！"

"那就是公子想功成名就后再行迎娶……"

"不对！"薛涛又否定，"不久后，那公子就因救驾有功，受圣上重用，为何仍不前去迎娶？"

"这、这……"柳镇一急，反而笑了，说："洪度既然如此好奇，怎么不亲自去问韦公？"

薛涛吐吐舌头，说："这种事情，他不主动说，谁敢问？"犹豫一阵，终于还是将最关心的问题抛了出来，"那玉箫姑娘后来有否嫁人，柳御史可知道？"

柳镇摇了摇头，说："我听说，那玉箫姑娘，早已香消玉殒……"

听了这话，薛涛似觉一股雪风破窗而入，使寒冬提前抵达，让她狠狠打了个寒噤！

薛涛相信，玉箫一定是在痴心又绝望的等待中，耗尽了生命元气，最终魂归黄土。她离开世界时，心里一定带着不甘和怨恨。然而，她的死，除了能获得男子的两滴眼泪以及几首怀念的诗，还能得到什么？

负心的男子，薄命的女子，崩塌的盟誓，这世间为什么总有这么多残忍的故事？！

薛涛想起了干娘杜氏，她是乐营中一名老伎，薛涛高超的藏钩、投壶等技艺，全由她亲授。

杜氏年轻时，曾喜欢上当时的西川幕主张延赏。张延赏也很喜欢她，承诺会替她去了乐籍并娶她。果然，没过多久，张延赏就替她去了乐籍。

杜氏开心地准备着嫁妆，然而，等了一年又一年，却始终没能等来幕主迎娶的车马。不仅如此，张延赏还一次都未召见过她，仿佛不仅忘记自己的承诺，还忘记世间还有她这个人。

四年前，韦皋接替张延赏成为西川幕主。杜氏听说消息，飞奔出门，去追张延赏离开的车马。锦城百姓看见一个年老色衰、披头散发的女人，在城内左冲右闯，就像一头找不到出路的疯马……

杜氏回家后卧床一月，方能渐渐起床。她找不到其他生计，只好再次投奔乐营。罗秀成一来怜惜她，二来想让她教其他乐伎歌舞等技，于是留下了她。

没过多久，薛涛也入了乐籍，罗秀成让杜氏教她藏钩、歌舞、乐器等技。薛涛聪明灵慧，很快得到杜氏真传，成为众官伎中的翘楚。

薛涛见她时常忧伤，问她是否遇到了什么伤心事，杜氏却讳莫如深，有一次甚至对她大发其火。薛涛不便询问其他官伎，不明所以，只得小心伺候，希望能使杜氏开心一些。

两年前，杜氏病重，薛涛衣不解带，悉心照料。杜氏自知命将不久，终于将和张延赏的这段往事原原本本告诉了她。薛涛感叹干娘遭遇之苦，清泪横流。

杜氏握住她的手，说："你还能流泪，这是难得的幸福。我的眼睛，早已成了两口枯井……洪度，记住我的话：我们这样的女子，一定不能对男子——尤其是那些杰出的男子动心；否则，我的今天，就是你的明天！"

听了这话，薛涛身体一颤：她正当妙龄，怎么可能一辈子不对男子动心？另外，她们这样的女子，凭什么就不配拥有世俗的幸福？

柳镇见薛涛陷入沉思，一脸哀伤，猜她因玉箫触动了心怀，一脸歉意说："都是柳镇不好，惹得洪度伤感。"

薛涛想起还有正事未做，忙换上一副笑颜，说："那是薛涛好奇，怪不得柳御史。其实，薛涛还有一件好奇的事，想请教柳御史……"

"但讲无妨。"

"柳御史千里入蜀，难道就为给我讲这些陈年旧事？"

柳镇听了一愣，随即哈哈大笑，问："是韦公让你这么做的吧？"

薛涛反将了他一军："如果薛涛真是奉韦公之命，柳御史是否就不愿告知？"

柳镇捋了捋胡须，说："我与洪度虽是初见，却甚是投缘。我比你虚长几岁，若洪度不嫌弃，我倒是愿意交你这个朋友。"

薛涛听了这话，受宠若惊，忙说："柳御史这样说，真是折杀薛涛！"

柳镇微微一笑，说："不过，柳镇身负皇命，行事首先应该不负圣上，其次才是不负朋友。"

听了这话，薛涛对柳镇不禁多了几分敬重。

昨晚离开幕府前，韦皋叫住了她，让她务必搞清楚柳镇查案的情况，同时弄明白一件事：他此来西川，还有没有其他目的？韦皋不相信皇帝会为了一件小小命案，派钦差专门来查他。他担心柳镇此来，查案只是幌子，背后还有更大的图谋。若是如此，他就要早作准备……

花木中突然蹿出一只黑猫，薛涛猝不及防，吓了一跳。等那猫走远，薛涛依然心跳如鼓，为的却不是猫，而是韦皋深不可测的心机！

薛涛虽然为难，也只有应承下来。她知道柳镇是个君子，决定和他打开天窗说亮话。他愿意讲当然好，不愿意讲她也绝不纠缠，免得他为难，同时也看低了她。

如今听了柳镇这番话，知他做事公私分明，忍不住深深一揖，说："柳御史所为，薛涛佩服不已。"

柳镇忍不住问："如此一来，你怎样向韦公交差？"

薛涛淡淡一笑，说："我交差事小，若西川人都知道幕主之上还有圣上，西川之上还有大唐，那才是天下之福！"

柳镇想不到区区一个女子，竟有如此见识，双手一拱，正色说："洪度高见，不让须眉。"

薛涛听他夸奖，羞涩一笑，说："嘴巴都说干了，吃盏茶解渴吧。"

没过多久，薛涛端来一盏茶，柳镇笑眯眯地吃了一口，说："《诗经》有云：投我以木桃，报之以琼瑶。吃了洪度的茶，我不能不有所回报。"说完，将嘴凑近薛涛耳边，小声说："案子已经查清楚，全是他人诬告。另外，柳镇此来，还有一项任务：嘉奖韦公。"

# 十三

柳镇确实是为嘉奖韦皋而来，身边一直带着皇帝的诏书。不过，德宗还秘密给了他一个口谕：向韦皋宣读诏书之前，需向监军黄高及西川其他官员了解韦皋镇蜀的情况，看其是否有异心。

柳镇从黄高、刘辟、段文昌等人处多方了解，又微服走访了锦城多家茶坊酒肆，向商人士女、贩夫走卒了解韦皋镇蜀的情况。综合所见所闻，柳镇认为韦皋任西川幕主以来，功高劳苦，深得西川人心，且忠于朝廷，并无反叛之意。

等再见韦皋，柳镇便从袖底拿出诏书，读了起来。

跪于地上的韦皋，听了皇帝的嘉奖，心中却很平淡。方才薛涛和柳镇一同前来，悄悄递给他一张小纸条，上书一"奖"字。他悬吊吊的心，终于落了下来。

听见皇帝只是夸他"安夷制藩，开路置驿"，以及授予他检校户部尚书的虚职，韦皋心头生出些许不满来——当然，这不满，无论如何不能形诸颜色。

宣诏完毕，韦皋叩谢圣恩，请柳镇落座叙话，薛涛随侍在侧。话题很快说到大唐与吐蕃、南诏的关系上。

柳镇对南诏历史了解不多，韦皋便介绍说："洱海地区原有六个小国，统称为'六诏'，分别是蒙巂诏、越析诏、浪穹诏、邆赕诏、施浪诏、蒙舍诏。其中蒙舍诏位于诸诏之南，因而又叫南诏。南诏实力强大，早有吞并其他五诏之心。开元年间，南诏首领皮逻阁在大唐支持下，吞并了其他五诏，成立了南诏国，并迁都于大理。南诏自建国以来，与大唐关系一直较好。到了天宝年间，因种种原因，南诏和大唐关系转劣。天宝十一年（752）、十三年（754），大唐先后派出鲜于仲通、李宓等将领，率大军攻打南诏。在求和无望的情况下，南诏联合吐蕃，大败唐军。此后双方多次交战，各有胜负。"

韦皋说累了，看了一眼薛涛。薛涛会意，接着说："韦公任西川幕主后，着力修复大唐和南诏的关系。南诏第六代王异牟寻审时度势，决定归附大唐。韦公奏明朝廷后，派西川节度使巡官崔佐时为特使，到羊苴咩城册封南诏。然而，吐蕃不愿大唐和南诏结盟，想尽办法拉拢南诏；就连松州诸部落，也在拉拢之列……"

韦皋吃了一口茶，接话说："如果南诏、吐蕃和松州诸部结成联盟，对大唐将是极大的威胁。为此，我特派黎州刺史韦晋出使松州，又派一密使赴南诏，以避免他们被吐蕃拉拢，破坏大唐和南诏的联盟。"

柳镇忍不住问："结果如何？"

韦皋沉默片刻，说："南诏尚在吐蕃与大唐之间摇摆，松州诸部却有倒向吐蕃之忧。"

柳镇见薛涛给自己斟茶，随口问："对于此事，洪度有何看法？"

薛涛忙说："'运筹帷幄，决胜千里'乃须眉所长，薛涛身为女子，岂敢妄言？"

柳镇笑道："但说无妨。"

韦皋也赞同柳镇的话，用目光示意她说下去。

薛涛想了想，说："南诏弱小，故常在大唐与吐蕃之间左右摇摆，以图自存。依薛涛愚见，大唐需斩断南诏退路，让其没机会首鼠两端，唯有如此，他们才肯彻底臣服大唐。"

柳镇一听，大为惊异：原以为她只是一名有几分才情的美貌官伎，想不到秀外慧中，参预军谋也不逊须眉！

薛涛的话也给了韦皋莫大启发，他略一思索，心头已有了主意，遂对柳镇说："吐蕃与南诏的事虽然棘手，只要韦皋还在西川，断不至于有大忧。柳御史明日将启程返回长安，何不趁今日还有空闲，饱览西川美景？"

柳镇一听，顿时来了精神。

西川美景众多，峨眉、青城等山，早已名满天下。然而时间仓促，这些地方都来不及去。经薛涛建议，三人决定去杜工部草堂。韦皋当即传令姜荆宝，让他准备车马。

出门之后，韦皋和柳镇坐一车，薛涛和姜荆宝坐一车。薛涛怕姜荆宝动手动脚，坐得离他远远的。哪知他却很老实，车行了里许路，仍坐得端端正正，好像一座木雕。

薛涛放下戒心，侧脸去看浣花溪边的景致。从秦汉开始，成都就是天下闻名的都会。玄宗西幸，成都变为大唐的南京，其分量不输西京。浣花溪两岸不仅人口稠密，茶肆、酒肆多如牛毛，还有许多规模大小不等的作坊，其中又以织锦坊和纸坊为多。成都所造的锦和纸，不仅在大唐各州郡热销，还翻山越岭、远涉重洋到倭国、吐蕃、南诏等国，成为大唐文明的象征。

又行了一阵，姜荆宝忽然说："洪度，听说眉州何刺史前段时间找过你，央你替他办件小事？"

薛涛"哦"了一声，问："怎么，他也找过你？"

"找我有什么用？"姜荆宝自嘲似的笑了笑，说，"整个西川，如今能在韦公面前说上话的，你洪度认第二，没人敢认第一。"

薛涛哼了一声，说："找我也没用，我不吃他那一套！"

姜荆宝大吃一惊，问："此话……怎讲？"

薛涛也不隐瞒，将何晨如何拜访他，如何以送方物为借口送她钱，她又怎样将钱转交给韦皋，一五一十说了一遍。

姜荆宝听了这话，恨不得将薛涛推下车去！

何晨请他帮小妾的兄长谋取郫县县令，却并不信任他，只承诺事成之后，与他五千贯作为感谢。姜荆宝知他已贿赂了薛涛，认为以她现在在韦皋面前的地位，玉口一开，韦皋一定会同意；他将五千贯收入囊中，是十拿九稳之事。

哪知道这贱婢不但不愿意帮忙，还将何晨送她的钱全部给了韦皋！

姜荆宝贪赌好色，欠下造纸坊主人江钱枫五千贯钱，本想事成之后，用何晨给的五千贯还债——哪知这如意算盘还没开打，就被薛涛摔了个稀烂！

姜荆宝气得吹胡子瞪眼睛，薛涛却浑然不觉，继续撩开窗帘看窗外风光。

越来越多的百姓认出了幕主的马车，纷纷驻足观看。幕主的马车一过，又驶来一辆用鲜花和蜀锦装饰的香车，一个身着华服的绝美女子，正用一双妙目打量着浣花溪沿岸的一切。

普通百姓何曾见过这般美貌的女子，他们个个看得目瞪口呆，直怀疑她是嫦娥下凡。

"那是薛涛！"有人认出了她，大叫道。

众人听说是薛涛，纷纷驻足，意欲一睹芳颜。一群诗人刚开完诗会，此刻都围向马车，吟诵自己所作之诗，请薛涛指点。着一身华服的老年男子，还将一本诗集扔进马车，说："我叫马如龙，这是我自印的诗集，请薛姑娘不吝赐教！"

马车被人流所挡，寸步难行，车夫不得不大声吆喝众人散开。姜荆宝也跟着车夫喝骂，心头却是另一番说辞：你这个贱婢，害我损失五千贯，早晚不得好死！

柳镇回头见了，笑道："韦公，洪度在西川的名头，可把你给盖过了。"

韦皋一点也不生气，说："柳御史有所不知，蜀地人杰地灵，自古才女辈出；前有卓文君，当下，就以洪度为最！"

说罢，撩起车帘，朝后面的薛涛望去，见马如龙还在纠缠薛涛，忍不住皱紧了眉头。


# 十四

杜工部草堂到了。

平时半个时辰的路程，今天却走了足足一个时辰。柳镇和韦皋率先下车。柳镇举目一看，四围细水萦回，浅潭处处，竹林掩映，说不尽的清幽，忍不住在心里叫了声"好"。

等薛涛和姜荆宝也下了车，四人便沿路进入草堂。过一小桥，来到杜甫曾结草为庐的地方，望见一派荒草，不仅有野狗出没，还有几只被惊走的兔子，其破败荒凉，令人讶异。

柳镇指着那座眼看要坍塌的草房，问："请教韦公，这可是杜工部的草堂？"

韦皋镇守西川已数载，对草堂变迁了然于心，摇了摇头，说："不是。'支离东北风尘际，漂泊西南天地间'，上元二年（761）春，杜工部为避'安史之乱'离开长安，辗转流离，最终落脚此地，建草堂以栖身；四年后，他离开锦城流落荆、湘，草堂无人照管，很快便倾覆不存。此屋当是本地乡民所建，与当年杜工部所居之屋，并无关系。"

柳镇"哦"了一声，甚是惋惜。

薛涛忍不住说："柳御史难道想在茅屋借宿一晚，尝尝茅屋被秋风所破的滋味？可惜，现在是初夏，离秋天尚早。"

一席话逗得韦、柳二人哈哈大笑。

柳镇说："'故人供禄米，邻舍与园蔬'，杜工部当年在锦城，实在是有些穷困。"

说来也巧，薛涛正好想起杜甫的另一句诗："但有故人供禄米，微躯此外更何求。"

这两句诗中的"故人"，指的是严武。他是杜甫的好友，时任西川节度使。杜甫流落成都，缺衣少食，时常得靠他接济。杜甫感激朋友，为此写了许多诗，以铭记严武雪中送炭之恩。

薛涛心想：杜工部当年若不是穷困潦倒至极，断不会写出"微躯此外更何求"这样的自轻之语——就像自己，若不是走投无路，又怎会入了乐籍？

柳镇和韦皋继续前行，谈论杜甫在此写过的诗句，薛涛也在心中默诵杜甫的名句。

看着波光粼粼的浣花溪，薛涛心想：浣花溪能和这些光芒万丈的诗句扯上瓜葛，是它的大幸。同样，安禄山和史思明的铁蹄踏破半个大唐，是国家的不幸，杜甫的不幸，却是锦城的大幸——让它有机会和那些伟大的诗篇永远相伴！

她的大幸与不幸，又会是什么？

今天的西川，虽偶有烽火狼烟，因有韦皋这样的强人与能人领镇，很快就能被扑灭——这是她比杜甫幸运的地方。

不过，杜甫虽活在国家遭逢大难之时，人却是自由的。而她自从十六岁入乐籍，脖子上就套上了枷锁，说话行事，都由不得自己——这是她比杜甫不幸的地方。

问题是，如果有一天她有机会去掉枷锁，就一定能活得很好吗？

这个世界，是男子的，不是女子的。她们是他们的附庸与影子，可以让他们锦上添花，却永远不能和他们并肩站在一起，去指点江山、建功立业，一同成为这世界的主角！

她这样的官伎身份低贱就不说了，就算那些官宦人家的女子，嫁了一个门当户对的男子，夫君看她们时，也像是在看一朵娇美的花、一件精美的瓷器……绝不会把她们当成和自己一样的人去爱、去敬、去珍惜！

别说她现在身不由己，就算有一天，她能像飞鸟一样自由自在，也不可能找到那只可以和她双宿双飞、互敬互爱的雄鸟！

柳镇见她若有所思，忍不住问："洪度在想什么？"

"哦，我想起了杜工部的一句诗。"

"哪句？"

"飘飘何所似，天地一沙鸥。"薛涛缓缓吟完，说，"这是我最喜欢的一句杜诗。"

韦皋忍不住看了薛涛一眼。从长安到眉州，从眉州到锦城，丧失双亲，漂泊无依，入籍乐营……他似乎明白，杜工部有那么多诗，她为什么偏爱此句。

柳镇捻了捻胡须，问："韦公最喜欢哪句杜诗？"

韦皋指了指自己的头，说："韦皋自受命领镇西川，寝不能安，食不能饱，'白头搔更短，浑欲不胜簪'两句，简直就是杜工部在替我画像。"

柳镇抬头一看，韦皋确已青丝覆雪，两鬓染霜，忍不住唏嘘：韦皋费力为大唐镇守西南大门，仍不免被圣上猜忌，官虽大，人过得却并不快活，以致未老先衰。

姜荆宝听三人谈得起劲，忍不住插话说："我倒是喜欢杜工部的《佳人》——'绝代有佳人，幽居在空谷'……若是能与这等佳人来一场邂逅，那才叫不枉此生！"

当着柳镇仍这般轻浮，韦皋忍不住瞪了他一眼。姜荆宝见了，赶紧住口。

场面一时有些冷，薛涛问柳镇："柳御史认为杜工部哪首诗最好？"

柳镇不假思索地说："《登高》。全诗萧瑟悲凉，催人泪下！"

薛涛说："此诗固然好，堪称杜诗第一，但我更喜欢《闻官军收河南河北》。"

"愿闻其详。"

"初闻喜讯不敢置信，故曰'初闻涕泪满衣裳'；确定喜讯手舞足蹈仍不够，故曰'漫卷诗书喜欲狂'；自信从此将家国安宁，人人快乐相伴，故曰'白日放歌须纵酒'；身在梓州心已飞回故乡，故曰'便下襄阳向洛阳'……全诗一气呵成却工整无比，实在是少有的杰作！"

柳镇收住脚步，问："依洪度之见，怎样的诗，才称得上'杰作'？"

薛涛说："杰作当气象宏张，工拙相半。皆拙，无可取；皆工，则峭急而无古气。"

柳镇听了，忍不住大呼过瘾！要不是皇命在身，一定要在锦城多待几日，跟这奇女子好好谈诗论文！

韦皋心里却是另一种想法：这女子以往还有几分拘谨，这段时间怎么突然飞扬起来？不过，飞扬的她，多了几分别样的美，与那些普通女子更显不同，也更让人沉迷。

## 十五

转眼又是春天，韦皋一行往青城山踏青，归来时见道边桃李如烟，薛涛嚷着要摘花，好回家制茶。

众人都觉得她过分，以为韦皋会发火，却见他一脸平静地挥了挥手，令车马停下；等薛涛采足了花瓣，这才继续前行。

姜荆宝看了，恨得牙痒痒。韦皋如此看重薛涛，她只需说几句好话，韦皋一定愿意奏请朝廷，任命何晨小妾兄长为郫县县令——可她偏偏不肯帮忙！

如今江钱枫一再催他还钱，他又骗又哄，总算让他同意再延期三月。不过，这三个月是江钱枫给的最后期限；如果到时候还不了钱，他会亲往幕府找韦皋评理。

姜荆宝在韦皋眼中的地位已经每况愈下，要不是顾念当年相赠玉箫之情，只怕早已被赶出幕府。何晨那边，则因他没有"办好"所托之事，不再给他上供。一时半会儿，他到哪里去筹钱？难道真要去青神上任？

别说他不喜欢那小地方，只要一想到去了青神，会成为何晨部下，被催着还钱和穿小鞋，他就打死也不愿意去！

说来说去，都怪薛涛这个贱婢！

车马停在幕府门外，薛涛行了几个时辰路，想要方便。韦皋便令姜荆宝在门口候着，等薛涛出来再送她回家。

姜荆宝嘴里回答"是"，心里却大骂：她不过一个官伎，你倒把她当成公主了？我好歹也是你多年的朋友，当年还忍痛割爱，把玉箫送给你。你倒好，把我当成奴仆使唤！

等薛涛出来，姜荆宝跳下马车，冷冰冰地说："上车吧，老马送你回去。"

正要走，薛涛却拉住了他，说："送我一程，我有话同你讲。"

姜荆宝压着怒气问："什么话？刚才一路回来，你怎么不讲？"

薛涛小声说："有点私事，方才人多，不方便讲。"

姜荆宝不敢太得罪她，只得随她上了车，薛涛顺手拉下了车帘。姜荆宝暗喜：这妮子难道转了性，开始对我有意？整个西川的男子，都对她的美貌垂涎三尺；我若能得到她，不知会让多少人嫉妒、艳羡……

转念一想，韦皋最近对她越来越宠爱，看来是对她有意。整个西川，谁的女人他都敢碰，唯独两个人的女人，他再喜欢也只能干看着：一个是韦皋，一个是刘辟。

想到此处，姜荆宝只好袖起双手，免得它们不受控制——现在就是揩下薛涛的油，他也不够胆。

"说吧，到底什么事？"

"我家有个使女，名叫峨峨，年方十七，模样性格都一流，想托你给找户好人家。"

自从阿母死后，薛涛一直操心峨峨的终身大事。她把认识的人想了个遍，觉得都不合适。

整个幕府，薛涛最信任的人是段文昌。可惜，段文昌不喜交际，每日忙完政务，就待在家里吟诗作文。姜荆宝却相反，一有空便四处闲逛，各种人家的子弟都有结交。请他帮忙，给峨峨找到合适人家的可能性将大大增加。

姜荆宝知道会错了意，心头颇为失落，懒洋洋地问："嫁人，还是做使女？"

薛涛将手中把玩的一枝桃花扔入篮子，说："当然是嫁人！如果做使女，她又何必出薛家门？她虽是我家使女，却从小和我长大，和我情逾姐妹。"

姜荆宝想了想，说："她一个……丫鬟，想找个像样的人家，可不容易。"

"所以才找你嘛。"薛涛有些急了，"你相识满锦城，好好想想，一定能找到合适的人家！"

听了这话，姜荆宝灵光一闪，心头冒上一个主意，不禁喜上眉梢。

薛涛以为他是因她夸奖而笑，进一步说："总之，峨峨的事我就托付给你了。整个幕府，除了你，没人能把这事办好！"

姜荆宝拼命压抑内心的喜悦，说："你既然开了口，我要是不认真去办，怎对得起你我多年的交情？一般而言，像峨峨这样的丫鬟，不是嫁给穷苦人家的儿子，一辈子粗茶淡饭，就是去给富人做小妾，衣食虽然不愁，每天却有受不完的气——这些都不是最好的选择。"

"什么才是最好的选择？"

"嫁到富贵人家，做正妻！"

"这当然好！"薛涛喜出望外，却不乏怀疑，"以峨峨的身份，能有这样的福分吗？"

"所以要慢慢找。放心，这事包在我身上，保证让你满意，也让峨峨满意！"

薛涛又是惊喜又是激动。此时车子正好到达家门口，薛涛热情邀请姜荆宝进屋吃茶。姜荆宝正想瞧瞧峨峨，遂随她进了门；见屋内陈设简陋、家具破旧，忍不住想：何晨送钱你不收，情愿过这种清苦日子，真是蠢！

峨峨奉上茶来，姜荆宝见她果然长得貌美，性格又和顺温柔，更是放下心来，端起茶饮了一口，又和薛涛说了一阵闲话，拜别而去。

次日，姜荆宝早早起来，骑马沿浣花溪而行。行至青羊宫往西，但见溪水清澈，小桥处处，平添了不少幽趣；登上一座石桥，恰逢一队迎亲的人马，又吹又打，与之擦肩而过。

姜荆宝忍不住大笑，暗想：真是个好兆头，今天这事准成！

过了桥，穿过阡陌小道，来到一处三面溪水环绕，如一枚梭子横卧水中的地方，这里便是江钱枫家。

姜荆宝已经很久没来过江家，因为欠债，他躲江钱枫还来不及，哪有自投罗网的道理？江钱枫却有一个本事：不论姜荆宝躲在什么地方，他都能找到他。姜荆宝一度怀疑，他身边有人给江钱枫通风报信。只是，自己今天主动来找江钱枫，他会不会预先知道？会不会大吃一惊？姜荆宝想到这里，不禁有些得意。

姜荆宝正想拍门叫人，见院门虚掩，改了主意，轻轻推开门，想给江钱枫一个惊喜。进门一看，院子里堆满了造纸用的野麻、竹子和桑皮，院子左侧的池子中则沤着树皮。

江钱枫正指挥人将沤好的树皮捞出，放入几口热气喧腾的镬中，以草木灰浸煮，彻底煮熟之后，将其舂捣成浆，最后再将舂好的浆一番漂洗，厘去杂质……

造纸需经过漂塘、煮篁、舂臼、荡料、覆帘压纸到透火焙干等诸道工序，其中任何一步没做好，纸质便会有问题，故而每到关键处，江钱枫都会亲自把关。

江家纸坊是祖传，其纸的质与量远超其他纸坊，在锦城极有名气。江钱枫守着祖业，日进斗金，照理该过得很滋润。可惜，家家有本难念的经，江钱枫也有自己的不如意：他娶了个悍妇。悍妇姓刘，生性霸道，花钱如流水；稍有不如意，就会大骂江钱枫，有时甚至还会动手。

姜荆宝任青神县令时，江钱枫任仁寿县令，两人时常来往，亲如兄弟。一次，两人回锦城拜访过幕主张延赏，见时候还早，便找了一酒楼吃酒，席间还邀两名歌伎助兴。

刘氏也随相公回了成都，当时已经上床，听丫鬟说了这消息，立即赤脚操刀，杀入酒楼。恰好姜荆宝出来方便，见了杀气腾腾的刘氏，赶紧回屋报信。姜、江二人跳窗而逃，刘氏入门不见相公，便持刀追杀两名歌伎，二人左奔右突，最终一人躲入厨房，一人跳下锦江，这才保住两条小命。

此事传遍西川官场，让江钱枫颜面扫地。

接下来发生的一件事，则直接导致他落职。

被刘氏砍杀那年年末，吏部考功郎中到西川岁考，江钱枫恐有闪失，一再对刘氏说，要想保住官位，必须打点朝廷派到西川的吏部官员。可惜，刘氏担心他拿钱又去吃花酒，不管他如何央求，仍抱定主意不给钱。

结果，吏部考官左等右等，不见江钱枫孝敬，痛恨他不懂官场规则，决定拼凑他的过失，断送其前程。

正搜索枯肠，有人搬出刘氏大闹酒楼一事，说："江县令妇强夫弱，算不算瑕疵？"

考官一听，如获至宝，提笔认定："妻不能驯，岂能教化百姓？"

江钱枫由此落职，回家经营祖业。丢了官帽已经让他窝了一肚子火，那刘氏还彪悍如旧，让他隔三岔五脸上挂彩，江钱枫由此有了休妻的打算。

见姜荆宝主动上门，江钱枫果然吃了一惊，心里喜忧参半：他到底是来还钱，还是借钱？

姜荆宝却不说明来意，把江家前后左右看了一圈，问："嫂嫂呢？"

江钱枫指着脸上新的抓痕说："贱妇昨晚和我打了一架，连夜回娘家去了，最好永远不要回来——回来我也要撵她走！"

姜荆宝喜得差点儿叫出来：最近没去大慈寺烧香呀，怎么事事顺遂，想什么有什么！

"不是做兄弟的背后说闲话，正所谓'夫为妻纲'，嫂嫂不尊敬你也就算了，还经常抓得你脸上带伤，这成何体统？更重要的是，入江家十多年了，她却没留下一子半女——这样的女子，不要也罢！"

江钱枫没有接话，狐疑地看了一眼姜荆宝，继续猜测他上门的目的。

"说来也是凑巧，有一户人家的女儿，央我给她找个好婆家。这女子今年十七岁，那样貌，用'国色天香'四字形容毫不过分。更难得的是她的脾气，温柔和顺，轻言细语，待人有礼……这样的女子，就是打着灯笼也不一定找得着!"

见江钱枫目光闪烁，姜荆宝知他已经动心，继续吹嘘："这样的好姑娘，什么家的男子配不上？不过，姜荆宝心中第一个想到的，就是江兄你。你要是娶了这姑娘，明年保管能抱上大胖小子！更重要的是，从此只有你揍她，没有她揍你，哈哈哈！"

江钱枫也跟着大笑起来，说："她如果真是个好女子，替我生儿子，打理家业，我又怎会揍她？"转念一想：莫要高兴得太早，谁知他说的是真是假。于是问："真有这样的好女子？"

"就知道你不会信！"姜荆宝将头凑了过去，说，"你知道她是谁家的女子吗？"

"谁？"

"薛涛！薛涛是怎样的才、怎样的貌、怎样的性子，整个锦城，谁人不知？她家的姑娘要是有她一半好，江兄你的艳福……哈哈哈！"

江钱枫听了果然双目放光，一脸憧憬。

为让他彻底放心，姜荆宝又加了一句："那女子名叫峨峨，我已亲自替江兄把过关，绝对没问题。江兄如果不信，大可亲自去看。"说完，不忘揶揄一句，"以江兄找人的本领，整个锦城，应该没有你找不到的人吧？"

江钱枫脸色一红，拱了拱手，说："以前的事，都是我不对，你莫要记在心上。你替我物色到这么好的女子，真不知怎样感谢你……走，我们出去饮几盏！"

一边说，一边伸手去拉姜荆宝。姜荆宝却立着没动，江钱枫见他脸露为难之色，问："大家兄弟，有什么话不妨直说。"

姜荆宝说："把这么好的姑娘嫁出去，薛涛很舍不得，想收点彩礼……"

"要多少？"

"五千贯。"姜荆宝看了一眼江钱枫，说，"这笔钱不用江兄拿，我不是还差你五千贯吗？我把钱给薛涛，就说是江兄托我付的彩礼，谁让我是你们媒人呢？哈哈哈！"

江钱枫也猜到这是姜荆宝故意赖他钱，一想到娶峨峨还得仰仗他，只好忍痛认亏。

"只要这女子真如你说的那般好，区区五千贯……彩礼，算得什么？"江钱枫狠狠拍了一下姜荆宝的肩膀，说，"走，吃酒去！"

姜荆宝疼得龇牙咧嘴，笑呵呵地跟着江钱枫出了门。


# 十六


一大早，韦皋便派人到薛家，接薛涛去幕府，随他前往大慈寺烧香。

来到幕府，薛涛被仆人带到竹亭，见韦皋和一男子正立于亭中。男子垂手恭立，韦皋则一脸怒容，大声说："你写的狗屁诗，结个集子，也敢叫《锦江集》?!"

薛涛细看那男子——正是上次将诗集扔进她马车的马如龙！

这马如龙原是一商人，"安史之乱"前，他随父亲将蜀锦等成都方物，沿茶马道售往吐蕃，赚了不少钱。"安史之乱"后，大唐国力转弱，茶马道盗贼横行，朝廷却拿他们没辙，马如龙的货被抢劫了几次，又断定大唐再无复兴可能，从此断绝行商之念，回成都定居。

马如龙粗通文墨，喜欢作诗，家里又有钱，成都诗人纷纷上门，请他做诗会的会主。马如龙来者不拒，做了十多个诗会的会主，还将自己的诗刻印，取名《锦江集》。

上次他当街骚扰薛涛，已经让韦皋窝了一肚子火，后来知道他把诗集取名为《锦江集》，更是暴怒不已，立即命人把他叫入幕府，狠狠训斥。

马如龙被韦皋骂了一通，不敢顶一句嘴。韦皋气消了，挥手让他离开，又让薛涛送他出幕府。

行到半路，薛涛见他仍一脸沮丧，心中颇为同情，说："你把诗集取什么名字不好，为何非要叫《锦江集》？"

马如龙仍一脸茫然："这名字有何不对？"

"韦公想拿这名字，命名自己的集子。"

马如龙恍然大悟："原来……是这样！那我的集子，叫什么名字好？"

"你的诗我读了，大多是写春光春景，不如就叫《锦江春集》吧。"

听说薛涛读了自己的诗，马如龙受宠若惊，说："谢谢薛姑娘。等哪天有空，我请你到我家，再邀上些诗友，我们好好吃茶论诗。"

想请薛涛谈诗的不知凡几，如果都答应，就是一百个薛涛也不够。见他一脸诚恳，薛涛不忍拂他美意，说："等哪日有空，一定拜访贵府。"

马如龙听了，开心而去。薛涛返回竹亭，和韦皋饮了盏茶，吃了点东西，一起坐车去大慈寺。

行到离大慈寺还有一里多地，薛涛提议安步当车，欣赏春光。韦皋点头同意，和薛涛一起下了车。路两边各色春花正开得如火如荼，一阵清风掠过，落花如彩蝶般漫天飞舞，很快飘满薛涛头肩。韦皋伸出手，欲替她拂去花瓣。薛涛不自觉地头一偏，云鬓恰好碰到了花枝，珠簪也被花枝顺走。

韦皋把珠簪取下，心头一动：以前，他也送过玉箫这样一支簪。

薛涛见他若有所思，问："韦公在想什么？"

韦皋不说话，伸手召她过来，亲手将簪子插入她的头发。看着他目光中露出的慈爱之色，薛涛不禁想起了父亲。只不过，父亲眼里的关爱，就像恒久流淌的春水；韦皋眼里的关爱，却像这头上的阳光，虽然现在正烈，却随时可能被阴云遮挡，让她倏忽之间，尝尽冷暖。

两人一时无话，不觉走到一条小河边。两岸都是樱树，薛涛朝下一看，河水中全是樱花花瓣，随着河水缓慢流淌，流出一条芬芳的春江。

一群赏花公子隔水隔树，站在远处的桥上，见了美艳绝伦的薛涛，别有用心地卖弄起来："野有蔓草，零露漙兮；有美一人，清扬婉兮；邂逅相遇，适我愿兮……"

韦皋听了，眉头微皱，喊住薛涛，快步朝大慈寺方向走去。

薛涛见韦皋一直闷闷不乐，笑道："春深似海，人人欢乐出游；没想到西川第一人，却不愿与民同乐。薛涛愿代西川人一问：韦公因何忧愁？"

韦皋淡淡一笑，接着叹息一声，说："你不是在到处打听玉箫吗？我就是因她而不乐。"

薛涛听了笑容顿敛，小心地问："韦公今天想讲……玉箫？"

韦皋抬头看向远处的花海，目光陡然变得幽深，说："其实也没什么好讲的，无非男欢女爱，有缘无分……"长长一叹，又说，"这样的事，这世间难道还少吗?"

"这样的事固然不少,但身处其中者,望穿秋水,伤心断肠,其情爱之缠绵,相思之浓烈,若是不说出,局外人又如何得知?"

韦皋听了这话,脸颊一阵抽动,终于将当年和玉箫的往事,一五一十讲了出来。

在姜荆宝家第一次见到玉箫,韦皋便迷恋上她。姜荆宝察色知意,偷问玉箫意思,知她也钟情韦皋,当下决定将她送给他,欲成一桩美事。

韦皋当然知道,他这么讨好自己,一来是两人意气相投,相处甚欢;二是姜荆宝看出他志向远大,见识不凡,迟早会飞黄腾达,借玉箫下一个大注。

和玉箫相处那一两年,是韦皋最快乐的一段时光。玉箫容貌绝美,歌舞俱佳,更难得的是善解人意——很多需要,他自己都不知道,她却提前为他准备得妥妥当当,让他大为惊喜。

不久,家中来书,说是为他谋得了一个好差事,让他速回长安。

韦皋龙卧浅水,一直在等待一个好机会;如今机会来临,却又陷入两难:带不带玉箫走?

他想带走玉箫,却又担心她跟在身边,他会沉湎于温柔,无心去办正事。另外,玉箫虽得她欢心,终不过一个小小丫鬟,与他门不当户不对,家人岂会接受她?如果只是将玉箫当成贴身侍女,他又于心不忍,觉得配不上她对他的情意。

思来想去,直到临行,仍下不了决定。

玉箫一路默默送他到渡口,将行李送入渡船放好,叮嘱他说:"船上比岸上冷,公子千万记得多穿衣服。若要饮酒,一定要让船家烫热了再饮,免得伤了身子……"

直到此时此刻,她心中仍只有他!韦皋感动不已,一把抓住她的手,说:"自古婚姻大事,都由父母做主;我回到长安,立即禀明父母,只要他们同意,我马上到江夏娶你……"

玉箫欢快的表情里,夹杂了几丝哀怨,低声说:"若是他们不同意呢?"

韦皋大声说:"若他们不同意,我就奋发自强,干成一番大功业。到时候,即便是皇帝,也不能轻易阻挠我想做的事!"

玉箫听了这话，终于满心喜悦，说："每年的今天，我都会来此渡口等你，一年不行等两年，两年不行等三年……直到你出现为止！"抬头看着韦皋，又说，"玉箫已发誓非你不嫁，也希望你，不要背弃誓言！"

"男子汉大丈夫，一言既出，驷马难追，你尽管放心！"

果然，韦皋父母因玉箫身份低微，不许儿子娶她入门。接下来几年，韦皋又仕途蹭蹬，无颜去见玉箫，更无力娶她。后来，他因诛杀牛云光等叛将，获得皇帝重用，总算是扬眉吐气。等忙完公务，韦皋便乘船前往江夏，准备兑现当年许下的诺言。

韦皋提前给玉箫写了一封信，约定某月某日在当年分别的渡口相见。到了约定那天，韦皋的船只驶近渡口。他站在船头，远远便看见一女子立于渡口，正翘首看着江面来往的船只。

是玉箫！

韦皋高高举起手挥动，玉箫也举起手，朝着他缓缓地挥了挥。

韦皋激动万分，催促船家划得再快点。然而，当他们的船离渡口还有数百尺时，玉箫突然一头跳进了水里……

韦皋大叫一声，和随从纵身跃入水中，意图营救。可惜，江水流得实在太快，玉箫早已没了影子；只剩下满江浊浪，滚滚而来又滚滚而去，把无尽的悲伤、无尽的疑惑，推向无尽的远方。

薛涛早已听得双颊带泪，忍不住问："玉箫姑娘为何要自尽？"

"我派去探听消息的人回来告诉我，玉箫在无尽的等待中煎熬了五年，华发早生，容颜衰残。当她收到我的信，知道我没有违背誓言，终于回江夏找她，心里异常高兴。可是，一想到我见到的，已是叶落花残的她，她就……"说到此处，韦皋的眼眶破天荒地冒出两滴眼泪，"她自尽，是想我的脑海里，记住的永远是最美、最好的她。她哪里知道，比起她的容颜，我更爱她的人。我身边何曾少过美女，却再也遇不到……像她这样好的女子！"

说完，他目光不经意地在薛涛脸上扫过：眼前这个女子，容颜、才华比起玉箫毫不逊色；可是，论起对他的情意，她比玉箫却要差上很多。

在玉箫眼里，他是一切；而薛涛的眼睛，更多的却是看向自己。她虽然为他做了很多事，替他笼络了不少人。但他知道，她并不愿做那些事，只是因为入了乐籍，惧怕他的权威，感激他危难时的襄助，才勉为其难为他出力。

有时候他觉得，她更像一个男人，一个无论如何也要活出自己的男人。这令他有时候很厌烦，有时候又有几分敬重。

不知不觉间，大慈寺已到。主持僧知道幕主要来，早候在门口；见了二人，忙在前引路，将他们带到香炉前。

看着韦皋虔诚地上香，薛涛心想：韦公经常到大慈寺上香，幕府中人都说，他这么做，是为了大唐和吐蕃、南诏之间能长保和平。

可是，他真是为的这些事吗？

韦皋没有看她，却猜到了她心中所想，问："你随我多次到大慈寺上香，可你知不知道，我这么做的缘由？"

"是为了……玉箫？"

韦皋点了点头，说："人死不能复生，我来上香，不过是想慰藉亡魂，同时减轻一下我心中的愧疚。玉箫的死，是我这辈子最大的遗憾。这遗憾若说给儿女，难以启齿；若道与世人，众口铄金，谁知道他们，又会拿我做什么风流文章？"

"能听韦公诉说衷肠，道尽委曲，薛涛何其有幸！"薛涛仍未从玉箫之死中走出来。她不知道，未来的自己，会不会是另一个玉箫；甚至，连玉箫还不如。

至少，玉箫还有一个深爱的男子，一个值得为他一死的男子。那男子，最终也没有辜负她。

只是，来迟了一段时光。

时光，真是一把可以毁灭有情人的利剑吗？

韦皋看了看一旁的主持僧，说："以往来去匆匆，无暇与你细谈。今日恰好无事，你给我们说说大慈寺。"

主持僧点了点头，指着周围建筑说："韦公所见乃无相禅师亲自督造，共九十六院，八千五百四十二间。"

无相禅师原是新罗王子，开元十六年（728）抵长安，受玄宗皇帝召见，后入蜀，拜高僧处寂禅师为师。至玄宗幸蜀，又复获召见，受命重建大慈寺。

韦皋问薛涛："你可知'大圣慈寺'匾额，是谁人所书？"

薛涛以前听说过此事，一时半会儿却想不起来，说："我忘了，请韦公赐告。"

韦皋微笑着说："都说你聪明绝顶，读书过目不忘，这等重要的事，怎么会忘记？继续想，想到再告诉我。"

薛涛忍不住白了他一眼，想起佛门圣地，应该庄严，赶紧换上一副肃容。

主持僧带着二人穿过一扇朱漆大门，来到玄奘在大慈寺受戒并坐夏学律的殿院。玄奘在锦城五年，一直在大慈寺随宝暹、道基、志振等法师，学习佛学经律论。

主持僧接着说："玄奘在此究通诸部后奔赴长安，以成其赴西天取经的宏愿。"

薛涛想起什么，一拍额头说："天宝十五年（756），安禄山攻陷长安，玄宗皇帝避难至此，见大慈寺僧人英干施粥街头为大唐祈福，感动之余为他敕书，方有今日'大圣慈寺'的匾额。"

韦皋投来嘉许的目光，说："如此才不负'才女'之名。"

一个时辰后，薛涛陪着韦皋出了大慈寺，继续在附近赏玩春色。午时，姜荆宝找过来，禀告韦皋一个大消息：南诏使者到了。


# 十七

韦皋坐车先走，薛涛上车时，姜荆宝也跟着钻了进来，说："找着了！"

薛涛莫名其妙，问："找着什么了？"

姜荆宝装出一副不满的样子，说："你不是让我给峨峨物色个好人家吗？我有一开纸坊的异姓兄弟，家业不小，恰又内帏失助，与峨峨可谓天作之合。"

薛涛没想到他这么快就找好了人家，想起峨峨就要离开自己，不由得悲伤起来，一脸哀怨地说："怎么这么快？"

姜荆宝又是担心又是不满："现在埋怨我快？当初找我的时候是怎么说的？我那兄弟虽不是诗礼人家，却也做过几年仁寿县令，家里还有个偌大纸坊，可谓家大业大。峨峨入了他家，吃香喝辣，风吹不到雨淋不着，你还有什么不满意？"

薛涛听了，连忙道歉；想了想，问："你说他'内帏失助'，指的是什么？"顿了顿，又补上一句，"事关峨峨终身，我不能不了解得详细些。"

"他有个原配，是个悍妇，两人关系不睦。有一次，这悍妇提刀追杀我兄弟，差点把他砍死！目前原配已经回了娘家，我那兄弟正在考虑休妻。"

"那就等他休了妻再说吧。"见姜荆宝面露不快，薛涛又说，"不瞒你，其实我也想让峨峨多陪我几天。"

姜荆宝冷哼一声，说："你想让她陪你多久我都没有意见，我只想告诫你一句：我那兄弟可抢手得很，小心过了这村没了这店！"担心薛涛一怒之下反悔，又换上一副柔和的声音说，"峨峨早已到了出嫁的年龄，女子的青春可耽误不起！再说了，峨峨就算嫁了人，也可以经常回家看你——她又不是嫁到南诏、吐蕃去，再也回不来！"

薛涛听了，嘴里骂着"乌鸦嘴"，心里却认可姜荆宝的话：是啊，女人的青春耽误不起。就像玉箫，如果韦公能早两年去江夏，她何至于投水自尽？继而又想到自己——她比峨峨还大，可能够娶她的人，又在哪里呢？

薛涛微微一叹，说："你说得有道理，倒是我自私了。今晚问问峨峨，看她心里怎么想。如果她愿意，就尽快把他们的婚事办了。"

姜荆宝心头一块大石头落了下来，想起跑了两趟路，费了点唇舌，就免掉了五千贯外债，不禁暗自得意。

车到半路，薛涛还是有些不放心，让姜荆宝带她到江钱枫家看看。姜荆宝想反正有这么一天，也不拒绝，两人驱车往江钱枫家。

抵达江家，已是掌灯时分。此时朗月在天，清辉满地，江钱枫见姜荆宝带着一仙娥似的女子来到门前，比他探看过的峨峨还要美艳不少，顿时心跳加速、唇干舌燥。

薛涛见江家房屋轩敞，偌大的院子放满造纸原料和工具。江钱枫年龄虽大，看起来倒是挺精神，只是一对眼睛滴溜溜往她身上瞅，看起来有几分下流。不过，男子见了她，多半都如此，也没什么好大惊小怪。

姜荆宝向两人做了介绍，江钱枫听说眼前佳人就是名满锦城的薛涛，赶紧呼丫鬟上茶。

薛涛左等右等，不见主妇出来，知道姜荆宝所言不差，放下心来，暗暗替峨峨高兴。

趁江钱枫去茅房方便的机会，薛涛问姜荆宝："他们家孩子呢？莫不是随着夫人回了娘家？"

姜荆宝一拍大腿，说："这事我忘了告诉你：他们没有孩子！这也是我兄弟休妻的原因之一。峨峨嫁过来，要是能替江钱枫生个一子半女，以后这偌大纸坊，还不全是她的？你说，江家这条件，是不是打着灯笼也寻不着？"

薛涛心里很满意，微笑着点了点头。她急着回去和峨峨商量，又不想被江钱枫像稀奇玩意儿一样看来看去，起身对姜荆宝说："我先回去了，你待会儿给你兄弟说一声。"

姜荆宝说："你坐马车走了，我怎么回去？"

"我回去后，让老马来接你不就行了。"薛涛笑了笑，说，"老马要是忙，你干脆在江家住一晚，反正幕主忙着接待南诏使者，一时半会儿也不会找你！"

话一出口，才想起可能令姜荆宝多心，以为她在讽刺他受到了韦公的冷落。抬眼一看，他脸上表情还算平静，心里稍安。想到江钱枫马上就要出来，薛涛向姜荆宝告了辞，匆匆出门而去。

姜荆宝果然觉得薛涛是在讥讽自己，盯着她的背影暗骂：臭娘们儿最近越来越嚣张了，连我也敢讽刺！韦公再怎么冷落我，我也是他的旧相识，当年还忍痛割爱将玉箫送给他。你算什么，一个官伎！韦公给你三分颜色，你就想开染坊；小心染坊没开成，哪天被送入牢房！

不一会儿，江钱枫回到了客堂，见只有姜荆宝一人，不禁四处张望。

"别看了，走了。"

"啊，为什么？"

"回去给你新夫人准备嫁妆，嘻嘻。"

江钱枫一脸失落，痴痴盯着方才薛涛坐过的位置。姜荆宝见他不说话，心头一紧，问："怎么，想反悔？"

"我为什么要反悔？"思量了片刻，江钱枫还是决定将心中所想说出来，"兄弟，你说，如果要娶薛涛，多少钱够？"

正吃茶的姜荆宝，"噗"一声将满口茶全喷了出来："你想娶薛涛？你一个造纸的，也敢打薛涛主意？"

江钱枫一听，很不服气："文君尚可当垆，薛涛为何不能造纸？"

姜荆宝被他逗乐了，说："如此说来，还真没什么不妥。可薛涛美如天仙，又写得一手好诗，多少达官显贵都难入她眼，她能不能看上你，就只有天知、地知、她知了！"

"她不过一官伎，竟如此傲气？"

姜荆宝想起方才薛涛讥讽自己，冷哼一声，说："她有韦皋撑腰，当然傲气。她还年轻，不知道大人物的恩宠，来得快，去得更快！"见江钱枫还在沮丧，又说，"别丧气了，真想得到薛涛，你比别人倒是多几分胜算。"

"此话怎讲？"

"薛涛和峨峨情逾姐妹，你娶了峨峨，薛涛不免时常来看你夫人——就算她不来，你也可以和峨峨一起回'娘家'看她。你有了和她接触的机会，多献点殷勤，说不定哪天她就动了心，真和你一起造纸呢。"

江钱枫一听，终于面露喜色，拱手说："若真有那一天，我愿再出五千贯彩礼——不，一万贯！"

姜荆宝揶揄说："那你可要多造点纸。"


# 十八


韦皋回到幕府，段文昌迎了上来，说："韦公，南诏特使在客堂，刘公正陪着。"

段文昌是长安人，其父是韦皋故交，故将其送至西川历练。他人虽年轻，却行为方正，虑事周远，颇得韦皋器重，凡军政大事，都会召他商议；重要文书，更是几乎全由其执笔。

韦皋步入客堂，见一五十余岁男子，长得满面虬髯，甚是伟岸，穿的服装也与汉装迥异，知道他便是南诏使者。

使者见了韦皋，赶紧拜见。

最近，吐蕃密谋进攻西川，抓紧联合南诏、松州等地。南诏故意摇摆于大唐与吐蕃之间，意欲两不得罪、坐收渔利。

宴请柳镇那次，韦皋受薛涛一番议论启发，传令西川在南诏的密使面见南诏王，强硬表态：大唐与吐蕃，南诏只可二选一，休想脚踩两只船，同时派重兵驻扎于大唐与南诏边界以震慑。

南诏王担心激怒韦皋，立即表示会与大唐永结同心，同时派特使携金银财宝入西川，以示臣服。

韦皋见南诏使者不仅奉上厚礼，态度还毕恭毕敬，很是满意。陪同使者一同前来的雅州刺史周静之早已被使者收买，此时也帮着美言："韦公，本次南诏奉上的最贵重礼物，绝非金银财宝，而是一只孔雀……"

"孔雀？"

"没错！此孔雀形体之大、羽翼之美，可谓见所未见。使者送孔雀经过雅州，妇孺逐尘十里，都想见一见它。"

使者插话说："这孔雀确实是宝贝，我王将它献给韦公，以示永无二心！"

韦皋捻了捻胡须，心想：薛涛要是见了孔雀，一定欢喜异常。可惜时间已晚，不便再召她入府；看了一眼使者，说："我有个朋友要会，今晚就由刘副使、周刺史、段校书招待使者。使者远来疲累，多饮几盏，好好睡个觉。"

使者犹豫了片刻，还是上前一步，说："久闻西川薛涛貌美不输杨玉环，才情更胜卓文君，不知韦公能否将其招来，让我也开开眼界？"

韦皋眉头一皱：怎么每个人都想见薛涛？

"她今日身体欠安，明日再招来与你相见。"

使者看了一眼旁边的刘辟，默默退下。刘辟会意，追着韦皋出了门，问："韦公，薛涛不过一官伎，既然使者想见，何不将她招来？"

还有一句话刘辟没敢说出来：以前你不就是这样做的吗，为何最近风格大变？

"我意已定，不必多言。"

"是。"刘辟心不甘情不愿地回了一声，说："使者请求明日单独见你一面，韦公可同意？"

韦皋点了点头，迈步而去。刘辟看着他的背影，想起最近幕府盛传韦皋对薛涛宠爱有加，似乎是想收她入室，忍不住冷笑两声，心道：一把年纪还如此滥情，迟早死在女人手里！

薛涛从江家回来，和峨峨说了江钱枫的事。峨峨不愿和薛涛分离，啜泣不止。薛涛也很伤感，忍泪劝了许久，峨峨总算同意嫁给江钱枫，只是说要慢慢准备嫁妆。

薛涛知道她想多陪自己几日，答应下来。主仆俩同室而眠，分离之日虽未至，离别之情却已生，两人一宿未睡，未免打扰对方，令对方担心，又装作睡熟的样子。

次日一早，老马前来接薛涛。薛涛知道是宴请南诏使者，让老马在门外等着，叫起峨峨给自己梳妆。自从发现幕主对薛涛的器重，老马转变了态度，对薛涛言听计从，不敢有丝毫违逆。

进入幕府，先看见段文昌，正负手观赏面前的一座假山，看样子是在构思诗句。

幕府众人中，薛涛和段文昌相处最为轻松。薛涛悄悄走近，笑道："大白天正事不做，竟在此闲逛，小心幕主写信给武公；岳父大人一怒，不把宝贝女儿嫁给你，看你怎么办！"

段文昌与大臣武元衡的女儿订有婚约。

段文昌听了，脸色微红，说："我在此可是为了等你，好心没好报！"

"等我干什么，怕我找不到宴厅？西川幕府宴厅虽多，招待外来使节的可只有那一个。"

段文昌听了，忍不住也刺了薛涛一下："一大早就想赴宴吃酒，你什么时候也喜欢迎来送往了？"

薛涛不禁想起，九岁那年，阿爷以庭中梧桐为题，吟出"庭除一古桐，耸干入云中"，她随口接吟"枝迎南北鸟，叶送往来风"。

此后多年，她一直在想，当时怎么会鬼使神差吟出那么一句？难道她"迎来送往"的命运，竟是早已注定？若是如此，老天又何必让她降临世间，受这等苦难与屈辱！

昨晚听着峨峨哭，她也很伤心。可是，峨峨再不济，身体总是自己的，可以去想去的地方，嫁想嫁的人。她薛涛虽貌美才高，却不得自由！眼前这花木重重的幕府，就是她的囚笼；乐籍，就是套在她身上的锁链。

她何时才能挣脱锁链，逃出囚笼？

最近一年，韦皋对她越来越宠爱。幕府和外地的官员常有人偷偷给她送礼，希望她能替他们在韦皋面前"美言几句"。一开始，她很有几分得意，很快也就明白，他们所有的殷勤，都不是献给她，而是献给她背后那个手操权柄的男子。而这个手操权柄的男子，既像父亲一样给予她庇护，又像一团巨大的阴影，给她无尽的压力。

相处数年，她已经很了解他的两面性：既有阳光的温暖，又有乌云的阴沉。更可怕的是，你永远不知道，阳光什么时候会被乌云遮挡，猝不及防地给你压抑与阴冷。

薛涛不知道，是不是所有身居高位的人，都是如此恩威难测。但是，他确实就是如此。

为了不给人留下把柄，那些官员送她的礼物，她分文不留，全部送入幕府。这殷勤不是给她的，她不屑要、不能要、不敢要。

她想要的，只是安稳。

段文昌见她一脸阴云，知道刚才的话触及了她的伤心处，很是愧疚。思索良久，终于找到了新话题，说："走，我带你去看个好玩意儿！"

段文昌说完，拉住她的手往幕府深处走去。他是第一次握她的手，只觉得它寒凉如冰。他好想温暖她，却又知道，以他的能耐，永远也温暖不了她。


# 十九


书房内，韦皋正单独召见南诏使者。

"你回去后，替我谢谢南诏王。告诉他，只要和大唐永结同心，以后遇到任何事，大唐都不会袖手旁观。"说到这里，韦皋的声音和表情都冷下来，"如果阳奉阴违，干那种背后捅刀子的事，就休怪我不客气！"

使者再次强调臣服之意，并表示最近一段时间，南诏王已经拒绝接见吐蕃使者。这和密使传回来的信息相符，韦皋满意地点了点头。

"西川胜景无数，待会儿让刘副使和段校书陪你在锦城逛逛。我还有点事，不能相陪，我们晚宴见。"

使者表示感谢，却没有急着走。韦皋见他一副欲言又止的样子，说："有什么话，大可直言。"

"我王有一封密信，嘱我面呈韦公。"说罢，使者取出贴身携带的信件，小心翼翼地递了上去。

韦皋心想：不过递一封信，何必如此犹豫？展信一读，不禁勃然变色。

使者出发前，曾得南诏王面授，知道此信大意：听闻西川幕府有一官伎，风华绝代，才情横溢，心中仰慕已久。若韦公能割爱，我南诏将世世代代，唯大唐马首是瞻！

他昨日提出见薛涛，已经碰了个大钉子，此刻见韦皋读信后一脸阴沉，仿佛随时都会发怒，心中不由升起几分惧怕；想起南诏王的嘱托，又努力压制恐惧。

良久之后，韦皋终于开了口，声音如同朔风一般冰冷凌厉："若是我不同意，南诏王意欲如何？我想，他一定交代过你吧？"

使者战战兢兢地说："我王说，大唐与吐蕃交战多年，各有胜负。南诏若助大唐，大唐胜；若助吐蕃，吐蕃赢。请韦公慎重……思量。"

使者说完，小心观察韦皋的反应，准备承受他的雷霆震怒。

韦皋不但没有生气，反而朗声大笑，说："你们也太高看自己了！我不想同时与吐蕃、南诏开战，是不愿大肆征税，加重百姓负担——你以为大唐没有同时对付南诏和吐蕃的实力？"

南诏使者似乎知道他会这么说，立即回道："韦公受朝廷之命坐镇西川，却不惜为一女子，将万千百姓推入战火，岂不是有负皇帝重托？"

韦皋的面容重新回归冷峻，一字字地说："我不是顾惜一女子，我是不想大唐受这等屈辱！"

"我来西川不久，却多次听说韦公有意于薛涛。南诏王送您千年难得的孔雀，您为何……不能割爱？"

韦皋顿时暴怒，说："什么千年难得的孔雀，听说它至今不肯开屏——跟你南诏一样，不识时务！你且退下，今晚请你享受盛宴——孔雀宴！"

使者面色惨白，诺诺而退。韦皋气得大声召唤候于门外的亲兵，让他速到后院，将南诏赠送的孔雀送入厨房。

段文昌和薛涛穿幽径、渡小桥、过回廊，来到了饲养孔雀的院子。

薛涛见过不少孔雀，可像这样高大美丽的，却是头一次见。孔雀听到脚步响，回头看向薛涛；四目相对，薛涛感到浑身一阵战栗：它的眼神，怎么那般熟悉？

孔雀也呆呆地看着她，目光中流露出几许亲切，如同看到了同类一般。

刘辟见了薛涛，叫道："我们等了许久，喊了许久，这畜生就是不肯开屏。洪度你本事大，快来试试。"

薛涛见孔雀脚上拴着铁链，万般不忍，问："为什么要拴着它？"

如同心有灵犀一般，孔雀听了这话，竟发出了几声哀鸣，让薛涛不忍听闻。众人却觉得她这话说得莫名其妙：你不把它拴着，难道让它像人一样到处游荡？

刘辟说："不拴着它，跑了怎么办？这可是南诏送给大唐的宝贝，跑掉了可不好交代。"

"南诏王既然将它送与大唐，处置权就在大唐手中，为何还要向他交代？另外，谁说放了孔雀，它就一定会跑？这幕府高墙大院，重兵把守，岂是想跑就……跑得掉的！"

在场众人，只有段文昌听出薛涛是借孔雀感叹自己，忍不住投去怜惜一瞥；刘辟却满腔怒恨：这贱婢仗着韦皋宠她，竟连我也不放在眼里！总有一天，要让你知道我的厉害！

姜荆宝见刘辟脸色铁青，看着薛涛，幸灾乐祸地想：幕府中最有权势的两个男人，一个宠你，一个恨你，看你以后会有什么下场！

只有雅州刺史周静之的心思还在孔雀身上，说："我随这孔雀一路到西川幕府，就没见它开过一次屏，真是遗憾……"

"岂止你，我们也没见过它开屏。"

众人回头一看，原来是南诏使者。使者见到薛涛，顿时目瞪口呆：世间竟有这等美貌绝伦、清新脱俗的女子！

临行之前，他曾哭劝南诏王，不要为了一个女子交恶大唐。如今看来，如果他是南诏王，别说为了她交恶大唐，就是为她交恶万国，也在所不惜！

见众人将目光投向自己，使者忙说："一年前，我们从深山老林中捕获此孔雀。我王召集众多能人，使尽各种办法，想让它开屏，却终究未能如愿。"又转向薛涛说，"美人若能令它开屏，我等……死而无憾！"

他的目光一刻不离薛涛的脸，仿佛她就是一只正在开屏的美丽孔雀。

薛涛行了个礼，说："使者言重，我试试看。"一边说，一边缓步走向孔雀。

薛涛未来时，刘辟、姜荆宝等人也多次尝试走近它，那鸟却异常警惕，人前进一步，它便后退一步，绝不让他们得逞。薛涛走向它，它却一动不动，一对眼睛盯着她，目光不像抗拒，反而像欢迎。

薛涛走到离它约五步的地方停下，盯着它的眼睛，轻声说："孔雀，开屏给大家看看吧……"

孔雀听了这话，突然侧过了脸，不再看薛涛。薛涛心头一动，两行眼泪滚落脸颊，用更小的声音说："我明白了，你也不想取悦他们……"

孔雀听了这话，回转脸，也看向她。恰在此时，几名士兵走了过来，拜见过刘辟等人，就要捉拿孔雀。

刘辟忍不住问："你们干什么？"

"奉韦公之命，将孔雀送厨。"

"什么？！"众人一片惊异。

刘辟将目光投向南诏使者，使者做了一个无可奈何的表情。

刘辟一阵冷笑，说："也是，不开屏的孔雀，就像不下蛋的母鸡，留着有什么用？！"

薛涛顿觉五内如焚，上前几步，搂住孔雀的脖子，哭道："我知道你不想开屏给他们看，我还知道你不怕死……但是，你这么美、这么高傲，难道希望他们拔掉你华美的羽毛，将你赤条条地摆在案板上，任他们宰割吗？为了自己不受辱，开屏吧……"

众人不知道薛涛对孔雀说了什么，只见它慢慢打开了尾羽，越展越开，终于完全张开，就像一把巨大的团扇；状如金绿色丝带的小羽枝分披两边，闪烁着奇异的光泽，令人叹为观止！

然而，这一切薛涛都看不见，因为她正埋头抱着孔雀的脖子哭泣。当她听见男人们的欢呼，知道孔雀已经开屏，却绝不愿抬起头来，像他们一样去赏鉴这世间罕有的华美。

这是孔雀在开屏，也是她在开屏。

这既是孔雀的耻辱，也是她的耻辱。

段文昌见孔雀已经开屏，拦住那几名士兵，说："且慢，等我们见过韦公，再捉不迟。"说完，喊了声"刘公"。

刘辟会意，和他一起去找韦皋。


# 二十


刘辟等人进入书房，韦皋正在白麻纸上挥毫泼墨，余光瞥见他们，伸手将他们召到身旁，问："这幅字写得如何？"

众人恭维一番，而后又沉默下来。

韦皋目光扫过他们，说："说吧，何事？"

一行人以刘辟为首，便由他先开口："韦公为何要将南诏所赠孔雀送厨？"

"因为南诏使者对大唐不敬。'两国相争，不斩来使'，我可以饶使者不死，却也不容他小觑——杀孔雀是想告诉他和南诏王：大唐对付南诏，就像杀一只畜生！"

这么说，是想和南诏开战！

众人都想：南诏若是和吐蕃联军，大唐两面作战，就算能胜，代价也将异常巨大。

周静之仍不忘为南诏使者说好话："韦公，我随使者一路来成都，听他说了不少仰慕我大唐风物文化的话；观他举止，也是毕恭毕敬……"

韦皋打断他说："他那是故意讨好你，做了几十年官，连这点也看不出来？"见周静之不说话，又说，"他这一路，没少孝敬你吧？你要捞点好处，我不管你，反正是南诏王的钱，不是大唐的民脂民膏——你要是敢吃里爬外，替南诏谋事，大唐的律法，随时可以加到你头上！"

周静之吓得赶紧跪地，说："韦公，周某身为大唐人，要是有丝毫反叛之心，天打雷劈、不得好死！"

韦皋冷哼一声，说："谅你也不敢。"

刘辟说："南诏派使者献上大礼，显然不想和大唐开战。不知使者何事触怒了韦公，让你决定与南诏兵戈相见？"

韦皋抬头看了刘辟一眼，说："因为他有非分之想。"

"非分之想？"

众人也很好奇，都把目光投到了韦皋脸上。韦皋本不想回答，但刘辟是节度副使，又与监军黄高过从甚密，事关与南诏和战这样的大事，如果不和他说明白，用不了多久，朝廷只怕会再派一个御史下来查他。

"他们想要薛涛。"

众人不约而同"哦"了一声，声调所表达的内涵却不尽相同。

刘辟说："为了区区一个薛涛和南诏交恶，不值得！"

段文昌忙说："我倒不这样想。南诏以薛涛相要挟，说明他们并不是真心归顺大唐。如果他们今日要薛涛，我们便拱手相送；明日要大唐城池，我们是否也拱手相让？"

韦皋尚未答话，刘辟抢先说："薛涛不过官伎，怎能和国土城池相比？"

姜荆宝想到薛涛若被迅速送往南诏，峨峨和江钱枫的婚事可能泡汤，也插话说："送女子以求和，是我大唐的耻辱！"

刘辟瞪了姜荆宝一眼，鄙夷地说："照你这么说，当年太宗皇帝送文成公主远嫁吐蕃，让大唐与吐蕃多年交好，也是耻辱了？"

姜荆宝被他抢白，脸一阵红一阵白，再不敢发一言。

韦皋看向段文昌，问："若大唐与吐蕃和南诏联军开战，你认为胜算几何？"

段文昌想了想，说："大唐经'安史之乱'，国力虽不如前，却仍在吐蕃、南诏之上。这几年韦公镇守西川，百姓安居乐业，府库日益充盈，将士士气正旺——真要开战，我认为胜算极大。不过，频繁打仗，伤民害国。昔年刘备、诸葛亮占据蜀地，不断征伐曹魏，终致国穷民怨；等诸葛亮一死，蜀国很快败亡——此乃前车之鉴，不可不察。文昌认为，仗能不打则不打；就算要打，也应设法尽量减少伤亡。"

韦皋继续追问："怎样做，才能尽量减少伤亡？"

"南诏能争取就尽量争取，若不能争取，也要劝服松州诸部莫倒向吐蕃。松州乃战略要地，若它和吐蕃、南诏三家联合，大唐三面受敌，纵然大唐男儿英勇善战，韦公用兵如神，只怕也会付出巨大代价。"

段文昌所言，正是韦皋所担心：韦晋入松州已一年多，尽力拉拢当地头人，却收效甚微。如今，吐蕃准备再与大唐开战，也派人暗中笼络松州各部落，如果他们成功，大唐面临的形势将异常严峻。

刘辟见韦皋沉默不语，知他心存犹豫，说："韦公，刘辟始终认为，薛涛不过官伎，虽有几分颜色才华，也不过……不过如同南诏送我大唐的孔雀一般！为了一只'孔雀'不惜与南诏开战，此事若是被圣上知道，只怕不好交代！"

这简直是赤裸裸的威胁，韦皋忍不住瞪着刘辟，大声问："你此话何意？"

刘辟毫无畏惧，说："韦公，为了区区一女子，赌上自己的前途，是否值得？属下方才虽言语不敬，却全是为韦公着想，望韦公明鉴！"

听了这话，段文昌也不好再说什么：圣上对众节度使本就不信任，除了监军黄高，幕府中只怕也有朝廷安插的眼线。韦公若舍不得交出薛涛，导致和南诏开战，打了胜仗一切好说；若战败，难免会被朝廷问罪。

然而，沙场征战，瞬息万变，谁又能确保万无一失？

恰此时，一名府兵送来一份密报。韦皋一看，是韦晋送来的。密报上说，松州有几个部落的首领已经倒向了吐蕃，剩下的头领也在摇摆之中……

韦皋双眼一闭，一脸痛苦。过了一阵，他睁开眼睛，说："让薛涛准备一下，使者回归之日，随他一同去南诏。"

段文昌还想说话，被他举手制止："我累了，想休息一下，晚上还要宴请使者。"

众人听了，纷纷道别，退出了书房。段文昌走出几步回头一看，韦皋半垂着脑袋，看起来虚弱又痛苦。刘辟等人已经走远，看他们所走的方向，应该是去养孔雀的院子。幕府那么多人，他与薛涛交情最厚，此时却不愿跟着他们前去。他不知道，薛涛听到自己即将去南诏的消息，会有多痛苦；他更不知道，他该怎样去面对那张像镜子一样突然破碎的脸。

# 二十一

正午时分，阳光正烈，从幕府到海棠巷的路上，人们看见一个比樱花还要艳丽的女子，如同风中的柳枝一般，摇摇晃晃地行走，似乎随时可能摔倒。

有人认出她是名动锦城的薛涛，想上前和她搭话，甚至去搀扶她，一看到她目光中如同夜色一般幽深的绝望，又望而却步，生怕也被带入那一片深不可测的黑暗里。

听说孔雀已不会送厨，薛涛无比开心，好像是自己死里逃生；当得知韦公要将她送给南诏王，又如五雷轰顶。她明白——准确地说，是进一步确认：在他们眼里，她也是一只孔雀；他们想把她送人或送厨，都不用问一问她！

看着眼前的孔雀，想起瞬间颠倒的境遇，她多希望刚才没有救下它：如果它死了，南诏使者会被激怒，她也许就不会被送往南诏。转念一想，"孔雀"永远是孔雀，今天不被送，躲得过明天被送的命运吗？

幕府那么多人，段文昌、姜荆宝、韦正贯、卢士玫……她和他们有多年交情，为什么就没人愿意站出来，为她说一句话？

她的美丽，她的才华，她多舛的命运，难道就激不起他们一丝一毫的怜惜？

她看见美丽的孔雀将被送厨，忍不住为它的命运凄然落泪。他们这些人，看着她这只美丽的"孔雀"即将被送往南诏，为什么就无动于衷？

更何况，她不是孔雀，而是和他们一样的同类！一样有血有肉，会伤会疼的同类！

当然，最让她失望和痛恨的，还是韦皋。

一直以来，她都把他当作父亲一样尊敬。她始终无法忘记，当年她最落魄的时候，是他把她招入乐营，让她和阿母、峨峨不至于冻饿而死。

近年来，他对她越来越好：听说她阿母去世，他马上赏赐她一大笔钱。就连和玉箫之间隐秘的情事，他不对任何人讲，却毫无保留地告诉她，这一来让她心生感激，二来也大大拉近了他们之间的距离。

然而，为了得到南诏的臣服，他却决定把她送给南诏王，没有丝毫顾惜，也完全不问她的意见！

一个父亲，会这样对待女儿吗？

也许，这一切都是她想多了。她把他当作父亲，他却从未把她当作女儿；又或者，在他这样的人眼里，女儿也罢，情人也好，都不重要。他的权位和功勋，以及所谓的"国泰民安"，才是最要紧的事。

为了权位富贵，活生生的人也可以被他当作物品献出去！

哦，是的，她怎么就忘了：一年多前，阿母病重的那晚，他就准备将她送给韦晋！

这次更过分，他将她送给一个更遥远的人，一个从没见过的人，一个也许像虎狼一样凶恶的人……

峨峨见了薛涛失魂落魄的样子，吓了一跳，问她怎么了，薛涛不回答，她感觉自己已经失声，只有泪水还在绵绵不绝地流着，倔强而徒劳地证明：她是活生生的人，不是一块玉、一件衣服！

薛涛不知道，段文昌一直跟着她到了家门外。有好几次，他想推门进去，最终却又放弃。

既然救不了她，此时相见，无异于在她伤口上撒盐。

夕阳残照，夜晚马上就要来临，幕府款待南诏使者的盛宴，就要开始。今晚的宴会上，不会再有那个才艺绝伦、顾盼生姿的女主角；每个人却都会端起杯盏，无情地享用她。

段文昌抬头又看了一眼那扇沉默的院门，他知道，屋内那个悲惨的女子，仍在不停流泪。然而，她的眼泪改变不了什么；他对她的怜惜，也改变不了什么。

薛涛常向他感慨，在这个世界上，她作为一个女子，一个官伎，有多么身不由己。其实，她不知道，作为男子，他同样身不由己。

这世界有没有可以完全自主的人？如果有，他是谁？韦公？圣上？

段文昌不知道。他转身离开，走向那场盛宴，去端起那盏他不得不端起的酒。晚风吹过，海棠花瓣片片飘离，落下一场伤心花雨。

掌灯时分，薛涛停止了哭泣——峨峨见她既不说话，又不吃东西，也跟着哭起来。峨峨的哭泣是有声的，很像孩子，这让薛涛意识到一个严重的问题：

她走了，峨峨怎么办？

她忽然有些后悔没有按照姜荆宝的意思，尽快将峨峨嫁到江家。

南诏使者不知道什么时候会离开，如果他走得急促，她还来得及将峨峨亲手送到江钱枫手里吗？她已经没有亲人，只有峨峨这个妹妹，峨峨能过得好一点，她远在南诏才能安心。

然而，等峨峨了解到薛涛即将远赴南诏，却再也不同意嫁人，只是反反复复说着同一句话："我要陪小姐去南诏！"

说来说去，薛涛生气了："陪我去？你知道那是什么地方吗？你知道那里住着怎样一群人吗？那里不是烟花十里、山温水暖的西川！那里……那里……"

薛涛说不下去，再次痛哭起来。峨峨一把抱住她，哭喊道："小姐！小姐！"

薛涛擦干眼泪，扶着峨峨的肩膀，说："峨峨，你听我说：自从入了乐籍，我就没了选择。你不一样，你还能选择……"

峨峨又叫道："小姐！"

"你听我说！"薛涛大声打断她，"你留下，不仅是为了你，也是为了我——每年阿爷、阿母的忌日，还需要你替我这个不孝女去给他们上一炷香、磕几个头……"

"小姐，我会去，每年都会去；但是，我要陪你一起去！西川幕府那么多人，刘辟、段文昌、姜荆宝、韦正贯、卿卿……你找找他们，让他们帮你向韦公求情！"

薛涛惨然一笑，说："没用的，他们若想帮我，早就帮了。"

"那，你直接去找韦公，求他不要送你去南诏。韦公那么宠你，最近你求他办的事，他都替你办了……"

"我不会去找他，他既然想把我送到南诏，我就顺他的意。"

"那，我去找！"峨峨再一次痛哭失声，"我不能让你离开我！"

薛涛摇摇头，无奈地说："峨峨，在他眼里，我也是一只孔雀。就算这次不被送，下次仍然会被送——说不定还会被送到更远、更荒凉的地方。"

这么说，就是还有希望？峨峨顿时来了精神，说："小姐，我们先管这次。告诉我，怎样才能让韦公收回成命？"

怎样让韦公收回成命？这个问题薛涛没来得及想。

过去的几个时辰，她只有伤心、悲愤、自暴自弃，却没有想过怎样才能拯救自己。

作为女人，她有什么武器？

美貌吗？不，美貌只会伤害她——如果她姿容平平，南诏王也不会千里迢迢前来索要她。

温柔吗？不，温柔的女子成千上万，却又有几人能凭此获得男子真正的尊重与怜惜？

诗，对，只有诗！

那是一把能直刺人心的利剑，它会让人哭，让人疼，让人心变得像丝绵一样柔软；它就像温暖的春风，能使心河的坚冰，一夕之间，化成温婉深情的春江水！

薛涛从床上起身，走向一旁的书案，饱蘸浓墨，秉笔疾书，然后把它叠好，交给峨峨："你去幕府找段文昌，让他把这首诗交给……他。"

峨峨一时没有理解，问："交给谁？"

薛涛叹息一声，说："还能是谁？整个幕府里，能害我的是他；能救我的，也是他……"

自始至终，她都不愿再说出韦皋的名字。

# 第二章

## 一

幕府外黑压压挤着一群人，争相观看刚刚贴出来的露布。

有不识字的人，旁边的人还没看完，他已经问了好几遍："怎么样？仗打得怎么样？"

"三战三捷！韦公亲自率军出征，吐蕃、南诏岂是他的对手！"

"仗才开始打，莫要高兴太早。"一位老者一脸担忧地说，"当年高达夫率军与吐蕃大战，一开始也是数战数捷，没过多久便转胜为败，松州、维州、保州等地，全部落入吐蕃手中。朝廷无奈，只得再派严郑公入蜀，和郭子仪合力，经数次苦战，这才打退了吐蕃大军。"

高达夫指的是高适，严郑公指的是严武，两人曾先后入主西川。唐代宗广德二年（764）初，因高适治蜀不力，不能抵御外患，朝廷令严武再度镇蜀。严武率大军西征，在郭子仪的配合下连破吐蕃大军，保住了大唐的西南边陲。

一年轻男子大声说："照我看，韦公更像严郑公，此番定能大败吐蕃和南诏联军，凯旋！"

此话一出，赢得了许多人的喝彩与附和声。

老者却摇了摇头，暗想：韦皋要是吃了败仗，吐蕃和南诏说不定会一路打到成都，我们自然没好果子吃。可他要是赢了，我们也不见得有好日子过。古往今来，不管是打胜仗还是吃败仗，吃苦的都是我等百姓。你们还年轻，哪知道这里面的道理？

等看露布的人走得差不多了，薛涛才来到幕府外。其实，韦皋大胜的消息，她已经听人说了，可还是想亲眼看一看。

一个月前，韦皋在款待南诏使者的晚宴上，读到了薛涛送来的诗：

> 君如春雨我如花，每曾为君吐芳华。
>
> 纵是移向云天外，幽魂夜夜到君家。

韦皋读完诗，立即想起了玉箫——他已经辜负过一个好女子，难道还要辜负另一个？

韦皋当即向南诏使者表示，他决定不送薛涛入南诏。使者听了，借口酒醉头昏，离开了宴席。

刘辟、周静之等人不断劝说，韦皋仍固执己意。刘辟又找来监军黄高施压。监军是皇帝的人，韦皋不敢怠慢，忙将他请到会客厅坐下。

饮过一口茶，黄高问："幕主为了薛涛，不惜得罪南诏，可是有意于她？"

"监军何出此言？韦皋受圣上之命坐镇西川，岂敢为一女子不顾家国安危？"

"既如此，幕主何不让薛涛随使者去南诏？"

"南诏要什么我就给什么，岂不有损大唐国威？另外，送薛涛事小，监军能否保证，南诏要了她后不得寸进尺？"

黄高沉默一阵，问："你得罪了南诏，如果它联合吐蕃犯我大唐，你当如何应对？"

韦皋斩钉截铁说："如果他们敢来，我就效仿当年的严郑公，亲自率军出征，让他们知道大唐的厉害！"

黄高听了，拱手告辞，当夜便给德宗上了一封密奏，添油加醋地将韦皋为了薛涛不惜开罪南诏一事说了一番。

使者回归南诏不久，南诏果然和吐蕃合兵攻打西川，韦皋带着黄高、刘辟、段文昌等人离开成都，赴前线迎战南诏和吐蕃联军。

知道韦皋为了自己不惜得罪南诏，薛涛感动不已，多次求见，都被他以"忙于军务"为由拒绝。韦皋亲率大军出征后，她每天都到幕府门前看露布，了解前线战况；其间还到大慈寺上了几次香，祈祷神佛保佑西川大军所向披靡。

薛涛看完露布，步入幕府。段文昌、姜荆宝、韦正贯等人都随韦皋出征，其他人和她交情甚浅，没什么好聊。此来幕府，只是为了看南诏送的孔雀。

虽然南诏倒向吐蕃，与大唐为敌，韦皋却并未处死孔雀。他命人造了一只巨大的笼子囚禁它，在笼子旁挖了一个大池，便于它饮水。同时，他还指派几人，日夜照料孔雀。

此刻照料孔雀的，是一个绰号叫砣子的小厮，见了薛涛，赶紧行礼拜见。

自从知道幕主为了薛涛不惜与南诏王反目，幕府中人都看清了她在幕主心中的分量，无不对她另眼相看。

薛涛对砣子点了点头。砣子见她今日悉心打扮了一番，看起来更加美艳，忍不住心头一荡；想到他是幕主中意的女子，怕冒犯了她，又赶紧收回目光。

薛涛来到笼子前，孔雀见了她，忙将头伸了过来。薛涛抚摸着它头上的羽毛，小声说："我很幸运，不必去你的家乡；你就可怜了，千里迢迢来到这里，失去自由不说，还一个亲人也没有。"叹息一声，又说，"峨峨嫁人了，我一个人待在家，每日也很孤单，你要是喜欢，我就经常来看你。你在这里没有亲人，就把我当成你的亲人吧。"

峨峨一个月前嫁到了江家。薛涛一来担心大唐和吐蕃、南诏之间的战事，二来不想峨峨一见到她，就哭着嚷着要"回家陪小姐"，因而很少去看她，也不准她三天两头回海棠巷，让她好好和江钱枫过日子。

孔雀像是听懂了她的话，昂头叫了几声。砣子见了，赶紧讨好："薛姑娘，这孔雀一天叫不了几声，你一来它就叫个不停，可见它见到你有多开心。"

"天天困在笼子里，有什么好开心的?"薛涛看着砣子腰间的钥匙，说，"你把它放出来，让它自由自在地跑一跑，那样才真正开心呢。"

砣子苦着一张脸说："薛姑娘，你就不要为难我了。幕主临走前特别交代：不准放孔雀出来。照理说，你的话我不该不听，可是幕主的手段你也清楚，我要是违了他的令，他回归幕府之日，就是我狗命不保之时……"

薛涛听他说得可怜，又知道韦皋的残忍，笑了笑，说："行啦，我不为难你。你把孔雀照看好，否则，不仅韦公饶不了你，我也饶不了你！"

说完，和孔雀道了别，转身离开。走出百余步，薛涛回头一看，孔雀仍然昂着脑袋看着她。见她回头，突然一声鸣叫，尾羽一展，又一次绽开了美丽的屏！

显然，孔雀的屏是专为她而开。而她每日精心打扮，则是缘于那个为了保护她，不惜亲自上战场的男子。她不知道他哪天回来，但她希望，他回来第一眼看见的是最美的她。

只不过，她始终无法理解，他为什么非要把孔雀牢牢锁在笼子里？难道是为了彻底占有它的美？如果真是这样，她愿意像孔雀一样，彻底被他锁在幕府这方寸之地吗？

出了门，薛涛忍不住又回望了一眼幕府：只要住进这里，她可以每日锦衣玉食。只是，华贵的衣服也会成为沉重的负担，让穿上它们的她，再也走不出这四面都是高墙的地方。

二

接下来一个月，大唐与吐蕃、南诏的战事陷入胶着。成都人脸上的阴霾越来越多——不只因为战事不顺，还因为韦皋为了获得胜利，不断征税以招兵买马。

这天，薛涛经过马料场，遇见了柳玉蜀，他正和几名参曹吏忙着购买马料。薛涛很想问问他是否与卿卿见过面，见他忙得焦头烂额，只好作罢。

薛涛百无聊赖，又来到幕府门外，看是否有露布贴出，却见墙上所贴的露布还是十多日之前的。因日晒雨淋，纸张已经发黄，上面的字也是浓淡不均，看起来甚是斑驳。

薛涛不死心，又进入幕府，问了几个相熟的人，他们都说，前线没有消息传回，不知道战况如何。

薛涛一时心灰意懒，连孔雀也不看了，慢慢踱回了海棠巷。忽而秋风大起，天上乌云密布，眼看就要下雨，薛涛赶紧关好门窗，回床上躺下，看了几页《杜工部集》，漫天秋雨便洒落下来，密密实实打在屋顶。

困倦袭来，薛涛正欲小睡一会儿，忽然听到一阵急促而剧烈的敲门声。薛涛起身，冒雨来到院子，拉开门一看——门口赫然站着韦皋！

薛涛一阵惊慌，说："等我梳洗一番，再来见韦公……"

韦皋突然一声暴喝："你这个贱妇，天天只知梳妆打扮，你可知我为了你，变成什么样子？你可知西川为了你，变成什么样子？"

薛涛抬头细看，韦皋头发蓬乱，一脸污浊，雨水冲刷着他铠甲上的残血，化成一股股细流，在地上汇聚成一摊刺目的残红。

"韦公，我、我……"

"来人啊，把这贱妇给我锁进笼子，送往南诏，献给南诏王！"

韦皋说完，转身大步而去。

"韦公，不要，不要……"

薛涛大声叫喊，从床上猛然坐起，才发现是在做梦！

雨已经停了，秋风依然猛烈地刮着，像是有千军万马，从四面八方汇聚而来，只等某人一声令下，就冲入房中，刀斧齐下，将她砍成齑粉！

薛涛再也不能入睡，拥着被子，等东方露出些许晨曦，便起床洗漱梳妆。弄好一切，连早饭也不吃，开门走进海棠巷。

最近半个多月，海棠巷突然多了不少乞丐。他们蜷缩在屋檐下，见有人经过，从草席上爬起，伸出脏兮兮的手要钱和吃食。薛涛今天走得急，没有带钱，只好视而不见，踏着被秋风扫落的枯枝残叶，快步朝幕府走去。

来到幕府，见许多人进进出出，忙碌无比。薛涛吃了一惊：莫非昨晚的梦……应验了？

砣子见了薛涛，叫了一声"薛姑娘"。薛涛见他一脸喜色，心中稍慰，问："你们在忙什么？"

"韦公大破吐蕃、南诏联军，今天就要班师回成都啦。"

薛涛听了这话，身子摇晃了几下，砣子忙伸手扶住她，问："薛姑娘，你怎么了？"

"没什么，"薛涛满脸笑容，"我就是……太开心了！"

砣子见她没事，继续忙着布置迎接韦皋班师的典礼。薛涛知道有了这样的喜事，乐营一定会被召唤，喊出了老马，让他送她去乐营。

一到乐营门口就遇见了罗秀成，他跌足叫了一声，说："你来得正好，正想差人去叫你呢。"

薛涛点点头，快步来到化妆间，见卿卿已经坐在梳妆台前，正一脸喜色地化着妆。薛涛知她是因为即将见到刘辟而兴奋，眼前忽出现柳玉蜀那张痴情又伤心的脸，不禁一声幽叹。

薛涛喊了一声"卿卿"，卿卿既不回答，也不抬头。薛涛不知道，韦皋为她冲冠一怒，不惜举西川之力和南诏、吐蕃开战，又一次让卿卿嫉妒不已。

在卿卿看来，如果没有薛涛，她将是锦城最耀眼的一朵名花，每个男人都会为她倾倒，为她折腰。然而，因为薛涛的存在，她就像星星陪着月亮，自己的光芒完全被她掩盖和吞噬。

晌午时分，薛涛随着乐营诸人进入幕府。段文昌派人来报，说韦皋已率大军进入成都外城。薛涛忽然紧张起来，悄悄拿出随身携带的镜子打量，见妆容依旧，这才稍微放心。

然而，一直等到傍晚时分，韦皋仍未回幕府。薛涛焦急无比，干脆来到幕府门外等候。抬头一看，夕阳已经隐入云层，留下些许残光，抵抗着黑暗的步步蚕食。

忽然听到一阵马蹄声，薛涛一看，数十骑朝着幕府飞奔而来。薛涛大喜，理了理云鬟，小跑着前去迎接。人马逐渐靠近，薛涛仔细一看：为首者不是韦皋，而是刘辟。

刘辟也看清面前的女人是薛涛，目光如两把冷剑直刺而来。薛涛打了一个冷噤，等回过神来，刘辟等人已经冲入了幕府。只剩下一团马蹄激起的扬尘，就像一个巨大的谜，飘荡在天地之间。

薛涛猜测发生了不祥之事，赶紧进入幕府探问，果然听到一个不好的消息：

韦皋一入成都城，就被几位读书人领着上万百姓拦了下来。韦皋以为他们是来迎接他凯旋，高兴地下马，请几位读书人上来叙话。

读书人一见韦皋，立即跪倒于地，领头者说："韦公力克吐蕃、南诏联军，保西川安然无恙，西川百姓，无不感激！然而，大军征战数月，耗费粮草军马无数；韦公为此数度征税，成都已不堪重负，无数人只能上街乞讨。望韦公体恤百姓之苦，切勿再征税赋……"

韦皋听了，脸色顿变。如果来的只是几名读书人，他大可置之不理，甚至干脆将他们抓起来。然而，他们背后还站着上万百姓。这些百姓大都衣衫褴褛，面带菜色，看样子真是生计维艰。

沉默片刻，韦皋说："我想问大家一个问题：如果本次大唐战败，成都会是什么景象？"

一读书人说："如果大唐战败，吐蕃和南诏大军会攻入成都，烧杀掳掠无所不为，成都立即会变成人间地狱……"

"没错！"韦皋冷冷扫了几人一眼，说，"将士血战沙场，九死一生，才换来成都人安然无恙！不犒赏，以后谁愿意打仗？如果没人打仗，你们早已成了吐蕃、南诏人的刀下亡魂，哪有机会跪在我面前'为民请命'？是出点钱给我犒赏军队，还是把头献给吐蕃和南诏，你们好好掂量！"

几名读书人一听，顿时汗如雨下。刘辟和段文昌也上来劝说、安抚，一个时辰后，读书人才带着百姓渐渐散去。

韦皋的好心情被百姓彻底弄坏，命刘辟先回幕府，撤销原先准备的欢迎仪式，免得百姓知道幕府大搞欢宴、劳民伤财，从而更增不满。

薛涛听了这个消息，残存的那点喜悦当即化为乌有。她又来到幕府门外，等待韦皋的归来，希望能给他带去一点安慰。

密集的马蹄声又一次响起，比刚才雄壮，也比刚才杂乱。薛涛的心怦怦直跳，希望早点看到韦皋，又怕看见的韦皋是另一个形象——昨晚出现在她梦中的那个形象。

韦皋终于出现在薛涛眼前，她犹豫了片刻，还是迎了上去。他却如同没有看见她，带着众人策马经过她身旁。马匹奔驰的疾风吹塌了她的云鬓，头发散乱下来，遮住了那张精心打扮过的脸。

薛涛没有拂拭乱发，希望它们能遮挡她的泪水和屈辱，庇护她残存的最后一点尊严。

"洪度……"

一个熟悉的声音响了起来，薛涛拂开乱发，顺便擦掉一脸的眼泪，艰难地向段文昌挤出笑容。她的妆容已被泪水冲毁，看起来一片狼藉。

段文昌知道她很伤心，还是忍不住提醒："最近没有召唤，不要入幕府，韦公正在气头上，免得触霉头。"

薛涛悲愤地想：百姓苦于赋税繁重，这笔账怎能算到我头上？没错，我不愿被送往南诏，韦公也确实顺了我的意，让南诏使者空手而归。问题是，就算我被送往南诏，南诏王就一定铁了心归顺大唐吗？这么多年来，出尔反尔的事，南诏做得还少吗？

不想打仗，就送女子去和亲；打了败仗，或是虽然打了胜仗，却搞得治下民不聊生，就把所有罪过推到女子头上，让女子承担与她们毫无关系的责任——这就是这些大英雄的行径！

薛涛不禁想起了杨玉环。这个苦命的女子，先是嫁给玄宗皇帝的儿子寿王李瑁，后来被玄宗看上，又被接入宫中成为贵妃。玄宗宠爱她的时候，什么都愿意给她；等"安史之乱"爆发，玄宗逃出长安，途经马嵬驿，士兵发生哗变，他便毫不犹疑赐死了她！

国家是杨玉环搞坏的吗？

不是！

然而，皇帝、大臣、将士，乃至全天下百姓，都认为是她祸害了国家，让她一个弱女子，用生命去承担本不属于她的罪责！

三十多年过去，这一幕又在西川重演了。

薛涛没有回答段文昌，默默地沿着幕府外的大街走去。暮色落了下来，段文昌看见她孤单瘦弱的背影，如同一叶孤帆，驶入夜的深海。

当晚，薛涛收到了幕府传来的口信，要她明日一早前往松州，充当营伎，不得求情；给出的理由是：收受贿赂，败坏幕主政声。

听到消息，薛涛很平静。

# 三

天还没亮，送薛涛前往松州的车马已经候在门外。上车之前，她回头看了一眼这个住了几年的家。

这座小院，很小很简陋，却替她和阿母、峨峨遮风挡雨，让她们不至于露宿街头。她以为，可以在这里住一辈子。哪知道，短短一两年的时间，阿母死了，峨峨嫁了，她也要马上离开——可能是，永久地离开。

在车夫不耐烦的催促声中，薛涛上了车。马蹄踏破了海棠巷的宁静，也踏碎了她的心。她从此将离开处处繁花的锦城，去那漫天风雪的苦寒之地——很快，那里将不仅是英雄的战场，还会是埋葬美人的坟场！

马车出了外城，与一队人马会合，薛涛听见一个熟悉的声音，撩开车帘一看——竟然是柳玉蜀！

柳玉蜀也看见了薛涛，惊道："薛姑娘，你怎么……"见薛涛面色惨淡，活生生将后面的话咽了下去。

这次，柳玉蜀是押送马料和一批奖赏去松州。在与吐蕃和南诏的大战中，松州都督高偃等人出力甚多，韦皋筹集了蜀锦等贵重物品，犒赏高偃及其麾下将校。

临行之前，幕府传令下来，让柳玉蜀顺路送一名犯事的官伎，去松州军营做营伎。他说什么也想不到，这个人会是受尽幕主恩宠的薛涛！

此时，薛涛已经放下车帘，柳玉蜀却分明看见，那帘子仍在抖动。只是不知道，那是被风吹的，还是被里面哭泣的人给带动。

"驾！"柳玉蜀用力甩了一马鞭。

一走便走到傍晚，来到蜿蜒又热闹的西街。西街是松茂道的起点，来自吐蕃的皮毛、药材，来自锦城的丝绸、盐巴等货物，皆汇聚于此；在这里交换后，再由马匹运往吐蕃，或是送回锦城。

又走了约一个时辰，天色暗了下来，喧嚣的松茂道，渐渐归于沉寂。挑担背筐的汉子，押货的商人，一一放缓脚步，投向道边的客栈。

柳玉蜀也喝停了车马，带着众人进入驿站，吩咐手下拴马卸货，又来到薛涛车前，说："薛姑娘，驿站到了。外面冷，你多穿点。"

车内人没有回答，一阵窸窸窣窣的响声后，车帘被撩开，披着红袍的薛涛下了车。

柳玉蜀见她脸色要好看些了，心中稍感安慰，叫来一名驿卒，让他带薛涛去坐了歇息，然后指挥手下，将驮在马背上的兽皮箱子取下。忙完一切，柳玉蜀又吩咐驿卒准备饭菜，这才在薛涛旁边坐下。

饭菜未上，驿卒先端来一碗热气腾腾的米汤，请柳玉蜀喝了热热身子。柳玉蜀却把它推给了薛涛，薛涛也不客气，接碗便饮。

驿卒不知这美艳女子是何身份，竟得柳玉蜀这般照顾，入后厨又端了两碗米汤来。柳玉蜀端起一碗饮了一口，恰此时，也宿于驿站的索朗和胡大馍办完事出来，见了热汤，扑上来就抢。最终，米汤被索朗抢到手里，仰头喝得一滴不剩。

胡大馍又冷又渴，一只脏手伸向薛涛喝剩的那碗米汤。在西街，柳玉蜀遇见索朗和胡大馍，知道他们是来往松州与成都的行商，因大家此次都要去松州，不免同行了一段路，说了几句闲话，算是半个熟人，此时却恨他唐突，喝道："莫碰那碗！"

胡大馍却不理会，端起来便喝。柳玉蜀正要发作，见薛涛给他递眼色，这才作罢。

饭菜上来了，商人们和柳玉蜀的手下都挤入了饭堂。这么多人里只有薛涛一个女人，她长得又如此清新脱俗，大家忍不住都把目光投向了她。

有不知她身份的，纷纷向旁边人打听。待弄清她是乐营中人，此次前往松州是去充当营伎，看她的目光就更加肆无忌惮，话也说得下流起来。

薛涛听了，又怕又厌烦，胡乱用了点饭菜，起身对柳玉蜀说，她想先回驿舍休息。

胡大馍饮了几盏酒，变得更加大胆，叫道："时候还早嘛，慌什么？来，陪我饮一盏。"

薛涛秀眉一皱，往后退了一步。胡大馍还要上前，被柳玉蜀伸手拦住，说："莫要太过分！薛姑娘不过一时得罪了幕主，等幕主气消了，随时可能被召回成都。你这般放肆，就不怕惹祸上身？"

胡大馍听了，这才没有继续纠缠，回身去找索朗等人饮酒。

薛涛却被柳玉蜀的话搅动了心事：回成都？她哪还有机会回成都！想起临行仓促，甚至没机会再去拜拜父母，和峨峨见最后一面，她便痛悔不已。

柳玉蜀陪着薛涛去驿舍，两人走出饭堂，下流话和粗野的大笑如同野狗追小兔一般追赶着薛涛。柳玉蜀暗想：松州的军人比后这些人不知要粗野多少倍，薛涛落入他们手里，不知将是何等凄惨！

来到驿舍前，薛涛问柳玉蜀："卿卿后来和你联系了吗？"

柳玉蜀凄然一笑，说："她现在已是刘公的人。"摇摇头，又说，"其实，我只是想再见她一面。相识一场，她却连这样微小的愿望也不肯满足我。不过，我不怪她……"

薛涛看见柳玉蜀脸上竟然露出了微笑，眸子更是亮如星辰。薛涛对卿卿，忽然生出无限嫉妒：她不仅可以留在成都，还有这么好的男子痴痴地想她、爱她，她怎么就那么幸运！

柳玉蜀从怀中摸出一个物件，说："薛姑娘，下次你见到卿卿，麻烦将这东西交给她。"

薛涛一看，他手心放着一块精致的玉雕；叹息一声，凄然说："我没办法帮你，我已经回不了成都……"

柳玉蜀大声说："薛姑娘，你要相信，你一定可以回去！"

薛涛见他如此关心自己，心头一暖，问："你为何不亲自送给卿卿？"

"我觉得这辈子，再没有机会见她……"

薛涛觉得这话不吉利，忙说："你年纪轻轻，怎么说这等话？你要我相信能够回到成都，你自己也要相信，一定有机会再见卿卿！"伸出双手，将柳玉蜀摊开的手掌又握紧，点了点他的拳头说，"这个玉件，你以后亲手交给她。"

柳玉蜀鼻头一酸，差点儿落下泪来，心中冒起一个念头：为什么我喜欢的是卿卿，而不是这个美貌不输卿卿，却更有人情味的薛涛？

原因也许只有一个：薛涛再好，终究不是卿卿。

见薛涛已经进入驿舍，柳玉蜀赶紧叮嘱："薛姑娘，晚上睡觉，切记关好房门。"

# 四

进入房间，薛涛不仅谨遵柳玉蜀的叮嘱关好门窗，还衣不解带，和衣倒在了床上。

虽然明知不可能，她却一直怀着一个希望：韦公突然改变主意，派飞骑追来，带她返回成都。和衣而眠，听到这样的消息，她马上就可以出发。

每次听到隐隐的马蹄声，她都会从浅梦中惊醒。然而，马蹄声终于还是远远地去了，让人怀疑它的真实。只有呼呼风声是那样真切，整夜整夜刮着，提醒她，这里已经不是山温水暖的锦城。

把薛涛安顿在紧邻自己的房间，按理说足以保证万无一失，可柳玉蜀还是放心不下。薛涛貌美脱俗，见过她的男子无不倾倒，甚至暗生觊觎之心，自己能不能将她安全送到松州？到松州后，等待她的，又将是怎样的命运？另外，她到底因何事触怒了韦公，让他如此严厉地处罚她？

柳玉蜀想着这些无解的问题，迷迷糊糊进入了梦乡。忽听到窗外小院里传来脚步声，以及短暂的兵器交接声。柳玉蜀豁然惊醒，摸过枕边的佩剑冲出门去，一推薛涛的房门，见其依然紧闭，这才放下心来。

同住二楼的柳玉蜀的手下魏均杰，以及胡大馍、索朗，都听到了打斗声，纷纷推门出来，朝着楼下的院子张望。只见驿丞冲入了院里，吩咐一部分驿卒出门追查，一部分检查驿站有无损失。

胡大馍、索朗见了，赶紧冲下楼去，检查自己的货物。柳玉蜀正准备和魏均杰一同下去，忽想起什么，让魏均杰下去查看，自己又回到屋内，将门移开一条缝，暗中观察走廊。

一瞬之后，两个蒙脸黑衣壮汉蹑手蹑脚上了楼，来到薛涛门口，伸手去推门。见门已经关死，一名壮汉抬起肘部欲撞门，双眼忽被一道寒光所惊，赶紧后退躲避。柳玉蜀的宝剑贴着他胸口衣服刺过，暗叫了一声"可惜"！

另一名黑衣人提起手中的剑和柳玉蜀对打，敲门那汉子回过神来，也要加入战团，柳玉蜀赶紧大叫："楼上有刺客！"

两名汉子一惊，不敢恋战，回身便逃。柳玉蜀怕又有人来害薛涛，不敢离开，牢牢守住门口。驿站中人听到柳玉蜀喊叫，从各处围了过来，黑衣人却早已隐入深浓夜色，就像一滴水融入江河之中，再也无可寻觅。

柳玉蜀拍了两下门，喊了声"薛姑娘"。薛涛听了，答应了一声，声音微微发颤。她其实早醒了，听到外面又喊又叫，还有兵器碰撞声，不敢出来。

"已经没事了。"

薛涛这才取下门闩，打开了门。柳玉蜀见她吓得花容失色，安慰说："放心吧，有我在，他们得不了逞。"

薛涛先问柳玉蜀有否受伤，见他摇头，又问："想害我的……是什么人？"

这个问题柳玉蜀无法回答，见她仍一脸忧愁，笑道："你长得这么美，他们一定不是想害你，而是……"

想起这样说有些轻浮，赶紧住了嘴，瞥见胡大馍和索朗进入院子，心中一动：他们昨晚饮了不少酒，为什么一点动静就被惊醒？

柳玉蜀问："怎样，货有没有少？"

"没有。"

两人几乎同时回答，目光都在薛涛身上，似乎她也是他们的货。柳玉蜀更加确定，今晚的风波和两人有关。

胡大馍和索朗进入各自的房间，"砰"一声关上了门。柳玉蜀见驿丞进入院子，忙问："追到人没有？"

驿丞爬上二楼，对柳玉蜀说："共有三股人，跑得太快，没追到。所有的货物一件不少，人也没受伤，不知他们的目标是什么。"

驿丞说着，目光在薛涛脸上打量。他也怀疑，这些人的目标，是这名来自成都的美貌官伎。借着松茂道，成都发生了任何消息，都会第一时间送达松州各部落。这官伎不仅有倾国倾城之貌，还气质娴雅，一看就是腹有诗书的人。这样的人去松州，就像一头小羊羔落入狼群，如何不让众狼拼个你死我活？

薛涛读懂了驿丞的目光，不禁脸色煞白，娇躯颤抖。驿丞见她楚楚可怜，大起保护之心，说："放心吧，下半夜我会加强防范，让他们无机可乘。"

说罢告辞而去。

柳玉蜀催薛涛进房休息。等魏均杰上来后，两人商定轮流守在薛涛门口，以确保万无一失。

薛涛回到房间，和衣躺在床上，却不敢闭眼。她说什么也想不到，自己前往松州的第一晚，就会被这么多人盯上。幸好，押送她的人是柳玉蜀，如果是别人，哪肯这样全心全意守护她？

这么好的一个男子，卿卿竟然不知道珍惜，真不知该嘲笑她的愚蠢，还是羡慕她的幸运。

<h1 style="text-align:center">五</h1>

第二天一早，柳玉蜀趁胡大馈和索朗还在沉睡，早早喊醒薛涛上路。接下来的几日却很安宁，柳玉蜀以为索朗和胡大馈见他们防守严密，已经放弃对付薛涛，渐渐放下心来。

越往前走，道路越是陡峭狭窄，柳玉蜀亲自驾驶薛涛乘坐的马车，让魏均杰带人守着货物跟在后面。行到中午，一行人停下休息。柳玉蜀拿出干粮和水，分给薛涛食用。

"薛姑娘，你明知松州苦寒，又兵凶战危，为何不求情于幕主，让他收回成命？"

这个疑惑，已经在柳玉蜀心里憋了几日，此时终于说出，感到很轻松；却又担心这话可能令薛涛伤心，说完后甚至不敢看她。

薛涛看着远处连绵起伏的群山，说："韦公特别下令'不得求情'，显然已经打定主意送我去松州。我再去求情，也不过徒取其辱。"顿了顿，又一脸傲然地说，"再说了，我明明没错，为什么要向他求情？"

柳玉蜀从她的话中听出了几分哀怨，也听出了几分倔强，心痛地想：等进入松州军营，知道当营伎有多悲惨，不知你还能不能像现在这般硬气？

"经常听人说，韦公对你恩宠有加，为了你甚至不惜开罪南诏。没想到狠起心来，竟是这般六亲不认！"

薛涛发出一声冷哼，问："你听过韦公和张延赏的往事没有？"

柳玉蜀摇了摇头。

薛涛于是将韦皋和张延赏往日的恩恩怨怨，向柳玉蜀讲了一遍。

张延赏任西川节度使时，一直想物色一个杰出人物，将女儿张氏嫁出去。某次他在幕府大宴宾客，夫人苗氏见一人长得模样英武，谈吐不俗，指着他对张延赏说："此人将来必定前途无量，可以将女儿嫁给他。"

苗氏素有识人之能，张延赏同意了她的建议。

这人就是韦皋。

韦皋和张氏结婚后，留在了西川幕府。他喜好游览与交友，每日早上出门，晚上才醉醺醺回家。张延赏由此判定他不会有大出息，开始瞧不起他，时常对他冷言冷语。受主人影响，幕府中一些丫鬟和小厮也看不起韦皋，不仅在背后说他坏话，当着他的面也经常口出不敬之语。

韦皋夫人张氏因此抬不起头来，过得异常憋屈。

某日，韦皋又要出门，张氏终于忍不住了，拉住他说："我知道你素有大志，只是没遇到赏识你的人，让你不能一展抱负。如今父亲大人不待见你，你也不愿辅助他，何不出门寻寻机会？他日若能出人头地，让我……让我也颜面有光！"

说完，竟大声哭泣起来。

韦皋听了，当即决定离开西川，去京城寻找机会。

张延赏听说窝囊女婿要走，喜不自禁，送了他许多财物，足足装了七辆马车！韦皋见了，一句话也没说。

出了成都，韦皋每至一处驿站，便一物不取地遣返一辆马车，直至将七辆车全数遣回。韦皋这么做，显然是想展示自己奋发踔厉，不依赖岳父的决绝。

张延赏见了七辆完璧归赵的马车，冷笑道："这么有骨气，他日混不下去，不要再回我张家！"

此后数年，韦皋一次也没回过成都。唐德宗贞元元年（785），张延赏忽接到皇帝诏令：速回长安，另有委任。张延赏四处打听谁来接替自己，却因大唐刚经历"泾原兵变"，朝局混乱，音讯不畅，直到新节度使已在上任路上，张延赏才探得他名叫韩翃。

十日之后，新节度使的马车停在了幕府门外。张延赏出门迎接，顿时愣住——眼前站着的，竟是久违不见的女婿！

韦皋被授予西川节度使之职后，化名韩翱悄悄上路。他知道，如果以真名前往西川，岳父一定不会出门迎接，他就没机会好好羞辱他，以报当年被藐视之仇！

听到这里，柳玉蜀叹息一声，说："没想到韦公这样有心机，还如此记仇！"

薛涛微微一笑，说："还没完呢……"说完，继续讲韦皋和张延赏的故事。

张延赏见了女婿，羞愧难当，连说了几声"我不识人"。

韦皋却笑着说："多年未见岳父大人，没能好好孝敬您老人家，我特地准备了一点薄礼……"

说着将手一拍，手下人送上几马车礼物来——不多不少，刚好是七辆！

张延赏恨不得找个地缝钻进去，然而，因此前应对叛乱不力，已经失去皇帝信任；此番被召入长安，多半会被闲置，如何敢对新幕主发火？

苗氏听说接替丈夫的人是韦皋，忙拉着女儿出来相见。韦皋对岳母倒是很恭敬，跪下磕了三个响头。张氏见丈夫终于衣锦而归，又悲又喜，眼泪流个不停；见他如此羞辱自己父亲，又觉得他有几分陌生和可怕。

张延赏带着苗氏和丫鬟、奴仆准备离开，韦皋却说："我初到西川，幕府需要人，况且夫人和以前的丫鬟相处久了，或多或少有几分情意，请岳父大人留下几名丫鬟照顾夫人。"

这不是什么大事，张延赏当然不会拒绝。韦皋亲自挑了几名丫鬟和奴仆，其他人则随着张延赏离开。

等张延赏一走，韦皋忽然大喝一声："拿下！"随他而来的十几名新府兵一拥而上，将留下的丫鬟、奴仆按倒在地；另有数名府兵，抡起棍棒，朝着他们身上一通乱打。没过多久，这些丫鬟和奴仆就被活活打死！

不用说，这些被打死的人，就是当年嘲笑和藐视过韦皋的人。

一阵冷风吹过，柳玉蜀和薛涛都打了个寒噤。他们似乎变成了那些即将被杖责的丫鬟和奴仆，看见了韦皋轻蔑的表情和冷如冰雪的眼神。

"这样的人，你说，我向他求情会不会有用？"

柳玉蜀没有接话，过了许久方说："差不多了，我们该上路了，要不然天黑之前赶不到驿站。"

薛涛"嗯"了一声，忽感到有丝丝缕缕的清凉落到了脸上，抬头一看，竟然下雪了！

成都还是秋天，这里却已飞雪飘飘，那更高更远的松州，不知是怎样的冰天雪地。

薛涛叹息一声，正要上车，忽听到一阵雄浑的歌声传来：

上一回松州作一回难，
下一回成都过一回年……

柳玉蜀和薛涛回头一看——胡大馍和索朗正骑着高马，朝着他们缓缓而来，带着一脸意味深长的微笑。

# 六

不觉到了黄昏，古道上人迹渐绝；浩浩寒风，吹起琼花朵朵，透过车帘飞到薛涛头上、脸上、手上，她却已经感觉不出多少寒冷。

索朗和胡大馍一路又说又笑，既不滞后，又不上前搭话，只是不紧不慢地跟着薛涛一行。又走了半个时辰，马车突然停了下来。薛涛撩开车帘，正要问柳玉蜀怎么了，却发现眼前横着几块巨石，将道路完全阻断。

索朗和胡大馍见前面停下，也凑上来看究竟。

胡大馍看着大石说："人翻过去没问题，车马货物可就麻烦了。"

柳玉蜀朝两人拱拱手，说："不移开这些巨石，我们谁也别想通过，大家都出把力，把石头推开。"

胡大馍说："当然，当然，同在一条道上，唯有同心协力！"说完，喊来自己的伙计。柳玉蜀和索朗也喊来各自手下，十多人一起走向那些石头。

胡大馍大声吆喝："兄弟们，大家心往一处想，劲往一处使，把这些石头弄开，晚上到了客栈，我请大家痛快吃酒！"

众人听了，大叫了一声"好"。索朗见他一副卖力推石的样子，忍不住微微冷笑。

几块石头实在太大，十几人用了足足一个时辰，才将它们推到路旁。柳玉蜀立即上马，指挥手下驾驶马车通过。

天色已经昏暗下来，驿道旁的群山中传来一阵阵狼嚎，听起来异常骇人。薛涛紧紧按住车帘，似乎一松开手，群狼便会一拥而入，将她撕成雪花一样的碎片。

明知手下刚才搬石头已耗尽气力，柳玉蜀还是一刻不敢停歇，大声催促众人快马赶路。按照他的计划，天黑前必须赶到凤仪驿，这样才能保证薛涛的安全。

听见柳玉蜀说话，薛涛胆子壮了些，将车帘撩开一条缝朝外望去。因为驿道又变得宽敞，柳玉蜀让车夫继续驾车，他则骑马与薛涛的马车并行，免得狼叫声令她害怕。

薛涛见柳玉蜀一脸愁云，猜他是怀疑刘大馊和索朗图谋不轨，却又摆脱不了他们，安慰说："不用担心，我们今晚加倍小心就是。"

柳玉蜀朝她一笑，点了点头。

天色越来越暗，一种让人透不过气的沉重，裹挟着密实的寒意和深浓的夜色，弥漫于山道上。

后面的索朗又唱起歌来：

> 上一回松州作一回难，
>
> 下一回成都过一回年……

歌声在群山之间回荡，似乎有千万个索朗在合唱；"合唱声"和狼叫声混合在一起，互壮声威，听了令人愈加心惊胆战。

前面数百米处有一家客栈，门口悬挂一对红灯笼——如果客栈是一名女子，灯笼就是她勾魂摄魄的眼睛，让行了一天路的男子看了便难以自持，直想扑进她的怀抱。

索朗对身后的伙计说："今晚就住这里。"

伙计们听了，大声欢呼。

索朗见柳玉蜀还在往前赶路，知他想去凤仪驿住宿，大声说："前面有段路两边都是悬崖，风雪这么大，天又黑，马一打滑，保管你们尸骨无存！"

胡大馍也添油加醋："就算不摔死，也会被野狼吃掉。娇滴滴一个美人，葬身狼腹，可惜了！"

柳玉蜀听了他们的对话，脚步渐渐慢了下来。

薛涛指着前面的客栈问："今晚住这里？"

"住这里！"虽然担心，柳玉蜀却装出一副镇定的样子，"我倒要看看，他们到底想干什么！"

说话间已到了客栈门口，柳玉蜀陪着薛涛进门，四下打量：客栈前院分两部分，前面部分烟气袅袅，用来吃饭；后面部分黑漆漆的很安静，用来住人。后院比前院要小一些，修得也很简陋，用来拴马放货。前后院相连之处，还修了一个侧院，看起来像是老板娘和伙计的住处。

索朗和胡大馍所带货物少，很快卸完货，牵着各自的马去马厩。索朗见马厩里拴着两匹大马，等胡大馍走后，摸了摸其中一匹。那马把头偏向他，伸出舌头舔了舔他的手，显得很亲切。

柳玉蜀一直在饭堂陪着薛涛，由魏均杰带着人去卸货歇马。不一会儿走进来两名壮汉，年纪都在三十岁上下。他们看了薛涛一眼，去旁边不远处的食案前坐下。

很快，胡大馍、索朗、魏均杰等人也进来了，将饭堂几张食案坐得满满当当。柳玉蜀一看，拉过忙着端饭递菜的店小二，小声问："人这么多，住得下吗？"

"客官放心，大雪封山来客不多，够你们住！"看了一眼薛涛，似乎明白了柳玉蜀在担心什么，说，"我会把本店最好、最干净的客舍留给这位姑娘，让她住得舒舒服服！等吃完饭，我就带她去。"

"不用你带，告诉我哪间最好就行了。"

店小二将客舍位置说了，柳玉蜀又要了薛涛隔壁那间，这才稍微放了些心，把目光投向坐一起的索朗和胡大馍，暗想：他们不同自己伙计坐，却和对方形影不离，难道是在密谋什么？

点的菜来了，却老是不上酒，胡大馍焦躁起来，一边敲着食案，一边大喊

"上酒"，索朗则抓起一块炙猪肉大吃大嚼，弄得满脸满手的油。薛涛见了，忍不住发出两声干呕，赶紧用手捂住嘴巴。

店小二又上了一盘猪头肉，索朗忙抓起几片塞入口中，叫道："冷的！老板娘在哪里？快拿回去温一下！"

老板娘应声而出，将一盘熏鸡放在索朗面前，嗲声嗲气地说："就你话多。"

索朗吃了一块鸡肉，又挑不是："这鸡也不对，被人吃过了！"

老板娘说："不可能，老娘这肉是刚码的盘。"

"那你自己瞧瞧，这鸡肉上是不是有胭脂？我刚才吃了它，等于和你亲了个嘴儿……"

此话一出，满屋哄堂大笑，薛涛面色微红，埋头吃饭。老板娘一把揪住索朗耳朵，嘴里不荤不素地骂着。索朗疼得直叫唤，听起来却不像痛苦，而是享受。

老板娘拿这无赖没法，只得放手，自去厨房。

柳玉蜀草草吃了饭，送薛涛回房休息。薛涛见他一直守在门口，过意不去，劝他回房，说自己有事会喊他。柳玉蜀不肯，让薛涛不必担心，下半夜魏均杰会来替他。

薛涛听了，只得搬出一张矮凳来给他坐。

过了约一个时辰，胡大馍、索朗互相搀扶着来客舍。见了柳玉蜀，索朗醉醺醺地说："天寒地冻，宁愿在这里坐着，也不去吃酒，你这人可真没趣！"

胡大馍也来凑热闹，两人你来我往，如同表演双簧。柳玉蜀任由他们调笑，一言不发，目送他们回到房间。

到了下半夜，不知哪里传来三声猫叫；没过多久，又听见薛涛房内传来"啊"一声尖叫，柳玉蜀赶紧敲门喊了声"薛姑娘"。

等了片刻，里面没人应。魏均杰打着哈欠出门，见柳玉蜀一脸紧张，问："怎么了？"

柳玉蜀无暇回答，又用力敲了敲门，大声喊："薛姑娘，你在不在？"

里面依旧没有回音。柳玉蜀和魏均杰知道出了变故，合力将门撞开——屋内空空如也，哪里有薛涛的影子？！

柳玉蜀扑向窗户，见仍然扣得死死的，心中既焦急又疑惑：一个大活人，怎么会凭空消失？将屋内扫了一圈，目光落到床上那堆凌乱的被褥上，扑上去揭开床板：下面竟然是个地道！

柳玉蜀纵身欲跳，见魏均杰也跟了上来，吼道："跟着我干什么？去找老板娘！"

魏均杰听了，转身冲到侧院老板娘及店小二的住处，逐一推开门，里面一个人也没有！后院中守着马匹和货物的手下被惊醒，揉着眼睛跑过来，问他出了什么事。

魏均杰骂道："都他妈的睡得死猪一样，人都走光了也不知道，还不看看货物有没有少?!"

众人赶紧去清点货物，发现一件不少；就连索朗和胡大馍的货也在，他们的伙计却已消失。

魏均杰一一打开索朗和胡大馍的箱子，里面放的全是石头！目光一转，看见三人抬着一个大箱子，由两名壮汉护着，穿过饭堂正走向客舍——抬箱子的人里，就有索朗！

魏均杰大吼一声，提着剑冲了过去。护送箱子的两名壮汉拔出刀和他对打。魏均杰一看，正是在饭堂吃饭的那两名陌生男子。

魏均杰的手下见了，摸出兵器加入战团；和索朗一起抬箱子的伙计也放下箱子，拔刀冲了上来。

索朗大叫道："住手!"

魏均杰吼道："你们这群王八蛋，一开始就算计我们……"说着，一剑刺向索朗。

索朗赶紧跳开，大叫道："如果我故意害你们，为何还要回来?!"

魏均杰一听此话有理，收住了剑，指着他面前的箱子问："这里面装的什么?"

索朗不说话，弯腰揭开箱子，魏均杰凑近一看，里面竟是一个女子，身穿一件绝美的绣花锦缎，腰系红棉飘带，看起来异常喜庆；再细看她面容——却不是薛涛是谁！

她睡得极香，显然被用了迷药。

# 七

魏均杰怒问："谁干的?!"

索朗微微冷笑，说："当然是胡大馍的主子。"

魏均杰若有所悟，说："如此说来，那几块大石也是他们弄来挡路，目的是拖延时间，让我们住进这家设好了陷阱的客栈?"

索朗点点头，告诉魏均杰，他一早就发现老板娘不对劲，让前来与他会合的两名壮汉监视老板娘。半夜时分，壮汉发现来了一伙黑衣人，进入了老板娘房间。

一名壮汉按照约定，发出三声猫叫知会索朗。索朗赶紧起床，从后窗翻出房间，见胡大馍的窗户也开着，点亮火折，将头伸入窗户一看，里面空空荡荡，胡大馍不知所踪。

索朗和胡大馍早已互生怀疑，一路上互相提防。见胡大馍不在，索朗知道他们已经动手，赶紧冲进了院子。

此时，两名壮汉已跟随黑衣人进入老板娘房间，发现一行人正往地洞里钻。壮汉见他们人多，自量不能将他们杀光，原地等了一阵，方才跳入地道。

在地道里行了数十步，路变成了两条。两名壮汉略作商议，选择了往左的一条。又行了四五百步，看见一扇木门，推开门，发现在一座小山上；借着月光，看见客栈就在山下的官道旁。

一壮汉知道走错，正准备返回，被另一人拉住，说："他们掳了美人，一定会从这里出来。"

说完，两人学了三声猫叫，让索朗到这里会合。索朗在院子里转了一圈没发现异常，正准备去老板娘卧房，听见客栈外传来低低的"猫叫声"，赶紧叫醒手下冲出客栈，越过官道，爬上小山和两名壮汉会合。

没过多久，一群人抬着一口箱子从地道中钻出，其中就有胡大馍。索朗和壮汉突然发起攻击，胡大馍等人被打伤，扔下箱子仓皇而逃。索朗见了也不追，打开箱子一看，薛涛果然躺在里面。月色照着她的红装粉脸，看起来更加美艳动人。

索朗叹息一声，心道：所有松州女子加起来，也比不上你的美；难怪他为了得到你，不惜费尽心力。只是，你们汉人心眼多，就算他最后能得到你的人，只怕也得不到你的心！

老板娘逃跑时摔了一跤，胡大馍等人也没想着回头施救。索朗提着刀笑眯眯走过去，老板娘以为要杀她，吓得连话也说不出一句。

索朗却只是蹲下身子，说："原以为你们店只是肉有毛病，没想到人也有毛病，还不快滚！"

目送她走远，索朗等人抬着熟睡的薛涛回客栈，正巧碰见了魏均杰。

魏均杰听了索朗所讲，忽然脸色煞白，问："你们……也没有看见柳玉蜀？"

索朗摇了摇头。魏均杰大叫一声，朝薛涛房间冲去。索朗命两名壮汉抬起薛涛，紧随魏均杰冲进了薛涛的房间。

魏均杰朝着地道大喊："柳玉蜀，柳玉蜀！"

"我在……"

见他还活着，两人一阵狂喜，点亮火折朝下一看，顿时傻了眼：柳玉蜀插在打猎用的木栅栏上，已是奄奄一息。魏均杰沿着洞壁滑入地道，慢慢将他的身体脱离木栅栏，和索朗配合，用绳子将他拉了上去。

两人借着灯光一看，柳玉蜀浑身多处受伤，尤其是胸口那处，仍汩汩冒着鲜血，将衣服、鞋子全部染红。索朗回房取来治伤的药物，给柳玉蜀敷上。

柳玉蜀说："谢谢你救了薛姑娘，我一直错怪你了……"

"别说话，好好休息。"见他将目光投向沉睡的薛涛，索朗又说，"她只是中了迷药，等药效一过，自然会醒来。"

柳玉蜀的目光却没有离开，恍惚中，身穿嫁衣的薛涛从箱子中站了起来，笑盈盈走向他，一脸羞红地问："柳条子，你为什么老是盯着我看？"

"柳条子"是以前卿卿对他的昵称，薛涛怎会知道？仔细一看，站在面前的不是薛涛，而是——卿卿！

"卿卿，你为什么会在这里？！"

"你好好想想，今天是什么日子？"

"今天是……什么日子？"

卿卿伸出一根手指，点了点他的额头，说："你下次再敢吃这么多酒，我、我就不准你进房间！"

柳玉蜀举目四顾，更加吃惊：窗前点着一对大红烛，床上放着一床红被，两个绣有鸳鸯的枕头并挨在一起，仿佛从此不会分离……

"今天到底是什么日子？！"

卿卿低头看着自己衣服，声音如同蚊子嗡鸣："你看我穿的衣服，还想不起今天是什么日子？"

柳玉蜀盯着她身上鲜红的嫁衣，终于恍然大悟："卿卿，我们、我们终于……卿卿！卿卿！"

"柳玉蜀，你醒醒！"

柳玉蜀睁开眼，发现躺在自己客舍的床上，魏均杰站在面前，手中端着一碗热汤。

"来，喝点汤。"

"卿卿，卿卿呢？"柳玉蜀把目光投向门口，看见一个身穿红衣的女子款款朝自己走来。

"卿卿……"柳玉蜀用手撑着身体想爬起来，扯动了伤口，发出一声痛苦的呻吟。

薛涛忙冲上来，握住他的手，哭道："我陪你回成都，我们一起去见卿卿……"

柳玉蜀长叹一声，说："再见又能怎样？她的心已经变了……女人一旦变了心，一百头牛、一千匹马也拉不回来。薛姑娘，能帮我个忙吗？"

薛涛已经哭得说不出话，只能不停点头，用手绢去擦拭他嘴角冒出的鲜血。

柳玉蜀从怀中摸出那块玉件，说："这是我们家最值钱的东西，阿母临死前把它交给我……"

薛涛狠心地摆手，说："我说过，这玉你自己送给卿卿。"

柳玉蜀惨然一笑，说："没机会了……薛姑娘，请你帮我把玉交给卿卿……"

魏均杰和柳玉蜀共事多年，交情不浅，又知他钟情卿卿，忍泪劝道："薛姑娘，快接下吧。"

薛涛哆嗦着双手，从柳玉蜀手中接过那块染满鲜血的玉件，就像接过一个刚刚出生的婴孩。

柳玉蜀露出了欣慰的笑容，对魏均杰说："兄弟，你要把薛姑娘安全送到松州军营；你和兄弟们，也要安安全全到达！"

魏均杰点头答应。

柳玉蜀又对薛涛说："薛姑娘，松州绝不是你这样的人能待的；不管困难多大，你都要设法回到成都……"

"放心吧，"薛涛看着手中的玉件，就像一个母亲看着自己刚刚出生的孩子，说，"我会想尽一切办法回去！"

# 八

掩埋好柳玉蜀，薛涛一行各怀心事，重新上路。

魏均杰走近索朗，悄声问他替哪个部落做事，要抢薛涛的又是些什么人。

"松州大小部落多如牛毛，我也不知道想抢美人的是谁。不过……"索朗微微一笑，说，"他们都是看上了美人的美貌，并非想加害她。"

魏均杰警惕地问："那，你们头人呢？"

索朗做出一副无奈的表情，说："他只吩咐我们保护好美人，其他事一概没有交代，我们也不敢问。"

接下来，不管魏均杰怎么追问，索朗都不肯说出头人的名字。很快，一行人来到一岔路口，路旁立着一座驿站，大门的牌匾上写着三个大字："凤仪驿"。

索朗问魏均杰："这东、西两条路，我们该走哪条？"

蜀郡守李冰修筑都江堰时，得羌地湔氏部落大力相助。为表谢意，李冰建堰成功后，开辟了从龙溪娘子岭到冉駹山的道路，又经后人多次拓展，方有从凤仪驿直达松州的东、西两路。

出凤仪驿，向西沿岷江谷地，是前往松州的西路；往东，沿青片河到治城，再沿百草河溯流北上，便是松茂道的东路。东、西两路，以西线为近，东路为远，但择何道而行，要看大唐和吐蕃对垒的实力对比，以及边地战事的谁胜谁负。

半月前，韦皋在西路大败吐蕃、南诏联军，西路重回唐军手里。然而，韦皋大军一退，吐蕃伺机报复，时有袭扰。

魏均杰和索朗商量一番，还是决定走东路，虽然耗时较长，至少比较安全。

经过几日顶风冒雨、翻山越岭，众人终于来到松州府门前，松州都督高偶亲自出门迎接。魏均杰将所运之物移交，呈上薛涛的押解文书，最后取出一封韦皋亲书的密信，交到高偶手里。

高偶展信看完，看向薛涛。他曾在西川幕府见过她两次，知她不仅长得倾国倾城，还能诗善令，活脱脱一朵"宴饮之花"。此刻见她一身素衣，眉头微锁，不知是不愿来松州，还是路上遇到了什么不如意的事。

高偶又想起了韦晋，他曾一再叮嘱：薛涛若到松州，一定要好好照顾她。

三天前，韦晋离开松州前往南诏，奉命修复大唐和南诏的关系。临行前，他对高偶说，薛涛最近可能被流配松州。

见高偶不相信，他说出了理由：这次韦公亲率大军与吐蕃、南诏大战，虽最终获得胜利，却是惨胜；一旦遇到什么不顺心的事，以韦公的性格，一定会迁怒薛涛——毕竟，大家都说，这次的大战，起因是南诏索要薛涛而不得。

高偶摇头说："就算韦公要惩罚薛涛，为什么一定是流配松州？"

"松州是大唐和吐蕃交战的主战场，韦公在这里吃尽苦头，他经历过的，当然想让薛涛也尝一尝。"

高偶戏谑地问："你这么关心薛涛，莫非与她有什么说不清道不明的关系？"

"不瞒你说，差点儿就成了。"韦晋的目光变得幽远，表情既像是失望，又像是欣慰，说，"虽然没成，却令我对她多了几分敬意……总之，拜托了！"

韦晋在松州时，与高偶联手作战，两人情比兄弟。听他一再叮嘱，高偶忙拱手说："放心，包在我身上。"

高偶看了一眼手中密信，暗想：你韦晋虽聪明，却还是猜不到，韦公为何要把薛涛流配松州！

高偶让人带魏均杰去休息，薛涛知他很快会返回成都，而自己却回归无期，心中又是难受，又是不舍；想起柳玉蜀为救自己而殒命，更是悲从中来，滚下两道泪水。

见魏均杰朝自己走来，薛涛赶紧用衣袖擦去泪水，说："回程的路上，再去看一看玉蜀……"又摸出一封信，托他交给峨峨。

魏均杰接过信收好，说："希望下次见你，已经在成都。快过去吧，高都督也不是好伺候的主。"

薛涛点了点头，又擦拭了一遍脸颊，这才走向高倜。高倜见这女人一路风尘，仍难掩丽色，只是眉宇间飘着两朵愁云，让人看了暗生几丝不快。

高倜说："洪度先到客房好好休息，今晚我专门设宴，替洪度洗尘。"

薛涛忙说："薛涛流放之身，怎配高都督如此厚待？"

"这是什么话？"高倜微微一笑，说，"你来松州，就是我的客人；不好好招待你，要是传回成都，大家不是要嘲笑我不懂待客之道？"

薛涛听了，只得随着高倜安排的人去休息、梳洗。傍晚时分，一名府兵前来敲门，带她去宴厅。

薛涛进门一看，里面华灯照耀，壶藏佳酿，盘列珍馐，不觉一阵恍惚，仿佛仍然身在西川幕府！待看清里面坐着的人，才明白这里不是绮丽繁华的锦城，而是苦寒边远的松州：在座众人，一大半身穿铠甲，另一小半身穿羌人服饰，显然是倾心于大唐的当地部落首领。几乎所有人脸上，都有或新或旧的伤疤，看得薛涛心头一凛。

薛涛一出现，立即吸引了在场所有男人的目光。当中有一名四十多岁的男子，长得异常雄武，是本地最大部落的第巴头人。他幽幽发出了一句感慨："这是把一朵海棠，插进了高山雪地里！"

"美人天上落，龙塞始应春。"高倜笑了笑，说，"洪度到了松州，春天也就来了！"

第巴头人听了高倜所吟的诗，又看了看薛涛，觉得把两者放在一起，就像用美酒配炙烤的牛肉，真是绝美无比。

高倜让薛涛坐，又命营伎奏乐并表演歌舞，顿时箫鼓齐响，几名营伎宽袖长舒，在众多男人的喝彩声和浪笑声中舞了起来。高倜命伺酒的营伎劝部下和众头人饮酒，俨然另一个韦皋。

高倜带头敬薛涛酒，薛涛不敢拒绝，一一饮下。

饮了约半个时辰，一名将军摇摇晃晃起身，说："高都督，这些曲子我们早已听厌。既然有幕府来的美人，何不请她为我们歌一曲？"

此话一出，众人大声附和，都将目光投向薛涛，仿佛众多的猎人，把箭射向林子里唯一那头猎物。

高侗问："洪度可愿意？"

薛涛当然不愿意，尤其高侗的种种做派，总让她想起那个将她罚到这苦寒之地，并导致柳玉蜀惨死的韦皋！转念一想，人在屋檐下，岂能不低头？回归成都已无望，想在松州过安生日子，高侗的面子就不能伤。

"能为众将军、众头人歌一曲，薛涛荣幸莫名。"薛涛说完，款款起身，唱了起来：

> 绝代有佳人，幽居在空谷。自云良家子，零落依草木。关中昔丧
> 乱，兄弟遭杀戮。官高何足论，不得收骨肉。世情恶衰歇，万事随转
> 烛。夫婿轻薄儿，新人美如玉。合昏尚知时，鸳鸯不独宿。但见新人
> 笑，哪闻旧人哭。……

薛涛所唱，是杜甫的《佳人》，写的是一位美人，兄弟死于"安史之乱"。后来，她嫁了人，哪知丈夫喜新厌旧，又娶了新的女子。美人被冷落，干脆离开家，隐居于清幽的山谷，在春花秋阳中消磨掉残存的青春……

薛涛一边唱，一边触动了情怀：比起杜甫笔下的美人，她的遭遇有过之而无不及。

美人失去了亲人，她也父母双亡。美人被丈夫遗弃，只能在山谷中了此残生；她也被韦皋厌恶，被罚到松州这样的苦寒边地，同时背负上一个大大的污名：收受贿赂，败坏幕主政声！

苍天可鉴，她收的每一文钱，都上交给了幕府，她也从未替任何人求过幕主。韦公明明知道这一切，却还是将一盆污水泼到她身上！他既是迁怒她，又是羞辱她。薛涛甚至相信，只要有需要，或是他心情过于恶劣，他完全可能像玄宗皇帝赐死杨玉环一样，毫不犹豫就要了她的命！

这正是她比美人更惨的地方：美人还有选择的权利，还有机会保持自己的

气节和生命；而她，为了不受到更残酷的惩罚，只能低头顺服这些手掌大权的男子！

听着婉转的歌声，看着薛涛春花含露一般的面颊，第巴头人又是陶醉，又是怜惜。如果身边没有其他人，他早已走上前去，好好安慰她。

一曲唱罢，众人轰然叫好。高偶大笑着说："洪度歌唱得这么好，舞想来跳得也不错，何不再献上一舞，让我们这些边地的大老爷们儿也开开眼界？"

薛涛无奈，只得移步宴堂中心的舞池舞了起来。但见她身如飞燕，长袖卷出一阵阵清风，飘向在座诸人，比盏中的美酒还要清甜醉人。

有一名武将名叫周欣，此前多饮了几盏，已经半醉，见了薛涛舞姿曼妙，踉踉跄跄走到舞池中央，伸手去抓薛涛的飞袖。平时宴会上，武将们也这样寻乐，众人不仅不觉得有什么不妥，反而大声起哄。

在西川幕府，薛涛也时常起舞，却从没遇见过这样的事。她一边躲闪一边跳舞，脚步渐渐乱了。

周欣每次都抓不住她的衣袖，有两次还差点儿跌倒，既感刺激，又有几分恼怒，突然冲向薛涛，想去搂她的腰。薛涛吓得一声尖叫，连连躲闪。

一旁的第巴头人见了，起身离开食案，伸出两只壮臂拦住了周欣，冷冷地说："周将军，你醉了。"

周欣怒道："滚开，你算……"

"住口！"高偶狠狠瞪着周欣，说，"有威风到战场去逞，别在这里胡闹，退下！"

第巴头人是松州最大部落的头领，在松州影响极大。此前大唐和南诏、吐蕃的战争陷入僵持，正是由于韦晋说服了第巴头人，让他带领几个部落，从中立状态转为支持大唐，这才让西川大军取得了最后胜利。

周欣瞪了头人一眼，回到了座位。高偶起身来到第巴头人跟前，拉着他回到座位坐下，与他饮了一盏酒，小声说："头人莫非对薛涛有意？实话告诉你吧：你上次相助大唐，其功不小，韦公为了犒劳你，决定把薛涛——赏给你！"

头人听了，怔愣许久，方才咧嘴大笑起来；忽而又收住笑容，说："高都督，请代我转告韦公：我第巴家将世代臣服大唐，永不背叛！"

头人打小随父亲来往松州和成都经商，唐话说得很纯熟。

# 九

饮宴结束，第巴头人邀请薛涛去官寨做客。

高偁也帮着说话："洪度，韦公也说，有了头人鼎力相助，大唐上次才能大败吐蕃。你去官寨住上几日，替韦公好好谢谢头人。"说完，又叫来一名叫兰馨儿的营伎，让她和薛涛同去。薛涛只好收拾行李去第巴官寨。

离开府衙约几里地，远远见到一群唐兵朝她们走来。他们大多身上带伤，扛在身上的兵器似有千斤之重，压得他们只能缓慢行走。

车子经过他们的时候，薛涛看清了他们的面容——他们很年轻，都是十八九岁的样子。然而，他们的眼神没有年轻人常有的活力，反而死气沉沉，不知是见多了死亡，还是知道这次虽侥幸回来，下次或下下次，仍不免死于疆场。

兰馨儿见薛涛很动容，说："吐蕃经常来骚扰，松州府不得不派军出战。你才来不知道，我们却已经麻木……"叹息一声，又说，"不知何年何月，才能让他们不用过刀口舔血的日子。"

薛涛心头一颤：比起这些士兵，她已算幸运，至少不用每日面对死亡！

"'葡萄美酒夜光杯，欲饮琵琶马上催。醉卧沙场君莫笑，古来征战几人回。'每次，我给他们唱完这首歌，他们都会哭；我不给他们唱，他们又会强烈要求……"

听到这里，薛涛忍不住流下两行清泪。兰馨儿的表情，却像她说话的口吻一样平静。

看着兰馨儿被风雪刮得粗糙无比的脸，薛涛心头浪涛汹涌：如果待在这里，用不了几年，她也会像兰馨儿一样，拥有一张粗糙的脸和一颗麻木的心。

不，不能这样！

她答应过柳玉蜀，一定会回成都，帮他把玉送到卿卿手上。可是，韦公既已下令，话又说得那般决绝，怎么可能让她回去？当然可以偷偷逃走，不过，下场会很惨：在路上冻死、被野狼吃掉，或是被强盗杀死——死之前，免不了还会被他们侮辱。就算侥幸回到成都，也会因为违背幕主号令，被再次遣返，甚至是砍头……

薛涛不愿再想，轻轻合上眼帘，冷风夹着冰粒子刮过，如同一把钝刀割过脸颊。

几个时辰后，第巴官寨到了。

来了几个远客，头人需去应酬，走之前，他让奴仆准备两间好房，让薛涛和兰馨儿好好休息。薛涛人生地不熟，执意和兰馨儿住一起，奴仆只得同意。

接下来几日，头人没叫薛涛陪酒，也没给她安排其他事。每到饭点，奴仆会将饭菜送入房间。薛涛吃完便看书写字，或是和兰馨儿闲话，免得思念成都。

这日，兰馨儿拉她出门活动筋骨，看见远处一群人骑马而回——为首之人，竟然是索朗！

索朗也看见了她，翻身下马，笑着说："薛美人，好久不见。"

薛涛喃喃问："你……怎么在这里？"

索朗笑道："我只要不出门，一般都在这里。"

薛涛这才明白，索朗是第巴头人的手下。这么说来，她上次能死里逃生，全赖头人的筹谋与保护。他为什么这么做？他把她接到官寨，又有什么目的？

"你们因何事出门？"

"当然是打仗！"

漫长的冬日，吐蕃军饥寒难耐，几次冒雪南下，袭扰松州投降大唐的头人，一方面想补充军资，充实给养；另一方面则是报复这些反叛吐蕃、投降大唐的头人。

三天前，吐蕃人又准备南下。高偶接到军报，派人到第巴官寨，让头人联络松州各部，和唐军一同设伏，想全歼南下的吐蕃军队。头人听了，赶紧派人分赴各部落。哪知接受邀请的，还不到原来的一半。

薛涛忍不住问索朗："为什么来得这么少？"

索朗看了薛涛一眼，说："还不是因为你。"

"因为我？"

索朗小声说："我们头人将你接回部落，其他头人都恨他，当然不愿再听他召唤——这话你可不能给头人说，要不然，他会剥了我的皮！"

薛涛看了旁边的兰馨儿一眼，又是害羞又是害怕，不再说话。

兰馨儿问："头人呢，为何没和你一起回来？"

"打了个大胜仗，他被高都督拉去吃酒了。不和你们说了，我也要去好好饮几盏。我们这样的人，就像失去主人的狗，随时可能饿死或是被打死，不及时行乐，还能做什么？"

薛涛心想，我不也是一只离开主人的狗吗？

因为没了主人，头人随便说句话，就把她接回了部落。在他的地盘，无论接下来他对她做什么，她都无力反抗。

薛涛撇下兰馨儿，快步回到住处，拿出笔墨纸砚，立成一诗：

> 驯扰朱门四五年，毛香足净主人怜。
>
> 无端咬着亲情客，不得红丝毯上眠。

又在旁边题写了诗名——《犬离主》。

## 十

天气一天比一天冷，官寨却一天比一天热闹。仆人们将寨子打扫得干干净净，又挂上许多红灯笼，看起来异常喜庆。薛涛问兰馨儿部落有什么喜事，兰馨儿摇头说不知。

又过了几天，兰馨儿也被叫走，不知去做什么。薛涛隐隐觉得有些不妥，准备等她回来好好问问，兰馨儿却一夜未归。薛涛和衣睡了一晚，觉得所有人正在筹划一个阴谋，一个针对她的阴谋；兰馨儿也涉身其中，并且是极为关键的一环。

次日早上，兰馨儿终于回来了。看着她手中抱着的红色衣袍和金光闪烁的装饰品，薛涛什么都明白了，冷冷地看着她，目光像两把刀。

兰馨儿微露愧色，还是迎了上去，说："松州酒宴上，头人第一次见你，就喜欢上你……"

薛涛冷冷地说："不止吧？他早就对我起了心，否则，为何我一离开成都，

115

他就派索朗‘接’我？真是煞费苦心！”

兰馨儿指着头饰上一颗宝石说：“这颗绿松石，是第巴家庙中的宝贝。头人把它送你，足见对你的情意……”

薛涛怒道：“他对我有情意，我就要……嫁给他？凭什么？！”

兰馨儿心道：凭什么？就凭你是一名营伎！好多姐妹做梦都想嫁给第巴头人，你还有什么不知足？

兰馨儿将衣服、首饰放在书案上，说：“今晚戌时拜堂，你好好准备一下。”

说罢，再不理她，大步出了门。关上门后，两道眼泪才流了下来，也不知是对薛涛的愧疚，还是对她的羡慕。

一支唐军在离第巴官寨约两里的山梁停了下来，周欣听着寨内传来的音乐，冷哼一声，说：“他真想把薛涛娶了？妈的，也不想想自己是什么身份，癞蛤蟆想吃天鹅肉！”

高倜指着最高那座楼说：“那就是洞房，让弟兄们打起精神，那里的灯一灭，你们立即冲入官寨，将第巴家男女老幼都给我绑了。”

“如果他们反抗呢？”

高倜犹豫了片刻，说：“若遇反抗，格杀勿论。”

周欣说：“我们有一万人，他们又毫无防备，收拾第巴家不在话下。只是，其他部落知道我们对付第巴家，要是联合起事，就凭我们松州府这点军马，怕是弹压不了。”

“这你不用担心。韦公早已厉兵秣马，只要松州部落稍有异动，西川大军会踏平整个松州！”想起韦皋的城府和毒辣，就算是身经百战的高倜也忍不住心头发冷。

吐蕃和南诏大败，松州诸部便成为韦皋的心腹大患。他本想趁机一举扫平松州，一来唐军与吐蕃、南诏大战，已然元气大伤；二来松州诸部曾与唐军并肩作战，对付他们不合道义。思来想去后，韦皋把薛涛送到松州，并写了一封密信给高倜，让他用薛涛试探头人对大唐是否忠诚，以决定对松州诸部是绥靖还是剿灭。

“高都督大驾光临，第巴家蓬荜生辉！”见了高倜，第巴头人赶紧起身迎接。

"今天是你大喜之日，我岂能不来?"高偰扫了一眼头人身后，问，"马上就要拜堂了，新娘子怎么还不出来?"

头人说:"我这就去接。"

"我和你一起去。我和洪度都是汉人，她在这里无亲无故，就由我来做她的娘家人吧。"

高偰和头人来到薛涛门外，兰馨儿见了，就要去叩门。高偰摆了摆手，看了一眼头人，说:"让新郎自己来吧。"心里却想:蠢蛋，你真以为遇到的是喜事?

这一刻终于还是来了!里面的薛涛听见声响，悲凉又无奈地想。她把藏在袖中的剪刀摸出来，对准了胸口。这把剪刀，是她离开成都时带上的。她是手无缚鸡之力的女子，不能用它刺死那些豺狼一样的男子，就只能刺死自己。

头人听了高偰的话，一脸笑容，正要推门，却听身后的高偰又说:"且慢!头人，你真想娶薛涛?"

话音刚落，索朗冲了上来，大叫着说:"头人，大事不好……"他发现官寨南边不远处驻扎着大唐军马，赶紧来报信;见高偰在场，又活生生把要说的话咽了下去。

头人回头，看着表情冷峻的高偰和欲言又止的索朗，似有所悟，惊出一身冷汗。他退后几步，拉着高偰到一旁，小声说:"高都督，你我曾多次并肩作战，若我有什么做得不妥之处，请千万不吝赐教。"

高偰有心放他一马，指了指房间门，说:"里面这人，是韦公最在意的女子;对韦公来说，她比整个西川还重要——你难道还想娶她?"

头人愣了片刻，还是缓步走向了门。众人或怒或忧，眼睛均一眨不眨。

高偰恨恨地想:我把刀亮给你看，你却主动往刀口上撞——你存心找死，神佛也不能救!

# 十一

头人推开门，薛涛从床上起身，将剪刀对准胸口，说："你别过来！"

"薛美人这是干吗?!"

"我就是死，也不嫁给你！"

高俱见薛涛要自尽，也迈步进屋，说："洪度切勿犯傻！"

要是她自尽，他如何向韦公交代？

薛涛扫了高俱、头人及他们身后的兰馨儿一眼，冷笑着说："今天这一幕，不是你们早就谋划好的吗？"

"薛美人误会了，"头人一脸诚恳地说，"我不是想和你成婚，而是想拜你为师……"

此话一出，众人都惊得张大了嘴。

"拜……我为师？你想让我教你什么？"

"教我……写汉诗！我以前行商，和唐人多有往来，知道唐人上至官宦，下至平民，都热衷写诗。成都有个叫马如龙的商人，与我第巴家多有生意往来。这些年他不再经商，而是办起了诗会。前段时间，他寄给我一本《锦江春集》，我读了很羡慕，也想学着写汉诗。不仅我想拜薛美人为师……"他看了一眼身后，将儿子叫到面前，说，"这是我儿子多吉，他也想拜薛美人为师！"

多吉一脸惊愕，说："阿爷……"

头人说："住嘴，还不快拜师！"拉着儿子就要跪下。

高俱忙说："拜师岂能如此随便？你第巴家厅堂张灯结彩，在那里拜师，才隆重嘛。"

头人说："没错，那厅堂我特意布置，就是用来拜师的。我一紧张，竟把它忘了，谢高都督提醒！薛美人，请随我走。"

薛涛如同做梦一般，由兰馨儿扶着，随头人一起去了厅堂。众人见拜堂成了拜师，又是惊愕，又觉好笑。只有头人、索朗等少数人明白，薛涛是韦皋派来试探第巴家的，只要头人敢娶她，两里外的唐军将一拥而入，将他们屠杀殆尽。知道第巴家今晚侥幸逃过一劫，他们整晚心有余悸，一盏接一盏地吃酒压惊。

几日后，多吉随着头人来到薛涛门外，拍门喊："薛美人夫子，开开门。"

自从知道不用嫁给头人，薛涛轻松了许多，开门说："'薛美人夫子'？这名字好奇怪。"

多吉摆着手说："不奇怪，不奇怪。你姓薛，是个美人，所以叫薛美人。你读了很多书，又会写诗，所以是'夫子'——合起来，就叫'薛美人夫子'！"

薛涛见他天真烂漫，一脸淳朴，不由生出几分喜欢，问："你真想学汉诗？"

"我不想学！我只想骑马、猎鹰……"多吉小心看了身后的头人一眼，说，"可阿爷非要让我学！"

听了这话，薛涛和头人均想起几日前的事，不禁微微尴尬。薛涛又想起随高偶回松州府的兰馨儿。她配合他们，差点儿让她嫁给头人，这令薛涛一度很恨她。转念一想，她一个小小营伎，高都督的命令，岂敢违抗？

头人早已恢复正常脸色，对多吉说："你不知道汉诗有多好，等你尝过它的滋味，感激我还来不及。薛美人，我还有点事，先走了。等我哪天有空，会和多吉一起学。"

薛涛忙说："头人忙你的，另外，你以后还是依汉人习惯，叫我'洪度'吧。"

头人未置可否，告辞而去。

多吉带薛涛去学诗的房舍，房子颇为轩敞，里面笔墨纸砚一样不缺，还放着几本诗集。

薛涛拿起诗集，以往在成都秉烛夜读、寻章摘句的日子，一一浮现眼前，不免有几分唏嘘。良久之后，她打开集子，开始教多吉读诗。

可惜，多吉仍然野性难改，情愿在雪地里追逐野画眉，或是跟家奴的崽子们打雪仗，也不想学汉诗。他不想就这么枯坐在屋里，还要装出心无旁骛的样子，小心提防父亲放在薛涛旁边的那根鞭子——尽管薛美人夫子从没用过。

上了几天课，多吉终于鼓起勇气说："薛美人夫子，我真不想学汉诗。"

薛涛停下吟诵了一半的诗句，说："多吉，你得叫先生。"

"为何要叫先生？阿爷对谁都说，他请了个大美人教我学写汉诗。"

"你阿爷这样说不好……你为什么不想学？"

多吉没有回答，将目光投向屋外。厚厚的积雪在太阳下反射出明亮的光芒，家奴的崽子们正在追打野画眉，他们的叫声是那样欢快、那样得意，诱惑得多吉浑身发痒。

因为教汉诗，薛涛受到官寨所有人的尊敬；更重要的是，她能以授课为借口，拒绝参加官寨所有的酒宴。如果多吉不学诗，她不是要……

"多吉，是我教得不好吗？"

多吉连连摆手，说："不，你教得很好，可我听不懂……"

话音未落，第巴头人已经一脚跨了进来，吼叫道："不学汉诗，我如何带你去西川府？那里的人张口就是汉诗，你不懂这个，与他们谈什么？"

说完，走到薛涛面前，拿起那根充当"戒尺"的鞭子，"啪"地一甩，惊得屋外雪地里的画眉扑棱棱飞起来；家奴的小崽子们也吓得停止喊叫，偷偷离开院子，去更远的地方继续方才的玩耍。

薛涛没料到第巴头人会突然进来，不禁羞红了脸；又怕头人真打多吉，忙劝说："多吉，你阿爷说得对，汉诗很美，你要是真正尝过它的滋味，就会觉得它比什么都美、都有趣。"

头人忙附和："对对对，从今天开始，我也跟着薛美人……洪度学汉诗。"

多吉听了，有些害怕，又觉得新鲜，忙坐回自己座位。头人则在他旁边坐了下来，把目光投向薛涛。这女子太美了，让他怎么也看不够，可惜不能娶她。想起那晚的波折与凶险，此刻仍心有余悸，看薛涛的目光也变得复杂起来。

薛涛被他看着，微觉尴尬；见这样一个壮汉，像个学童一般正襟危坐，又觉得好笑。等真正教起来，才发现头人的水平和多吉差不多。第巴家世代经商，用松州的皮毛山珍换取西川的盐、茶等物。因与汉人交往甚多，他们汉话说得纯熟，对汉诗却所知甚少。

薛涛只好从最浅白的诗开始教，为了让他们，尤其是多吉感兴趣，她还讲了许多有关诗的人物和故事——比如，李白是如何"天子呼来不上船"，杜甫在浣花溪旁结的茅屋，被秋风所破后，他们一家人又是如何颠沛流离，等等。

多吉一听，果然来了兴趣，认真跟着薛涛吟诵。多吉的两位姐姐巴姆和拉姆，见弟弟学几天汉诗，竟然改了性子，也跑来旁听。头人却知道，那是两位太太派来监视自己的——之前他准备娶薛涛，她们大闹了一场；后来婚事生变，她们放下了心；现在见他跟薛涛学诗，担心他贼心不死，故派女儿来监视。

头人暗想：知道了韦皋的真实想法，我哪敢再对薛涛下手？我现在满脑子想的只有一件事——怎么做，才能让韦皋对我彻底放心！

过上一段时间，头人和子女都能背诵不少诗，头人偶尔还会胡编两句，逗得薛涛和多吉姐弟哈哈大笑。然而，头人看得出来，薛涛的笑容中其实暗藏忧伤。在她讲解那些思乡诗时，她的目光还会越过窗外连绵的雪山，向东南方远远地眺望。

头人知道，她目光的尽头，有一个诗一样的地方——锦城。他还知道，那座城里，高坐着一个人，决定着大唐与吐蕃、南诏的战与和，也决定着第巴家的生与死。

这日，薛涛讲到王昌龄和他的戍边诗，第巴头人问："以洪度之见，大唐和吐蕃何时才能真正休兵？"

最近一段时间，吐蕃派人送来厚礼拉拢他。显然，吐蕃能不计前嫌，也是看重他在松州的势力。然而，他却越来越厌烦介入大唐和吐蕃的争斗：不管帮大唐，还是帮吐蕃，都免不了打仗。打仗要损失牛马，还要牺牲部落的优秀儿郎，是一件无比悲惨的事。

薛涛也听出第巴头人的厌倦和疲惫，说："只有大唐与吐蕃成为兄弟，才能马放南山。"

"此话怎讲？"

"成了兄弟，自家人就不会打自家人了。"

头人摇头说："贞观八年（634），松赞干布经松州迎娶远嫁的文成公主，大唐和吐蕃不是成一家人了吗？为何才几十年，松州又烽烟迭起？"

薛涛一时语塞：成了兄弟就不会打仗，可如何成为兄弟呢？成了兄弟，又如何保证不反目成仇呢？

就像她和卿卿，原本是多好的姐妹，因为宴会上一次无心之失，卿卿便对她心生不满。她来松州这么久了，卿卿可送过一封书信慰问关怀？不仅没想过关怀，只怕她心里还很开心吧。

段文昌倒是写过一封信来，劝她先安心在松州住着，莫要多想。看样子，韦公的气还没有消，她回成都仍遥遥无期；甚至，永无可能。

头人看了看屋外明亮的阳光，叹了口气，又说：“你们汉人有句老话：普天之下，莫非王土。可惜我第巴家，世代居于松州，距皇城远，距边关近，世世代代都卷入战争之中。不说了！难得有个雪住天晴的好日子，我们去外边学诗如何？”

听了这话，薛涛倒没什么，多吉已经乐得兔子一样跳出门，去喊两位姐姐。

## 十二

索朗特意选了两匹枣红马，让头人和薛涛骑。多吉姐弟和索朗等人，有的骑白马，有的骑黑马，一行人浩浩荡荡出了门。第巴部落的百姓，见雪地里两匹枣红马火焰一样飘动的身影，都以为头人已经娶了薛涛做三太太。他们驻足一旁，小声议论薛涛的容貌与衣饰，又把她和头人的两位太太比较。

走了里许路，多吉突然猛甩一鞭，追上了薛涛和头人，说他想骑红马。薛涛勒住缰绳，要跟他换。头人见他两个姐姐在后面窃窃私语，知道是俩丫头的主意，板着脸说：“不行！”

多吉听了，“哇”一声哭起来。

薛涛赶紧伸手揽住他肩膀，柔声劝慰，又对头人说：“让我和他换吧……”

多吉见父亲不说话，知他已经同意，从白马飞跳到薛涛所骑的枣红马上；眼泪挂在他得意的笑脸上，让人看了忍俊不禁。

“薛美人夫子，我们一起乘这马！”

“胡闹！”头人和薛涛几乎异口同声说，心中所想却浑然不同：薛涛认为多吉虽只有十来岁，毕竟是个男子；头人则担心儿子和薛涛同骑一马传到高僩耳中，再传入成都，不免又会遭到韦皋猜忌。

薛涛将缰绳交到多吉手中，翻身下马，又上了白马。多吉见她骑术不佳，教她如何骑马才又稳又快。薛涛悟性高，很快便学了七八成。

两人打马走在最前面，多吉说：“薛美人夫子，你的骑术已经不错，差的只是练习。下面，我再教你打猎吧。"

薛涛好奇地问："你连弓箭也没拿，怎么打猎？"

多吉用马鞭指了指天空，薛涛抬头一看，天空中盘旋着几只雄鹰。多吉得意地打了个呼哨，一只鹰如同中箭一般，垂直掉了下来，落在他手臂上的鹰韝上。

薛涛惊奇不已，问："这么野性的动物，怎么给你驯服的？"

多吉得意地说："薛美人夫子，你懂那么多东西，难道不懂熬鹰？"

薛涛笑着说："什么叫熬鹰？多吉先生，快给我讲讲吧。"

多吉正要开口，巴姆和拉姆追了上来，争着告诉她熬鹰的方法：把刚抓的小鹰绑在摇车里吊上几天，然后给它们的腿系上皮条，尾巴佩上小铜铃，架在臂上巡山串户，拴在架子上训练叼肉。待它们学会这些，就开始训练放鹰……久而久之，鹰就会成为最忠诚、最凶猛的"士兵"。

多吉被抢了风头，气呼呼地瞪了两个姐姐一眼，大声说："薛美人夫子，看我怎么让鹰抓猎物。"

说完，又是一声呼哨，同时手臂一扬，老鹰一飞冲天，在空中盘旋两圈，突然快速落入一个雪堆后……等飞回来时，爪下已各抓了一只野兔。薛涛见了，拍手赞叹不已。

巴姆见弟弟一脸得色，鼻孔喷出两道冷气，说："薛美人夫子，你今天可是出来教我们学汉诗的。"

多吉并不介怀姐姐的嫉妒，接话说："薛美人夫子，再给我们讲讲戍边诗吧，那些诗听起来好豪迈！"

薛涛看了一眼头人，头人点了点头。薛涛于是从王维的"征蓬出汉塞，归雁入胡天"，讲到李白的"将军分虎竹，战士卧龙沙"，再讲到王昌龄的"秦时明月汉时关，万里长征人未还"……

多吉姐弟听得如痴如醉，不断问着薛涛问题。头人却一言不发，不知是被这些壮美豪迈的诗震撼，还是想起了别的什么事。

众人走累了，分吃了干粮，抓起地上的雪吃了解渴，然后继续前行。傍晚时分，他们来到了两山所夹的一大片雪地。

薛涛见头人一脸凝重地看着前面，小心问："怎么了？"

头人抬起手，指着面前偌大的雪地说："这片土地，吐蕃和大唐的士兵曾在这里多次交战。松州各部落的年轻子弟，或拥护吐蕃，或忠于大唐，也多次在这里浴血厮杀。这里不知浸染了多少将士的鲜血，埋葬了多少英雄的枯骨。此刻我的耳朵，仍然能听见他们冲锋时的怒吼，被砍杀时的惨叫……"

薛涛听得浑身一颤，不禁又想起上次离开松州府，见到的那群伤痕累累、满脸绝望的将士。

说话间，一轮寒月跃上群山，洒下万顷清辉。头人觉得，月色不仅增添了薛涛的风韵，还让她多了几分圣洁，令人直想下跪。

这段时间，头人已经想出一个办法，可以让韦皋放下对他的戒心——不过，这需要利用薛涛。此刻见薛涛这么美，又有些犹豫；转念一想，薛涛虽动人，为了第巴家的安全，还是只有压制占有她的冲动。

薛涛也被月色打动，低声吟诵杜甫的《月夜忆舍弟》："戍鼓断人行，边秋一雁声。露从今夜白，月是故乡明。有弟皆分散，无家问死生……"

"时间不早了，我们回去吧。"头人说完，率先掉转了马头。薛涛骑马跟在他身后，呼呼风声灌满双耳，心里想的却是杜甫和他的诗。

唐肃宗乾元二年（759）九月，安禄山、史思明从范阳引兵南下，攻汴州，进洛阳，此时杜甫的几个弟弟分散在深陷战乱的河南道，家书难寄，兄弟生死不明，杜甫心中该是何等忧戚苦痛！

一个月夜，他提笔蘸墨——不，是蘸取眼中的泪和心里的血，把它们泼洒在纸上，这才有了这首读后令人肝肠寸断的《月夜忆舍弟》。

地上是清泪一般的月光，耳边是肃杀的风声，身后是埋葬生灵的屠场——那些年轻的子弟，倒在了群山和月光之中；鲜血汇成了河流，却无法送他们回故乡，见一见朝思暮想的阿爷阿母……

以往在成都，她体会不了这种痛、这种苦。如今身处异乡边关，她终于明白，她就是杜甫，就是杜甫的兄弟，就是千千万万边关将士！

她的苦痛，杜甫的苦痛，千千万万将士的苦痛，都是谁造成的，又有谁能够解救？

从头人口中，她得知韦皋正筹谋明年春天再次对吐蕃用兵。若是如此，这片土地将再次被飞溅的鲜血、痛苦的哀号以及亲人悲伤的眼泪覆盖！

她该做点什么，为自己，为第巴头人和他的部落，为边地的大唐将士！

回到官寨，薛涛挥笔在纸上写下了诗题：《罚赴边有怀上韦令公》。

先写一首：

　　黠虏犹违命，烽烟直北愁。
　　却教严谴妾，不敢向松州！

又写一首：

　　闻道边城苦，今来到始知。
　　羞将门下曲，唱与陇头儿！


# 十三

转眼已到汉历腊月，薛涛在漫天大雪里即将等来第一个汉历新年。第巴头人也在等，不过，他等的不是年，而是积雪化尽。

这日，头人带多吉打猎回来，忽然想去看看薛涛。他支开儿子，一人来到薛涛门外，叫了两声，里面没人应答；迟疑片刻，还是推开了门，先嗅到一股清香，让人醺醺然如同醉酒。

头人知道薛涛怕冷，不仅用牛羊皮制成的毡布挂满四面墙壁，堵住木屋的缝隙，还特地送了她一个铜暖炉。扫了一眼屋子，没有发现铜暖炉，猜测是被她拿着出了远门——如果去得不远，很快就回，她不必带暖炉出门。

头人关上门，将屋子细细看了个遍，就像一个失明的人突然又能视物，觉得无处不令自己惊喜。

最后，头人的目光落到了书案上，那里放着一摞纸。拿起来一看，上面写的全是诗，有《罚赴边有怀上韦令公》《犬离主》《燕离巢》等，足足几十首之多。

头人默默诵读，直到最后一首《鱼离池》：

跳跃深池四五秋，常摇朱尾弄纶钩。

无端摆断芙蓉朵，不得清波更一游。


"不得清波更一游，不得清波更一游……松州的雪毕竟不是锦城的水，留不住你这尾鱼!"头人说着，脸上却露出笑容，"既然你有这想法，我就成全你。"

薛涛傍晚时分回到住处，见书案上空空如也，大吃一惊，赶紧跑来找头人。新年将近，薛涛放了多吉几天假，又收到兰馨儿致歉的书信，于是骑马去松州府看望她。经过一两个月的训练，薛涛的骑术已相当精湛，一日之内，在第巴家和松州府之间轻轻松松跑了个来回。

薛涛见到头人时，他正坐在火塘旁饮酒，脸色不阴不晴。她不知发生了什么事，惴惴不安地喊了一声"头人"。

头人抬头一看，她正穿着他送给她的那件狐裘。薛涛随着他的目光落到衣服上，伸手捋了捋狐裘光滑的皮毛。

头人一开始准备送她一件鹿裘，感谢她教他们父子汉诗。薛涛却不接受，说："依汉人习惯，鹿裘是隐士和道士穿的……"

头人听了，马上拿着鹿裘回屋，换了一件狐裘送来，薛涛这才伸手接过。

见她穿着他送的衣服，又想起这几个月她教他们父子汉诗，与他们一家相处融洽，头人心头一叹，指了指一旁的凳子，说："坐吧。"薛涛依言坐下，他又递过来一盏酒，问，"饮一盏?"

薛涛端起，一饮而尽。头人也跟着一饮而尽，正要去拿酒壶，被薛涛抢了个先，端起酒壶给他斟酒。

头人问："你前来，可是为了找诗稿?"

"是。"

"找不到了。"

"为什么?"埋头见地上有不少烧过的纸张残片，像是被暴雨打落的满地残花，薛涛无限悲愤，"你……把它们烧了?!"

头人随着她的目光落到那些残片上，冷笑着说："你想凭几首诗让韦公动心，把你接回去? 做梦吧! 韦公要是几句诗就能打动，岂能做西川幕主?"

想起韦皋用薛涛试探他，头人仍心有余悸，赶紧又饮了一盏酒。

薛涛无限悲愤，既因为头人烧她的诗，更因为他话里暗藏的意思：她永远回不了成都！

薛涛起身，再不理头人，摇摇晃晃出了门。此后的日子，薛涛闭门不出，多吉姐弟来求她教汉诗，撺掇她出去骑马、打猎，都被她一一拒绝。

不觉到了春天，积雪化尽，青草丛中缀满艳丽的格桑花。多吉发现索朗把兽皮铺进父亲常坐的马车，又用格桑花装饰外沿，问："阿爷要去哪里？"

"这是给薛美人坐的。"

多吉听了，飞快跑到薛涛门外，拍门大叫："薛美人夫子，快开门！"

薛涛打开门，懒懒地问："怎么了？"

多吉指着马车说："阿爷把他的马车给你坐，格桑花都开了，天气又好，我们可以坐车出去游玩……"

索朗拍拍手，从马车上跳下，对薛涛和索朗说："这车不是给你们游玩的，而是送薛美人回成都的。"

"什么？!"薛涛和多吉同时大叫。多吉看看马车，又看看薛涛，眼泪滚滚而下，"阿爷为什么要送薛美人回成都？薛美人，你不要回去，好不好？"

他说的话，薛涛一个字也没有听进去，踉踉跄跄朝前走去。恍恍惚惚，她来到头人住处，问正在独饮的头人："你为何要这么做？"

他一路派人保护她，又把她接回家，肯定是想娶她。结果，婚宴变成了拜师宴，如今又准备把她送回成都——他心里想的，到底是什么？

头人见她珠泪满脸，凄楚动人，想要拥抱她，眼前闪过韦皋阴沉的脸，终于还是忍住，说："有你这几滴眼泪，我也知足了。你不属于这里，苦寒的松州只会摧折你，你应该回到适合你生长的地方去。那里有温软的山水，有四季不谢的鲜花，也许还有……你真正喜欢的人……"

薛涛打断他说："你真愿意我回西川？"

头人摇了摇头。

"那，为什么要这么做？"

头人将她的手握成一个拳头，而后又将它摊开。

"什么意思？"

"我还小的时候，阿爷告诉我一个道理：把手握得越紧，你会发现里面什么也没有；把手松开，你反而会拥有很多很多。"头人看着薛涛的脸，说，"我摊开手心，让你离开，回到你喜欢的地方，以及喜欢的人身边，快快乐乐地活着——你过得越好，我拥有的东西就会越多……"

薛涛感动不已，又问："我不得韦公允许，独自回成都，怕是会被他怪罪；就连你，也会受到牵连。"

头人冷哼一声，暗想：你们幕主用心之深、之狠，你一个女子，焉能看懂？脸上却不动声色，说："放心吧，他一定很乐意见你回去。趁着天气好，早点上路吧。"

薛涛将信将疑，含泪拜别头人，去房间收拾好行李，来到马车旁。不一会儿，又驶来两乘马车，看车辙便知里面装满了东西。

索朗说："薛美人，上车吧。"

薛涛回头，看了一眼哭成泪人的多吉姐弟，问："你们阿爷呢？"

两个姐姐说"不知道"，多吉抽噎不止，连话也说不出来。

索朗坐到车驾位置，叹息着说："你是锦城的蝴蝶，头人是雪地的雄鹰，你们不可能在同一片蓝天飞翔！时辰不早了，早点上路吧。"

薛涛知他说得在理，抛下再见头人一面的念头，走向多吉，想和他道别，多吉却转身朝自己房间跑去。薛涛知他很伤心，只好请巴姆和拉姆转告弟弟：一回成都，就会给他们写信。

薛涛再看了一眼官寨。比起幕府，它要小得多，也简陋得多。可是，在这里，她第一次得到真正的尊重和爱护。但是，她不能留下，因为她对柳玉蜀的承诺还没有兑现；还因为这里，不是她的家。

她的家在锦城，那里有阿爷阿母的坟墓，有她思念的峨峨，有她喜欢的海棠巷、浣花溪、万里桥、大慈寺和杜工部草堂……

三驾马车驶出了第巴家，随行的索朗六人，明面上是保护薛涛回锦城，其实是受头人之托，带着一项秘密任务前往西川幕府。

走了几里路，马上就要上官道，索朗忽然听见什么，喝停了众人。薛涛也听见了异常，分开车帘，跟随索朗的目光看去，只见一匹红马正朝着他们飞驰而来，天空中还有几头猎鹰紧紧跟随。

薛涛感到一阵眩晕：他来了！他终于还是来了！

索朗一脸严峻地看着那匹枣红马，暗想：头人不会现在忍不住，让大计功亏一篑吧？等马跑到离他约五百步，索朗才松了口气，说："不是头人，是多吉。"

索朗扶着薛涛下了车，多吉连人带马冲到她面前，翻身下马，扑进她怀里，大哭着说："薛美人夫子，我听你的话，好好学汉诗。我还会教你熬鹰，带你去打猎。我打猎可厉害了……你不要离开好不好?!"

薛涛抬头看了看天空中盘旋的猎鹰，问："多吉，你能让猎鹰落下来吗？"

多吉以为她决定留下，高兴地打了个呼哨，猎鹰顿时坠下，落在他手臂戴着的鹰鞲上。

薛涛说："多吉，我就像这只鹰，已经被人驯服了。不管我飞得多高、多远，只要听到召唤，我就会飞回属于我的'鞲'上……"

"你的鞲在哪里？驯服你的又是谁？"

"我的鞲在锦城，驯服我的，是大唐的一切：诗赋、书画、音乐、饮食……"

多吉若有所思，索朗也来帮着相劝："多吉，你快回去吧，要不然你阿母和姐姐会担心的。"

多吉依依不舍地上马，走了几步，忽又掉转头，问："薛美人夫子，你还会'飞'回来吗？"

她还会"飞"回来吗？她不知道。多吉见她久未回答，终于失望而去。


# 十四


中午时分，段文昌匆匆进入幕府。仆人告诉他，韦公在孔雀园。

段文昌随即赶往孔雀园，这是韦皋专为南诏所送孔雀修建的园子，里面小桥流水，翠柳修竹，一应俱全。

段文昌赶到时，韦皋正接过砣子递来的豆饼，捏成小块，扔入笼子里，说："吃，来吃。"

段文昌小声禀告："韦公，薛涛回成都了。"

韦皋伸出的手停在半空，问："她回来了？她怎么会回来？谁送她回来的？！"

"第巴头人的几个部下。他们自称奉了第巴头人之命，有要事见您。"

韦皋将剩下的豆饼扔给砣子，对段文昌说："走，陪我去见他们。还有薛涛，我见了那几名羌人，马上见她。"提起薛涛，他心头忽然一软。

"薛涛说有点累，回家梳洗后再来见韦公……"刚才在幕府门前，段文昌极力劝说薛涛见了韦皋再回家，她却执意不肯。

段文昌的话就像一阵寒风，将韦皋的满脸温情吹成一块坚冰：回成都竟然不先来见他，这女人简直不识抬举！

段文昌赶紧相劝："薛涛在松州风吹日晒，容颜大减。正所谓'女为悦己者容'，她回家打扮后再来见韦公，足见对您的尊重。"

虽然知道段文昌在为薛涛说好话，韦皋听了还是舒服了许多，又回头看着孔雀，心道：你能被我乖乖养在笼子里，她为何就不能？

韦皋带着段文昌进入官署，索朗等人赶紧拜见，又献上头人送的礼物，全是皮毛等松州的贵重方物。

韦皋说："你们远来不易，何必如此客气。听说前段时间，头人有喜事？"

索朗早猜到他有此一问，点头说："确有此事。"

韦皋顿时面色阴沉，说："这事我不知其详，你细细说给我听。"

"几月前，头人当着许多宾客的面，拜薛美人为师。头人说，韦公将薛美人派到松州，让第巴家有机会向她学汉诗，这是天大的喜事！"

索朗所说和高偃信函中告诉他的一样，韦皋面色转霁，说："原来是这样。那，薛涛呢？"

"她和我们一起回了成都。头人说，薛涛是西川的'和氏璧'，什么样子送到松州，就应该原样把她送回成都。"

韦皋哈哈大笑，说："不错嘛，你们头人还知道'完璧归赵'！"

段文昌一直疑惑，以韦公的肚量和远谋，怎会以"收受贿赂，败坏幕主政声"这等理由，将薛涛流配松州？听了他们的对话，他恍然大悟：原来韦公让薛涛去松州，是为了试探第巴头人是否忠诚！

索朗等韦皋笑完，说："头人有封信，命我代呈幕主。"说完，从贴身衣服里取出信件，交给段文昌，再由段文昌交给韦皋。韦皋接过一看，原来是一封归顺信，信的末尾，是第巴头人等十余部落首领的签名画押。

"最近一段时间，我们头人一个部落一个部落地走访，劝说他们与大唐交好。有两个部落的首领此前已偷偷和吐蕃结盟，他们对头人虚与委蛇，意欲趁机除掉他。好在头人机警，吃酒时发现气氛不对，借小解悄悄逃走，才侥幸逃得一命……"

韦皋大喜："第巴头人这封信，是我今年收到的最贵重礼物！转告头人，从今年起，他就是松州的'大头人'！"当即命段文昌书写任命文书。

马车载着薛涛进入了海棠巷。比起松州，锦城要温暖许多，海棠花已全部开放，引得粉蝶飞舞其间。曾经美好的日子，那日思夜想，以为再不会拥有的日子，终于又回来了！

可是，当薛涛站在家门口，看着送她的马车渐行渐远，心里又有无限失落。马车就像一根线，一头连着她，另一头连着头人。如今，线断了，她和他成了关山阻隔的两人。

他说，握紧手，他得到的其实很少；放开手，让她到她想到的地方去，他反而会得到更多。

他真的会得到更多，并因此过得更好吗？

薛涛叹息一声，摸出钥匙，打开了门。屋子的陈设，和几个月前离开时一模一样，地面和家具也很干净，显然是有人经常前来打扫。当初她以为再无机会回成都，曾让魏均杰带信给峨峨，让她卖掉家具、首饰等物，看来峨峨没有照做。

薛涛正要进入房间，忽听见背后有人带着哭腔喊了声"小姐"。薛涛回头一看，背后站着的正是峨峨！

峨峨看着薛涛，又是惊讶又是伤心：去松州不过几月，小姐光洁的脸颊已经变得又黑又粗糙。薛涛的感受也类似：峨峨为何这么消瘦、憔悴，难道是太过思念自己？

"小姐，你终于回来了！你要走，为什么不告诉我一声，让我陪着你一起去？"话音未落，峨峨已经扑了进来，就像一条在岸上晒了很久的鱼，终于又跳进了水里。

薛涛用手拍着她的背，说："都是我不好……"

峨峨突然发出一声呻吟。薛涛吃了一惊，抓住峨峨的双肩，问："你怎么了？"

她这一举动，引来的是峨峨又一阵呻吟。薛涛赶紧松开手，拉她进入房间，逼着她除去衣服，只见峨峨胸背、肩膀等处，新旧伤痕，足有几十处之多！

"谁干的?!"

峨峨不说话。

"说呀，到底是谁干的？"

"江钱枫……"

原来，姜荆宝为了赖掉借江钱枫的五千贯钱，左哄右骗，促成了峨峨和江钱枫的婚事。峨峨嫁到江家不久，江钱枫的正室便从娘家回来，要将峨峨赶出去。

江钱枫惧内，不但不敢休妻，还任由正室欺负峨峨。只是，他不同意将峨峨赶出去，毕竟为了她，他足足损失了五千贯。为了弥补损失，他和正室逼着峨峨和纸坊的工人一起做事。

峨峨白天干着又苦又累的活，晚上还要伺候江钱枫。几个月过去，江钱枫见她肚子毫无动静，传宗接代的希望化为泡影；又想起当初愿意娶她进门，很重要的原因是想借她接近薛涛，哪知薛涛却被发配松州！

江钱枫由此对峨峨更加厌恨，加上大唐和吐蕃、南诏开战后，成都百业萧条，纸坊生意一落千丈，他脾气更加暴躁，稍有不如意便会将峨峨鞭打一顿……

薛涛又是伤心又是愤恨，拉着峨峨就要去找江钱枫算账，峨峨赶紧劝说："小姐，这些都过去了，我现在很好……"担心薛涛不理解，又说，"有人救了我。"

"恩人是谁？"

峨峨忽一脸羞涩，埋头卷着衣襟不说话。薛涛还想再问，有人推门走了进来。薛涛一看，来人是阿贾尔且！

# 十五

救下峨峨的人，正是阿贾尔且。他上次运货到吐蕃遇到点麻烦，回成都迟了几个月。来到海棠巷，没见到薛涛和峨峨，四处打听后才知道：薛涛被发配松州，峨峨则嫁给了江钱枫。

听到这个消息，阿贾尔且差点儿委顿于地！

他对峨峨早已生了爱慕之心，此前没向她表明心意，是因为自己往来大唐和吐蕃做生意，生死难测，不想误她终身。这次运货去吐蕃，他赚了一大笔钱，足以在成都买一处好宅子，和峨峨好好过下半辈子。他来薛家就是想提亲，哪知听到的却是意中人嫁作他人妇！

半月前，阿贾尔且心情平静了些，决定去江家找峨峨，和她商量一下怎么解救薛涛。哪知一入江家，竟看见峨峨和纸坊里的男工在一起劳作！

那日江钱枫夫妇恰好不在，峨峨便带着阿贾尔且来到离江家约一里地的一处梅林里。蜡梅怒放，幽香缕缕，两人想起上次见面还是春天，此刻却已是寒风凛凛的冬季。不到一年时间，发生了太多事，说是沧海桑田，也不算过分。

峨峨再也忍耐不住，将江氏夫妇虐待自己的事一五一十说了出来。阿贾尔且听了又悔又痛，大骂自己为什么不早点来找峨峨；说到动情处，甚至接连扇了自己几个耳光。

峨峨从他的话语里听出他对自己的情意，转身准备离开。阿贾尔且拦住她，扶着她的双肩说要娶她。

峨峨伤心地说："太迟了，我已经……不是清白之身。"

"我只在乎你。"

峨峨依然绝望："我已是江钱枫的人，他不会轻易将我让给你……"

"我去找他谈，只要他愿意，哪怕倾家荡产，我也要和你在一起！"

阿贾尔且找到江钱枫，他果然不同意休掉峨峨。阿贾尔且表示，只要江钱枫愿意给峨峨自由，他愿意奉上五千贯。

江钱枫心想：我买一手货才花了五千贯，她现在成了二手货，你仍愿意出这个钱，我有什么不乐意？脸上却不动声色，说："峨峨在我这里，天天跟着工人干活，我看她倒是很喜欢这纸坊——要不，你再出点钱，我把纸坊和她一并给你？嗯，就一万五千贯吧。"见阿贾尔且沉默不语，又说，"我这纸坊是祖业，价值不菲，要不是我年龄大了，又没有子嗣，我也不会把它卖给你，你好好考虑吧。"

阿贾尔且明知他是漫天要价，为了和峨峨在一起，也只好答应。

峨峨知道阿贾尔且为解救她，花掉了全部积蓄，异常感动。她在江家已学会造纸的全部工序，又和工人们混得极熟，两人干脆就做起了造纸生意。

虽然彼此有意，他们却相敬如宾，心里有一个共同的想法：把薛涛从松州救回来后，再让她给他们主婚。

就在他们四处求人，设法营救薛涛的时候，阿贾尔且从经商的朋友处听到一个消息：薛涛已在回成都的路上。峨峨夫妇这才放下心来，每日除了造纸，就是回薛家打扫，等候薛涛归来。

薛涛听了峨峨和阿贾尔且所讲，心中百味杂陈，拉着峨峨手说："都是我不好，让你吃苦了，没想到江钱枫是这样一个畜生！姜荆宝也不是东西，他明知江钱枫休不了妻，还以此骗我，让我把你推入火坑之中……"

"小姐，你不要自责。我现在……挺好的。"峨峨说罢一脸晕红。

薛涛看了一眼阿贾尔且，笑着说："我现在回来了，尽快找个黄道吉日，把你们的喜事办了。"

峨峨哪敢再待，转身去厨房做饭。

阿贾尔且和薛涛闲聊一阵，屋外传来了敲门声。薛涛开门一看，是段文昌。

"洪度，韦公有请。"

薛涛心想，平时叫她去幕府，一般都是老马来接，今日派段文昌来，如此规格，是有什么要事，还是韦公对她更加器重？

然而，不管韦皋怎么做，都消弭不了她对他的恨：他不把她罚往松州，柳玉蜀怎会丧命？另外，他的喜怒不定也着实令她惧怕，让她深切体会到大人物的恩威难测。

"请你回禀韦公：家中有客，暂时走不开。"

段文昌有些着急："怎么，还在恨韦公？"

薛涛冷笑道："我是什么人，岂敢恨韦公？"

"那就走吧，我正好有些事要告诉你。"

薛涛见段文昌面色凝重，便随他上了马车。段文昌把头人所做的事，以及韦皋和索朗的对话，小心翼翼地说了一遍。薛涛只觉得脑子一片空白，脸色更是苍白无比；车行了里许路，才终于哭出声来。

一刻钟前，她还在感激头人对她的情意；此时才明白，他不占有她，而是把她送回成都，不是因为在乎她，而是惧怕韦皋！

在第巴家，他不敢对她太好，怕她因此不愿回成都，无法给韦公交差；又不敢对她太差，怕她回成都后，在韦公面前说他坏话——就如同走钢丝过悬崖，其中的分寸极难把握，他却掌控得极好，真是难为他了！

段文昌等她哭够了，方说："我不知道你和头人之间发生了什么，但他被韦公猜忌，一步走错就是灭族之祸，他其实挺不容易。"

薛涛说："照你这么说，韦公也不容易——他治理偌大的西川，经常与吐蕃、南诏打仗，还要被圣上猜忌。"突然愤怒起来，又说，"他们都不容易，我呢？韦公拿我试探头人，头人则处处骗我，让我误以为他是个……好人！"

说着，又哭了起来。

见幕府将至，段文昌又是担忧又是歉疚，说："都是我不好，告诉你这些事，惹你伤心。待会儿见到韦公，可不能这样。"

薛涛擦干眼泪，说："这怎能怪你？放心吧，我有分寸。"好不容易回到成都，她怎会轻易得罪韦公；难道想再去一次松州，被那人再狠狠欺骗一回？

"薛涛拜见韦公。"

声音还是那么清丽，只是多了几分镇定和凉意。抬头一看，韦皋却吃了一惊：她身段依旧苗条，皮肤却变得很粗糙，与几个月前判若两人。

韦皋走到她面前，想要握她的手，薛涛近乎本能地朝后一退，避开了他；意识到这样可能触怒他，又说："薛涛在苦寒之地数月，双手粗糙无比，与此前已全然不同……"

"让你受苦了。"

以往听到这样的话，薛涛一定会哭，此刻却毫无感觉。她怕韦皋不快，低头绞弄衣襟，装出一副心潮起伏的样子。

"老实说，我不后悔罚你去松州。"韦皋拿起书案上的信，得意地说，"你不去松州，怎会让第巴头人折服？怎会让他费力劝说松州各部落归顺我大唐，免去我边境之忧？"

薛涛用力绞着衣襟，暗想：你当然不后悔，可是我后悔！可惜，我只是你……们的棋子，我后悔也罢，愤恨也好，都没有任何用！

薛涛想到此处，眼泪还是不争气地掉落下来。韦皋见她双肩耸动，以为她想起在松州受的苦，柔声说："放心吧，以后只要你不愿离开锦城，谁也不敢逼你走——除非，我不在了。"

"谢韦公。"薛涛行了一礼，说，"要是没什么事，薛涛先行告退。"

"还有一事。"韦皋看了她一眼，说，"从今天起，你不再是乐籍中人。你工于文字，以后幕府中的文书，均交由你和段文昌书写。至于俸禄，和段文昌相同。"

这赏赐实在是太大了：不仅去掉她的乐籍，还聘她为幕府的"校书郎"，和段文昌的职位一样。当然，按规定，校书郎一职须由朝廷授予，韦皋能给她俸禄，具体的职位却还要奏请朝廷同意。

薛涛听了，却并没有多开心：在他这样的大人物手里，校书郎也不过是一枚大棋子而已！

"谢韦公。"薛涛淡淡说了一声，摇摇晃晃出了书房。韦皋以为她是因脱离乐籍而激动，欣慰又得意地看着她的背影，消失在视线之外。


# 十六

过了足足一月，薛涛的心情才稍微平静了些，决定去幕府应卯。走到竹亭处，见姜荆宝正在那儿独坐吃茶。

姜荆宝也看见了薛涛，忙迎了上来，说："从松州回来一个多月了，今天才第一次见洪度，你比韦公还难见啊！"

薛涛深恨他骗了自己和峨峨，冷冷地说："前段时间身体不适，所以向韦公告了假。你急着见我，莫非又有什么异姓兄弟，家境不差还忙着休妻？"

姜荆宝被她抢白得脸一阵红一阵白，说："峨峨的事，我也没料到会是这样的结局。当初江钱枫信誓旦旦说要休妻，我也是被他骗了。"见薛涛仍然一脸冰霜，忙倒了一盏茶，说，"来来来，先饮一盏，我们坐下慢慢讲。俗话说得好，塞翁失马，焉知非福，峨峨现在嫁给那个阿贾尔且，又成了纸坊的主人，结局不是很好吗？"

薛涛本来想坐的，听了这话愤然起身，说："如果阿贾尔且没及时回来，峨峨岂不是要被江氏夫妇折磨死？我如此信任你，你却和江钱枫合伙骗我！"

说罢转身便走。

姜荆宝自知理亏，起身拦住薛涛，一迭声地道歉，薛涛这才怒气渐消，重新回到竹亭坐下。

韦皋脱去薛涛乐籍，并准备奏请朝廷授予她"校书郎"一职的消息，已传遍幕府。显然，她不仅未被韦皋冷落，反而更受器重——韦皋愿意容忍她长时间不来幕府应卯，就是最好的证明。

姜荆宝自知在峨峨婚事上已得罪薛涛，生怕她到韦皋面前进"谗言"，将他赶去青神。

上次他没帮眉州刺史何晨办成事，已经把他得罪了。何晨也是个心思玲珑的人，只怕已据此猜出，他在韦皋面前的地位大不如昔，很久没再联络他。若是到青神任职，成为何晨手下，会被穿小鞋不说，光是欠他那一万贯，姜荆宝就还不起！

这段日子，姜荆宝过得胆战心惊，既想上门找薛涛好好解释，尽快将心结解了，又怕行事不当，反而使她更气恼。犹豫之中拖到了现在，没想到今日在幕府遇见她。

"洪度，峨峨那事，我确实做得不妥，你大人有大量，莫要记在心上。"

薛涛心中冷笑：为了不去青神做县令，就这般低三下四，堂堂男子汉，一点骨气也没有！因有事要请他帮忙，她不便把话说得太难听，板着脸坐在一旁。

姜荆宝一迭声地赔礼道歉，又说薛涛若下次有事需他帮忙，他一定擦亮眼睛认真去办。

薛涛渐渐消了气，说："我正好有件事想问你——你可知卿卿去了哪里？"

从松州回来后不久，她去乐营找卿卿。虽然知道卿卿不仅不愿见她，还可能讥讽她，可为了完成柳玉蜀遗愿，再大的难堪她也必须忍受。

哪知一入乐营，罗秀成却告诉她：卿卿两月前脱掉乐籍，离开了乐营，至于她去了哪里，则无人知道。这段时间，薛涛四处打听卿卿的消息，却始终无果。姜荆宝如今是幕府第一闲人，也是整个锦城消息最灵通的人，薛涛为了向他打探消息，只好把曾经的恩怨放在一边。

姜荆宝听了这话，跷起二郎腿，悠闲地端起茶饮了一口，说："你打听这个干啥？"

"我受朋友之托，有一样东西，必须亲手交给她。"

"你现在想见她，可难啰……"

薛涛大吃一惊，问："她出了什么事？"

姜荆宝倒是很诧异，说："据我所知，你们关系并不好；你被罚往松州，她还着实开心了一阵子。你怎么这么关心她？"

"姐妹一场，关心有什么不对？快说，她到底出了什么事？"

"当然是好事……"姜荆宝凑近薛涛，小声问，"你可知替她去了乐籍的人是谁？"

"莫非是刘辟？卿卿现在，难道在刘辟府中？"

"不为了把她收入府中，何必替她去掉乐籍？"按照唐律，乐籍中人只有去了贱籍，才能和良民婚配。

薛涛心想：韦公替我去了乐籍，难道也是有所图？不过，现在却不是想自己的时候："你能替我约一下卿卿吗？"

姜荆宝连连摆手，说："算了吧，别人家还行，刘辟家却是龙潭虎穴，除非韦公有令，否则给我十个胆子，也不敢敲他家的门。"见薛涛脸上又罩上一层寒霜，担心得罪她，又说，"整个西川，能制住刘辟的唯有韦公，你为何不求助于他？"

"这等事，如何向韦公开口？"薛涛看着姜荆宝，说，"你帮我想想办法，成不了没关系；若是成了，必有重谢。"

姜荆宝只得答应下来，说："洪度，我也有件事求你：你在韦公那里……"

薛涛嫣然一笑，说："我知道，你不想去青神。"

"对，对，对。"

薛涛心道：我永远不会建议韦公派你去青神，不过不是为了你，而是为了青神百姓！

薛涛离开竹亭，正要去官署找韦皋，忽听见远远传来几声鸟叫。短暂地怔愕之后，她提起裙子，快速奔跑起来。离孔雀园还有几十步，那孔雀如同有灵一般，从蜷缩的角落站起，朝薛涛的方向望了过来。一见到薛涛，它猛地张开翅膀在铁笼里飞腾，撞击囚禁它的四壁，发出或高或低的叫声，既像在欢迎薛涛，又像在责怪她为何许久未来看它。

薛涛热泪盈眶，伸手穿过铁笼的空隙去抚摸它。孔雀温驯地依偎在她手边，任她抚摸，不时欢快地叫上几声。

这一幕，恰好被赶来的韦皋、段文昌和南诏使者看在了眼里。

自从上次配合吐蕃攻打大唐失败，再经韦晋安抚游说，南诏王异牟寻决定与唐修好，派遣使者带重礼赴长安，庆贺皇太后寿诞。路过西川，自然要来拜见韦皋，并奉上一份厚礼。

昨晚，韦皋设宴款待使者，今日又带他前来看孔雀，用意有二：一是表示对南诏所送礼物的重视；二是告诉使者，南诏如孔雀，我韦皋就是那铁笼，你若是不服且有异心，我随时可以将你圈养起来！

薛涛见了韦皋等人，赶紧过来行礼拜见。

南诏使者觉得薛涛比上次所见要苍老些，脸上则多了几分凛然不可犯的神色，不仅无损其气质，反而更添风采。使者侧脸去看韦皋，见他目不转睛地看着薛涛，眸中满是欣赏与爱意，知道他对她的迷恋比以往更深。

使者说："记得上次在幕府，无人能使孔雀开屏，薛美人只对它说了几句话，就完成众人所不能之事。不知薛美人今日能否让孔雀再开一次屏？"

薛涛毫不犹豫地说："恕薛涛不能从命。"

使者不解地问："为何？"

韦皋也一脸好奇地看着她。

"万物皆有灵，孔雀也不例外。它愿为我开屏，是我能善待它。使者若愿真心待它，自然能得偿所愿。若不愿真诚相待，却想借我让它为你开屏，于使者而言，是巧取；于我而言，是对孔雀的不敬。久而久之，孔雀将不愿再为我开屏……"

一番话说得使者面露不快，韦皋却暗暗得意：南诏既然把孔雀送给西川，它就是我西川之物，岂能你想让它开屏就开屏？同时又想：她这番话，是否别有所指？自己以前对她是过分了些，或许这正是她不愿倾心自己的原因。如果从现在开始，对她好一点，能否真正赢得她的芳心？

韦皋让段文昌陪使者去城中逛逛，等他们离开，看着薛涛问："身体可好些了？"

薛涛淡淡说："好些了，谢韦公关心。"

韦皋见了她的表情，颇为不快，又告诫自己不能着急，于是转移开话题："南诏经上次一败，颇有诚心归顺之意。你认为，当如何做，才能令他们世世代代永不叛唐？"

"可让其子弟到锦城学习汉学。"薛涛顿了顿，又说，"用武力征服他们，可以让他们害怕，却无法使他们真心认同大唐。若他们能领略汉学之博大，无须诉诸武力，也能使他们诚心归顺。"

韦皋点头以示赞许，微笑着问："就像你在松州教第巴头人学习汉诗一样？"

提起第巴头人，薛涛心里一阵难受，借口有事要做，拜辞而去。


# 十七


这日，段文昌和卢士玫一同来到海棠巷，请薛涛赴宴——韦皋侄子韦正贯即将入京做太子校书郎。韦正贯比薛涛小几岁，曾随她学诗，两人情同师徒。

"你们先等着，我换件衣服就来。"

段文昌和卢士玫听了，高兴异常：薛涛从松州回来已有好些年，颇有点离群索居的意味，很少参加饮宴。两人本以为，今日要大费唇舌才能请动她，哪知竟如此容易。

很快，薛涛从房间出来。两人一看，她穿了一件红色长裙，显得颇为喜庆。薛涛随着二人出门上了马车，来到万里桥旁一家酒楼，韦正贯、姜荆宝等幕府中人，正在推杯换盏。

坐在韦正贯旁的中年男子见薛涛进来，忍不住感叹：西川竟有如此美艳的女子？

见薛涛出现，韦正贯忙迎上来，向她介绍身旁男子："这是新晋山南西道节度使严砺严公，最近省亲回了一趟剑南东川故里，随东川幕主李康李公到西川游览。恰逢伯父赴嘉州视察大佛修建情况，邀李公前往。严公为了给我饯行，特意留在了锦城。"

卢士玫听了这话，心想：薛涛今日愿意爽快出门，是不是因为韦公去了嘉州？去看段文昌时，他正一脸沉思状，卢士玫觉得他应该和自己想着同一件事。

近年幕府疯传韦公钟情薛涛，经常邀她饮宴出游，薛涛却能推则推，让韦公既伤面子又伤心。

卢士玫又想起一件旧事：韦公曾想向朝廷推荐薛涛为"校书郎"，却遭到监军黄高的反对。黄高认为，薛涛是女流，不仕不第，还入过乐籍，哪有资格做官？韦公却反驳说，本朝女子上官婉儿、谢瑶环等都曾做官，薛涛的才识比起她们毫不逊色，做"校书郎"有何不可？

两人互不能说服，这事也就搁置下来。此后，韦公再未提过此事，除了黄监军的反对，薛涛对韦公不冷不热的态度只怕也是重要原因。

韦正贯的声音打断了卢士玫的思绪："严公，这位是西川第一才女——薛涛！"

薛涛白了韦正贯一眼，嗔道："马上就要去京城了，还是这么不正经。"

严砺上前一步，拱手对薛涛说："洪度的诗名，严砺早已如雷贯耳。你在松州所著的《十离诗》，我可是全会背……"

在松州时，薛涛一连写了《犬离主》《鱼离池》等十首诗，统称为《十离诗》。

卢士玫和段文昌知道薛涛不喜欢提起《十离诗》，因为这会令她想起在松州的种种屈辱和不如意，忙拉着严砺回到座位。众人再次举盏，祝韦正贯前程似锦。

韦正贯说："惭愧惭愧！各位知道，我很小便失去双亲，蒙伯父疼爱，召入西川幕府亲自教导，又得墨卿、洪度教授诗文，方有今日稍许成就。"

韦正贯是韦皋弟弟韦平之子，韦平夫妇在他很小时便去世，他以父荫担任单父尉；因受同僚排挤，不久便辞了官。他有少年人的傲气，期望能像祖咏笔下的雄鸟一样"高飞凭力致，巧啭任天姿"，无奈奋斗多年，仍郁郁不得志，恰好此时收到韦皋来信，于是赴西川投奔伯父。

卢士玫笑着说："你的诗既得名家指点，今日又高朋满座，何不来一首，让我们也学习学习？"

严砺执盏于手，说："对对对，公理赋完诗，洪度也来一首。"

公理是韦正贯的字。

韦正贯说："严公，你有所不知，洪度如今已是'薛校书'了。"

严砺一听，吃惊不已。

薛涛忙说："严公莫听他胡说……"

"我没有胡说！就连伯父也说，洪度文章或雄奇峭拔，或沉着洗练，文采、气度均不逊须眉。虽然奏请洪度任校书郎一事遭到黄监军反对，但整个西川，谁不认为以洪度之才学，任校书郎绰绰有余？"

这事牵涉韦皋和黄监军的矛盾，不宜多说，段文昌忙敬了韦正贯一盏酒，堵住了他滔滔不绝的嘴。

薛涛对做官兴趣不大，更不想受韦皋太多恩惠，让两人的关系变得更为复杂，对于能不能任"校书郎"并不在意。哪知严砺听了韦正贯这番话，变得更加兴奋，坚持让薛涛吟诗。

薛涛推辞不过，等韦正贯写完后，只得作了一首《赠韦校书》送给韦正贯：

芸香误比荆山玉，那似登科甲乙年。
淡沱鲜风将绮思，飘花散蕊媚青天。

众人看了诗，都大声叫好。

严砺兴奋得一拍食案，说："前几天在东川，我听人说西川薛洪度才逾文君，貌比王嫱，我当时不信，今日却不得不信！我虽才疏学浅，却也爱好风雅，府中养着一群美貌少女，平时也请人教她们诗词歌赋。可惜，只有一人是可造之才，其他都资质平平。"

只顾饮酒的姜荆宝听了这话，顿时来了兴趣，说："既有这等人才，严公何不带来西川，让我们开开眼？"

"我哪里想到西川有这么多文人雅士？下次一定带她来向诸位讨教。这女子不仅诗写得不错，还擅长弹奏，尤其工于吹箫——说起来也是凑巧，她的名字中也有一个'箫'字……"

姜荆宝问："箫？什么箫？"

"玉箫。"

听了这话，众人都发出一声惊呼。严砺很是不解，问众人何故如此？

段文昌说："韦公当年在江夏，曾经深爱过一个女子，也叫玉箫。"

姜荆宝已有七八分醉意，说："什么时候严公把她带来西川，让我看一看，就知道她和韦公钟情的玉箫长得像不像。如果长得像，严公又愿意割爱，可以将她献给韦公。对韦公而言，这将是莫大的安慰……"

段文昌和卢士玫听了这话，忍不住看了薛涛一眼，只见她脸上不悲不喜，不知道在想些什么。

众人又饮了一阵，然后各自分别。

严砺上了马车，小声吩咐车夫说："去监军黄公府上。"

几乎是同时，查看完大佛修建的韦皋也离开了嘉州，坐船返回锦城。船逆岷江而上，一江春波倒映着群山，韦皋看着夹岸怒放的百花，心情依旧沉郁。

这日傍晚，船出眉州地界，泊于江边一古街下。韦皋命人备好酒食，想痛快一醉，排遣心中惆怅。

韦皋心情不好全因薛涛。

薛涛从松州回来后，他对她的迷恋越来越深。他替她脱去乐籍，准备奏请朝廷授予她校书郎之职，一是欣赏其才干，希望她能为幕府出力；二是想示好于她，得她青睐。这事虽因黄监军的反对而流产，但他对她的一片心意，她不可能感觉不出。

可惜，不管他对她多好，她对他始终是若即若离，不冷不热。他坐镇西川多年，生杀予夺集于一手；与吐蕃、南诏多次交战，杀得那些凶猛残忍的蕃人跪地臣服，却偏偏征服不了一个弱女子！

以他的地位和权力，用强硬手段得到她的人并不难。不过，以她的刚烈，这样的结果难免是血溅三尺，横尸当场。他已经害死过玉箫，不愿再让另一个深爱的女子也死在自己面前。

韦皋心绪烦乱，不觉饮了十多盏，已有几分醉意。抬头一看，满河月光朦胧如烟，一小舟向着他缓缓行来。船头立着一身穿红裙的女子，看身形很像薛涛。

韦皋大喜，却故作平静说："你远道而来，可是为了接我？"

女子不说话，待小船靠近，便在船夫的帮助下移步韦皋所乘船只。

韦皋看清了女子面容，不禁瞠目结舌："你……怎么会在这里?!"

这女子不是薛涛，而是玉箫。

玉箫说："天下江河相通，我知韦郎今日从嘉州返回成都，故来相见。"

"你不是已经……"

玉箫把目光投向江面，说："江上船来来往往，有来就有往；世间人死死生生，有死就有生……"

韦皋大喜："这么说，你是玉箫再世？既然来了，就随我回幕府，我会好好补偿你！"

韦皋说着，向前一步，意欲携玉箫的手，玉箫却后退一步；韦皋再进一步，玉箫又后退一步。

"这是为何？"

"韦郎，我如今还不自由，不能跟你走……"

"你如何不自由？告诉我，我替你做主。我如今已是西川之主，定能护你周全！"

玉箫摇摇头，突然起身一跳，韦皋以为她又要跳河自尽，赶紧扑到船边，却见她已经站在了小船上，轻烟般地沿江漂走。

韦皋大叫："我何时才能再见你?!"

"机缘一到，自然能见。"

声音还在耳边回荡，人和小船已经消失在迷蒙的江面，韦皋悚然惊醒，江流有声，月色朦胧，却哪里有伊人的影子？

# 十八

三更时分，两匹飞马踏破了成都街头的宁静。马匹行至刘辟府前突然停下，门口的士兵见两个黑衣人飞身下马，赶紧围了上来，骂道："什么人，竟敢夜闯刘府！"

"擦亮你们的狗眼，好好看看这是谁！"一黑衣人怒喝道。

士兵借着门前灯光一看，才发现那沉默的黑衣人竟是刘辟本人，赶紧下跪请罪。刘辟不发一言，脸色铁青进入府邸。门口那几名士兵依然如在梦中：刘公怎么会晚上回府？同去那十多个府中高手，为什么只剩下一个？

不仅是门口的士兵，卿卿见到刘辟也大吃一惊："老爷你……怎么会瘦成这样？"

刘辟没有回答，大声叫上酒肉。不一会儿，酒肉上来了，刘辟大嚼大饮，又在卿卿的伺候下洗了澡更了衣，这才向她讲起事情原委。

三个月前，德宗驾崩，太子李诵继位，即唐顺宗。李诵做了二十多年太子，小心谨慎地处理自己和父皇的关系，久而久之影响了身体健康。继位之后，他的身体状况仍无好转，经常不能上朝。

李诵做太子时，东宫有两名侍读，一个叫王叔文，一个叫王伾，很得他信任。李诵继位后因身体不佳，朝政就把持在二王手中。二王试图进行改革，以恢复大唐昔日的荣光，得到了刘禹锡、柳宗元等文臣的支持。

半月前，刘辟奉韦皋之命，入长安拜见王叔文，希望朝廷准允韦皋统领剑南三川，王叔文不仅不同意，还大骂刘辟。刘辟狼狈而退。

不久，刘辟听到消息：王叔文准备趁他还在长安杀掉他，以震慑野心勃勃的韦皋。刘辟连夜带着十多名随从逃出长安，一路上遇到几批杀手，手下舍身相救，这才让他有机会逃回成都……

卿卿听了刘辟所讲，拍了拍胸口，流泪说："感谢上天垂怜，如果这次老爷不能全身而退，卿卿可怎么办？"

"不是上天垂怜，是我机警！"刘辟恨恨地说，"你以为那些杀手一定是王叔文派的？"

"不是他，还会是谁？"

刘辟以手蘸酒，在食案上写了一个"韦"字。

卿卿大惊失色，说："您是他的得力手下，他怎么会……"

"越得力，他越忌惮，我也就越危险。"

"他要对付刘公，在西川动手不是更方便？"

"在长安杀我，可以嫁祸王叔文，他不必背上诛杀有功之臣的恶名，让其他人可以继续效忠他；说不定，他还会以为我复仇的名义起兵谋反……"

"他……想造反？！"

刘辟冷笑道："如今圣上重病卧床，奸臣把持朝政，天下枭雄，谁不蠢蠢欲动？他想统领三川，不就是想扩大实力，退，可以继续当他的土皇帝；进，可以逐鹿天下吗？"

"如此说来，刘公这些日子还是待在府中，不要出门的好。"

"妇人之见！"刘辟冷笑一声，说，"我不仅要出门，还得明日一早就入幕府，向他呈报在长安的遭遇；否则，他会更加怀疑我，想方设法置我于死地！"

见卿卿吓得面如土色，刘辟捏了捏她的脸蛋，说："放心吧，我也只是猜测，那些杀手也可能是王叔文派来的。"顿了顿，又说，"退一步说，他韦皋在西川势力虽大，我也不是任人宰割的羔羊——谁收拾谁，还说不定呢！"

卿卿听了，这才稍微放心。

薛涛接到韦皋命令，让她巳时赶到幕府。薛涛想到有几日没去看孔雀，便去得早了些，远远看见有几人站在铁笼之前。薛涛认出有韦皋和姜荆宝，另有一名女子，背影窈窕，却是第一次见。

韦皋见薛涛过来，向她介绍那女子："这是玉箫。"

薛涛瞠目结舌，把目光投向姜荆宝，姜荆宝却假装未见。

"玉箫见过薛校书。"

薛涛应了一声，看眼前女子十六七岁年纪，长得美艳无比，只是目光深邃，与年龄大不相符，令人有些看不透。

玉箫见薛涛对自己没有话讲，又回头逗弄孔雀，让它快点开屏。孔雀看起来很讨厌她，不仅不按她要求做，还离得远远的。

玉箫回头对韦皋说："幕主，你让它开屏给我看看嘛。"

韦皋哈哈大笑，说："幕府里谁都听我的，只有这畜生，我叫不动它。"

"那它听谁的嘛？"

韦皋把目光投向薛涛，薛涛忙说："玉箫姑娘，你入幕府时间太短，与孔雀情意不深，它才不愿为你开屏。待时日一久，它自然会对你言听计从。"

"是吗？"玉箫将手中一块豆饼扔给孔雀，口气明显在怀疑。

韦皋拉着玉箫的手，说："出来有点久了，今天风大，小心着凉，先回房休息一下。"又对薛涛说，"待会儿你来书房，我有重要的事要你做。"

待韦皋和玉箫一走，薛涛赶紧问姜荆宝："这个玉箫是谁？"

"玉箫就是玉箫。"姜荆宝走近铁笼，也拿起豆饼喂孔雀。那孔雀见玉箫离开，朝两人靠拢过来，眼睛盯着薛涛。

薛涛拿起豆饼喂它，继续问："我是说，她和韦公当年在江夏认识的那个玉箫，有没有关系？"

姜荆宝回头神秘一笑，说："我第一眼见吓了一跳——起码有八九成像，怪不得韦公如此宠爱她！"

"她是从哪里来的？"

"我只知道是严砺带她到成都的，至于是谁送她入幕府，我就不得而知了。你这么好奇，何不去问问韦公？"

看姜荆宝的神情，似乎怀疑她在争风吃醋，薛涛懒得辩解，将豆饼喂完，转身朝韦皋书房走去。

韦皋见了薛涛，开口便说："今日叫你来，是想请你代我拟一份奏表。"

一听是代拟奏表，薛涛放下心来，一边磨墨展纸，一边问韦皋："欲奏何事？"

韦皋将大意说了一遍：圣上因哀痛父皇辞世身染重疾，政务纷繁，不利休养，请暂让太子李纯监国……

薛涛一听，笔一颤，一滴墨汁落在白纸上，显得异常刺目。

韦皋猜到她会有此反应，说："如今圣上圣体违和，无力处理政务，大权旁落奸臣和宦官之手，国家危如累卵。韦皋身为节度使、同平章事、检校太尉，今日所奏，正是臣子应尽的本分。"

薛涛虽恨韦皋将自己罚往松州，但他毕竟多次在自己危难时出手相助，后来又让她脱去乐籍；这些年，他钟情于她，她却始终对他若即若离，他也没有再次处罚她。如此种种，可见他对她的情意。

其实，她对他也始终有一份情意，他们已经相处二十年，人非草木，爱也好，恨也罢，岂会完全无感？

多年前，他为她不惜与南诏开战，她很感动，渴望能嫁给他。虽然，他不是最好的伴侣，可她没有更好的选择，又是待嫁之年，还是希望能把自己嫁出去。后来，他用她试探第巴头人，她看懂他的阴险狠辣，这才慢慢淡了那份心。从松州回来后，他对她宽厚了许多，这令她心存感激，偶尔还会有一种错觉，觉得他不是幕主，而是阿爷。

如今，看着他满头白发，仍为了权位，不惜介入最凶险的皇位之争，薛涛岂能不替他担心与害怕？她不明白，他已是花甲之年，统领西川二十余载，可谓应有尽有，为何还是这般不知足？

"韦公，薛涛有一言，不知当讲不当讲？"

"讲。"

"皇位之争，凶险莫测，韦公何必要涉足其中？你贵为西川之主，如今……又有了玉箫姑娘，何不安居成都，美人相伴，流连诗酒，优游余生？"

韦皋听她说得赤诚，心中大有所感，说："听说你以前写过一首孔雀诗，把自己比作笼中的孔雀。其实，我也是一只孔雀。"

薛涛不解："韦公位高权重，怎会是孔雀？"

韦皋起身离开书案，来到她面前，说："没错，我现在'位高权重'。但是，一个人拥有地位和权力，就像逆水行舟，必须一辈子努力划桨，争取到更上游——至少也要保持现有的位置，否则，下场将异常凄惨。我如今奏请圣上让位于太子，这必然会得罪王叔文。然而，就算我不如此做，王叔文就会放过我吗？我已得到消息：王叔文、王伾、柳宗元等人，已经决定拿藩镇下手。他们要对付的第一个人，很可能就是我！"叹息一声，又说，"其实，不仅王叔文，圣上对我也不信任；还有我那些手下，你以为他们都像嘴里说的那样忠诚于我？"

薛涛还是第一次听韦皋说这些话，只觉得心跳如鼓，冷汗满身。

148

"我是孔雀，权力就是保护我的铁笼。有了它，我才能保住身家性命；一旦失去它，所有人都会来围猎我！"

薛涛发出一声长叹，说："我以为我过得苦，没想到韦公……"

韦皋也有几分动情，握住她手说："权力是我的铁笼，而我，就是你……和玉箫的铁笼。好了，按我的意思把奏表写好吧。"

写完奏表，薛涛又替韦皋给太子写了一封密笺，大意说：圣上龙体违和，又值丧期，故将朝廷大政交托下臣，可惜所托宦官李忠言、大臣王叔文等人，均奸邪之辈。他们奖罚全凭私情，败坏朝廷法度；扶植安插亲信，窃取显贵之位……长此以往，势必危及大唐社稷！太子殿下胸怀大志，仁义聪慧，宜奏明圣上，将小人逐出朝堂，使朝政重回人主之手，如此方能天下安定！

韦皋看了薛涛所写，很是满意，说："我明日将前往嘉州参拜大佛，你可愿同往？"

上次从嘉州回成都途中，韦皋梦见了玉箫。没过多久，他就遇见一个名字和玉箫相同，容貌也有八九分相似的女子，韦皋以为是礼拜大佛的功劳，决定携玉箫再次前往，期望这次和王叔文等人的决斗，能一战而胜。

"纸坊事情太多，恕薛涛不能相陪。"

韦皋早听姜荆宝说薛涛和使女买下了一处纸坊，当下也不强求，从袖中取出一件东西，放到她手里，说："这是对你多年帮我的一点回报，你不要拒绝。"

薛涛埋头一看，原来是一块玉件，上面雕着喜鹊闹梅。

"这玉几年前就雕好了，却一直犹豫要不要送给你，以致延宕至今。"韦皋一脸笑意地解释。

薛涛发现，韦皋今日心情很好，猜测这或许是遇见了玉箫的缘故。可是，他脸上的笑容，总令她有几分不安，觉得将有什么大事发生。

薛涛谢过韦皋，坐车一出幕府，忽然下起了暴雨。老马建议她先回幕府避避雨。薛涛拒绝了。马车在雨中疾驰，薛涛撩开窗帘，回头望去，幕府已经被巨大的雨幕淹没……一个惊雷突然炸响，薛涛赶紧放下帘子，用手摸着胸口，深深喘了两口气。

马车在雷雨中朝着海棠巷飞奔，那里是她的归宿。只是不知道，它是否也已处于风雨之中。


# 十九


雨一直下到次日凌晨方止，峨峨和阿贾尔且来海棠巷，见薛涛心神不宁，问她发生了什么事，薛涛不便将韦皋涉入朝政争斗的事告诉他们，只说昨夜雷声太响，没睡好。

峨峨说："小姐今晚住纸坊吧，免得孤单。"

薛涛不想让他们挂念，点头答应了下来，简单收拾了一下，便随他们一起出了门。到了纸坊，峨峨让阿贾尔且去买菜沽酒，说是晚上要好好陪薛涛饮几盏。峨峨之女允儿听了这话，开开心心和阿爷出门去了。

傍晚一到，工人们纷纷回家，阿贾尔且将食案搬到院子。不一会儿，月亮爬上来了，照得院中的花与树一片朦胧。

薛涛饮了几盏酒，心情并未变得轻松，很想出去走走。她不想峨峨一家为自己担心，说还有点东西需要回海棠巷拿；峨峨让阿贾尔且送她，也被她拒绝。

阿贾尔且只得牵出自家的马给她骑，薛涛在松州练就一身好骑术，峨峨倒是不怎么担心，只提醒她晚上一定要到纸坊来。

薛涛恍恍惚惚骑马入城，也不知走了多久，来到一座大宅前。门人迎了上来，喊了一声"薛校书"。

薛涛猛然一惊：怎么跑到幕府来了？

门人也很诧异，见她双腮酡红，知道饮多了酒，便没有多说，扶着她下了马。

薛涛心想：反正来了，何不去看看孔雀？

踏着月光进入幕府，绕过众多幽深曲折，来到了孔雀园。因韦皋去了嘉州，幕府中人都有些松懈，砣子饮多了酒，正趴在石几上呼呼大睡。

孔雀听出薛涛的脚步声，鸣叫着欢迎。薛涛迎上去，伸手入笼抚摸它脖颈。孔雀似乎察觉到薛涛的忧伤，摆动脖子磨蹭她的手心。薛涛又是感动又是怜惜，余光瞥见砣子腰上挂着的钥匙，心中一动，蹑手蹑脚走了过去；见砣子睡得正沉，遂从他腰上取下钥匙，又轻步走回来，打开铁笼，对孔雀说："快走，到你想到的地方去！"

孔雀向前走了几步，快到笼口时突然停住，犹疑了一阵，又朝后退了几步。

薛涛又气又急："快走啊，再不走就没机会了！"

然而，不管她怎么劝说，孔雀就是不愿出铁笼。

薛涛又是伤心，又是不满，说："你难道想一辈子待在笼子里，让他们操弄你的生死荣辱？你为什么不离开，回你的家乡，去找你的同类？"

孔雀似乎听懂了她的话，发出几声哀鸣，然而，却依旧没有要走出铁笼的意思。薛涛掩面而走，忽听到身后有脚步声。回头一看：孔雀竟然追了出来。

薛涛高兴不已，催促它说："快走，快走！"

闹出这么大动静，砣子终于被惊醒，见孔雀和薛涛已经跑出孔雀园，吓得满肚子酒都变成了冷汗。他一摸腰部，发现钥匙不见，知道是薛涛拿了它，放走了孔雀。

薛涛是韦皋跟前的红人，他不敢得罪，只得追上去好言相劝："薛校书，你可怜可怜小人，如果韦公回来发现孔雀逃走，一定会要了我的小命！"

薛涛听了这话，放慢了脚步，孔雀也跟着她停了下来。

"我知道你可怜孔雀，但你有没有想过，你放走它，不仅会害死我，还会害死它！它只要一离开幕府，马上就会被人射杀，成为他人的厨中肉、盘中餐！"

薛涛彻底停下了脚步，双眼早已蒙眬，俯身摸着孔雀说："他说得对，这笼子是你的枷锁，也是你的保命锁。从你进入笼子的那天起，除非你死，否则，再没有机会离开它。"抬头看了看幽深辽阔的幕府，又说，"就像我和这地方一样。"

薛涛不忍看砣子驱赶孔雀入铁笼，快步朝幕府大门走去。回到海棠巷，发现峨峨一家竟都在家门口站着。

原来，峨峨见薛涛许久未回，担心她有事，和阿贾尔且带着允儿来到海棠巷。因为没见薛涛，以为她已经返回纸坊，正准备回去。

峨峨见薛涛脸色不好，让阿贾尔且带允儿回去，自己扶着薛涛入房休息。薛涛歪在床上，峨峨快速去厨房煮了一盏茶，捧来给她。薛涛饮了一口，放下茶盏，将峨峨拉到床沿坐下。这些年，因参与造纸和操劳家务，峨峨的双手变得很粗糙。不过，或许是家庭幸福之故，她脸上始终带着淡淡的喜悦，令薛涛很安慰。

"峨峨，我其实挺羡慕你。"

"小姐你说什么呀？你长得美，又那么有才，结交的都是名流官宦。颍川那个王仲初，不远千里前来拜访你，临走前还专门为你写诗——我哪能和你比？"

仲初是王建的字。他是河南颍川人，二十岁就中了进士，现任侍御史，去年专程从长安来海棠巷拜访薛涛，临走时写诗相赠：

> 万里桥边女校书，枇杷花里闭门居。
>
> 扫眉才子知多少，管领春风总不如。

薛涛叹息一声，说："阿母生前对我说，身为女子，美貌才华都在其次，嫁一个如意郎君，才是最重要的。"

"小姐，其实我也不明白，你已经脱离乐籍，又有那么多人倾慕你、喜欢你，为什么还是不愿意嫁人？"

"身为女子，哪有不想嫁人的？"薛涛叹息一声，说，"可惜，喜欢我的人虽多，却只是喜欢我的容貌，并不是真心要待我好。"

"这么多年，你就没有遇见过真心待你好的人？"

薛涛的目光一片空茫，仿佛看见了白雪皑皑的高山，耳边则传来骏马踏雪而来的踢踏声。在那苦寒之地，她以为遇见了第一个真心对她好的男人，结果却发现，他只是在利用她！

薛涛又想起，索朗离开后几个月，又回到了成都，同时带回柳玉蜀的骸骨。索朗告诉他，这是第巴头人命他做的。她不知道，"大头人"这么做，是不是因为内疚？

窗外传来了沙沙声，峨峨起身一看，又下雨了。这雨一开始只是淅淅沥沥，渐渐地越下越大，打得院子里的枇杷叶和海棠叶噼啪作响。

薛涛知道峨峨明日还要回纸坊做事，必须早起，说："我没事了，你早点去睡吧。"

峨峨确实有些累，纸坊生意不好，她和阿贾尔且只有少雇人，很多事都需要亲力亲为。

"那我去睡了，有事你叫我。"

薛涛点点头，目送峨峨出去。刚吹灭灯，一个惊雷响起，闪电将屋子劈得雪亮。薛涛叹息一声，知道今晚又会是一个不眠之夜。

雨下至半夜，仍没有停歇的意思。薛涛睡意全无，干脆起床亮灯，拿过一本诗集来读。这诗集是王建从长安寄给她的，作者名叫元稹，今年不过二十多岁，诗名却已传遍天下。

薛涛觉得元稹的诗用词虽浅白，却清新优美，句句含情，很好奇他是怎样一名男子。

读了几篇，却不能静心，忽而听到一阵声响，似乎有人敲门；凝神去听，那声响却又没有了，就像一阵吹过的风。薛涛放心不下，进入峨峨房间。

峨峨被开门声吵醒，问："小姐，怎么了？"

"刚才有人敲门。"

峨峨听了一阵，说："是雨声吧？若是有人敲门，不可能只敲几下。"

"不，是敲门声！"薛涛肯定地说，"你听，又来了！"话没说完，感到一阵心悸，赶紧扶着床沿坐了下来。

峨峨没听出什么，还是披衣下床，扶着薛涛去看究竟。

自从除去乐籍，薛涛处于半隐居状态，爱好写诗的人倒是经常拜访，却极少有人半夜登门。这样的雨夜，谁会来找她？薛涛心里既好奇，又担忧。

开门一看，雨中立着两名男子，一个是老马，一个是砣子。

砣子见了薛涛，拱手说："半夜前来打扰薛校书，实在不该。然而有件事，必须劳烦薛校书……"

薛涛更觉心惊，问："什么事？"

砣子为难地说："请薛校书先移步幕府。"

峨峨说："小姐，我陪你去吧。"

薛涛不知道此去会耽搁多久，怕峨峨睡不足，明日做事没精神，心里虽想让她陪，嘴里却说："不必了，你回去休息，我办完事就回来。"

砣子听了，赶紧撩起车帘，扶着薛涛上了马车，一同走进仿佛没有边际的雨声里。

一入幕府，砣子就向薛涛跪了下来，哭叫道："薛校书，这次您一定要救小人！"

薛涛又怕又怒，问："到底发生了什么事?!"

砣子不肯站起，说："您先答应我，否则我不敢说。"

薛涛顿生不祥预感，颤声问："孔雀……怎么了?"

砣子狠狠扇着自己耳光，说："可能是吃多了酒，你走后，我觉得有些头晕，就回屋睡了一阵。醒来发现外面又是打雷又是下雨，赶紧冲到铁笼，想把孔雀移入屋内避雨，哪知它已经……"

薛涛不及听完，飞快冲进孔雀园，果然看见孔雀躺在笼中一动不动。砣子也跟着她过来，一迭声地求她帮忙说好话，否则韦公回来后一定会打死他。

薛涛不耐烦听他絮叨，狠狠拉动铁锁，吼道："它已经死了，你还关着它干什么?!"

砣子听了，赶进摸出钥匙，哆嗦了半天，总算打开了锁。薛涛立即冲进笼子，跪地抱起孔雀，号啕大哭。惊雷一个接一个，仿佛也在因为孔雀的暴毙而哀伤、愤怒……

# 二十

雨渐渐小了，薛涛也止住了哭声。她以手撑地想要站起，却因为跪得太久双腿发麻，试了好几次才勉强站起来。回头一看，砣子跪在铁笼外，一脸麻木哀伤，如同失了魂魄。

薛涛走近他，说："福祸寿夭皆有定数，孔雀也不例外，这不是你的错。韦公回来后，我会替你向他求情。"

砣子的眼睛动了动，脸上露出一丝喜色，想好好感谢一下薛涛，却什么也说不出来，最终只是点了点头。

薛涛最后看了一眼孔雀，心道：你终于可以离开笼子，说不定还能回到家乡；这对你来说，也算一种解脱吧。

薛涛走出幕府，雨终于停了，东方透出晨曦，将被暴雨冲洗过的天空，映照得更加明丽。

一个悲惨的夜晚，似乎终于过去了。

薛涛回家，峨峨已经走了。她除去湿衣，洗了个澡，心里终于好受了些。看着满地落叶，正准备打扫一番，峨峨忽然闯了进来，抚着胸口喘息不止："小姐，不好了……"

薛涛看看门后，见阿贾尔且和允儿都在，心里很平静：还有什么事，比孔雀之死更让人无法接受？

"小姐，整个成都都在传，韦公在去嘉州的路上，突然……突然暴毙……"

"什么？"薛涛一个趔趄，差点儿摔倒在地，峨峨赶紧上前扶住她。

"怎么会这样？走之前明明还好好的！孔雀死掉，可以说是下人照料不周；他堂堂幕主，身边又不缺人照顾，怎么会突然……"薛涛想起什么，问，"玉箫呢？"

峨峨不知道玉箫是谁，把目光投向阿贾尔且——韦皋暴毙的消息，是他从街头听见，跑来告诉峨峨的。

阿贾尔且问："小姐说的是不是韦公的新宠姬？"

"是！"

"她也死了。据说，幕府的人怀疑是她毒死了韦公；而她本人，则可能是被灭口。"

从玉箫突然出现在幕府，薛涛就觉得她有点不对劲！

那么，玉箫是谁派来的呢？黄监军？刘辟？严砺？甚至是远在长安的——皇帝？

"韦公现在在哪里？"

阿贾尔且说："韦公……的尸首听说已被运回成都，灵堂设在韦公府邸。"

薛涛无暇也无力多想，上了阿贾尔且的马车，让他立即送自己去韦府。

整个锦城的人都已听到韦皋突然去世的消息，街上的气氛显得紧张又诡异。听着车轮的滚动声，薛涛想起昨晚曾对砣子说"福祸寿夭皆有定数"，没想到，这竟成了韦皋的谶语！

马车到了韦府，阿贾尔且扶薛涛下了马车。幕府她去过无数次，韦皋的府邸却很少来，入门后行了数十步，面前出现好几条路，她不知哪条通向灵堂。

155

正犹豫不决，瞥见段文昌从几株柏树中穿出，走在她的前方。

薛涛赶紧追了上去，问："墨卿，到底怎么回事？"

段文昌见是薛涛，说："我也不知道。当时玉箫和韦公在屋内饮酒，等有人发现时，韦公早已毒发身亡，玉箫右手握着一把匕首，左腕有一个又长又深的伤口，也已经死去多时……"

两人来到灵堂，幕府中的官员和幕僚只来了一小半。刘辟一脸铁青地站在一旁，目光仿佛能杀人。薛涛尚未走到灵前，已然双膝发软，段文昌赶紧伸出双手，扶着她到韦皋棺木前。

薛涛跪倒在地，哭声未出，人已晕厥！段文昌知她伤心过度，用手指掐她人中施救。恰在此时，监军黄高带着一班手下进入灵堂。

刘辟大步上前，恶狠狠地说："你还敢来？"

"笑话，我没做亏心事，为何不敢来？"

"人人都说，玉箫是你从严砺手中买得，再辗转送与韦公……"

"莫要血口喷人，我还听说玉箫是你送给韦公的呢！"

"黄监军，此事，我西川幕府绝不会善罢甘休，一定会查个水落石出！"

黄高冷笑数声，说："朝廷还没下旨呢，你就自命为西川之主，是想造反吗？"

刘辟脸上微红，很快又转为正常，说："我是西川节度副使，如今韦公暴毙，由我为西川留后，有何不可？"

旧节度使死后，在朝廷任命新节度使之前，军中会拥立旧节度使子弟或部下，暂代节度使之职，称为"留后"。

经段文昌一番救治，薛涛悠悠醒转，看着眼前的棺木，双泪滚滚而下，却仍然哭不出声来。

段文昌小声对薛涛说："洪度，待会儿离开幕府后，你不要回家，先找个地方躲起来，西川很快就会大乱……"

薛涛吃了一惊，问："你呢？"

段文昌苦笑着说："我家中都是他们的人，已经身不由己。"

薛涛不知道"他们"指的是黄高还是刘辟，也许，连段文昌自己也不知道。

薛涛和段文昌相识多年，相交甚厚，担心他的安危，却又无力帮他。她握住他的手，想说点什么，最终却什么也没能说出来。

段文昌见她如此关心自己，欣慰一笑，说："放心，我会设法自保。"

出了韦府，薛涛立刻去纸坊找阿贾尔且和峨峨。三人一商量，认为海棠巷和纸坊现在都不能住，只能另寻地方。

阿贾尔且说："我在城西有一处老宅，以前往来西川、吐蕃做生意，每次回来都会去此屋暂住。那里条件简陋，这些日子幕府有可能派人监视我和峨峨，不能给小姐送饭，只好暂时委屈一下小姐。"

"没关系，我一个人，多备点干粮也能支撑不少时日。"

峨峨听了，立即去厨房为薛涛准备干粮，薛涛则回家收拾了少许衣物，带了那本元稹的诗集，由阿贾尔且趁夜送去了老宅。

几日后，姜荆宝带着刘辟来到了纸坊。阿贾尔且和峨峨见幕府来人，赶紧迎了上去。

姜荆宝问："薛涛在不在这里？"

阿贾尔且早有所料，镇定回答说："不在。"

刘辟将手下人分成两拨，一拨人守紧前后大门，另一拨人进入纸坊，将每寸地、每个角落翻了个遍，没有发现薛涛。

姜荆宝吓得面如土色，战战兢兢跟着刘辟出了纸坊大门。

刘辟冷冷地说："你不是消息灵通吗？怎么连薛涛住在哪里也不知道？"

"我以为她不在海棠巷，一定就在这里……薛涛如果住在别处，她奴婢两口子一定会去探望，只要盯紧他们，很快就能找到她。"

"这何须你说！"刘辟冷冷地看了姜荆宝一眼，说，"你在成都已没什么事，不如早点去青神赴任；现任青神县令已被我撤了，那本来就是你的位置！"

说完，上马疾驰而去。

姜荆宝呆在原地，许久之后魂魄才回位，自我安慰说：去青神就去青神吧，好歹能保住一条老命；那些留在成都的人，未必会有这般好运！

# 二十一

凌晨时分，薛涛从浅眠中醒来，忽然听到一阵马蹄声。还没来得及反应，来人已经推门而入；为首者是一名叫王守义的将军，曾在幕府中见过几次薛涛。

"薛校书，你让我们找得好苦！"

薛涛用被子裹紧身体，斥道："滚出去，等我穿好衣服，自会跟你去见刘辟。"

王守义一干人退到了屋外。薛涛穿好衣服，拿了那本元稹的诗集，上了专门为她准备的马车，前往幕府。

马车又停在了幕府外，只可惜，它已经不姓韦，而姓刘。那个与她恩怨交织、如父如仇的人，已经魂归黄土，再不能伤她；同时，也再不能庇护她。

接下来的每一步，她都只能依靠自己。

"韦公一死，洪度就搬到了郊外，这是何故？你出入幕府二十年，这里怎么也算半个家，离家出走却不给主人说一声，这也太不礼貌了吧！"在议事厅一见薛涛，刘辟就开始冷嘲热讽。

薛涛不接他的话，问："刘公急着召见薛涛，不知有何事？"她尽量保持平淡的语气，力求既不激怒刘辟，又能保持自己的尊严。

"韦公去世后，幕府诸公推举我为'西川留后'。奏折递上去，圣上却不同意我任西川节度使，意欲召我入朝任给事中，被我拒绝后，昨日又发来诏书，委我以检校工部尚书，领剑南西川节度使。"

其时在位的已是唐宪宗李纯，他的父亲——唐顺宗李诵因身体欠佳，朝政由王叔文等人把持。王叔文等人发动的革新，损害了宫内太监和众多节度使的利益，韦皋第一个上书要求太子监国，其他节度使纷纷跟上。他们和宫内太监内外合力，逼着李诵让位于李纯。

宪宗刚继位，就听到韦皋去世，以及刘辟被推举为西川"留后"的消息。没过多久，又收到黄高寄来的一份密奏，说刘辟狂妄自大、不遵朝廷，迟早会犯上作乱，建议迅速拿下他，以绝后患。

宪宗能顺利登基，韦皋等节度使有拥立之功。不过，作为李唐王朝的皇帝，他和父辈、祖辈一样，对于众藩镇拥兵自重深恶痛绝。

宪宗认可黄高的判断，想采纳其建议，一想到自己才当上皇帝，根基尚浅，贸然行动可能逼得刘辟狗急跳墙，众藩镇群起效仿，又犹豫不决。

摇摆几日后，宪宗决定先试探一下刘辟，下诏召他入朝为官，又任命袁滋为剑南东、西两川及山南西道安抚大使。

收到诏书，刘辟立即上表拒绝，袁滋则畏惧刘辟强悍难制，不敢入西川。宪宗无奈，只得将袁滋贬为吉州刺史，又顺刘辟意，任命他为西川节度使以安抚之。

薛涛听了刘辟所讲，拱手说："恭喜刘公。"

"晚了，刘某已意在三川——我要完成韦公的遗愿！"刘辟冷笑三声，指着书案上铺好的纸说，"今天把你叫来，是想借你的生花妙笔，让东川李康认清时务，与我戮力同心，共谋大业！"

薛涛一愣：这不就是造反吗？想了想，说："刘公，自古兵戈男儿事，薛涛不敢掺和，你还是……"

一想到刘辟不找自己，一定会找段文昌，活生生将下半句话吞了下去。

刘辟发出两声狞笑，说："你可知我为了找你，费了多少心力？既然找到了你，岂容你拒绝？"快速抽出佩剑，指着薛涛说，"今天，要么你用笔蘸墨，替我招降李康；要么我宝剑舔血，送你命归黄泉！"

看着寒光闪烁的剑刃，薛涛反而释然，冷冷地说："很遗憾，今天要让刘公失望了……"

"你这贱妇，真以为我不敢杀你？"说完，高高举起宝剑。

薛涛不再说话，微笑着闭上了双眼。

"不要……"一声惊呼响起，紧接着又是"啊"的一声惨叫。薛涛睁开双眼，只见卿卿躺在自己面前，脖颈处鲜血直涌。

"卿卿！"薛涛大叫着扑了上去。

刘辟看着仍在滴血的宝剑，一脸茫然，显然也很疑惑为什么躺在地上的不是薛涛，而是卿卿。

"你这贱妇……"刘辟一边说，一边朝薛涛后背刺去。

"刘公，剑下留人！"段文昌快步冲进了议事厅。

刘辟虎目一瞪，说："为了她，你也要和我作对？"

"文昌怎敢和刘公作对？薛涛诗名远播，您杀了她，将得罪无数官宦名流。另外，松州的第巴头人也和薛涛交情匪浅，他若听到她的死讯，定会引动诸头人联合南诏、吐蕃攻打西川。到时候西川数面受敌，刘公统领三川的大业势必泡汤！"

刘辟听了，将宝剑扔在地上，回头看向躺在血泊中的卿卿。

"刘公……"卿卿挣扎着，将带血的右手伸向刘辟。刘辟手伸到一半，忽而叹息一声，转身快步走出议事厅，段文昌也随之出门去找大夫。

见卿卿流下两行眼泪，薛涛忙伸手替她拭去，哭道："卿卿，你为什么要……拿命救我?!"

卿卿挤出一点笑容，说："你不用谢我救你，你的住处，正是我透露给刘公的。洪度……我们还是好姐妹吗？"

韦皋在世时，刘辟尽量保持低调，不准家中妻妾随便在外招摇，以免惹出事端，让韦皋找到借口对付他。卿卿深爱刘辟，牢牢遵守他定下的规矩，每日深居刘府，足不出户。

韦皋一死，刘辟成了西川之主，卿卿也就没了顾忌。她多年绝少出门，正好趁此机会四处游览。这日游到城西薛涛的住处，恰好看见她出门透气。卿卿赶紧回城，将消息告诉了刘辟。

薛涛听了，牢牢握住卿卿的手，说："是，是，我们永远都是好姐妹！"

卿卿艰难一笑，说："这样我就能走得安心了……"

"你不会有事的，大夫很快就会来！"

卿卿摇摇头，看着刚才刘辟转身而去的地方，无限哀怨地说："他都不愿拉一下我的手，我活着还有什么意思？我还是死了的好……"

薛涛从衣服内层摸出一块玉件，放到卿卿手里，说："卿卿，你知不知道，有个男子一直记挂着你？这玉件就是他万般嘱托，要我交给你的……"

因为卿卿深居刘府，薛涛一直没有机会将柳玉蜀的玉件交给她。

卿卿拿起玉件仔细端详，说："这是柳玉蜀的玉，他现在在哪里？"

这种时刻，薛涛当然不能告诉她柳玉蜀已经去世，只好骗她说："他就在成都，一直想见你，却没有机会。等你好了，我就叫他来见你。"

卿卿却轻摇了两下头，将玉件又放回薛涛手中，说："把它还给玉蜀，让他娶个好姑娘，多生几个儿子。"看着刘辟离开的方向，说，"老爷、老爷，你为什么要走……要走，也要带上卿卿啊……不管是上刀山还是下火海，卿卿都愿意陪你，你不要撇下我……老爷、老爷……"

卿卿喊着"老爷"，声音越来越微弱，直到完全无声。

薛涛抱着她的尸体，大放悲声，以致晕厥在地。段文昌找来的大夫见卿卿已死，又去救治薛涛。薛涛醒来，又痛哭一场，将玉放入卿卿衣内藏好。

经过几天调养，薛涛身体渐渐康复，在段文昌的帮助下，将卿卿和柳玉蜀合葬。

看着新坟，薛涛在心里说："玉蜀老弟，我已按照你的嘱托，将玉交给了卿卿。卿卿命苦，你在地下遇见她，一定要好好照顾她。"

祭拜一阵后，薛涛和段文昌骑马回城。走出二三十步，薛涛又勒住马，回头看向卿卿的坟，眼泪又一次夺眶而出。

遇上刘辟是卿卿的幸运，他宠她、爱她，替她除去乐籍，收入府中让她享受锦衣玉食。可是，她怎么会想到，她最终会死在心爱之人的剑下；而他看着浑身鲜血、奄奄一息的她，竟然连抱她一下也不愿意！

薛涛不禁想起干娘杜氏临终前对她的叮嘱：我们这样的女子，一定不能对男子——尤其是那些杰出的男子动心；否则，命运一定会很悲惨。

干娘和卿卿，都用自身的遭际，印证了这点。

薛涛抬头看着高远肃穆的天空，既像在问青天，又像在问自己：这难道就是我们这种人的宿命？

段文昌见她一脸伤心，劝道："洪度，如今这世道，人命贱如狗，你要好好保重，莫要太伤感。有合适的机会，一定要离开成都，走得越远越好……"

薛涛听了心中一暖：这个比自己小几岁的男子，一直像哥哥一样关照着自己——尤其是这次，如果他没有及时出现，她早已和卿卿一起，死在了刘辟剑下。

薛涛问："你呢，是否已经想到脱身之法？"

段文昌把目光投向不远处，那里有一批人马，是刘辟派来监视他的。

"我已经和刘辟绑在了一起。不过你不用担心，卢士玫逃出成都前，我让他去京城找韦正贯和我岳父，请他们设法营救我……"

　　段文昌岳父武元衡，唐德宗建中四年（783）高中状元，自此官运亨通，一度官至御史中丞。顺宗继位后，王叔文想拉拢他，被他婉言谢绝。王叔文怀恨在心，找了个借口将其罢官。几月后宪宗登基，感念武元衡的忠贞与才能，又将其官复原职。

　　"洪度，我先走一步——和你待得太久，刘辟会生疑，到时候你也走不掉！"

　　段文昌说完，拍马而去。那群人也立即打马跟上，寸步不离地跟着他。倏忽之间，他们已经消失在碧空烈日之下，只遗留下一片烟尘，笼罩着崎岖婉转的官道。

　　薛涛骑马走进这片烟尘，不禁有些迷失与惶恐，似乎永远也走不出它。

# 第三章

## 一

时近黄昏，一群人走进群山环抱的嘉陵驿。为首者虽年近五旬、满面风尘，却难掩其俊朗。

这人便是新任西川节度使武元衡。

刘辟"劝降"东川节度使李康未果，发兵攻打东川，李康大败。宪宗接受宰相杜黄裳建议，委派神策军大将高崇文为帅入蜀平叛。出兵之前，高崇文命僚属写一篇讨伐刘辟的檄文。僚属写好呈上，高崇文很不满意；僚属又改了几遍，仍未被他采纳，还被狠狠骂了一通。

高崇文领军从斜谷出发，剑指梓州，一路上都有人呈上自己所写的檄文，高崇文不是觉得文章气势不够，就是觉得其文采欠佳。

一开始，高崇文用兵顺利，连败刘辟。到成都以北一百五十里的鹿头山下时，两军却陷入胶着状态。恰此时，有人送来一篇檄文，高崇文看后大喜，说："此文铿锵有力，文采飞扬，历数刘辟罪状，展示我大唐剿灭逆贼的决心，堪称当世第一雄文！"

高崇文命人将檄文在东、西两川四处张贴。两川百姓因刘辟造反，早已不堪其苦，读了檄文，更是热血满胸，一时间富家大户出钱出资，农家子弟纷纷参军，高崇文军队士气大涨，一举拿下鹿头山，逼得刘辟退守成都。

武元衡从卢士玫和韦正贯处得知，女婿段文昌反唐是受刘辟胁迫，于是上书宪宗，请求夺去段文昌造反之罪，让其重新归顺朝廷。宪宗很看重武元衡，虽不满段文昌折节从寇，还是准其所请。

武元衡立即修书一封，交给韦正贯。韦正贯派一位熟悉成都且身手不凡的门客潜入成都，数次遭遇风险，终于把信交到段文昌手里。其时成都已人心惶惶，段文昌集合一部分意欲投诚的将士，趁夜逃出成都，向高崇文投降。

段文昌熟悉刘辟在成都的所有布置，建议高崇文主攻防守薄弱的西城，唐军果然一攻而克；刘辟出逃未成，被高崇文部下高霞寓擒获。

姜荆宝前往青神任县令，受不了何晨对他的挑剔，又着实怀念成都，积极响应刘辟起事，最后和刘辟一同送往长安问斩。

高崇文由此成为新一代西川幕主。镇蜀一年后，他见蜀中凋敝又多边患，极难治理，遂上表宪宗，请辞西川节度使一职。宪宗对其治理西川早生不满，同意其请，拜武元衡为门下侍郎平章事、西川节度使，命其尽快前往西川，接替高崇文。

进入驿站，驿臣亲自煮了一盏茶来。武元衡端起饮了一口，想起西川屡屡与吐蕃南诏打仗，不久前又遭遇刘辟之乱，其残破疲敝，比蜀汉还不如，不禁双眉紧蹙。抬头看向窗外，不知何时已飘起小雨，千重关山朦胧在烟雨里，忽而心中有感，让仆从拿出笔墨纸砚，提笔蘸墨，写下一诗：

> 悠悠风旆绕山川，山驿空蒙雨似烟。
>
> 路半嘉陵头已白，蜀门西上更青天。

随行的裴度、卢士玫、韦正贯等人一看，嘴里赞着好诗，心里却如明镜似的：对于西川之行，武公似乎很犹疑，甚至有几分悲观。

武元衡放下笔，说："卢照邻第一次入蜀，攀登险峻山道，忍不住感慨：传语后来者，斯路诚独难。李太白则说：蜀道之难，难于上青天。本次入蜀，方知二人所言不虚啊。"

裴度笑着说："李太白说，入蜀之路需'朝避猛虎，夕避长蛇'，我们一路而来，野鸡野兔见过不少，猛虎长蛇却从未一睹，莫非它们也惧怕武公神威？"

武元衡叹息一声，说："猛虎长蛇，并非只居于山林啊。"

裴度与他相交已久，颇为知心，忍不住问："武公本次西川之行，可是有什么顾虑？"

武元衡点点头，说："刘辟造反，西川遭遇浩劫，无数人死于战火；高崇文治蜀一年，大肆搜刮，令西川雪上加霜。圣上信任我，派我领镇西川，我怕辜负圣恩啊！"

韦正贯和卢士玫互看一眼，觉得武元衡真正的隐忧并没有说出来：西川地处边陲，经常与吐蕃、南诏交战，朝廷不得不驻以重兵。另外，蜀地与关中相邻，山川险阻，易守难攻，长安若遇战火，成都往往是首选的避难之地——安史之乱，玄宗选择避祸成都，就是最好的证明。

因以上原因，西川节度使素来权重；权力越大，就越容易受到皇帝猜忌，稍有不慎，便会招来杀身之祸。

韦皋镇蜀二十一年，与吐蕃、南诏多次交战均大获全胜，保大唐西南边境安然无恙。然而，他也是皇帝最担心的节度使之一。继任者刘辟起兵造反，与其个人野心固然有莫大关系，但皇帝和西川节度使多年互相猜忌、提防，也是不容忽视的原因。

高崇文剿灭刘辟后，在西川只待了一年，立即向皇帝请辞。表面原因很多，若究其根本，只怕也是担心在西川待得太久，落得和韦皋、刘辟一样的下场。于是，他广泛搜刮财物美女，向皇帝表明自己胸无大志；遇到合适的机会，就向皇帝请辞，离开西川去做富家翁。

武元衡和高崇文不一样，他不愿搜刮百姓以自保，又有远大的抱负，不可能效仿高崇文。虽然皇帝如今对他很信任，但君臣之间的信任就像柳枝，刚刚还摆向东面；风力一改，马上会摆向西面。

如果失去皇帝的信任，不仅他的抱负会成镜花水月，就连身家性命也会岌岌可危。

韦正贯、卢士玫都认为，武元衡之所以一路走走停停，一副毫不着急的样子，就是因为这层担忧。两人在西川待了多年，对成都情意深厚，武元衡又是朝中公认的正直能臣，他们都希望他能在西川多待几年，让锦城恢复昔日的繁盛。见武元衡如此踟蹰，心中暗暗着急。

韦正贯想了想，说："武公，西川文士众多，我想将此诗抄录，派快马送往成都，让蜀中文士能一睹幕主文采风流。"

"这倒有点意思！"武元衡捻了捻颔下美髯，说，"白居易和元稹每有新诗，都会装入竹筒，让快马送与对方，由此而生许多唱和之作。你把我的诗也装入竹筒送入成都，看我能不能遇见一个蜀中知音。"

此言一出，众人轰然叫妙。

驿站后院恰好有一丛修竹，韦正贯找来驿卒，命他砍下一根竹竿，做成几个竹筒送来。韦正贯找出最规整漂亮的一个，将这首《题嘉陵驿》装入，令快马送往成都。

众人继续缓慢南行，不断有"竹筒诗"送来，武元衡读了，都不甚满意。这日行到太阳西下，驿马又送来一首诗。武元衡已经失望，正要掷竹筒于地，被裴度一把拦住，说："武公，既已送来，何不一读？"

武元衡将竹筒扔给裴度，说："要读你读。"

裴度取出诗，念了起来：


蜀门西更上青天，强为公歌蜀国弦。

卓氏长卿称士女，锦江玉垒献山川。


武元衡一听，赶紧抢过诗稿，仔仔细细看了一遍，然后看下面的落款；见写的是薛涛，不禁捻须微笑。

刘辟之乱平定后，长安疯传平蜀的最大功臣不是高崇文，而是薛涛的一篇檄文。武元衡找来薛涛文章一读，大为惊艳。他同意将自己的诗送入成都，就是希望能得到薛涛的唱和。

裴度笑着说："武公，薛涛这首诗，你可还满意？"

卢士玫和韦正贯一看此诗是薛涛所写，齐声说："幸亏武公没有扔掉竹筒，要不然真会认为西川无人！"

武元衡心中却是另一番感慨：薛涛读了他的《题嘉陵驿》，不仅立即读懂他来西川的踟蹰犹豫，还鼓励他西川人杰地灵，只要用心去做，一定大有可为——这等知音，生平还是第一次遇见！一个女子竟有此等见识才华，更是令人惊叹、敬佩！

仆从见时近黄昏，问："武公，前面不远就是驿站，是否投宿？"

"时候还早嘛，再走一程！"武元衡说完，甩了一马鞭，骏马飞驰而去。裴度见了，也快马加鞭，紧随其后。

卢士玫笑着对韦正贯说："之前是我们急，武公不急；现在，武公比我们谁都急。"

"到了西川，一定要好好感谢洪度！"韦正贯说完，和卢士玫一起拍马追了上去。


二


这日，阿贾尔且要送纸到郫县。峨峨一早起来，见天气晴好，便请薛涛同去，送完纸一起游春。薛涛知道峨峨心意，虽不是很有兴致，还是随他们同去。

快到郫县县城，薛涛望见道旁有一面斜坡，坡上挨挨挤挤全是桃花，如同一匹艳丽的蜀锦，一时竟看呆了。

峨峨见了，对阿贾尔且说："我和小姐去采点花，你送完纸来这里接我们。"

阿贾尔且答了声"好"，停下马车。峨峨陪着薛涛下了车，走进花丛，看着她脸上露出的淡淡喜悦，心里也跟着高兴。

高崇文入成都后设宴庆贺，因感激薛涛写檄文助战，又从段文昌处得知她宁死也不为刘辟写檄文，敬佩其气节，派人请她赴宴。薛涛感激高崇文平定刘辟之乱，欣然赴会，还写了几首诗，赞颂他的功绩。

然而，薛涛很快发现高崇文无心治理西川，只想搜刮一番离开，很失望，拒绝了让她到幕府效力的邀请，回到海棠巷每日读书写诗自遣。

峨峨见薛涛每日郁郁寡欢，劝她出门游玩，都被她拒绝。这段时间，她心情像是好了不少，今日甚至同意出门，峨峨也跟着高兴。

薛涛弯腰摘取几朵桃花，雪白的手上不慎沾染了淡红的花汁，看起来分外明艳。

薛涛心念一动，对峨峨说："白纸颜色太单调，若把它染成其他颜色，比如淡红、鹅黄，纸的销路会不会更好？"

这两年，因打仗和高崇文的搜刮，成都市面萧条，纸坊的生意一落千丈。峨峨和阿贾尔且只得辞掉大部分工人，许多事亲力亲为，才使纸坊不至于歇业。

峨峨正要回答，忽见道路上来了两乘马车，跳下来几名大汉，直奔他们而来。

"你们谁是薛校书？"一名大汉问。听其口音，不像西川人。

"我是。"

"请薛校书和我们走一趟，我们主人想见你。"

峨峨赶紧问："你们主人是谁？为什么要见小姐？"

几名汉子一言不发，只拿目光盯着薛涛。薛涛无奈，迈步朝马车走去。峨峨想要上前，被一名汉子伸手拦住。

薛涛回头瞪着他，说："你们要的是我，不要为难她！"摇了摇手中的桃花，对峨峨说，"你速去郫县。"

峨峨会意，等薛涛一走，赶紧去找阿贾尔且。两名汉子将薛涛"请"上马车，立即放下了车帘。车帘由竹篾编成，几乎密不透风，薛涛看不清车外情形，索性闭目养神。

大约行了一个时辰，马车停了下来。一名汉子揭开车帘，薛涛被阳光一刺，半天才睁开眼来。

薛涛撩裙下车，将捋光花瓣的桃花枝扔到一旁；举目一看，眼前孤零零矗着一座房子，东、西、南三面都是农田，唯北面是一座假山，山上种满了花木。这地方看起来很陌生，不知是成都何处。

一名汉子推开门，薛涛随他进入，只见里面是一个幽静院落，院中遍植花木，花木丛中藏着一张石头做的几案和几个石凳。

"主子，薛校书到了。"

话音一落，正房门"吱呀"一声开了，走出来一名五十余岁的高大汉子。一身青衣长袍纤尘不染，衬得他丰神俊朗，飘逸出尘。

青衣汉子指着一旁的石凳说："薛校书，请这里坐。"

薛涛依言坐下，很快有人奉上茶来，青衣汉子又做了一个请吃茶的姿势。

薛涛端起茶小饮一口，然后放下茶盏。青衣大汉见她进门至今神态自若，端茶放茶时双手不抖不颤，赞叹说："薛校书虽为女流，遇事镇定不让须眉，在下佩服不已。"

薛涛淡淡一笑，说："你请我来，难道只为夸奖我？"

"当然不是。我是长安一位行商，第一次来西川，久闻西川薛涛文采飞扬，堪为西川第一，特让手下将薛校书请来……"

"原来是找我要诗的。"薛涛微笑着打断他，问，"笔墨纸砚何在？"

青衣汉子没想到她如此爽快，微微愣怔之后，朝旁边一名汉子挥了挥手；不一会儿，汉子端来了文房四宝。

薛涛看了一眼几案上的白麻纸，说："如无意外，这应该是'薛氏纸坊'的纸……"

"竟然这么巧？"青衣汉子儒雅一笑，说，"薛校书不必急，吃完茶再写诗不迟。"

薛涛提笔蘸墨，说："不可，诗句已挤到我笔尖！"

"那，为何还不落笔？"

薛涛微微一笑，说："需你回避片刻。"

青衣汉子不知她葫芦里卖的什么药，还是依言起身，走到了一株海棠树下，负手而立，看着院中的花木。薛涛见他离开，埋头一挥而就。正要招呼他过来，却听到屋外一阵吵嚷，其中夹杂着峨峨和阿贾尔且的声音。

很快，大门被推开，郫县县令彭守领着一群衙役闯了进来，吼道："光天化日之下，竟敢强抢民女，来啊，都给我拿下！"

来此院的路上，薛涛知道后面的车辆会监视她有无探头出车帘观望，不敢有大的举动，于是将手中桃花的花瓣将下，走一段就偷偷将手伸到车帘处，朝地上扔下一两片。

马车行走迅疾，花瓣又小，后车的人没有发现她给峨峨和阿贾尔且留下的记号，让峨峨夫妇有机会带着官府的人寻觅至此。

众衙役听了彭守所言，正要扑上前去，却听薛涛叫道："不可无礼，这是新任幕主武公！"

众人听了，无不惊讶。

饶是武元衡见多识广，此时也吃惊不已，问："你……怎么知道是我？"

薛涛缓缓走向他，说："武公说自己是一位行商，且是第一次来西川。既然是第一次来西川，怎会在郊野处买下这么一处宅子？另外，如果只是行商，为什么会对薛涛行踪了如指掌？"

话音刚落，厢房里一人哈哈大笑，推门而出："岳父大人，我说洪度不仅诗才出众，还见识过人，这下你总信了吧？"

薛涛回头时，段文昌已经走到几案处，拿起上面的诗，递给武元衡。

武元衡一看题目《上川主武元衡相国二首》，哈哈大笑，说："在穷乡僻壤请洪度吃茶，实在失礼——走，随我回幕府！"

彭守自从知道眼前男子就是武元衡，一直心下惴惴，此刻终于找到开口的机会，上前说："彭守有眼不识泰山，请武公恕罪！"

武元衡说："你依律办事，何罪之有？今晚我在幕府宴请众同僚，你随我一起去吧。"

彭守知道武元衡今晚宴请的都是刺史级别的高官，自己不过一县令，也被邀请，足见刚才所为非但没令他生气，还让他对自己青眼有加，顿时喜笑颜开，跟在武元衡、薛涛、段文昌之后出了大门。


三


一入幕府，裴度、韦正贯、卢士玫以及眉州刺史何晨、姚州刺史周明玉、戎州刺史李道乾等人均已在座。

韦正贯和卢士玫见武元衡和薛涛一同出现，均感诧异：来西川途中，武元衡被薛涛一首《续嘉陵驿诗献武相国》打动，快马加鞭赶赴西川。

韦正贯和卢士玫以为，武元衡一入成都，一定会召见或是拜访薛涛，哪知他却几日未动；两人几次提醒，也被他借故岔开，仿佛已完全忘记薛涛和她的诗。如今他却和薛涛一同出现，这位新幕主葫芦里到底卖的什么药？

武元衡见人已到齐，下令开席。众人早已饥肠辘辘，听了这话顿时口舌生津。等仆从们上了酒菜，却大失所望：摆于面前的菜肴不仅分量少，还多是蔬果，少有荤腥；至于酒，不用看就知是低等的浊酒。

西川幕府自韦皋开始，养成奢靡浮华之风，每次酒宴无不山珍列席、美酒任饮，更兼才貌双绝的官伎歌舞于前，可谓人间难得的享受。如今武元衡却反其道而行，让众人又是失望，又是诧异。

武元衡端起酒盏，说："自刘辟起兵谋逆，西川饱经战火，百姓穷困不堪。这几日我在各县巡查，发现许多百姓已到食不能果腹、衣不能遮体的惨境，看了令人心酸。我受圣上重托治理西川，决意杜绝浮华奢靡之风。望诸位同僚与我一道心系百姓，克勤克俭，使西川得以大治，如此方能不负圣恩！诸位如有意于此，请与我同饮此盏。"

众人无奈，只得举起酒盏，一边说些"不负皇恩"的虚话，一边把那劣酒送入嘴里，喝药般吞入肚腹。

都尉杨嗣饮了一口，马上将酒吐到地上，说："这也叫酒？比马尿还难喝！"

众人听了，都觉快意，虽然不敢照着做，却幸灾乐祸地看武元衡如何收场。

薛涛久居幕府，知道这些武将素来难管，如果强硬对待他们，他们大怒之下什么都敢做；如果向他们服软，他们将从此不把你放在眼里。薛涛一双妙目也随众人看向武元衡，暗暗替他捏着一把汗。

武元衡微微一笑，对身旁一位仆从说："看来杨将军不喜欢饮酒，帮他把酒撤了，让他多吃点菜。"

裴度听了这话，起身说："我离杨将军近，这事我来做。"说着走到杨嗣食案前，伸手去拿上面的酒壶、酒盏。

杨嗣起身一把按住他的手，说："谁说我不喜欢饮酒？我每天不饮他三五十盏，就他妈的睡不着觉！"

裴度冷笑着说："既然喜欢饮酒，就好好吃进肚子里，不要吐到地上，暴殄天物！"

薛涛见杨嗣虽然坐下，却一脸不服，知道武元衡和幕府武将的梁子已经结下，接下来的日子不会好过。不过，这反倒令她对他有了几分敬重——以前不管是韦皋、刘辟还是高崇文，都极力笼络手下武将，惯得他们骄横跋扈，不知百姓之苦和君父之威，长此以往，国家势必断送在他们手里。

武元衡不但不笼络他们，反而一上任就给他们立规矩，足见他与韦皋、高崇文等人不是一类人。这几日她之所以高兴，就是因为武元衡即将到任，西川百姓有机会脱离苦海。如今见了他的作为，更加坚信自己的判断。

待众人饮下盏中酒，武元衡说："今日召诸位入幕府，是有件大事需与你们商议：我准备从今年起，恢复对朝廷的岁贡，让西川上至官员，下至百姓，忠于朝廷，忠于圣上。西川物产丰盈，你们认为岁贡当选何物？"

此话一出，众人面面相觑：请大家吃糠咽菜，还可解释为抠门，把西川的好东西年年贡献给皇帝，这对幕主本人有什么好处？

"安史之乱"后，节度使势力日大，不仅辖区内的军权、财权一把抓，以往每年向朝廷的岁贡，以及调府兵入长安保卫京都等惯例，也大都有名无实。

拿韦皋来说，他坚决不准幕府中人入京做官——韦正贯若不是他侄儿，绝不可能获得入京的机会。原本拿来献给皇帝的西川各地的名贵物品，如成都的蜀锦、戎州的荔枝等，则全部送入幕府，供他本人享用。

如今这新幕主却把属于自己的东西献给皇帝，他葫芦里卖的什么药？他这次来西川，到底想干什么？

戎州刺史李道乾盯着高居上座的武元衡，心想：我做了几十年官，还没见过不贪婪的幕主，我不信你舍得把西川的好方物全往长安送！

李道乾拱手说："武公，我戎州荔枝名满天下，以往每年六七月间，每日都要快马送入幕府。恢复岁贡？很简单，把这些荔枝直接送入长安就行了！"

武元衡表情一冷，说："送荔枝？李刺史难道忘了，'安史之乱'为何会发生？玄宗皇帝为何会避祸成都？大唐为何会陷入枝强干弱的局面？"

杨贵妃喜欢吃荔枝，从戎州到长安的官道上，每天都有快马将新采下的荔枝送往长安。朝发暮至的奇迹，不断上演，蜀人干脆将那条官马大道称为"荔枝道"。

听到"枝强干弱"四字，薛涛心中一凛——她已经猜到武元衡本次入主西川到底想做什么。她激动地饮了一盏酒，酒一入肚，觉得浑身都热了起来。

李道乾被武元衡一阵抢白，灰溜溜地坐下。坐在他对面的杨嗣微微冷笑，连饮了几盏"马尿"。

武元衡盯着李道乾继续说："以后，你们戎州的荔枝，不仅不准送往长安，还不准送入幕府！"

段文昌见场面有些冷，起身说："武公，我有个建议：姚州的悬崖峭壁间有一种石料，石质细腻，色彩鲜艳，花纹独特，若以此做砚台送给圣上，将是一件不错的礼物。"

武元衡点点头，说："圣上雅好辞章，热衷书法，送此物给他，很是恰当。"他把目光投向姚州刺史周明玉，问，"周刺史，你意下如何？"

周明玉起身说："幕主有令，明玉当尽力去办。"

卢士玫建议："蜀锦自秦汉以来便是贡品，直至今日依旧寸锦难求。武公何不令织锦圣手精心织几匹蜀锦做贡品？"

武元衡听了这话，未置可否，把目光投向了薛涛，问："薛校书认为如何？"

薛涛沉思片刻，说："'彤庭所分帛，本自寒女出'，薛涛身为女子，知道织就一匹蜀锦会耗费织女多少时日心血！如今天下未安，圣上又登基未久，蜀锦虽名贵，却是奢侈享乐之物，不宜作为岁贡。以薛涛之见，不如送生丝的好……"

此话一出，众人哄然大笑。杨嗣已有六七分醉意，大声说："送生丝给圣上？你还不如送几筐蚕，让圣上每日带着嫔妃养蚕缫丝！"

武元衡听他出言不逊，眉头微皱，说："我倒是觉得薛校书所言在理。送蜀锦浪费民力，又容易滋生奢靡享乐之风，送生丝就不会有这些弊端。"

杨嗣听了目瞪口呆，连"马尿"在嘴里是什么滋味也忘了。他很不明白，这薛涛到底有什么魅力，令韦皋、高崇文、武元衡三任幕主都对她青睐有加，尤其是武元衡，到西川不过几天，就已经对她言听计从。

这娘们儿虽有几分姿色，却已是三十好几的半老徐娘，值得他这么对她？莫非他就好这一口？西川乐府有的是二八佳人，武元衡自己不喜欢，又不愿招来让大家一起快活，摊上这样的幕主，真他妈倒霉！

杨嗣越想越气，端起酒盏，摇摇晃晃走到武元衡面前，说："杨嗣想敬武公一盏酒……"

武元衡轻轻一笑，说："我不胜酒力，杨将军多饮几盏。"

不管杨嗣如何劝说，武元衡总是不依，杨嗣怒道："自上元二年（761）分置剑南两川，无论剑南烧春还是郫筒春酿，我西川府从不缺酒。你一来，不让我们饮好酒、吃好肉、看歌舞也就罢了，竟然连劣酒也不愿陪我饮一盏，实在太不给面子！你不愿饮，我就……请你痛痛快快洗个酒浴……"

杨嗣说完，将盏中酒突然全部泼在武元衡身上。

偌大的宴厅，顿时鸦雀无声。

裴度率先反应过来，大声吩咐左右："杨嗣对幕主无礼，来人啊，把他拿下！"

守在门口的兵士与杨嗣有旧，愣了愣，慢腾腾地朝着他们走了过来。

武元衡却挥手让他们回去，微笑着对众人说："杨将军醉酒失态而已，我去换件衣服，你们继续饮。"

说罢，悠然起身，在众人或诧异或敬佩或鄙夷的目光中，不疾不徐地走出了宴厅。


# 四


从幕府宴会归来后，薛涛每日和峨峨出门采摘桃花，捣碎取汁，再将做好的白纸放入其中浸染，待其染色后，再取出晒干。

峨峨说："这样染出的纸颜色深浅不一，不知买主是否会喜欢？再说了，就算他们喜欢，如此造纸，出产也不多啊。"

薛涛见峨峨一脸忧色，知道近来因纸坊生意不好，她家已快山穷水尽，将她拉到一旁坐下，摸出一块玉放到她手里，说："你先把这玉拿去当了……"

峨峨赶紧推拒："小姐，这怎么行……"

"既然叫我小姐，你就听我的！"薛涛强行将玉放入峨峨手心，见她双腮带泪，抬手替她擦去，说，"都是有孩子的人了，怎么还这么爱哭？"

峨峨脸上飞起两团红霞，说："就是因为又要当阿母了，才更容易哭……"

薛涛又惊又喜："你又怀上了？阿贾尔且知道吗？"

峨峨摇摇头，说："我不想让他太担心。"

纸坊存货太多，不得不暂停造纸；阿贾尔且每日早出晚归，四处推销，却每每早上载出去多少，晚上又带回来多少。

薛涛捏捏峨峨脸蛋儿，说："武公如今入主西川，他和高崇文大有不同，相信用不了多久，成都就能恢复往日繁盛，纸坊的生意也会跟着变好——到时候别说养两个，就是三个、四个，也没有任何问题！"

"洪度对我如此有信心，元衡真是高兴！"

薛涛和峨峨循声望去，发现武元衡、段文昌带着两个随从正走到纸坊大门口。峨峨知道他们听见了薛涛和她刚才的私语，脸颊微红，拜见过武元衡后，快步去厨房煮茶。

武元衡看着堆放一地的纸，问："这些纸，薛校书可愿卖给幕府？"

薛涛沉吟一阵，方说："武公愿替我解忧，薛涛感激不尽，只是……"说到此处，忽又停住。

"武某今日前来，确实有求于薛校书。不过，不管你答应与否，我都决定买下这些纸——我用过你们'薛家纸坊'的纸，知道它们质地精良！"

薛涛听了，这才满脸喜色，向武元衡鞠了一躬，郑重地道了声"感谢"。

武元衡说："洪度可否找个方便处，听我说几句话？"

纸坊房间虽多，却大多堆放着造纸原料，不便招待武元衡这样的贵客，薛涛只得将他请入自己房间，又亲自去厨房，将煮好的茶端了两盏来。

峨峨则另设一席，招待段文昌和两名随从。

武元衡见薛涛的房间布置得甚为清雅，心中赞叹了几句；见书案上有一本诗集，以为是薛涛所著，拿起来一看，却是元稹的著作。

"要论深情，微之的诗，当世可排第一。"

微之是元稹的字。

薛涛也认为元稹的诗写得很深情，这正是她喜欢它们的原因；听武元衡也这么说，当下便有知音之感。

武元衡翻看了几页，将诗集放下，说："今日冒昧拜见，是想听听洪度对一事的看法——你认为，要使西川得到大治，应当怎么做？"

薛涛一脸惶恐，说："薛涛不过一女子，如何懂得这些？幕府中高人众多，武公何不询问他们？"

武元衡摇着头说："原来那些幕府旧人，有的虽有才华，却心怀鬼胎，不肯真心助我；裴度是个人才，却不了解西川；段文昌、韦正贯了解西川，可惜年纪尚轻……想来想去，还是洪度的意见，最值得一听。"

薛涛见他说得赤诚，说："那薛涛姑且说说，武公姑且听听——在我看来，西川如何治理，取决于武公心中，西川属于谁……"

武元衡意味深长地看了薛涛一眼，问："此话怎讲？"

"如果武公认为，自己既为西川之主，西川便属于自己，治理西川很简单：照着韦公做就行了。他镇蜀二十一年，在西川广征赋税，以金银财货笼络手下将士。遇到将领婚配丧葬，就替他们包揽所有花销，将士对他无不感恩戴德，遇到打仗，便会不惜性命为他拼杀。当然，这样做也有一个后果……"

武元衡冷哼一声，说："后果便是将士只知有韦公，不知有圣上！"叹息一声，又说，"不管是理政还是打仗，韦公都是当世首屈一指的人才，元衡向来十分佩服。只可惜，他心中只有个人的富贵权位——当然，若不是如此，他也不会被我利用……"

薛涛吃了一惊，问："武公此话何意？"

武元衡淡淡一笑，说："韦公奏请顺宗皇帝让太子监政的奏折，不是出自洪度之手吗？"

听了这话，薛涛出了一身冷汗：原来当年韦皋向病重的顺宗皇帝上奏折，请求让太子监政，是受到了武元衡的怂恿！当时他远在长安，出面办此事的，只可能是女婿段文昌。而段文昌不替韦皋书写这份奏折，显然是为了避嫌。

"洪度，当年我这么做，也是迫不得已。顺宗皇帝病重失语，大权旁落到王叔文之流手中。王叔文志大才疏，喜好结党，做事缺乏远见又无分寸，若任其自为，天下很快就会大乱！恰好韦公派刘辟入京，意图统领三川，王叔文不仅不同意，还准备杀掉刘辟。我知道韦公听闻此事，一定会大怒，于是写信给墨卿，让他劝说韦公，上书顺宗皇帝让太子监政……"

薛涛定定心神，说："武公此举，不仅可能陷自己于绝境，还可能因此背负'犯上作乱'的万世骂名。你能不顾个人安危与身后名，只因你忠于大唐，而不是仅仅忠于圣上；你最希望看到的是大唐重现昔日强盛，百姓安居乐业，而不是只给后世留下一个'忠臣'的美名……"

武元衡听了这话浑身一颤,一种从未有过的感觉从头到脚贯通全身,忍不住起身朝薛涛深深一揖,说:"元衡活了五十载,足迹超万里,交际满天下,真正懂我者,唯洪度一人而已!"

顺宗在位时,武元衡被王叔文一党打压。他联合朝内外势力,上书皇帝请求让太子李纯监国,很容易被人认为是泄私愤;又因他是武则天从曾孙,还会被人怀疑有不轨之心。但他仍执意去做,确实希望李氏江山永固,百姓安居乐业。

迫于朝内外大臣及宦官的压力,顺宗很快传位于李纯。没过多久,顺宗去世;其死因有众多猜测,甚至有人怀疑是李纯毒死了父亲,理由是:李纯前一天告知外臣父亲病重,第二天就传出顺宗驾崩的消息。

因武元衡有拥立之功,李纯一继位就提拔他为户部侍郎,很快又拜他为门下侍郎、同平章事,成为大权在握的宰相。那些反对他的人见他升得这么快,明里暗里指责他为了个人权位,不惜逼迫太上皇退位,并致其不明不白惨死宫中。

两个月前,因高崇文治蜀不力,李纯决定让武元衡代替他。诏令一出,众人议论纷纷。有人猜测武元衡已经失去圣上信任,否则不会被外放;有人则幸灾乐祸地说:武元衡当宰相时,积极打压节度使,如今自己也成了节度使,他会希望朝廷打压自己吗?他和圣上的关系,又是否会重蹈韦皋、刘辟等人的覆辙?

就连韦正贯、卢士玫等身边人,见他入蜀的路上踯躅犹豫,也以为他是担心成了西川幕主,被圣上猜忌,落得和韦皋、刘辟一个下场。

韦正贯、卢士玫等人对武元衡的揣测,薛涛也曾有过;不过,自从与他见面,尤其是那晚他决定恢复岁贡,她便完全转变了看法。

薛涛起身还了武元衡一礼,说:"以武公之能,要让西川边境安宁、民众富裕并不困难。然而,薛涛知道,武公并不满足于此——你真正的目标,是让西川不再是幕主的西川,而是圣上的西川,大唐的西川!在你看来,唯有如此,西川才真正称得上'大治'。"

武元衡听完,又是一颤,看了薛涛一眼,心中升起莫大的遗憾:这样一个才貌俱佳的女子，为什么偏偏入过乐籍！

"洪度所言，既是我的期望，又是我日夜忧心之事。依你之见，如何才能获得这样的'大治'？"

"别的建议没有，薛涛能送武公的，只有一个字。"

"何字？"

"缓。"薛涛肯定地说，"幕主心中无大唐，已达数十年之久；幕主手下的众刺史、将军，荣辱升迁全在幕主手中，也早已养成只知有幕主、不知有圣上的恶习。正所谓'积习难改'，如果操之过急，只会事与愿违。更重要的是，现在全天下都看着武公——事成，众节度使会效仿武公，至少也会有所收敛；事败，藩镇拥兵自重的顽疾，将更加沉重……"

武元衡叹息一声，说："洪度所言，我何尝没有想过？"他指了指黑白交杂的头发，又说，"我已过知天命之年，还能为大唐效忠多久？若万事缓为，只怕想做的事没做成，我已经……"

薛涛忙打断他说："曹孟德诗云：老骥伏枥，志在千里。武公正当壮年，何故出此颓丧之语？"

武元衡摆摆手，说："人寿有定数，人人都有那一日，这个无须忌讳。我不怕死，只怕想做的事不能完成。"

薛涛微微一笑，说："圣上比你小三十岁，只要他如你一般志向远大，意志坚定，武公何愁想做的事不能办成？薛涛方才说到缓字，其实，万事可缓，唯有一事不可缓……"

"何事？"

"发掘人才——和武公有共同志向的人才！"

武元衡听了这话，脸上愁云一扫而空，说："洪度此言，真如醍醐灌顶。若能多发掘几个和我志向相同的人才，就算元衡不幸早亡，他们也会协助圣上重现大唐盛世，元衡又有何可忧！"顿了片刻，又说，"元衡今日前来，还有个不情之请——希望洪度能再入幕府，助我一臂之力。"

从武元衡进入纸坊，薛涛已猜到他是为此而来。然而，在幕府二十年，她已经厌倦了大人物间的权谋暗算、血雨腥风，只想安安静静过小日子。虽然她很钦佩武元衡，但安邦定国是男人的事业，她一个小女子，既无心又无力去掺和。

"薛涛一介女流，只想诗酒为伴，逍遥余生，望武公成全。"

武元衡克制住内心的失望，说："我进门时就说过，愿与不愿，全凭你做主，我绝不强求。"

## 五

薛涛陪着武元衡出门，正好遇见段文昌带着两名随从，各自抱了一大束桃花进入纸坊。原来，段文昌见院中晾着几张淡红色的麻纸，很感兴趣，问峨峨这些纸是如何造出来的。峨峨向他说了制作过程，段文昌想到薛涛和峨峨采花不易，便带着随从出门，采了不少桃花带回。

薛涛感动不已，见段文昌衣服上沾了不少花瓣，伸手替他拂去。

段文昌小声问："洪度，你可答应我岳父大人的邀请？"

薛涛摇了摇头。

段文昌虽然失望，却没有劝她；再说了，他也知道，劝不动她。

因武元衡买下存纸，峨峨很高兴，待晚上阿贾尔且回家，三人炙肉煮酒，在院中开怀畅饮。峨峨趁机告诉阿贾尔且自己怀孕的消息，他听了像是开心傻了，半天没有说话。直到薛涛端起酒盏祝贺他，他才缓过神来，举盏一口饮尽。接着，阿贾尔且一盏又一盏，直饮到酩酊大醉，由峨峨和薛涛扶了入房休息。

薛涛觉得阿贾尔且有些不对劲，想对峨峨说，又怕影响她难得的好心情，只好暂时隐忍不言。

薛涛回房看了几页书，也熄灯睡觉。或许是饮多了酒，这一觉睡得极沉，等到醒来，天已大亮。薛涛穿衣起床，来到院子，却没见峨峨。

薛涛不免惊奇：峨峨若是出门，一定会和她说一声，难道还没起床？踱到峨峨卧房，正要叩门，听见里面隐隐约约似有人在哭，忙问："峨峨，是你吗？"

峨峨应了一声，又说门没关。

薛涛推门进屋，见阿贾尔且不在，峨峨哭得双眼红肿，问："你怎么了？和阿贾尔且吵架了?"

"没什么，小姐你不用担心。"

"我怎能不担心？昨晚我就发现阿贾尔且有些不对劲，他是不是在外面有了女人?"

峨峨摇了摇头。

薛涛长舒了一口气，说："那还好，你刚刚怀了孕，允儿又嫁人了，若是他始乱终弃，你们母子可怎么办?"

听了薛涛这话，峨峨又哭了起来。薛涛忙扶她到胡床坐下，伸手擦去她脸上的眼泪，柔声说："峨峨，我们名为主仆，其实情同姐妹，不管你遇到什么难处，都同我说，我们姐妹一起扛。"

峨峨停止抽泣，说："小姐，我可以给你说，但你一定不能再帮我了。"

薛涛怕她隐瞒，只得暂时点头答应。

峨峨这才说出事情经过：因市面萧条，阿贾尔且每日早出晚归，仍卖不出几张纸。他心情不好，便到酒肆买醉，又希冀靠赌博赚钱养家，最后不仅没赚到钱，还欠下一个绰号叫赵黑头的人三千贯钱。赵黑头限他十日内必须还钱，如若不能，就要拿纸坊赔他……

阿贾尔且昨晚听到峨峨怀孕的消息，想到纸坊若落入赵黑头手，他们连安身的地方也没有，自责不已，回房后趁着酒劲，将事情经过原原本本告诉了峨峨，跪在地上恳求她的原谅。

峨峨恨他将一家人推入绝境，却又知道他这么做是怕纸坊歇业，他们陷入衣食无着的惨境，将他从地上拉起，夫妻俩抱着哭了大半宿。

今日一早，阿贾尔且早早就出了门，想去找以往的生意伙伴借点钱，先把欠赵黑头的债还了。然而，他和峨峨都清楚，如今市面萧条，人人自身难保，谁还有余力帮他们？更何况，还是这么大一笔数目？

薛涛听了，也替峨峨难过。

峨峨见她低眉沉思，一把抓了她的手，说："小姐，无论如何，这道难关我们自己会想办法，你千万不能……"

薛涛知道，峨峨担心她又拿玉帮她们。其实，现在市面上柴米油盐虽贵，玉石这样的赏玩之物却并不值钱。

如今看来，只有一个办法了。

薛涛正要说话，忽听到外面传来车马声。薛涛和峨峨迈步出门，看见昨日那两名幕府大汉驾着马车驶入了院子。一名大汉拉开车帘，薛涛一看，里面堆了满满一车的桃花！

一名大汉说："薛校书，我们奉幕主之命，专程给你送花来。"

另一名大汉说："这附近的桃花，快被我们摘光了！"

薛涛道了声"有劳"，协助他们将花搬到阴凉处放好。见两名大汉要走，薛涛问："武公今日可在幕府？"

"在。"

"那请二位送我一程。"说完，提裙上了马车。车内还残留着鲜花的芬芳，闻起来异常醉人。

峨峨突然想起以前住海棠巷，不管是雷雨交加，还是风雪之夜，只要幕府的马车一来，薛涛哪怕有天大的事，都必须立刻赶往幕府，去饮宴，去应酬，去讨那些位高权重的男子欢心！

昨晚饮酒时，薛涛告诉了峨峨武元衡邀她入幕府却被她拒绝的事。峨峨也支持她的决定：幕府虽是西川最显贵的地方，却也是最危险的地方，充满了明枪暗箭、腥风血雨！小姐上半生在这样的环境里度过，她希望她的下半生，能好好过几天安生平静的日子——她知道，这也是小姐的愿望。

然而今天，她却主动坐上去幕府的马车，这只有一个可能：她想答应武元衡的请求，帮他们脱离眼前的困境。

峨峨想到此处，冲上去拦住了车子，叫道："小姐，你不能去！"

薛涛撩开窗帘，见她热泪满脸，知她已猜到自己的打算，安慰说："放心吧，今天的薛涛，已不是以前的薛涛；而武公，也与以往那些幕主全然不同。"


# 六


薛涛进入幕府，得知武元衡在竹亭，便迈步前往。远远便闻到一股茶叶的清香，又遥见竹亭里人头攒动，心道：武公刚入西川，万事繁杂，今日怎么有闲暇请人吃茶？

段文昌先看见了薛涛，喊了一声"洪度"，忙起身给她让座。薛涛一看，亭中除了武元衡和裴度等幕僚，彭州、蜀州、邛州、眉州、汉州刺史也全部在场。

武元衡面前的几案上则放着一排茶叶，不仅西川名茶一样不缺，还有东川节度使严砺送来的神泉、昌明和兽目等茶。刘辟之乱平定后，严砺从山南西道节度使调任东川节度使。他知道武元衡受宪宗器重，又素来清廉，不敢送他名贵之物，思来想去，最终派人送来几种东川名茶，想与他拉近关系。

薛涛问："武公这到底是想请大家吃茶，还是想卖茶？"

武元衡捻须一笑，说："赴任西川之前，我只知'茶生益州'，今身在益州，当然要找个机会，和诸公一起吃茶。"

雅州刺史严通接话说："茶，指的是苦茶。因制作工艺演变，如今的茶微苦而回甘。西川之茶制作工艺远甚别地，算得上是天下一绝。"指着面前的茶说，"这是产自雅州的蒙顶石花茶，请武公品尝。"

说完，朝亭外招了招手，那名随他而来的茶师步入竹亭，先将蒙顶石花茶置于三足风炉，用微火烘干，继而放入茶碾碾碎，用筛分出细末，置于一边。

此时，水已置于火上，待水面出现鱼眼般大小的水珠，并且微微作响时，严通向武元衡介绍说："此为一沸。"

与此同时，茶师将少许雪花盐投入水中，待锅边水如涌泉般沸腾，严通又对武元衡说："此为二沸。"

话音未落，茶师已将茶末倾入沸水中，并以竹夹搅了一圈。

武元衡好奇地问："方才为何加盐？"

"回禀幕主，加盐可减轻茶的苦味，让茶汤更爽口。"

武元衡若有所悟，点了点头。

鼎中水已波翻浪涌，严通右手袍袖一抖，对武元衡说："三沸已到，茶汤好了！"

茶师从锅中舀起茶水，倒入每人面前的茶盏。众人待茶水稍温，都端起来品尝。那茶也真是绝了，尚未入口，先飘出一股沁人心脾的清香，令人忘却忧烦。

庭外阳光灿烂，风动竹林，如此吃茶，别有一番幽趣。

武元衡举起茶盏，敬坐在他左手的一名汉子，同时吟了一句诗："只为报主赴远敌，相期万里早归来。"

薛涛不识此人，看向一旁的韦正贯。韦正贯会意，小声说："这是幕主兄长武少仪，从老家赶来西川，即将出使南诏。"

武少仪端起茶饮了一口，用一句诗回敬武元衡："报国从来先意气，临歧不用重咨嗟。"

武元衡一听，兄长竟借自己的诗句来宽慰自己，颇为感动，将盏中茶吃尽，回头对众人说："各位刺史都带了本地名茶，诸位不妨一一品尝，我还有点事，先走一步。"把目光投向薛涛，说，"洪度前来幕府，想是有事找我谈，一同走吧。"

薛涛听了，便同他一起离开竹亭。

薛涛好奇地问："武公今日把众刺史招来幕府吃茶，所为何事？"

武元衡微笑着说："你绝顶聪明，何不猜猜看？"

"武公兄长即将出使南诏，这些茶叶，是送给南诏王的礼品？"

武元衡点点头，说："南诏王曾送百年难得一见的孔雀给我西川，这次兄长出使南诏，我让他带上蜀锦、茶叶等蜀中名贵方物，送与南诏王，希望南诏能和大唐永结同心。除了兄长，我还派卢士玫出使吐蕃；这趟差使要是办得好，我准备推荐他入京做官。"

两人恰好走到孔雀园，薛涛想起孔雀死去的那个雷雨夜，不禁一脸哀伤。武元衡知道孔雀和韦皋死于同一晚，以为她想起了韦皋，说："其实，我挺羡慕韦公的——他至少能得你相助。"

薛涛趁机说："我今日来见武公，就是希望你能收留我。"

武元衡简直不敢相信自己耳朵："你⋯⋯决定来幕府帮我？"

薛涛点了点头。

"你为何会改变主意？"见薛涛面露难色，武元衡又说，"只要你愿意入幕府，这不重要。"

薛涛投去感激的一瞥，却见武元衡眉头微锁，问："武公可是遇到了烦难的事？"

"西川地处边陲，与南诏、吐蕃数次大仗，民生艰难；前两年又经历刘辟之乱，如今已是十室九空，疲敝不亚于蜀汉。我想让西川尽快富庶起来，却苦无良策。"

薛涛凝神思索一阵，说："让西川恢复往日繁盛，绝不是朝夕之功。不过，眼下有件事，倒是可以一做，说不定有意外之喜。"

"什么事？"

薛涛微微一笑，说："武公已让令兄和卢士玫带蜀锦、茶叶去南诏和吐蕃，何不更进一步？"

武元衡若有所悟，说："你是说恢复大唐和吐蕃、南诏的茶马互市？"

薛涛点了点头，说："西川以茶为业者众多，茶产量极大。可惜，因刘辟之乱，吐蕃、南诏趁机发兵骚扰，大唐与吐蕃之间的茶马交易被迫中断，直到如今仍未恢复。"

"这事确实不易办。"得到一个好建议，武元衡眉头舒展，用轻松的口吻说，"希望兄长和卢士玫此行，能改善大唐和南诏、吐蕃的关系。过段时间，我决定走走茶马道，震慑沿途部落和匪盗，让他们不敢骚扰来往行商。道路通畅，走货安全，行商们有钱可赚，茶马互市自然能恢复！"

薛涛接话说："如此一来，茶农有钱可赚，市面很快就能兴旺；假以时日，成都一定可以恢复往日繁华！"想起"薛氏纸坊"也会因此生意兴隆，薛涛不禁面露喜色。

武元衡点点头，说："到时候可以在茶马道设税吏，若交易频繁，哪怕每十税一，西川何愁仓廪不实，府库不丰！如此妙法，洪度是如何想到的？"

"诗僧皎然有云：一饮涤昏寐，二饮清我神，三饮便得道。想来是刚才的蒙顶石花茶太好，使我'得道'了吧！"

说罢，两人同时大笑。武元衡看着薛涛，又一次遗憾地想：为什么她偏偏入过乐籍！

# 七

因薛涛重归幕府，寻花汁染纸的事全由峨峨完成。一月后，阿贾尔且带彩纸入市销售。成都人还是第一次见到这种纸，一时颇为新鲜，购买者甚多。

第一批彩纸卖了一大笔钱，加上薛涛的俸禄和变卖首饰所得，阿贾尔且凑齐三千贯还给了赵黑头。

这日晚上，峨峨和阿贾尔且正要吃晚饭，忽然闯进来几名汉子。阿贾尔且以为他们是来买纸，忙起身迎了上去。

一名虬髯大汉把稍远处的峨峨看了看，问："薛涛呢？"

阿贾尔且说："小姐今日住海棠巷，你们找她何事？"说话间，峨峨也走了过来。

虬髯大汉指着阿贾尔且，对峨峨说："快去把薛涛叫来，要是来迟了，你夫君的脑袋，就会被我割下来下酒！"

阿贾尔且忙护住峨峨，说："你们不要伤害她……"

虬髯大汉鄙夷地一笑，说："我说的是割你的脑袋，又不是割她的脑袋！既然你这么担心她，不如你去找薛涛……"

阿贾尔且担心自己走后他们伤害峨峨，忙推峨峨走："你快去找小姐。"又轻轻摇头，示意她走后就不必回来。

虬髯大汉微微冷笑，对阿贾尔且说："我已经说了，你去找薛涛，你老婆留下。放心，多少二八佳人我都看不上，像她这种庸脂俗粉，我碰都不想碰。不过，我虽然看不上，我的弟兄们就不好说了。如果你不能按时回来，哈哈哈……"

随行之人跟着他一阵浪笑。

阿贾尔且听了，再不敢耽搁，去马厩牵了马，直奔海棠巷，敲开了薛家的门。

薛涛听了阿贾尔且所说，既担心又奇怪，问："我在西川没有得罪过人……这些人可是赵黑头手下？"

"不是。"

薛涛点点头，说："也是，如果是赵黑头，他们不会口口声声嚷着要见我；再说了，你已经还了钱，他没理由再找你麻烦。"

"小姐，要不要报官？"

"不行！"薛涛断然拒绝，"峨峨在他们手里，如果报官，他们伤害峨峨怎么办？"

"看那些人不是善类，你去见他们，我怕有危险……"

"管不了那么多，先见了再说！"

薛涛和阿贾尔且来到纸坊，几名大汉正在大饮大嚼。那虬髯大汉回过头来，薛涛一看，竟然是杨嗣！

薛涛不见峨峨，大叫道："杨将军，你把峨峨怎么了？！"

话音刚落，峨峨端着一盘鸡肉从厨房出来。阿贾尔且赶紧冲上去，询问峨峨有无被欺负。

杨嗣把手里啃过的骨头往地上一丢，说："老子虽是个粗人，至少说话算话！"

薛涛见峨峨无恙，说："我已经来了，杨将军何不放了他们？"

杨嗣哼了一声，说："放不放，由我决定。"一边说，一边把目光在她身上扫了一轮。

薛涛年近四十，依然皮肤细嫩，身材窈窕，杨嗣心道：怪不得武元衡那老东西对你如此着迷，天天把你召进幕府，不知道偷偷摸摸干些什么。转念又想：堂堂幕主，玩个女人也要偷偷摸摸，这都是他妈的文人的臭脾性！

杨嗣指指食案上的酒壶，对薛涛说："先过来陪兄弟们饮几盏。"

杨嗣几名手下还是第一次见到薛涛这样的美人，听他这么说，赶紧起哄；被酒烧红的眼睛盯住薛涛，半天不愿移动。

薛涛冷笑着说："杨将军想找人陪酒，勾栏酒肆里有的是，没必要闯到这里来。说吧，到底有什么事？"

杨嗣跷起二郎腿，说："都说你聪明，比幕府里那些大老爷们儿还聪明——你倒是说说看，我们找你有什么事？"

薛涛哼了一声，说："你们找我有什么事我不清楚，我只知道，你们没胆量去幕府找武公，于是想通过要挟我，让武公屈服……"

杨嗣听了这话，惊得差点儿跳了起来：他们确实有事找武元衡，却不敢直接去幕府。

武元衡入主西川一年，一方面大力调整州县官员，譬如撤掉无能又贪污的眉州刺史何晨，以郫县县令彭守代之；一方面将幕府中的府兵、仆从换了个遍。他们要是进幕府闹事，武元衡一声令下，就能将他们绑了，甚至直接杀掉。

杨嗣指着阿贾尔且，几乎咬牙切齿地说："既然你已经猜到，那就让他去请一下幕主。"又对阿贾尔且说，"你告诉幕主：我们只想请他饮盏酒，没必要带随从，一个人来就行了。"

这么一说，阿贾尔且也明白了：他是想利用武元衡对薛涛的宠爱，胁迫武元衡前来相见。可武元衡堂堂幕主，会为了薛涛只身犯险吗？

薛涛指着峨峨说："你让他们一起去。"

杨嗣既已掌握薛涛，也就不在意峨峨，挥手催两人快走。

薛涛对着二人后背喊："告诉幕主，请他饮酒的是杨嗣杨将军。"

杨嗣听了，不住冷笑。

峨峨和阿贾尔且赶到幕府，几经周折，总算见到了武元衡，急着把杨嗣劫持薛涛的经过说了。其时卢士玫和韦正贯都已被送入京城做官，武元衡便将裴度和段文昌招来商讨。

两人均知武元衡看重薛涛，他们自己和薛涛的关系也不浅，但让幕主只身赴约，实在是太危险，一时又想不到两全之策，心中都很焦急。

武元衡心想：这一年来，我每遇难题，都会求教于薛涛，她也必能想到应对之法；如果她有什么闪失，以后再遇到问题，可就无人可问了。一边想，一边起身朝门外走去。

段文昌忙追上来，说："岳父大人，我们再商议商议吧。"

"来不及了，先到纸坊再说。"

段文昌听了，赶紧把幕府中武艺最高的十多名卫士叫来，又劝武元衡穿上铠甲，以防不测。

武元衡摆摆手，说："他们若真想杀我，平时派几个人在路上刺杀就行了，何必这般大费周折？"

段文昌仍不敢大意，命卫士带上刀枪弓箭。出了门，他让裴度陪着武元衡坐马车，自己带着十多名卫士骑马护卫，阿贾尔且和峨峨跟随在后，一行人直奔纸坊而去。

离纸坊约两里处有一座桥，车马刚到桥头，桥底下突然跳出几十名大汉。

为首大汉说："杨将军说了，他只请幕主一个人饮酒。其他兄弟在此歇马，自有好酒好菜招待。"

段文昌正要呵斥，武元衡已经撩开帘子下了马车，对段文昌和跟随他下车的裴度说："薛校书在他们手里，莫要莽撞。"说完，迈步准备上桥。段文昌拉住他衣袖，小声喊："岳父大人！"

武元衡拍拍他的手，说："放心，他们若真起了杀心，你我现在已经沉尸锦江。"

段文昌只得放手，看着他一步步上了桥。

杨嗣说出挟持薛涛以逼迫武元衡谈判的计划时，下属们均怀疑他会不会赴约。杨嗣很肯定地说，武元衡一定会来。薛涛这贱妇，是所有西川幕主的劫数：韦皋会为她不惜和吐蕃、南诏开战，武元衡也会为了她来陪兄弟们饮酒！

杨嗣几十名手下见武元衡独自上桥，既佩服杨嗣的未卜先知，又敬佩武元衡的浑身是胆。

武元衡已经走到桥中央，清朗的月色将他高瘦的身影投在了地上，显得孤寂又决然。

# 八

薛涛见武元衡只身而来，又是吃惊又是感动。

峨峨和阿贾尔且离开后，她细细观察杨嗣和其手下，发现他们都没带兵器，看来不是想造反。不过，他们用这种方式将武元衡"请"来，肯定是有极重要的事与他谈判；若是他不同意，他们仍可能铤而走险。

武元衡一介书生，即便杨嗣赤手空拳，也能轻易要了他的性命。

思量到此，薛涛已然满手是汗，仔细观察着眼前的一举一动，希望能借助自己的机智化解可能到来的危机。

杨嗣见了武元衡，得意地看了一眼几名手下，起身请武元衡落座，说："上次在幕府，幕主不肯陪杨嗣饮酒，所以今天特意把你请来，望幕主能赏脸饮几盏。"

一名手下拿出随身携带的剑南烧春，给武元衡面前的空盏斟满酒。武元衡毫无畏惧，端起一饮而尽。

杨嗣说："怎么样，我这酒，不比幕府的差吧？"

武元衡摇摇头，说："酒是好酒，可惜含有百姓的血泪，不好吃！"

杨嗣也饮了一盏，说："我知道幕主清高，粗茶淡饭也很开心。可我们是俗人，每天不能吃好酒、玩女人，就觉得日子寡淡无趣……"

武元衡见他言语粗俗，忍不住看了薛涛一眼，薛涛也正好看向他，两人的目光在空中相连，一时竟不能分开。

杨嗣看在眼里，不禁暗骂：你不是不喜欢酒色吗？老子看你就是假正经！

武元衡说："杨将军深夜将我叫来，除了饮酒，想必还有其他事吧？"

"是有一件小事，想请幕主准允。你到西川一年，让我吃糠咽菜饮劣酒，不给我看歌舞，我都能接受。可是，你要把我手下最精锐的士兵派去长安，就算我同意，我手下的弟兄也不会同意！弟兄们，是不是？"

几名手下大声回答："是！我们打死不去长安！"

不仅他们，纸坊外也有不少人回答"是"，显见杨嗣带来的人不少。

武元衡入川之后，依照薛涛的建议，循序渐进做了三件大事：一是恢复岁贡；二是举荐僚属入京做官；三是挑选精锐士兵入长安护卫国都。这样做，是想让所有人明白，幕主之上有皇帝，西川之上是大唐。

三件事中，派兵入长安最难办，武元衡听从薛涛的"缓"字诀，把它放到最后来做，没想到还是惹出了事端。

唐朝在"安史之乱"前，实行府兵制，地方依着离长安的距离，每年各选派数量不等的精锐府兵入长安，保卫皇帝和朝廷，名曰"上番护卫"。"安史之乱"后，各节度使坐大，这项规定名存实亡，后来干脆废止。

来西川之前，宪宗曾召武元衡密谈，让他入川后恢复"上番护卫"。宪宗认为，武元衡若做成此事，其他节度使将群起效仿；不效仿者，朝廷可以治其罪，甚至发兵讨伐。

武元衡却没这么乐观，他在来西川的路上徘徊不前，忧惧此事是重要原因。然而，他也知道这事虽然难做却必须去做，因为这是重振皇帝权威的好办法。

和裴度、段文昌商量后，武元衡遴选一千名精兵，让他们准备武器粮草，半月后去长安——很凑巧，他们大都是杨嗣的手下。

杨嗣和手下士兵在西川横行霸道，吃香喝辣，日子过得舒坦无比，都不愿跋山涉水去长安吃苦。再说了，"上番护卫"已经中断几十年，武元衡不问大家意见，说恢复就恢复，如果让他得逞，天知道他以后会玩出什么花样。

杨嗣见群情激奋，正好顺水推舟，提议"请武元衡吃酒"，想迫使他收回成命。

杨嗣不敢带人去幕府，一来幕府的府兵已经臣服武元衡，他没有必胜的把握；二来带兵闯幕府性质严重，一旦事败，将失去回旋余地。他想起武元衡看重薛涛，于是带人来到纸坊，逼武元衡只身前来赴约。

武元衡看着杨嗣，问："杨将军今年贵庚？"

"四十八。"

"杨将军这个年龄，应该知道以往各地府兵都要定期入长安护卫国都，为何不向手下解释清楚？"

"这都是他妈的陈年旧事！我历事多任幕主，他们从不派兵入京！"

杨嗣手下士兵也大声附和，有人甚至叫嚷："以前韦幕主、高幕主对我们可好啦，哪像你这般苛刻！"

武元衡等众人平静下来，说："以前的幕主不上贡，不派士兵入京城，那是因为他们目无圣上。身为人臣目无圣上，就像身为人子眼里没有父母，是不可饶恕的大罪！"

杨嗣冷笑着说："别给我们讲这些大道理，谁对我们好，我们眼里就有谁！"

武元衡不急不恼，问："杨将军，你和吐蕃、南诏打过多少次仗？"

"这谁记得清楚？老子身上几十处伤口，有一半是和吐蕃、南诏打仗留下的！"杨嗣突然撩起衣服，指着胸口最长那块刀疤，炫耀似的说，"这块刀疤，是前年和吐蕃打仗，在松州被一个大个子吐蕃人砍的。那王八蛋力气可真大，砍死了七八个弟兄。老子前去和他过了二三十招，被他砍了两刀，总算一剑把他的脑袋削了下来！"

话音一落，在场的汉子纷纷大叫："杨将军威武！"

武元衡问："杨将军，前年吐蕃为什么会南下骚扰？"

杨嗣将衣服放下，说："这我怎么知道？我只知道打仗！"

"那，就由我来告诉你。"武元衡不疾不徐地说，"前年，刘辟谋求三川节度使不得，起兵攻打东川节度使李康。吐蕃见大唐内乱，以为有机可乘，发兵南下。这几十年，吐蕃、南诏之所以不把大唐放在眼里，就是因为节度使拥兵自重，乃至互相攻伐！若大唐仍如太宗、高宗时般强大，吐蕃和南诏岂敢小觑？杨将军身上岂会留下这么多伤疤？你手下的弟兄，岂会一个接一个倒在边疆，永远回不了故乡、见不了父母？恢复上番护卫，是要提醒天下人：天下属于圣上，而不是节度使！唯有重塑圣上权威，大唐才能强大，将军和士兵才能少打仗，百姓们才有好日子过！"

见杨嗣和手下沉默不语，武元衡又说："你们既然敢这么做，一定是做好了最坏的打算。只是，你们是否掂量过，你们和刘辟、李锜比，力量谁强谁弱？"

李锜是镇海节度使，宪宗继位后，第一个提出入朝拜见。宪宗很高兴，下诏同意了他的请求。接到诏书，李锜却迟迟不进京；朝廷发文催促，他就声称自己生了病，不能远行。

宪宗猜不透他葫芦里卖的什么药，召集武元衡等大臣商议。

武元衡对此事深思已久，上前一步，奏道："李锜提出入朝拜见，是为了试探陛下的态度。他推病不入朝，则是想看看陛下是否会强硬对待节度使。若陛下不治其罪，他以后会更加肆无忌惮；其他节度使则会群起效仿，于国将大大不利。"

其他几位宰相也认同武元衡的看法，宪宗于是下诏，令李锜迅速入朝，否则便治他的罪。李锜仍不应诏，一方面借口镇海发生兵变，必须留在驻地平叛；一方面派心腹大将率领数千人马，分赴苏、常、湖、杭、睦五州，杀掉由朝廷委派的刺史，将五州据为己有。

其时大唐才经历刘辟之乱，百姓负担沉重，可宪宗仍决定举兵讨伐，否则朝廷将威严不存！经数月苦战，李锜和儿子李师回被擒获，送入京师处死。

杨嗣当然不能和刘辟、李锜相比，所以他们才以"请酒"为由，将武元衡请入纸坊；留在纸坊的杨嗣等人也没有带兵器。

他们的目的，只是想说服武元衡不要派士兵入长安。哪知武元衡一席话却说动了杨嗣好几个手下，认为恢复"上番护卫"对国家、对自己都不算什么坏事。再说了，在长安待几个月又能回来，就算再清苦，也比去边关打仗强。

杨嗣心中却是另一番打算：他们这么做，名义上是"请幕主吃酒"，其实就是胁迫他。武元衡或许不会处罚他的手下，他作为领头人，却难免受罚甚至被治罪——更何况，武元衡初到西川，他就泼过他一身酒；到时候新账旧账一起算，他不死也要脱一层皮！

与其如此，还不如……

薛涛见杨嗣脸上表情突然变得凶狠，显然是动了杀心，忙将酒壶推到他面前，说："杨将军，既然今晚是请幕主吃酒，为何不亲自给他斟一盏？"

见杨嗣仍在犹豫，武元衡抓起酒壶，替杨嗣和自己斟满，说："杨将军，我敬你一盏。这剑南烧春，我可难得饮一回。"

杨嗣举起酒盏，与他碰了碰，试探着说："只要幕主愿意，剑南烧春，杨嗣和兄弟们经常请你饮——只是不知道，还有没有这样的机会？毕竟今晚……"

武元衡打断他说："为什么没有机会？你今晚除了请我吃酒，什么也没做嘛！"

说罢，哈哈大笑。

杨嗣这才放心，赔笑一阵，举起酒盏说："弟兄们，我们一起敬武公一盏。饮了这盏酒，明日开开心心去长安！"

# 九

一家名叫世月楼的包厢里，武元衡靠窗而坐，看着不远处蜿蜒而去的锦江。锦江沿岸商铺林立，人来人往，一派繁荣富足之相。武元衡颇为自得地端起茶盏饮了一口，又把目光投到了楼下，看见一辆马车停靠在酒楼门口，一名白衣女子撩开车帘走了下来，宛如最炫目的一朵白莲花。

武元衡心中一动，缓缓吟道："麻衣如雪一枝梅，笑掩微妆入梦来。若到越溪逢越女，红莲池里白莲开。"

吟罢不久，薛涛上楼进入包厢，喊了声"武公"。

"洪度请坐。"

待薛涛坐下，武元衡亲自给她倒了一盏茶。薛涛饮了一口，从袖中取出一沓红纸递过去。

武元衡伸手接过，说："这就是用花汁染的纸？听说很受欢迎。"

薛涛点了点头。

这几年，武元衡治蜀有方，市面逐渐兴旺，加上薛涛做的彩纸较受欢迎，纸坊的生意已恢复了以往的水准，阿贾尔且不仅请回了以前的工人，还琢磨着扩大规模。同时，因薛涛在海棠巷的房屋日渐破旧，峨峨建议她另置一宅。

纸坊虽是阿贾尔且和峨峨经营，但它几次面临危机，都是薛涛出手挽救，否则早已关门。峨峨和阿贾尔且不仅将纸坊命名为"薛氏纸坊"，还执意将利润的一半交给她。薛涛推辞不过，只得收下。

经不住峨峨反复劝说，薛涛最终用俸禄和纸坊的利润，在碧鸡坊置地新修了一处宅院。

薛涛指着纸说："彩纸的颜色，有的地方浓，有的地方淡，我和峨峨试了很多方法，仍做不到色泽均匀；否则，还会更受欢迎。"抬头看着武元衡，说，"薛氏纸坊能有今日，需要感谢武公——若不是你让锦城迅速恢复稳定繁荣，我们造的纸再好，也卖不出去。"

武元衡摆摆手，说："要感谢，也应该我感谢你。那日要不是你机警，及时扼杀杨嗣的杀心，我哪有机会坐在这里和你吃茶？"

那晚薛涛见杨嗣表情不对，提醒他给武元衡斟酒，武元衡顺水推舟，暗示今晚的事他会当没有发生过。杨嗣由此放心，还主动提出带人入长安保卫京城。

宪宗见武元衡恢复了"上番护卫"，异常高兴，下诏嘉奖武元衡，希望其他节度使能效仿西川的做法。可惜，其他地方嘴里说得响，却不见行动。

薛涛想起那晚武元衡为了自己只身犯险，仍有几分感动，端起茶盏说："武公不仅是西川之主，还是重振大唐的希望，薛涛不过一介女流，武公以后切莫再为了我……"

武元衡摆手制止了她，说："洪度，你虽一介女流，却是我在这里唯一的……知己。"

薛涛见他目光灼热，不禁低下了头，想起峨峨多次对她说："小姐，武公人品高洁，对你好，和你又志趣相投，你们要是能在一起，一定很美满！"

薛涛骂她"胡说"，心里对她的话却很认可。只是，这样的事，武元衡不开口，她一个女子，哪好主动？

武元衡又说："今日邀你来，是向你辞行。"

薛涛惊问："武公要回京？"

这段日子没什么大事，薛涛没去幕府，武元衡也没派人找她。一月前参加马如龙组织的诗会，薛涛听人说，圣上很器重武元衡，准备召他入朝再做宰相。

"不是。如今成都已稳定，边地诸羌却仍未臣服，我准备巡访雅州、松州等地。这一走，至少三五个月不能回来……"

薛涛以为他后面会说出什么动情的话来，心脏怦怦直跳，却听他又说："我走之后，幕府的事由裴度代理。这些年他长伴我左右，向我提了不少好建议，也从我处学到不少；把幕府交给他，我很放心。只是，他对西川不熟，遇到烦难之事，还要请洪度多加指点。"

武元衡听从薛涛建议，着力栽培人才，裴度和段文昌已可以独当一面。尤其是裴度，不仅与他志向相投，还性格刚毅、遇事沉稳，足以托付大事。

听了这番话，薛涛很不舍，却还是端起茶盏，说："我敬武公一盏，祝武公此行万事顺利！"

武元衡与她饮了一盏，拍了拍手，一名仆从进入房间，在他旁边的几案上摆上了一把古琴。

"临行之前，我想为洪度弹奏一曲。"

武元衡起身，款步坐到了琴前，手指缓缓抚过琴身，心中颇多感慨。他相交满天下，然而，数十年来，见过他抚琴的不过三人，且没有一个是女子。很多次，他独坐家中小亭，看着月照下幽光闪烁的古琴，也会生出孟浩然"欲取鸣琴弹，恨无知音赏"的遗憾。

谁曾想，在知天命之年，在陌生的锦城，他竟然还能遇到一个真正的知音。这知音还是一个女子，一个才高貌美、心思玲珑的女子。

可惜的是，她入过乐籍！

武元衡举起双手，轻拢慢揉，琴声如同一脉溪水流向薛涛，围住她周身；又有一道暖阳，横照溪水之上，让那水有了阳光的热烈，温暖着她每一寸肌肤；忽而又袭来一阵春风，吹起无数细浪，在她耳边温柔又执着地倾诉着什么……

一曲奏毕，薛涛已是泪流满面。武元衡也很动情，端着古琴来到她面前，说："这琴名叫'鸣玉'，是我家传之物，我想将它赠给洪度……"见薛涛似乎想拒绝，又说，"人生难得……知己，望洪度莫要推辞。"

薛涛只好起身，郑重接过"鸣玉"琴，看着武元衡说："此物如此贵重，薛涛该……以何为报？"

武元衡忙说："洪度助我治蜀，区区一把琴，算得什么？幕府还有点事，我先告辞了。"

薛涛不知该说什么，起身送武元衡到门口，目送他下楼。他走出酒楼后，薛涛又来到窗前。武元衡骑马走了几步，忽又回头看向楼上，薛涛觉得，他的目光，比头顶的阳光还要热烈，比耳边的春风还要多情。

武元衡举起手，朝她挥了挥；薛涛也慢慢举起手，朝他挥了挥。

武元衡走了，薛涛的双眼再次被眼泪淹没，暗想：听他的琴音，看他的目光，明明对我有情，可为什么就是不愿说出来？我已年届四十，难道真要……孤独终老？

# 第四章

一

几日春雨，到今日终于放晴，薛涛和峨峨去浣花溪边采摘樱花，幕府忽然来人，说裴公有请。薛涛只得撇下峨峨，坐车来到幕府；听说裴度正在竹亭会客，于是迈步前往。

一到竹亭，果然见到一张陌生面孔。听裴度介绍，知道此人是东川府参佐陈伍友。

陈伍友起身拱手说："薛校书才名满三川，今日得见，实在三生有幸。"

"薛校书"三字，让薛涛想起了武元衡。

离开成都之前，武元衡写了一封奏折，奏请皇帝授予薛涛"校书郎"一职。韦皋当年也有此意，可是被监军黄高反对，便打消了念头。

武元衡则不同，他没有告诉薛涛，直接就上了奏章。因"校书郎"一职一般由有功名之人担任，宪宗不想为薛涛破例，没有准允。然而，薛涛"女校书"之名却不胫而走，不仅东西两川，就连长安读书人也几乎人尽皆知。

这些事是裴度告诉薛涛的，她听后立即回到碧鸡坊，拿出武元衡送的那把"鸣玉"古琴，纤指一拂，清音绕梁。薛涛思绪随着琴音纷飞，心潮起伏不止。

峨峨来看她，见她流了一脸泪，急问出了什么事，薛涛把武元衡送琴、奏曲相送等事说了一遍。

峨峨看薛涛的样子，知道她对武元衡动了心。可是，依她所见，武元衡虽欣赏小姐，却并没有与她携手的打算。道理很简单：他几乎每次前来，都是有求于小姐；上次肯只身犯险，也是不想失去这个得力助手。小姐只是当局者迷，没有发现而已。

接下来一段时间，峨峨常来找薛涛聊天。薛涛对武元衡陷得并不深，他又没给出什么承诺，她渐渐平静下来。峨峨见了，既高兴，又替她感到遗憾。

薛涛谦虚了两句，陈伍友又说："今年桃花开得早，我们幕主正在筹备桃花诗会，欲邀巴蜀两地文人齐聚东川，品茗赏花，把酒吟诗。我今日受命而来，专为邀请武公、裴公、薛校书、段校书赴诗会。可惜武公和段校书未在成都，请裴公和薛校书一定拨冗光临。"

说完，向裴度、薛涛各奉上一份请柬。裴度和薛涛接过，裴度又命仆从带陈伍友去吃茶休息。

陈伍友一走，裴度说："我受武公之命权理幕府，没时间赴会，到时候安排人送薛校书去。"

"梓州和成都相距不远，一两日便可往还；如今幕府里也没什么大事，裴公何妨一往？"

裴度其实也想去，听她这么一说，点头答应下来，说："严砺举办桃花诗会，你我不过是绿叶。"

"他要拿我们这些绿叶，衬托哪朵红花？"

"监察御史——元稹！"

薛涛一惊，问："哪个……元稹？"

裴度笑着说："还有哪个元稹？当然是那个写出'白头宫女在，闲坐话玄宗'的元稹！"


一辆马车停在梓州云天客栈门口，等候已久的元稹迎上去，一把抓住下车男子的手，叫道："乐天兄，你终于来了！"

白居易笑着说："我千里迢迢赶到梓州，你就这样迎客？"

元稹把手朝着客栈一伸，说："走，里面好酒好菜早已备好。"

白居易边走边看，说："这客栈挺豪华的，是你自己出钱，还是严节度使请你？"

元稹神秘一笑，说："他让我住官舍，我告诉他，我已找好客栈。他立即派人告诉店家，说我在这里的吃穿住用，全部由东川幕府承当。"

白居易揶揄说："这么说，你今晚也是慷他人之慨了？"

元稹故意做出一副为难的表情："严公如此好客，却之不恭，我只好借花献佛了！"

两人哈哈大笑，上楼梯来到二楼。楼梯左侧共有两间房，外面一间住的是元稹的仆从，里面一间则是元稹所住。

元稹推开门，白居易见房间很轩敞，陈设也有几分古雅；中间一张食案上，摆满了酒肉。

白居易不请自坐，说："好像少了点什么……"

"乐天，梓州能搜罗的好酒好菜，已全在这里，你可不要不知足！"元稹指了指一旁的书案，又说，"酒饮足了，诗兴来了，上面有的是笔墨纸砚，足够你过瘾！"

"只有酒菜，没有美人和歌舞，哪能写出好诗？"

元稹手指朝着白居易点了点，说："原来你想要这个。行，明日告诉严砺，让他给你准备十台歌舞，让你看个够、听个饱！"

两人戏谑一阵，元稹替白居易斟上酒，说："乐天，专门把你从长安请到东川，是有一事相求。"

"我来这里，只为参加桃花诗会。这一路，我已经酝酿了好几首诗，有信心一举夺魁。"

元稹冷哼一声，说："你来这里真是为了参加诗会？为什么我给你写了几封信，你都百般推脱，一说薛涛要来，马上便同意？"

白居易也不脸红，说："你知不知道，薛涛现在在长安有多红？伯苍这人，有几人能入他眼？他不仅与薛涛有很多和诗，还奏请圣上授予薛涛'校书郎'！这样的人，不亲眼见见，岂不遗憾？"

伯苍是武元衡的字。

元稹有些不屑："一介女流，擅长歌舞可信，说她的诗如何不让须眉，只怕言过其实。"

白居易笑道："微之是爱美人却不敬美人。"

元稹不置可否，换上一脸正色，说："乐天，和你说正事——桃花诗会，我准备向严砺推荐你为会主。"

白居易一愣，问："这是何故？"

"严砺的桃花诗会，明显是为我而办。如果我没猜错，他已经准备好一份厚礼，等我夺魁时好'名正言顺'地送给我……"

白居易若有所悟："收下他的礼物，他就会放松警惕，你对他的调查就能……"

朝廷选派元稹到东川，原本只是为了调查泸州小吏任敬仲的贪腐案。元稹今年三十一岁，刚当上监察御史，雄心勃勃地要干一番大事业，对这样的安排很不满。

等真正开始调查，元稹才发现这并非小案：任敬仲的案子牵涉泸州刺史刘文翼，刘文翼则和东川幕主严砺关系甚密，不排除严砺也涉案其中。

元稹大为兴奋，立即给宪宗上了一道奏章，恳请皇帝同意他到梓州调查严砺。恰好这段时间，有不少东川人远赴京城，状告严砺诬陷良民谋反，并籍没他们的家产，宪宗便准了元稹所请，命他按察东川。

见白居易猜出自己心思，元稹忍不住看了他一眼。两人目光对视，会心一笑。

白居易又恢复了刚才的戏谑神情，说："你我是好兄弟，不帮你说不过去。可是，我远道而来，连赛诗也不能参加，损失也太大了吧？"

元稹微笑着起身，从一旁的书案上拿过一方砚台递给白居易，说："这是御赐之物，由它来弥补你的损失，如何？"

白居易一看，是一方彩砚，惊道："这可是伯苍到西川后上贡给圣上的？"

元稹点头说："没错。此砚产自姚州，由藏于悬崖峭壁中的石材精制而成，极为难得。"

白居易反反复复摩挲着砚台，赞叹说："此砚不日将名满天下！"

# 二

桃花诗会定在三月初一，严砺几度走访，最终选择了梓州城东一处桃林。这桃林是一名叫朱新志的财主所有，共有上百亩，目前已全部盛开。

诗会前一天，严砺又亲临桃林指挥布置，唯恐出什么纰漏，令元稹不满。

在大唐，御史台的长官包括御史大夫和御史中丞，其下又设台院、殿院和察院三个分院。监察御史是察院的官员，虽只是八品小官，因能经常参加朝会，且只对皇帝本人负责，其权力、地位远超一般官员。

"安史之乱"后，大唐陷入枝强干弱的局面，节度使一度不把朝廷放在眼里。但当朝皇帝宪宗，年轻有为，立志削藩，登基后先后打败并斩杀刘辟、李锜等不听号令的藩主；最近还有消息说，他想对河朔三镇动手。

如此形势之下，像严砺这样的节度使，再不敢小觑朝廷派来的监察御史，生怕稍有不慎惹怒皇帝，被他当作出头鸟一箭射掉。

三月初一一大早，严砺带着大批随从到客栈接了元稹、白居易，一起去桃林。马车行了约半个时辰慢慢停下，元稹一撩开车帘，一缕清风便将几片桃花吹到他身上。

元稹拈起一片花瓣把玩，白居易小声打趣说："微之，看来你今天要走桃花运。"

元稹不理，跳下马车，只见眼前桃花如烟，几乎看不到边际。花丛中整齐有序地安置着上百张书案，上面放着笔墨纸砚。数百名浓妆华服的美貌少女穿梭于桃林之中，有的执酒壶酒盏，有的托着装满时鲜水果的盘子，有的则拿着专为客人擦汗的手帕……

元稹和白居易都惊叹严砺的奢华。

已有不少诗人先行到达，主要是蜀地的诗人，也有几个来自长安。白居易和元稹与好多诗人是朋友，正要前去攀谈，白居易却被严砺拉住，说："乐天，微之可以去，因为他要参加赛诗。你是会主，不宜与诗人们过多接触。"

白居易笑着说："严公是怕有人向我行贿？就算他们敢这么做，在你严公眼皮底下，我也不敢收啊！"

元稹尚未走远，听了二人对话，大声说："有一个不徇私情的会主，我必须好好构思诗作——要是不能拿第一，那可太丢脸啦！"

说罢，朝着诗人们走去。

严砺听他们唱着双簧，句句都像意有所指，却只好佯装不懂。他朝左边挥了挥手，两名少女立即端来两盏美酒，递给他和白居易。

严砺敬了白居易一盏，问："乐天，你认为本次诗会，谁能夺魁？"

"这我就不知道了。巴蜀之地才俊众多……"白居易指着桃花丛中的诗人们说，"谁知道他们之中，有没有下一个李太白或陈伯玉？"

伯玉是陈子昂的字。

见严砺轻轻摆头，白居易问："莫非严公心中已有人选？"

"没有，没有。我只是觉得，巴蜀的文人，怎比得上你们来自长安的才子？"

白居易正思索怎么回答，听见诗人群中有人说了声"薛涛来了"，白居易顺着他们的目光看去，只见一名身穿白裙的美艳女子正从马上下来。她的容颜比桃花还要艳丽，比春阳还要耀眼，一时竟看呆了。

离他几十步外的元稹，看着云鬓叠翠、粉面生春的薛涛款款走来，也是目瞪口呆。据他所知，薛涛至少有四十岁了吧？为什么还是这般娇艳窈窕？

薛涛和裴度走近严砺和白居易，薛涛行了个礼，叫了声"严公"。

严砺发现元稹看薛涛的目光有些不对劲，猜测这位风流才子已对她动了心，心中大喜，打趣裴度说："中立，你今天和洪度一起来，可吃了个大亏……"

中立是裴度的字。

裴度问："我吃了什么亏？"

"你的风采，全被洪度遮盖了！哈哈哈！"

裴度听了这话，也跟着笑了几声，说："严公此言不假，不过，我对此早已习惯——在西川，即便是丰神俊朗的武公和洪度一起出去，也会被她的风采遮盖！"

薛涛谦虚了几句，说："严公，你还没向我介绍这位公子呢。"

"这位是……"

白居易忙拱手说："在下白居易。"

薛涛和裴度都吃了一惊：原来这人竟是诗名满天下的白乐天！

正说着，陈伍友走了过来，说："禀严公，诗人们来得差不多了。"

严砺看着白居易，语带双关说："乐天，接下来看你的了。"

说着，携了白居易的手，拉着他到会主座位前，对众人说："各位拨冗前来参加诗会，严砺作为东道主，感激不尽。"指着白居易，又说，"白乐天的诗名，天下无人不知。今日我请他做会主，大家没有异议吧？"

众人都表示无异议。

白居易微微一笑，说："感谢严公和诸位厚爱。今日赛诗，以'桃花'为题，以一炷香为限——夺魁者严公将有重赏！"

说完，命人点香。

诗人们见了，纷纷走向附近的书案，或低头沉思，或昂首赏花；也有才思敏捷者，吩咐伺候一旁的少女磨墨，准备奋笔疾书。

薛涛来得比较迟，还没想好诗怎么写，袖手站在书案旁。一阵风吹过，几片桃花落到她云鬓和肩头，薛涛忽然心动：此时桃花开得虽艳，然而，只需一夕风雨，就能将它们吹落枝头，与污泥混为一体；就算没有风雨，再过十天半月，花期一过，它们也会片片凋零，留下满树空枝……

身为女子，她，不也是一株桃花吗？

从下车到现在，周围男子的目光就没有离开过她，因为她的美艳。如果她容颜凋残，他们还会如此关注她吗？就像那些掉在地上的桃花，还能迎来人们一致的注目和赞叹吗？

其实，她比桃花还要悲惨：桃花落了，枝头还能结出桃子；而她如果凋残，将什么也留不下……

薛涛一念至此，提起笔来，一首《哭桃花》一气呵成。

薛涛身旁是一位三十余岁的年轻男子，从开始到现在一直站立不动。

薛涛见一炷香将要燃尽，忍不住提醒他说："时辰快到了。"

男子像是从一场迷梦中醒来，叹息一声，接过侍女递上来的笔，一挥而就：

桃花浅深处，似匀深浅妆。

春风助肠断，吹落白衣裳。

写完，得意地吟诵了一遍。

薛涛听了，忍不住赞道："公子这诗定能夺魁！对了，请问公子高姓大名？"

"在下元稹。"

一阵东风吹来，吹得薛涛就像桃花花枝一般颤抖了几下，许久后才站稳。

元稹站在薛涛西面，可她觉得，那才是风的来处。


# 三


白居易左手拿着元稹的《桃花》，右手拿着薛涛的《哭桃花》，实在不知如何取舍。照理说，他该选元稹的诗。他们早已商量好，让元稹顺利夺魁，拿到严砺的厚赏使其放松警惕，从而便于查案。

可是，薛涛的《哭桃花》写得实在太好，白居易不仅做事公允，又爱诗如命，实在不肯令它屈居第二，埋没了这一等一的佳作。


可怜桃花不知愁，迎蜂送蝶逞自由。

一朝不遂风雨意，剩粉残红无人收。


白居易忍不住又把《哭桃花》吟诵了一遍，叹道："世人都说微之深情，洪度这首桃花诗比他要深情百倍！"

宴厅内，众诗人分坐各席，欣赏东川乐营的乐伎表演歌舞。因武元衡不喜声乐美色，薛涛已很久没看过乐伎表演。此刻看着众乐伎卖力地弹唱起舞，不禁想起以往的自己，也是这般费力取悦男人，好获取一点薄赏。

眼前的女子，都是十八九岁；然而，青春如流水，又能停留多久？再过几年，她们容颜衰残，就像冰冷的残酒，没有几人愿意再端起它们。

她们只能在乐营中做一些杂活，勉强维持温饱；只有运气好的，才有机会脱离乐籍，被一个手握大权或是家财万贯的男子纳为婢妾。

不过，她们的命运却不一定好——就像卿卿，钟情刘辟这样位高权重的男人，却非但没有得到保护，反而被他错手杀死！看着奄奄一息的她，他甚至不愿拉拉她的手……

薛涛越想越伤感，忍不住落下两滴眼泪。坐在斜对面的元稹，见她突然落泪，一张脸犹如鲜荷带露，心中莫名一痛。他不忍再看，将目光投向前面跳舞的歌姬。数十名佳人，却突然间全部失去了颜色；她们的翩翩舞姿，也变得如同搔首弄姿般庸俗不堪。

元稹忍不住又把目光投向薛涛，恰好薛涛也看向他，两人目光相遇，仿佛两只历经千辛万苦才握到一起的手，再也舍不得分开。

"白乐天出来了！"有人叫了一声。

薛涛意识到自己的失态，低头看了一会儿食案，这才抬头看向走到宴厅中央的白居易，双颊早已红成了桃花。元稹又看了她许久，这才把目光投向白居易。

严砺把一切看在眼里，暗自高兴。

"赛诗有结果了，夺魁者是……薛洪度！"

话音一落，宴厅内一片嘈杂。白居易把目光投向元稹，见他非但没有不悦，反而一脸高兴，心头一块大石落了地。

"为表公正，我准备把洪度这首诗再吟诵一遍；若是有人不服，大可当面质疑……"

白居易话没说完，元稹已经走了过来，大叫道："评诗，你来；念诗，我来！"

严砺双手一拍，说："好，好，好！洪度写诗，微之念诗，这……这叫珠联璧合！"

元稹听了这话，心念一动：薛涛莫非是严砺专为我准备的"大礼"？不管了，我一见她已经情根深种，哪怕是龙潭虎穴，也要跳下去！

元稹接过诗稿，念了两句，抬头惊讶地看着白居易。白居易一脸得色，那目光分明在说："怎么样，把你排在她之后，不算委屈你吧？"

元稹把剩下两句诗念完，早已情难自禁，踱到薛涛面前，深深一躬，说：

"洪度此诗，写尽桃花之绝美，人生之大痛，元稹……甘拜下风！"抬起头时，已是双目含泪。

薛涛没想到他堂堂男子，竟如此容易感伤，忙说："一首小诗竟触动微之胸怀，这是薛涛的不是……"

元稹摇了摇头，转身慢慢回到座位，一副失魂落魄的样子，显然还未从薛诗营造的忧伤中抽身出来。

严砺见了，说："来人啊，把礼物拿出来！"

话音刚落，乐声骤起，一侍女端着用蜀锦盖着的托盘，款步走到薛涛面前。薛涛揭开一看，竟是一块"玉飞天"雕件！它由和田羊脂玉雕刻而成，精美华贵，可以说价值连城。

"此物如此贵重，薛涛如何敢受？"

严砺说："洪度才压众诗人，就连微之也心服口服，还有谁敢置一词？而这礼物，是我早就选好，准备献给赛诗第一名的——洪度不拿，别人拿也名不正言不顺啊！"

听他这么一说，薛涛只好收下。严砺大喜，大声吩咐开席。须臾之间，珍馐玉液摆满食案；候于一旁的侍女提起酒壶，给各自服侍的客人斟酒。

严砺举起酒杯，说："第一杯酒，我们敬从长安入蜀的微之、乐天！"

元稹却不肯举杯，说："严公，桃花诗会才结束，这第一杯酒，应该敬赛诗夺魁者才对。"

严砺哈哈大笑，说："微之言之有理，来，我们一起敬洪度！"

众人纷纷举杯敬薛涛，薛涛一饮而尽，亮了亮空盏。众人饮完酒，把目光从薛涛身上收回，只有元稹，依旧直勾勾地看着她。

薛涛脸上微红，心道：这人也太大胆了！

白居易见元稹有些失态，将身体倾向他，说："微之，有些事不能操之过急。"

元稹这才不甘地收回目光，一旁的侍女见状，赶紧给他斟满了酒。

元稹端起酒盏，面向严砺，说："这第二杯酒，我和乐天想敬严公……"

"不可，不可！"严砺连连摆手，说，"你们是客，该由我敬你们才对。来……"

"严公听我说完……"元稹打断严砺说，"这杯确实该我们敬你——若是没有你举办的桃花诗会，我们哪有机会结识人美诗更美的薛美人！"

元稹不仅句句不离薛涛，还大献殷勤，任谁都看出他对她有意。薛涛被他当众赞美，心里既开心又有几分嗔怒，觉得他的所作所为实在是有些孟浪。

严砺听了，暗暗压制内心的狂喜，和元稹、白居易饮了一盏。接下来，众人互相敬酒。东川府的幕僚和官吏，如潘孟阳、陈伍友、柳蒙、陶锽等人，受严砺之托，更是轮番来敬元稹。

十余盏下肚，元稹酒劲上涌，叫道："有酒无诗，何其遗憾！拿笔墨纸砚来！"

严砺一听，立即让人送来文房四宝。众人见元稹要写诗，都围拢过来；有好事者甚至打起了赌：元稹将写的诗，一定与薛涛有关。

元稹在众人瞩目下，铺纸提笔，却半天没有落下。忽而，他拿起纸笔和砚台，来到薛涛面前，像个学生般将笔呈给薛涛，说："洪度在前，我岂敢献丑？《哭桃花》美虽美，却过于伤感。洪度能否再作一诗，献给这千金春宵，也献给……小弟我！"

薛涛见他飞扬跳脱，有意规劝，接过笔说："请微之出题。"

元稹指着几案上的笔墨纸砚说："就写文房四宝如何？"

话音刚落，薛涛走笔而书：

磨润色先生之腹，濡藏锋都尉之头。

引书媒而黯黯，入文亩以休休。

元稹一看，满肚子酒醒了大半，正色说："我想解读一下这首诗，洪度看我说得对不对。"

薛涛点头说："请。"

"这诗第一句写的是砚台，你想告诉我做人要充实腹中之学；第二句写笔，你借此告诫我不要锋芒太露；第三句写墨，告诉我做人贵在朴实无华；第四句写纸，希冀我能待人赤诚、宽容。"

薛涛听了，暗暗心惊：这人到底是聪明绝顶，还是与我心灵相通，怎么一眼就将我诗句暗藏的意思，说得分毫不差？

元稹很有几分得意地看着薛涛，说："洪度，诗句已有，名字还缺呢。"

薛涛略作沉思，说："就叫《四友赞》吧。"

元稹待众人归位，细心将诗作卷好，小声对薛涛说："若能与洪度为友，何需'四友'，'一友'足矣！"

见薛涛红霞满面，元稹回过头来，这才发现白居易不知何时又来到他身后，正在偷听他们说话。饶是元稹豪勇无惧，此时也不禁红了脸。


# 四


酒宴结束，元、白二人一同坐车回客栈。元稹见白居易一直板着脸，以为是刚才对薛涛说的那番话得罪了他，忙拱手道歉："乐天，刚才我酒后轻狂，若有失言，你可别往心上去。"

白居易叹息一声，故意说："我哪有资格往心上去？你只需要薛涛这'一友'，我这千里迢迢从长安赶来帮你的'另一友'，只好明天一早，又千里迢迢赶回长安去……"

元稹听他口气，知他没有生气，心头一宽，说："你还好意思说，我让你把我定为第一，结果呢？"

"要是没有薛涛的诗，于情于理我都会把你定为第一。可惜，山外有山，人外有人……再说了，我要不把她定为第一，你那些大献殷勤的话，哪有机会对她说？你又到哪里去找那'一友'？"

两人互相取笑惯了，元稹也不生气；更何况，白居易说的还是实情。

不觉间，客栈已到。

白居易说："我今晚得独住一房。"

"为何？"

白居易一脸坏笑，说："免得打扰你和美人共度良宵……"

元稹忽而一脸严肃，说："乐天，我确实喜欢薛涛，但绝非只想和她有露水之情。你这样说，不仅不尊重我，更不尊重薛涛！"

白居易一听，也正色说："是我口不择言，微之勿见怪。你能这样想，我很高兴。薛涛虽入过乐籍，却不是那种浮浪女子，值得你真心相待。"

说罢，率先下了车。

元稹听他说得诚恳，也就消了气，正要随白居易下车，却被他推了回去，说："你随我下车干啥？去你该去的地方！"

"我……该去哪里？"

"当然是去东川幕府。明天人家回了西川，看你到哪里找她！"

元稹其实早有此意，听了这话，便命马车去东川幕府，门人见御史去而复回，赶紧上前迎接。已是深夜，元稹不好说找薛涛，只说有事需找裴度商议。门人听了，赶紧带他去裴度的住处。

恰好裴度饮多了酒出门小解，见了元稹，问："微之这么晚了还不睡，莫非是酒还没有尽兴？"

元稹也不瞒他，说："我和洪度一见如故，今晚月白风清，不愿良宵虚度，想邀她饮酒论诗！"

裴度敬佩他的勇气和赤诚，说："可惜微之来迟了一步……"

元稹吃了一惊，问："此话何意？"

"半个时辰前，薛涛已启程回成都。"

"她……为何走得这么急？"

"我也这么问她，她却没有回答。"裴度看了元稹一眼，说，"不过，我猜测，应该和你有关。"

元稹听了，心头一紧：与我有关，莫非我刚才过于孟浪，得罪了她？可看她的表情，不像生气啊。

"中立可知薛涛住锦城何处？"

"她原来住海棠巷，现在住碧鸡坊……"

裴度话没说完，元稹已经一揖作别，快步而去。裴度对着他背影问："这么晚了，难道去成都？"

元稹已经走远，又一心想着薛涛，完全没听见裴度说什么。

严砺听到门人通报，站于不远处一株大榕树下，将裴度和元稹的对话全部听进了耳朵里。

枝叶的暗影里，一人悄声问："严公，要不要派人追上他，把他做掉？去成都的路上山多林密，到时候把尸体往山里一丢，只说他丧身虎口，朝廷即便怀疑是我们杀了他，也找不到真凭实据……"

严砺摇摇头，说："杀掉一个御史，朝廷会再派第二个、第三个，难道你把他们都杀掉？如果你把他们全杀掉，朝廷将直接派大军到我东川！刘辟之死殷鉴不远，我们不能乱来啊。"

"严公言之有理。"

"这几年，武元衡在西川恢复对朝廷的岁贡和上番护卫，我东川也跟着效仿，圣上对我们的戒心，远不如对其他节度使。如果不是那些刁民不断赴京告状，他绝不至于派御史下来查我们……到底是哪些人在告状，你查清楚了吗？"

"查清楚了一部分。"

"继续查！已经查清楚的，要确保他们不乱说话；实在不行，就让他们……再也没机会说话！"

"是。元稹这边呢？"

"他已经迷上薛涛，翻不出多少风浪！"严砺冷哼一声，说，"沉迷酒色，怜香惜玉，除了能写几句歪诗，还能有什么用？"

薛涛骑马沿官道从梓州回到碧鸡坊，已是四更，却毫无睡意。她点亮蜡烛，和衣坐在床上看着雕花的窗户，好像上面有一首精妙绝伦的诗，值得她秉烛读上一整晚。

坐了一阵，薛涛觉得有点累，躺到了枕头上；觉得有什么东西硌着后脑勺，顺手摸起一看，原来是王建寄来的元稹的诗集。

她以为，他只是一个深情的才子，没想到他还那么英俊、那么无畏、那么热忱且有活力，把她以前见过的所有男子，都比了下去。

酒宴一散，她就向严砺告辞；严砺费尽心力挽留她，又让裴度劝她留下。这次，她出奇地执拗，执意要当夜返回成都——她担心再次面对他，会把持不住！

月色透过窗户洒了进来，薛涛幽幽一叹：他是正午的太阳，你却是深夜的月亮，你们怎么可能在一起？

不知何时，巷子里传来一阵清脆的马蹄声，薛涛仿佛看见马蹄踏乱了一地月影，道旁树中的鸟雀也被它惊飞，急慌慌地飞向空中，扑向那轮静谧的明月……明月，因此再不能安宁！

很快，薛涛听见一阵急促又热烈的叩门声。虽然很诧异，她还是披衣起床，走到门后，问："谁？"

"洪度，是我！"

是元稹！他怎么会到成都？又怎么知道她住在碧鸡坊？

"洪度，晚宴时还好好的，你为何不辞而别？"

"我有……急事要办，必须马上回来。"

"洪度，开门，我想见你。此时月色正好，我们一起把酒赏月，对酌吟诗，岂不快活？"

"孤男寡女的，你……"她本想让他速回梓州，想到他从梓州追到成都，一定劳累无比，说，"出了碧鸡坊往左有客栈，你快去那里要间客舍，好好休息。"

"我不去！"元稹决然说，"我来成都只为见你！在桃林见你第一眼，我的心我的魂都被你夺走；读了你作的《哭桃花》，我简直想跪在你面前……"

薛涛听他越说越热烈，越说越大胆，又是激动又是害怕，忙说："微之，不要说了！"

"那你开门……"元稹用手敲了敲门板，说，"让我对着你，把这些话说个痛快！"

薛涛如何敢开门？她一个入过乐籍的女子，怎配得上才名满天下又前程光明的他？更何况，她还比他大了整整十岁！

可是，她又多么害怕他离去！

他方才所言，她不知真假；但是，她的心、她的魂，确实已经被他夺走。她连夜赶回成都，就是怕自己这副身体，也和心一起，彻底向他臣服！

她宁愿身体和心分离，宁愿心因失去希望慢慢死去，变成一堆没有情意没有温度的死灰，也不愿意心和身体一起，陷入深情的泥沼，永远无法挣脱，以致最终沉沦！

东方的天空已经透出晨曦，碧鸡坊的人很快就会起来，薛涛泪如雨下，说："微之，我不能开门……你走吧！"

元稹听见她的哭声，更不愿走，万般求她开门，薛涛却总是不许。

"洪度，时间不早了，我身负重任，不得不赶回东川。今晚，我还会来找你；如果你还是不愿开门，我就每日前来，直到你开门为止！"

薛涛又是感动又是难过，正想着要不要对他说点什么，却听见马蹄嘚嘚，带着莫大的遗憾和不舍，由响亮到低弱，终于彻底消失。

薛涛再也支撑不住，背靠着门滑倒在地。清晨第一缕阳光洒在她满是泪珠的脸上，照出一片晶莹与哀伤。


# 五


不知过了多久，薛涛心绪渐平，起身梳洗，然后去纸坊。

峨峨没料到她这么早就从梓州回来，又见她神情黯然，以为她遇到了什么事，忙将她拉入房中询问。一岁多的女儿小嵋想跟进来，也被她赶了出去。

薛涛忍不住一笑，说："她一个小孩，难道会泄露什么秘密？"

这话被峨峨抓住了把柄，反复问薛涛"有什么秘密"，薛涛拗不过她，只好把和元稹的事跟她说了一遍。

峨峨听了大喜：小姐活了四十年，倾慕者不少，许多还是超凡脱俗的男子，譬如韦皋，可他们就是入不了她的心。令小姐心动的人，如武元衡，又在意她曾入过乐籍，明明喜欢她却不愿说，慢慢也就冷了小姐的心。

峨峨一直担心，小姐这辈子会孤独终老，哪知她年届四十，还能遇到一个肯大半夜从梓州追她到成都的男子——更重要的是，看小姐的样子，对他明显已经动心！

"小姐，这是好事啊……"

薛涛叹息一声，说："要是我年轻二十岁，又没有入过乐籍，这当然是好事，可惜……"

"小姐，你觉得配不上他，是因为太在意他，所以希望把最好的自己给他。其实，元公子可能根本就不在意，否则，怎会大半夜从梓州追你到成都？"

薛涛听了这话，心头一颤：峨峨没读过多少书，这番话却说得何其在理！

峨峨又将当年嫁给江钱枫，阿贾尔且辗转找来，说要娶她，她因自己不是清白之身而自卑，觉得配不上他，阿贾尔且却毫不在意，仍与她在一起，两人恩爱至今等经历说了一番。

薛涛听了，心中萌生出几许希望，中午一过便回到碧鸡坊，梳洗化妆，下厨做了几样小菜，拿出一瓶窖藏的剑南烧春，准备元稹来了与他共饮。做完一切，时候尚早，薛涛又拿出元稹的诗集，坐在院中的海棠花下读了起来，却总是难以定心。

夕阳残照，晚风忽起，吹落片片花瓣，掉到书页上；薛涛看着满纸残花，心头一惊：她和峨峨不能比——峨峨比阿贾耳且小十岁，而她与元稹刚好相反！

满腔希望顿时又化为乌有，薛涛回到厨房，倒掉菜肴，收起美酒。一切又变回原来的样子，又明显不是原来的样子：元稹似乎已经来过，与她一起对酌，度过了短暂却无法泯灭的一段时光。

薛涛不知道，为什么这些事明明没有发生，却留下了痕迹——真实又残酷的痕迹。

昨晚没有睡觉，薛涛感到几许疲累，踱回卧房准备睡一觉。她希望这一觉能睡得很沉，这样就可以听不见他的敲门声，也就不必像昨晚那样，为开不开门而纠结。

不过，她也知道，以他的执着，不把她敲醒，是不会善罢甘休的。

上床一挨枕头，薛涛便睡了过去。等再度醒来，屋内已经没有一丝光线。仔细一听，窗外没有敲门声，巷子里也没有马蹄声，整个天地静得令人发慌。

薛涛披衣起床，来到院子。今晚没有星月，天空比较黑。薛涛不知时辰，只好坐下等更鼓。也不知过了多久，更夫来到了碧鸡坊，薛涛一听——已经是三更！

他，为什么还没来？他……今晚还来不来？

难道昨晚她让他吃了闭门羹，他觉得不再有希望，所以打了退堂鼓？既然如此，他又何必信誓旦旦地宣称，他今晚一定会来、以后每晚都会来，直到她愿意为他开门为止？

不，以她对他的了解，他不是一个容易放弃的人！

难道，他在来成都的路上……出了意外？

梓州离成都路途不算短，骑马要好几个时辰。今晚天比较黑，看不清路，他会不会摔伤？另外，他这次来东川，是查严砺和其手下，他们会不会在道上暗算他？

想到这里，薛涛再也坐不住，来到院子，如同困兽般走来走去。隐隐约约传来一阵马蹄声，薛涛赶紧跑到门后，将耳朵贴向门板——没错，是马蹄声！

他——没事！他——来了！

薛涛高兴得快要哭出来，伸手就要拉开门闩，忽又想到，他来了，只能说明他安全无事、信守诺言，却不代表横在他们之间的障碍已经消失。

她可以欣慰，却仍然无法心怀希望。

元稹已经冲到了门口，一边拍门一边叫："洪度，今晚天黑，我不敢骑得太快，你等久了吧？"

薛涛一惊：他怎么知道自己在门后？

"今天我和乐天去了李花沟，那里的李花开得正艳，我特意给你摘了一枝，你难道不想看看？对了，我还写了一首《咏李花》，我诵给你听……"

薛涛听完他的李花诗，心道：这哪是写的李花，分明写的是我！

元稹在外面喋喋不休讲了大半个时辰，薛涛一句话没说，仔细听着他说的每一个字。

门外忽然没了声音，薛涛侧耳等了一会儿，忍不住问："你怎么不说话？"

"哈哈，我就知道你在门后！"

薛涛知道被骗，双颊烫得像是发烧一般，说了声"我"就再不知道说什么。

"赶了几个时辰的路，刚才又说了半天，口渴得很，你快给我一瓢水，有酒当然更好……"

薛涛怎敢答应他的要求，一开门，他肯定克制不住；甚至，她能不能克制住，她也没有把握。

"微之，你还是回去吧……"她知道，应该再加上一句：明晚不要再来了。可这句话是那样残忍，对他残忍；对她，更残忍。

"为什么？是你不喜欢我吗？"

薛涛发出一声长叹，说："微之，我们不能在一起……"

"我们彼此有情，为什么不能在一起？天上的鸟，水里的鱼，只要有情，哪个不是成双成对？洪度，快开门，我也要和你成双成对！像恩爱的鸳鸯一样成双成对！"

不管他怎么说，薛涛就是不开门。眼见天又要大亮，元稹只好再次和她告辞，听他的语气，竟然一点沮丧也没有。

# 六

此后数晚，元稹都从梓州赶到碧鸡坊，站在薛涛门前或吟诵情诗，或泣诉衷情。薛涛每次都于门后倾听，被他的情话撩得心动不已，却始终没有勇气打开大门。

不过，她也知道，那扇门已经越来越形同虚设——心门已经打开，别的门还能关闭多久？

这日酉时，忽然下起一场春雨，一开始淅淅沥沥，到天黑时分便大了起来，如同万千丝线，将天地藕连在一起。薛涛以为元稹不会来，没想到他竟比平时来得早许多，想来是出发得早。

"洪度，我今天去了一趟射洪……"

元稹今日和白居易一起去拜谒了陈子昂故居，还爬上金华山，瞻仰了他的读书台。

"'遇害陈公陨，于今蜀道怜'，今天在陈子昂故居，乐天一吟起这句诗，我就哭了……陈子昂才倾当世却怀才不遇，最后还死于非命，真是令人悲叹！"

薛涛听他声音有些哽咽，猜他遇到了什么事，问："微之你怎么了？"

"乐天今天走了，从今往后，只有我一人在东川。东川处处是陷阱，人人是豺狼……"

"微之，你一定要小心！"

"我当然会小心……"元稹发出一声苦笑，说，"就怕防不胜防。洪度，我买了射洪春酒，你陪我饮几盏吧。你不想让我进去，你出来也可以。"

薛涛听了，不禁有些心痛：他以前都是要求进屋与她饮酒，如今却只是请她出去。看来她的连日拒绝还是伤了他的心，让他不敢期望过高。

然而，虽然被伤了心，他还是每晚必来，这男人真是深情又执着。

薛涛忍不住就要打开门闩，一想到自己和他身份的迥异、年龄的差距，又打了退堂鼓。

今日拒绝他，他会伤心；等若干年后她年老色衰，他不再爱她，她的伤心、绝望，将比他今日要猛烈千百倍！

她已年过四十，能够遇到彼此相爱的人，并与他携手终老，当然是好事；若不能，她宁愿孤单而平淡地度过下半生，而不是在情天恨海经受滔天巨浪。

元稹见她不愿出来，拿起酒壶饮了起来。薛涛想他淋了一身雨，吃点酒还能暖和一些，也就没有劝阻。两人一时没有说话，雨声清晰地传入耳中，像是一个受了情伤的女子在孤独地啜泣，令人不忍卒听。

过了一阵，元稹说："洪度，你别以为我放弃了。这几天来回奔波，我只是有点累。我明天回去好好休息一下，以后每晚还是会来找你，直到你开门为止。老天有眼，我相信它终有一天会让我得偿所愿！"

薛涛听他提到"老天"，心里一动：既然自己下不了决定，何不交给上天？

一念至此，薛涛轻轻抽去门闩，心想：微之，我数到十，如果你推门进来，说明我们有缘；如若不然，说明老天也不认可我们，从此之后我将彻底避开你。

薛涛朝后退了三步，开始默念：一、二、三……

门突然被推开，元稹冲到她面前，一把将她揽在怀里。薛涛发现，这个浑身湿透的人，带进来的却是一团火……

一夜缱绻，醒来已是日上三竿，鸟儿欢快的啾唧透窗而入，落入元稹和薛涛耳中，都变成了婉转深情的情语。

薛涛起床梳妆，元稹也跟了过来，和她一起看着铜镜里的玉容。

薛涛要画眉，手刚伸出，元稹已经拿了眉笔在手，却没有递给她，而是说："我来给你画。"

"你会画眉？"

元稹微笑不语，小心又细致地替她画了起来，不一会儿就画出两条柳叶眉，衬得薛涛的脸更加妩媚生动。

元稹仔细端详自己的杰作，说："汉有画眉张敞，唐有画眉元稹，哈哈！"

张敞在汉宣帝时曾任京兆尹，平素喜欢替夫人画眉，留下一段千古佳话。

元稹想起了"张敞画眉"的典故，薛涛想起的却是徐安期的一首催妆诗：

> 传闻烛下调红粉，明镜台前别作春。
>
> 不须面上浑妆却，留著双眉待画人。

唐时婚娶，须经历纳采、问名、纳吉、纳征、请期、亲迎六个环节。在最后的亲迎环节，有所谓的"弄新郎"风俗，新娘姑嫂会给新郎出难题，拖延他见新娘的时间。

当新郎突破重重关卡，终于来到新娘门前，新娘往往还会推说自己妆没有化好，不肯出来相会。此时，新郎需要现场写一首"催妆诗"，说服新娘出来见自己。

薛涛想到的那首诗，正是唐时"催妆诗"的名篇，后两句"不须面上浑妆却，留著双眉待画人"是想劝告新娘：妆不用化完，早点出来见新郎，待新婚之夜时，由新郎帮你画眉。

这句诗也用到了"张敞画眉"的典故，薛涛一来暗喜自己和元稹心灵相通，二来元稹所说和她所想都是夫妻之间的温馨事，这让她觉得是个好兆头——或许她真能嫁给元稹，和他成为一对恩爱夫妻呢！

薛涛心头爱意横流，头一偏，枕在元稹的臂弯——昨晚她就靠在这里，睡了一晚。这是她有生以来，最美的一个夜晚。

一阵子后，薛涛问："你什么时候回东川？"她故意说得很轻松，其实心里一点也不希望他离开。

元稹没有说话，伸出手指轻刮她的脸颊。薛涛昂头看向他，见他一脸苦闷，以为他在为难，柔声说："时候不早了，你早点回去……"

"我不回去！乐天走了，回东川谁陪我？何况……"

"何况什么？"

"何况我晚上来，你又关门怎么办？难道又要我等上好几天？"

薛涛"扑哧"一笑，说："那样更好，逼你多写几首诗。"想起那几晚他写给自己的诗，心头又甜蜜起来，脸在他臂弯磨蹭了几下。

"想要诗，我一天给你写一百首，只要你不赶我走。"

薛涛起身拉他到一旁凳子上坐下，说："我不是赶你，你在东川还有正事做……"

元稹打断她说："洪度，陪我去杜工部草堂逛逛吧。上次去金华山瞻仰陈子昂读书台，我和乐天谈起了杜工部写陈子昂的一句诗……"

"可是'公生扬马后，名与日月悬'？"

"正是。"元稹笑着说，"杜工部崇敬陈子昂，为此不惜跋涉金华山；我崇敬杜工部，数次来锦城，还从未去草堂看过呢。"

薛涛听了，点头答应。两人吃了点东西，然后便骑马前往草堂。元稹前几次到成都都是晚上，又一心念着薛涛，无心观景。此刻佳人在侧，又天气晴好，便细看成都景致。比起梓州，成都要繁华许多，不仅商铺林立，市内还栽满了海棠、桃李等花，真是处处芳华。

元稹叹道："'九天开出一成都，万户千门入画图。草树云山如锦绣，秦川得及此间无。'洪度能久居锦城，真是幸运！"

元稹所吟，是李白《上皇西巡南京歌》中的一首。诗名中的"西巡"，是指唐玄宗因"安史之乱"避祸成都。

薛涛叹息一声，说："玄宗宠爱杨玉环，重用安禄山等胡人，终致国家震荡，人民困苦，至今不能恢复。"

"若没有'安史之乱'，杜工部也不会流落成都，留下那么多诗篇。国家不幸，却是诗家之大幸！"

薛涛听了这话，不禁微微皱眉，说："我相信杜工部宁愿少写几首好诗，也不希望国家遭逢大难，百姓流离失所……"

元稹转头看着她，说："洪度，今日我们不谈家国大事，好好游玩。"

薛涛见他满目柔情，心头一暖，点了点头。

不一会儿，两人来到草堂，元稹感慨："当年杜工部曾亲往金华山，瞻仰陈子昂的读书台，如今又轮到我们来瞻仰他的草堂。岁月如流水，我们就是水中的落叶，被千波万浪推向那永恒的终点……"

薛涛看了一眼情郎，说："孟浩然诗云：'人事有代谢，往来成古今。'人生世间，免不了生老病死，只要江山代代有人才，就不必过于感伤。更何况，我们还有诗文……"

"没错，岁月虽无情，诗文却可以不朽！"

元稹又豁达起来，对着草堂遗址叩拜一番，然后起身和薛涛一边散步，一边闲谈。闲谈的内容，自然离不开杜甫和其诗。两人都对杜甫的诗如数家珍，聊得很是投契。

薛涛忽道："微之，你如此喜爱杜工部，而他又没有墓志铭，何不替他撰写一篇？"

元稹听了一愣，随即拉着薛涛就走。

薛涛急问："你干啥？"

"回家，写杜工部！"

回到碧鸡坊，元稹提笔便写，很快便将一篇文章摆在薛涛面前。

元稹的才华她早已领教，但此文文辞之美、见解之深、用笔之妙，还是令薛涛深深折服。

看到激动处，薛涛忍不住诵读起来："'至于子美，盖所谓上薄风雅，下该沈、宋，言夺苏、李，气吞曹、刘，掩颜、谢之孤高，杂徐、庾之流丽，尽得古今之体势，而兼人人之所独专矣……'微之，你若早生几十年，定是杜工部第一知音！"

元稹忽一脸深情，说："若早生几十年，我哪有机会遇见你？"说罢伸出手来，想揽薛涛纤腰。

薛涛拍开他的手，说："你这篇文章，若做杜工部的墓志铭，必能和他一起名垂千古。"

"杜工部这等旷古绝今的人物，给他书写墓志铭，须好生斟酌才行。不过，有件事无须斟酌，我已经考虑清楚……"

薛涛见他一脸坏笑，知道不是什么好事，却还是忍不住问："何事？"

"时辰不早，我们该早点休息……"话音未落，元稹伸出有力的右手，揽住薛涛，一同走向香气馥郁的锦被。

# 七

接下来几日，薛涛陪着元稹游遍大慈寺、武侯祠、青城山等西川名胜，两人愈加情浓，难舍难分。

这晚，薛涛亲自下厨，为元稹做了几样小菜，又拿出那壶珍藏的剑南烧春，两人在月下对酌。

薛涛举盏敬元稹："微之，我们今晚好好醉一场，明天一早，你启程回东川。"

元稹放下酒盏，一脸凝重地问："洪度，你真的很想我回东川？"

"你离开，我当然舍不得。不过，你是男子汉大丈夫，又深受圣上重托，怎能沉醉儿女私情，忘了正事？"

元稹取下她手中的酒盏，将她的手包在手心，说："到目前为止，我还没查到严砺任何罪证，但我有一种预感：他犯下的罪不小。我若查明其罪并如实上奏圣上，严砺多半难逃一死。你与他早就相识，愿意见他有这样的下场？"

"天下悠悠，国法为大。他这些年在东川的所作所为，我也听闻过一些。这些罪名但有十之一二属实，他就死不足惜。更何况，当年韦公暴毙于他的婢女玉箫之手，虽然事后他说玉箫早被他卖掉，并非由他献给韦公，极力撇清与韦公死亡的关系。不过，这都是他的一面之词……"

元稹听了薛涛所说，上前一把抱住她，说："洪度，原谅我！"

薛涛心头一颤，流泪问："你要做什么，需要我……原谅？"

"你参加桃花诗会，我以为是被严砺收买，给我设下'美人计'，让我沉醉于温柔乡，好放他一马……"

薛涛知他不是要离开自己，顿时破涕为笑，问："你既然知道是'美人计'，为什么还要往火坑里跳？"

"因为我已情难自禁！"

薛涛伸手抱住他的背脊，无比深情地说："微之，就算我被他收买，为了你，我也会毫不犹豫出卖他！"

元稹感动不已，端起酒盏，两人相拥着一饮而尽。薛涛像是想起什么，说："怪不得这些天我一说起家国大事，你就让我不要谈——你是担心我在试探你，对不对？"

元稹伸指弹了一下她的鼻子，说："我的美人不仅诗才一流，还聪明绝顶。"

薛涛也学着他的口吻说："我的元郎不仅才华横溢，还满嘴抹蜜。"

又饮了几盏，薛涛见时辰不早，让元稹早点休息，明天好回东川。元稹却忽然站起，拉着薛涛就往外走。

"你干啥？"

"去梓州！带你去梓州！"

"现在？！"

元稹指了指天上的明月，说："今晚月色如此清亮，正适合赶路！"他捏捏薛涛的脸蛋，说，"放心吧，我来往多趟，对那段路熟悉异常，不会出事。"

薛涛却一把挣脱他的手，元稹回头看着她，颤声说："怎么，你……不愿意？"

薛涛嗔道："好歹让我收拾一下，带点东西吧？"

元稹这才释然，随着她进入卧房，看她把衣裳、眉笔等物收入包袱。见薛涛又拿起一盒面脂，元稹忍不住吟出一句诗："口脂面药随恩泽，翠管银罂下九霄。"

薛涛听了，竟暂时忘记了收拾。

这句诗出自杜甫的《腊日》，诗中的"面药"就是面脂。在唐代，每年腊月，大寒过后的第一个辰日被称为"腊日"，朝廷要举行盛大的腊祭，拜祭先祖，祈求下一年的风调雨顺。皇帝还会在这天大赏百官，所赏之物众多，其中也包括面脂、手脂等物。

薛涛手中的面脂，是今年上元节观灯时，武元衡赠送的。武元衡镇蜀数年，重农桑，轻徭赋，锦城百姓日用富足，安居乐业；每到正月十五等重要节日，都会大肆庆祝。

今年正月十五的晚上，武元衡带着薛涛登上了郫江边上的张仪楼。张仪楼有百尺之高，乃秦国丞相张仪所建。登上楼顶，可俯瞰整个锦城，天气晴好时，还能眺望西岭雪山。

武元衡早已命人备好了酒席，同席者除了薛涛，还有段文昌和裴度。两位幕僚想让薛涛单独陪武元衡，饮了几盏便借故离开。

夜幕降临，楼下的锦城火树银花，流光溢彩；地上华灯与空中皓月互相映照，让人分不清哪是天上，哪是人间。

江中的水汽飘上高楼，和月光一起缭绕着薛涛，武元衡心中一动，不禁想起当年杜工部写给夫人的一句诗："香雾云鬟湿，清辉玉臂寒。"那是多美的人，多美的诗，多美的情……

如果薛涛不曾入乐籍，他们的关系，当能直追杜工部和夫人吧？

武元衡将一盒面脂、一盒手脂放到薛涛面前，说："去年腊日，我回了趟朝廷，得到了圣上不少赏赐。这两样东西放在我处无用，故而转赠洪度，望不要推却。"

薛涛却知道武元衡在说假话：大唐对于官员的形貌异常看重，朝廷选举官吏，有"身、言、书、判"四大要求。其中的"身"，指的就是身体形貌。

一个男子如果形貌不好，做官的机会很小；就算侥幸入了仕，也极难升迁。因此，大唐的男子和女子一样，也很注重修饰保养，武元衡自然也不例外。

薛涛知道，他这么说，是担心她因礼物过于贵重推辞不受；沉默片刻后，还是收下了礼物。

武元衡显得很轻松，转而又说起了政事："这几年，圣上为了收复藩镇众将士之心，每当寒冬腊月，都会赏赐众将士衣服粮食，以及面脂、手脂等物。河朔素来寒冷，又与朝廷离心离德，所得赏赐最多。可惜，圣上如此厚赏，却仍不能俘获河朔三镇之心，他们仍执意与朝廷作对……"

薛涛听了心头一动：你送我面脂、手脂，难道也想俘获我的心？抬头看向武元衡，他与她对视一阵，目光却变得飘离，像是怎么也抓不住的水雾……

薛涛不明白，他这样一个胸怀磊落、做事干脆的人，为什么面对她时，却总是这般云遮雾罩，令人无法捉摸？

元稹见她脸上一片恍惚，忍不住问："洪度，你怎么了？"

"没……什么。"薛涛回过神来，暗想：武公对我有好感，这我感觉得到。以前怨他不说出来，现在却要感激他；否则，我哪有机会和微之在一起？

元稹见薛涛已经收拾好，去马厩牵出马匹。出了门，先将薛涛扶上马背，然后一跃上马，双手环在她小腹前拉住马缰，喊了一声"驾"，马蹄落在碎石路上，踏出一串铃铛似的脆响。薛涛心中残存的一点惆怅也被马蹄踏成碎片，消弭到夜色之中。

出了城，上了官道，薛涛抬头一看，一轮皓月挂在青蓝色的天空中，远处影影绰绰的青山，四周一望无垠的田畴，沐浴着柔亮的光华，如同水洗过一般清澄。空气中弥漫着青草和野花的清香，和身后爱人的呼吸混合在一起，让人无限迷醉。

元稹猛甩一鞭子，坐骑飞驰起来。薛涛身体后仰，靠在爱人胸膛；春风刮起了她的衣袂，她的身体越来越轻盈，好像已经飞入云端，和明月一同起舞……

到达梓州天已快亮，元稹却没有带薛涛入城，而是去了城郊一座偏僻的宅院。

薛涛奇怪地问："你不是告诉我，你们住在城中的云天客栈吗？"

元稹没有接话，扶着薛涛下了马。早有一汉子从屋中出来，将马牵去马厩。元稹带着薛涛朝正门走去，把门的两人见了他，喊了声"元御史"。

元稹点点头，推开了房门。薛涛一看，里面亮着灯，三人分坐于三张几案，有两人在看文书，另一人则在抄录着什么。三人见了元稹，都站了起来。

元稹问："怎么样？"

一方脸汉子上前来，说："禀元御史，这几日我们已经查得严砺三项大罪：一、擅自增加赋税；二、强占他人妻女；三、以'私通反贼'为名，将良民打入大牢，其田产住宅则据为己有……"

薛涛忍不住问："'反贼'指的是谁？"

元稹这才想起没给他们作介绍，对方脸汉子说："这位是薛涛薛洪度。"又对薛涛说，"洪度，这是陈宏陈吉琛，是我从长安带过来的。"

陈宏对薛涛说："'反贼'指的是刘辟……"

三年前刘辟起兵反唐，很快攻下梓州，俘虏东川节度使李康。后来高崇文平定了叛乱，严砺由山南西道节度使改任东川节度使。他污蔑许多梓州大财主、大地主"私通刘辟"，将他们投入监牢，其财产妻女则收为己有。

为了永远占有这些人的财产，严砺命人在狱中疯狂折磨"反贼"，很多人因此命丧黄泉。

薛涛听了这话，气愤道："刘辟攻打梓州，东川百姓已经被掠夺一遍。朝廷收复失地，派严砺前来主政，东川百姓本以为从此可以过太平日子，哪知他比刘辟有过之而无不及！"

元稹说："放心吧，这次我一定替东川百姓除掉这个公害！"又问陈宏，"这些事只是严砺一人所为？"

"不是。整个东川的官员，只怕大部分都参与其中……"

元稹豪迈地说："那就把他们全部参掉，还东川以朗朗青天！"

陈宏小声说："元御史，光是扳倒严砺，已极为不易……"

"此话怎讲？"

"前几天我们找到几个证人，他们有的是苦主，有的是苦主的亲友，本已答应站出来指证严砺。可惜，最近他们有的改口，有的暴毙家中……"

听了这话，元稹和薛涛都吃了一惊。

元稹问："是你们行事不秘，让严砺发现了？"

陈宏摇摇头，说："我们一般都是夜间行动，应该不会被发现。再说了，如果严砺发现我们，早已派人到此处查探。这几天我们小心留意，没有发现陌生人来过。"

薛涛说："也许是严砺做贼心虚，派人收买或是威胁这些证人，让他们不准出面指证他；对于不听话的人，干脆杀人灭口……"说到这里，觉得不寒而栗，看着元稹说："微之，严砺如此狠毒，你可一定要小心。"

元稹冷笑着说："谅他没这么大胆子！"

薛涛久居西川幕府，知道节度使胆大妄为，在外人看来不可思议的事，他们都敢去做。这些年因皇帝对藩镇强硬，刘辟、李锜先后被诛杀，各节度使不得不有所收敛，可一旦逼急了，他们还是可能铤而走险。

"微之，俗话说小心驶得万年船，对付严砺这样的人，越谨慎越好，莽撞不得。"

元稹不禁想起她写给自己的《四友赞》，笑道："好，听你的。"

陈宏说："先前找的证人里，有一人没有找到，也没有听到他死亡的消息……"

薛涛说："这有两种可能，一是他被严砺杀掉且毁尸灭迹，二是他事先听到消息，躲了起来。"

元稹问："他叫什么名字？"

"涂山甫。"

# 八

赶了一夜路，元稹和薛涛都有几分困倦，又担心白日活动被严砺的人发现，顺藤摸瓜找到此处，于是去厢房休息，直到夜幕降临，才拿了陈宏所写的案件节略，回到了云天客栈。

吃过晚饭，元稹在灯下详阅陈宏所写的节略。薛涛给他煮了一盏茶，坐在一旁陪他。

元稹说："我要看到很晚，你早点睡吧。"

薛涛摇摇头，说："我不困。"

元稹不再多说，埋头继续看节略。这一看便看到三更，次日两人睡到很晚才起来，叫过隔壁房间的仆人，让店家送上饭菜来吃了。

元稹还要继续看案件节略，劝薛涛出去走走。薛涛不想打扰他，一个人骑了马，出门闲逛。不知不觉到了城外，看见一处桃林，薛涛吃了一惊：怎么到这里来了？看着如云霞一般的桃花，想起和元稹第一次见面的情景，心头无限甜蜜。

薛涛骑马穿过桃林，看见一处大宅院，墙内楼宇层叠，朱檐欲飞，说不尽的气派；大门上面的牌匾上，写着"朱宅"两个大字。

薛涛心想：这莫非就是朱新志的家？严砺霸占了那么多大财主的田宅，朱新志离梓州这么近，怎么不低调一点，难道不怕被严砺惦记？

骑马走了约一刻钟，薛涛累了，下马休息，见铺路的石匾上似乎有字；字被人刮过，辨认半天，觉得既像"涂"，又像"除"。拿出水袋喝了点水，薛涛重新上马，又走了约一刻钟，才绕过朱新志的宅院。

又逛了一阵，薛涛惦记着元稹，赶回云天客栈，见他正呆坐在书案前，脸色不怎么好看。

"微之，你怎么不开心？"

元稹叹息一声，说出了原因：今早他看完节略，没什么头绪，于是去梓州城各街市查探，问了数十人，却什么也没查到……

薛涛听了，劝他暂时放下案子，出去散散心。

元稹心头一动，说："洪度，梓州城外有一个叫梨花谷的地方，据说特别美，我们何不去游览一番？"

薛涛点头同意。次日，两人洗漱毕，一同来到客栈外。薛涛知道元稹查案很累，不想骑马，早让仆人雇了一辆马车。

不远处一家酒肆靠门处坐着两名年轻汉子，正假意饮酒。见元稹和薛涛上车，一汉子问："要不要跟上？"

"不必了。他带女人出去，肯定是游山玩水。盯得太紧，容易被他识破，从此小心提防，反倒于我们不利。"

傍晚时分，马车停在了离梨花谷不远的地方。车夫告诉他们，马车只能到这里。

薛涛和元稹下车一看，梨花谷夹在两座大山之间，前面则是蜿蜒东去的涪江。谷中种满了梨树，树丛中稀稀落落点缀着数十座房舍。

他们落脚的地方离梨花谷还有约一里地。元稹突发奇想，指着江上的船只说："洪度，我们何不找只船，一边饮酒，一边看岸上的梨花？"

说完，也不管薛涛答不答应，拉着她的手跑到江边，正好遇见一只船靠岸。元稹跳上船，又回头将薛涛牵到了船上，让船夫不必划桨，慢慢顺江而下，以便赏花。

船夫知道遇到了文人雅士，很高兴，因为这样的人往往出手大方。

"两位客官有什么需要？我这里有上好的酒，还有烤鸡、花生，可以下酒。"

元稹说："只斟两盏酒来。"

船家听命入船舱，搬出一张食案和两张小凳摆在船头，又倒来两盏酒摆上。

元稹和薛涛挨着坐下，端起酒盏小饮一口。很快，船漂到了梨花谷前。元積和薛涛一看，梨花谢了大半，地上堆满残花。一阵风过，枝头所剩不多的梨花又被吹落，有的被吹到地上，还有不少飞入江中，随着江水几经翻滚，很快消匿无踪。

"今年花开得早，谢得也早，客官来得不巧。明年你们早点来，好好饮酒赏花！"

元積抓住一片飞到眼前的梨花，叹息着说："明年？明年我还不知道在哪里呢！再说了，就算我明年会来，看到的还是今年这些梨花吗？"转头对薛涛说，"洪度，前段时间我和乐天游玩，在嘉陵江坐船。江上风大，两岸的梨花被吹落，我随口吟了一首诗……"

"这诗一定很美，你写给我看看。"薛涛看向船家，问，"有笔墨纸砚吗？"

"有，有，有！经常有文人雅士雇我的船，这些东西我都备着。"船家说完，又回到船舱，拿出笔墨纸砚摆放在食案上。

薛涛起身，替元積展纸磨墨，又把蘸了墨水的笔递给他。元積接过，一挥而就：

日暮嘉陵江水东，梨花万片逐江风。

江花何处最肠断，半落江流半在空。

写完，抬头看薛涛，她不知何时已双眼含泪。元積忙握了她的手，柔声问："怎么了？"

"你的诗总是这般深情，让人读了忍不住落泪！"

元積故意问："我的人难道不深情吗？"

薛涛叹息一声，说："不是深情的人，怎么写得出深情的诗？微之，其实你很多诗我早就看过……"遂把王建给她寄诗集等事和他说了一遍。

在长安时，元積、白居易和王建、张籍都主张写诗应效仿汉乐府，直接抒写时事，为此写了不少诗，时人称为"新题乐府"，在官员和文人间影响极大。

元積笑道："原来你早就对我有意，为何还让我吃了那么多闭门羹？"

"不让你多吃几次闭门羹，如何知道你是不是真的喜欢我、珍惜我？"薛涛抬头看着不远处的缤纷落英，说，"女人就像这梨花，花期短暂，如果能得到爱花人的珍惜，即便最终飘零，也不枉开放一场……"

元稹伸手捂住她的嘴，说："我心情好一点了，你怎么又开始了？"

薛涛听了，模模糊糊说了声"好"。

元稹见前面不远处有个渡口，一边让船家靠岸，一边问："船家，你是本地人，可认识一个叫涂山甫的人？"

薛涛听了一惊：难道涂山甫是梨花谷的人？原以为他是来游玩，哪知是为了办事！看元稹时，只见他一脸得意，仿佛在说：你以为我是个只会游山玩水的浪荡子，其实，我是游玩、办事两不误！

船家听了元稹的话，表情忽变得紧张，问："客官找涂山甫何事？"

元稹说："你不用紧张，我们是他的旧相识，想找他叙叙旧。"

船家仍不能完全放下戒心，说："我不是梨花谷人，只是听过他的名字。他是大财主，读过不少书，为人又仁义，这方圆十里，人人都听说过他。"

元稹问："你知不知道他去了哪里？"

"这我如何知道！"船家有些急了，"客官莫要再问，我家里还有八十岁老母，我要有个三长两短，谁给老母送终？"

元稹还想再说什么，薛涛伸手拦住了他，问船家："涂山甫家在哪里，你能告诉我们吗？"

"这梨花谷哪座房子最大最气派，哪里就是他的家。"船家说完，又小声嘀咕了一句，"不过，它早已不姓涂了。"


# 九


薛涛和元稹弃船登岸，暮色深浓，梨花丛中的人家大都亮起了灯火，很是温馨。

元稹感叹一声，说："如果没有严砺胡作非为，这里倒是一处世外桃源。"

薛涛点头以示赞同，说："微之，天色已晚，我们得找处人家歇宿。"

"先找到'最大最气派'的房子再说。"

薛涛吃了一惊，说："你想去涂家借宿？不行，太危险了！"

元稹不以为然："严砺如果敢杀我，随便在梓州找个地方就能要我的命。再说了，不入虎穴，焉得虎子……"

"不行！"薛涛断然打断他，看着他脸说，"我不能让你有事……"

元稹见她因关切而着急，很感动，握了她的手说："这几天我思索案子，发现单凭目前我们查到的证据，扳不倒严砺，所以决定来涂家看看……"

"微之，现在涂宅已被严砺霸占，严砺的人要是认出你，会下毒手对付你的！"

"严砺见我疯狂迷恋你，以为我是个只知流连花丛的浪子；他又派人解决了大多数受害人与证人，此刻也许早已放下戒心。我们借宿涂山甫家，到时候见机行事，有不对劲就溜之大吉，应该不会有什么危险。再说了，圣上派我按察东川，我如果空手而归，岂不是辜负圣恩？"

"我不反对你赴险地查案，但你至少要带两个武艺高强的人贴身保护呀！"

元稹笑道："要是带上他们，我岂能无拘无束地与你谈情说爱？"

薛涛心头一阵甜蜜，嗔道："又不正经！"

元稹拉着她继续往前走，说："走吧，大不了一死嘛！能够和貌美多才的洪度死到一起，做一对多情鸳鸯，我元稹死而无憾！"

听了这话，薛涛幸福得几欲晕厥，心中最后一丝怯惧消弭无踪，任由他牵拉着，钻入密密麻麻的梨花之间。两人边走边看，约半个时辰后，来到一栋房屋——确切地说，是一座庄园前。看其豪华气派，应该就是涂山甫以前的家。

元稹欲上前敲门，薛涛却拉住他，踮起脚，拈掉他头发上的梨花花瓣和树叶。

元稹也替她取下云鬓上的树叶，却留下两瓣梨花，借着门口的灯光仔细端详，说："花映人面，人比花好！"

说完，元稹快步上前，敲了敲门。很快，门被拉开，一个五十来岁，左额角有一块瘀青的汉子探出头来，问："谁？"

元稹拱手说："老伯你好，我和夫人……"

薛涛听到"夫人"二字，明明是黑夜，却像是被暖暖的春阳照着，身旁是盛开的百花；一阵风起，花瓣纷纷坠落，汇成一条花溪缓缓流过……

元稹告诉守门老人，他和"夫人"到梨花谷赏花，错过了日头，只好找个人家借住一宿。

老者面无表情地说："我们这里不留外人。"

元稹掏出几个开元通宝，塞到老者手里，说："老伯行行好！我们走了几户人家，发现只有这里看起来高大轩敞。我夫人出生官宦之家，自幼娇生惯养，太差的房子她住不惯……"

好说歹说，老者总算同意，放二人进了门。元稹一看，这庄园果然气派，里面楼宇重重，花木深深；几十步外的一座楼灯火辉煌，传出猜拳行令声，其他则黑灯瞎火，像是没人住。

老者见元稹左顾右盼，小声呵斥："快跟我走，要是管家发现我收留外人，不仅你们住不成，我还会受罚！"

元稹听了，这才快步跟上，随着老者进入一黑灯瞎火的房子。老者用火折子点燃蜡烛，薛涛和元稹一看，屋子布置得较为简陋，显然是下人所住。

"这是我的房间，你们今晚在这里将就一下。"

"那你住哪里？"

"隔壁。你们早点睡，免得被人发现。"

老者说完，转身欲走。元稹拉住他衣袖，说："我们一日未曾进食，又饿又渴，劳烦老伯再给我们弄点饭和水来；如果能再来壶酒，那就更好了……"

老者冷冷地说："我们家的酒很烈，很容易醉人。"

"不怕，不怕！'但使主人能醉客，不知何处是他乡'……"忽然想起不该让老者知道自己是异乡人，元稹赶紧住了口。

老者嘀咕了一句"麻烦"，转身走了。

薛涛嗔怪道："微之，这种时候，你怎么还想着吃酒？"

"这样他才不会怀疑我们有所图……"似乎觉得这理由有些牵强，元稹又说，"放心吧，待会儿我少吃两盏，保证不误事。"

小半个时辰后，老者用托盘端来一些饭菜和清水，以及一壶酒，放在屋中的食案上。

元稹倒了两盏酒，先饮了一口，装作漫不经心地问："老伯，为何这庄园如此大，看起来却没多少人住？"

"我们主人一家出去了，目前家里只有管家和几个家仆。"

"你们主人叫什么名字？"

老者白了元稹一眼，只告诉他主人姓朱。

元稹假意对薛涛说："我们问了几家人，都说这梨花谷大多数人姓涂，为什么这庄园的主人却姓朱？"

薛涛隐隐约约想到了什么，却又不真切，没有接元稹的话。

老者说："没什么事，我先走了。"

元稹还想问点什么，又怕他生疑，只好任他离开。两人一边饮酒吃饭，一边盘算着待会儿趁黑出去查看。哪知吃完饭却困倦异常，连衣服也不及脱就和衣躺在床上，相拥而眠。

不知睡了多久，薛涛蒙蒙眬眬醒来，看见刚才吃饭的食案旁坐着刚才那名老者。薛涛惊得大叫，却发现嘴里塞了一块破布，四肢则被麻绳严严实实捆着！侧脸去看身旁的元稹，他被捆得更牢，嘴里也被塞了破布！

薛涛拼命挪动身体，撞了两下元稹，元稹咕哝一声，继续沉睡。薛涛知道他还活着，欣慰不已；想起老者麻翻又捆绑他们，显然是意图不轨，他们多半还是难逃一死，欣慰很快又变成焦灼与恐惧。

老者冷笑几声，上前用力拍了拍元稹的脸颊，元稹这才清醒，发现自己被绑，拼命挣扎。老者回头拿起食案上一把菜刀，架在元稹脖子上。薛涛惊恐莫名，双眼圆睁，嘴里不住哀求，却哪里发得出声来！

老者对元稹说："我取下你嘴里的布，你不准叫，否则我先一刀要了你的命，再杀你夫人！"

元稹赶紧点点头。

老者伸手慢慢将布取出，又说："我问你什么，你老实回答，否则我依然会杀掉你们！"

元稹小声说："好。"

"你们从哪里来？"

"梓州。"

"你们是干什么的？"

"我是本地一个读书人，她是我夫人……"

"放屁！你根本就不是本地口音！"老者将菜刀一压，说，"再不老实，让你白刀子进红刀子出！"

菜刀贴着脖颈，元稹感到一阵刺痛，再不敢隐瞒，将自己的姓名、身份，以及为何来这里，一五一十说了出来。

十

老者听了元稹所讲，举起菜刀，薛涛以为他要杀元稹，奋力一翻，用自己的身体盖住了他的身体。

老者揶揄说："你夫人倒是很在乎你……"

说完，割断了薛涛手脚上的绳索。薛涛这才知道他是想放他们，从元稹身上翻下，看着老者割断元稹身上的绳索。薛涛替元稹取下嘴里的破布，又取下自己的，两人大口喘气，如获重生。

一阵之后，两人搀扶着下床，因刚才被捆太久，双腿发麻，差点儿摔倒在地。老者见了，过来拉起他们，扶他们到食案旁坐下。

元稹拱拱手，说："谢老伯不杀之恩！"

元稹话没说完，老者突然一跪于地，含泪说："元御史，您一定要替涂家主持公道……"

元稹一惊，忙扶起他，问："你莫非就是涂山甫？"

老者擦干眼泪，说："我若是涂山甫，岂敢住在这里？"

老者告诉元稹，他叫周星臣，是涪江对面周家庄人。因家里人多田少，时常来涂家帮工。

涂山甫祖父做过几年京官，因厌恶官场污浊，遂辞官回乡，修了这座庄园。涂山甫的父亲善于经商，家业一步步扩大。到了涂山甫这代，家里有上千亩良田，数十名奴仆，梓州城中还有不少铺面。涂山甫不喜欢做官和经商，待在梨花谷每日赏花读书，安心做他的富家翁。

严砺任东川幕主后，以"私通反贼"之名，籍没一些大财主的财产。财主们若是反抗，就被他投入监狱，有的甚至被折磨至死。

亲朋故旧劝涂山甫卖掉家业，到西川避一避。涂山甫因祖辈皆居于此，舍不得离开，又以为此处离梓州尚远，未必会被严砺盯上，售卖梓州的铺面后，继续在梨花谷赏花读书。

一年前某晚，梓州官衙一官员带着几名衙役来到梨花谷，不由分说将涂山甫夫妇及家中奴仆抓走。涂山甫女儿涂秋裳和她的奶妈藏入地窖，两人侥幸逃过一劫。

涂山甫的田产房屋被梓州官府没收，后来转卖给一位姓朱的财主。朱财主命一个叫杜文山的人前来管理涂家田宅，杜文山信不过梨花谷的人，到对面的周家庄雇人。

周星臣年老又无妻儿，遂应聘到这里做看门人。以前在涂家做工时，他深感涂山甫一家的仁义，一直想找机会救他。然而他一介农夫，自己既无能耐，又不认识达官贵人，能有什么办法。

涂山甫夫人在狱中受尽折磨，不幸惨死。涂山甫被关押了大半年，故意装疯卖傻，这才被放了出来，回到了梨花谷。村民都曾受过涂家的恩惠，又同情他的遭遇，每次他经过门前，都会悄悄赠送食物，却不敢收留他。

涂山甫在梨花谷待了一个多月，突然又离开，不知去了何地。后来，周星臣无意中听见杜文山和一名奴仆的谈话，才知道涂山甫和几名与他遭遇类似的财主，一起去长安状告严砺，皇帝为此大怒，派钦差大臣下来彻查东川。奴仆问杜文山，严公现在岂不是很害怕，杜文山冷笑着说，整个东川都是严公的，除非朝廷派大军来，否则休想查出什么！

元稹听完，怒道："这严砺真是胆大妄为，我这次要不将他绳之以法，誓不为人！"

周星臣忙劝说："元相公小声，若是被杜文山发现你们在这里，一定不会放过你们。"

薛涛问："你可知朱财主的全名？"

老者摇了摇头。

元稹问："涂山甫呢？他现在人在何处？"

"梨花谷东面有一座高山，我两天前在那里见过他……"说到这里，周星臣看着元稹，恳求说，"如果你们找到他，一定要保护好他，不要让他再落入官府手里，否则，他一定会没命。"

232

元稹赶紧承诺："老伯放心，我不仅会保护他，还会替他洗刷冤屈！"

薛涛问："你说涂山甫的女儿涂秋裳和一名老仆躲在地窖逃过一劫，你知不知道她们后来去了哪里？"

"不知道，或许早不在人世了吧。"周星臣惋惜地摇着头，说，"涂家小姐能歌善舞，多才多艺，却年纪轻轻就……东川幕府和梓州官员坏事做尽、不得好死！"

薛涛问："这涂山甫的相貌有没有什么特征？"

"他下巴上有颗大黑痣，另外，他现在已经状如乞丐，和这里的农夫大为不同，很容易辨认……"

薛涛和元稹听了，心里都一阵唏嘘。

周星臣见几许微光从窗户透进，说："元御史，你们趁天未亮赶紧上山，要是被杜文山发现可就麻烦了。"

元稹和薛涛认为他说得在理，点头同意。周星臣又拿过一个包袱，说："这里面有几张烙饼，山上有泉水，可以充饥解渴。为了查实你们的身份，昨晚只好用药麻翻你们，实在对不住！走，我带你们出门。"

天刚微亮，整个梨花谷还在沉睡之中，显得异常静谧。一路上，元稹牢牢牵着薛涛的手——这个女人，竟然舍得拿命救他，他真没有爱错！

半个时辰后，他们钻入梨花谷东面那座山。薛涛忽然停下，打开包袱，取出两双带有木屐的鞋来。

元稹忍不住大叫："谢公屐！"

谢公屐据传是东晋诗人谢灵运所创。谢灵运喜爱游山玩水，为了爬山方便，他发明了一种屐齿可以拆卸的鞋子——上山时拆去前齿，下山时拆去后齿，这样登山便能如履平地。

梓州多山，元稹又好游览，薛涛猜到他们此行免不了会爬山，预先备了两双"谢公屐"。

薛涛将鞋子给元稹穿上，竟然完全合脚。

"洪度，你可真是细心。"元稹感叹一番，又说，"'脚著谢公屐，身登青云梯'，今日我们也效仿李太白，登上我们的'青云梯'！"

薛涛笑道："你想起了李太白，我想到的却是杜工部。'九州道路无豺虎，

233

远行不劳吉日出'——如此盛世，可惜你我生得太迟，未能遇见。"

元稹满腹才学，自视甚高，又刚入仕途，正是雄心勃勃想干一番大事业的时候，觉得薛涛的话过于颓唐，说："即便现在处处是豺虎，我也要发誓将他们一一缚而除之！时候不早了，我们走吧。"

山中长满了松树、柏树、杨树，看起来异常阴森。元稹担心薛涛害怕，握了她的手，两人边走边看，希望能遇见涂山甫。

走了一阵，薛涛忽然停了下来，手在云鬓上摸了一圈。

元稹问："怎么了？"

"发簪不见了，可能落在涂山甫家里。"

"要不要回去？"

薛涛微微一笑，说："为一根簪子，搭上两条命？"

元稹也笑了笑，看着眼前大山，说："如果今天找不到，我们就回梓州让陈宏多带点人来——只要找到涂山甫，严砺就罪责难逃！"

薛涛点头说好，两人继续前行，忽看到几株桃树，枝头仅剩几朵残花，在风中摇晃，仿佛随时都可能飘零。

薛涛颤声说："微之，我知道姓朱的财主是谁了……"

元稹兴奋地问："谁？"

"还记得那次桃花诗会吗？"

"你是说朱新志？梓州姓朱的人不少，你怎知一定是他？"

薛涛把那日在朱宅外见到刻有"涂"字的石匾，给他说了一遍。

元稹一拍大腿，说："没错，朱财主就是朱新志！严砺说他找了许久，才找到那片桃园；其实，那片桃园根本就是他——不，是他抢夺别人的！这老贼，干下的坏事可真不少！"

## 十一

两人在山中转了约两个时辰，野兔野鸡遇见不少，就是不见任何活人，也不见任何可以栖身的洞穴茅屋。

元稹一屁股坐在草地上，薛涛拿出包袱里的烙饼。吃了几口，两人口干，起身去找水喝。走了没多远，发现一条从山顶蜿蜒而来的小溪。两人快步上前，以手捧水喝了个饱。薛涛又掬起清水洗脸，阳光直射下来，照着她的冰肌雪肤，就是仙女也没有这般美。

元稹扫了一眼天上白云与林间苍松，说：" '红颜弃轩冕，白首卧松云'，洪度，我们若是效仿孟浩然，在这山里隐居，岂不是胜过神仙眷侣？"

听到"眷侣"二字，薛涛又想起昨晚他称自己"夫人"，心头一阵甜蜜，看着他的脸痴痴地说："只要你愿意，到哪里我都陪你。"

元稹感觉她的目光就像阳光一样灼热，不敢和她对视，叹息着说："如今重任在身，哪有机会做隐士？再说了，这里虽然幽静，却山陡林密，不是最佳的隐居之地。涂山甫若不是迫不得已，只怕也不会躲入这里。涂山甫，涂山甫，你到底在哪里？"

薛涛看着眼前小溪，说："整座山我们走了大半，只看见这条小溪。人要生存，离不开水……"

元稹大叫道："涂山甫一定躲在离小溪不远的地方，我们只要顺着小溪走，一定能找到他！"

薛涛点点头，用目光夸他聪明。

"那还等什么，快走啊。"

元稹说完，拉着薛涛就要往山下走。薛涛一把拍掉他的手，说："你也不想想，如果涂山甫住在下半山，岂不是很容易被杜文山发现？"

元稹恍然大悟，转身带着薛涛朝山上走去。快到山顶时，两人在离小溪五六丈的地方发现了一个小山洞。洞口堆着一些枝丫，若不留意观察，还真不容易发现。

元稹让薛涛在一旁待着，他走到山洞前，喊道："有人吗？"

里面无人应。

元稹又说："涂山甫，我是京城来的御史元稹，专门来此地帮你。你如果在里面，就出来一见。"

薛涛见里面久无回音，也走到洞口，说："涂山甫，你在里面一定可以看见我们。元御史确实是来帮你的——你想想，如果他是来害你，怎会带个女人？"

话音刚落，两人听到一阵窸窸窣窣的声音；紧接着，洞口的枝丫被移开，一个满脸胡须、衣衫褴褛的老人走了出来。薛涛见他手中握着一把尖刀，吓得"呀"一声尖叫。

老者也"呀"地叫了一声，目光不离薛涛，仿佛见到了许久未见的亲人。元稹牵住薛涛的手，仔细看老人，想找周星臣所说的那颗黑痣；却见他满脸脏污，看哪里都像有痣。

老人握着刀朝他们走来，元稹和薛涛赶紧朝后退去。

"别走，别走！"老人着急地大叫，声音很沙哑。

元稹说："你先放下刀！"

老人一听，埋头看了一眼右手，将刀扔到地上，问："你真是京城来的元御史？"

"没错。你呢，是不是涂山甫？"

"我是，我是，我就是梨花谷的涂山甫！严砺和潘孟阳夺了我的田宅，害死我夫人，弄得我人不像人、鬼不像鬼……"潘孟阳是梓州刺史。

话未说完，涂山甫已经号啕大哭起来。元稹和薛涛赶紧上前，伸手将他扶起，轮番劝慰。涂山甫这才慢慢止住哭泣，将两人带入他栖身的山洞。

借着阳光，薛涛发现这洞洞口虽小，里面却很宽大，洞中央有一堆烧过的柴灰，旁边是一床破被。洞的最底部，有一些野果和野兔皮，想来涂山甫平时就靠野果和野味充饥。

元稹问涂山甫："你为什么回到梨花谷？"

"半月前，我听说朝廷派你来东川查案，和几个被严砺、潘孟阳陷害的人一起赶到梓州，准备找你。结果，我们发现你和严砺天天待在一起……"

元稹忙解释说："是他们天天宴请我，我并未和他们同流合污。"

"这个我知道，就连你住的云天客栈外也到处是严砺布置的眼线……我们发现暂时没办法接近你，只好待在梓州继续等机会。我担心严砺和潘孟阳会有所觉察，建议大家分头居住，每天天黑后在离东市不远的洛天桥下相会。

"十天前的晚上，我赶往洛天桥，发现桥下围着一群官兵。来得早的几人都被他们抓了起来。其中一人看见了我，趁官兵不注意，给我递眼色，让我快走……我赶紧转身，慢慢离开洛天桥。我怕官兵发现我，心跳得像擂鼓一般；

想起同伴催我走的眼神，又忍不住热泪盈眶。我知道，我已经是唯一的希望。为了我，也为了那些下狱甚至惨死的同伴，我必须活着。

"离开梓州城，我不知道该去哪里。转念一想，我最熟悉的地方是梨花谷，严砺和潘孟阳料不到我敢回家，这里反而最安全，于是趁夜回到梨花谷，躲进了这片山里……对了，你们怎么知道我在这里？"

元稹把在他家的遭遇和他说了一遍，涂山甫感慨："杜文山很喜欢吃野味，知道周星臣对这山熟悉又擅长打猎，经常命他入山。两天前，他在溪边发现了我。我担心他会告密，扑上去照着他额头就是一拳……奇怪的是，不管我怎样打他，他都不还手。最后，我不忍心了，收住了拳脚。

"周星臣见我停手，说：'涂老爷，从今天起，我留在山中陪你。我父母双亡，又没有妻儿，回家也是孤家寡人，和你在一起还有个伴儿。'我知道他这么说，是想告诉我，他没有害我之心，于是对他说：'你不回去，杜文山会起疑心，他如果报告严砺和潘孟阳，带人搜山，我就危险了。你走吧，我相信你。'他听了，这才离开，走前将所带的干粮全给了我，又说下次杜文山派他上山打猎，还会给我送干粮……当年他母亲生病，我给过他几贯钱，哪知他竟牢记在心，真是个仁义人……"

元稹和薛涛正听得认真，涂山甫却住了口，蹑手蹑脚走向洞口，透过枝丫的缝隙朝外张望。很快，他跑了回来，从身上摸出一张折好的纸，塞到元稹手里，说："元御史，严砺和潘孟阳如何夺我田宅，害死我夫人，这上面写得清清楚楚！你，一定要替我申冤！"

"你不跟我们走？"

"来不及了，他们已经追上来了……"

"啊?!"

"我去引开他们，要不然我们都得死。记住，替我申冤！还有，保护好我女儿，我让她奶妈带她去了成都……"说到这里，涂山甫脸上的表情变得异常凶狠，"如果你们办不到，我必化为厉鬼，让你们生生世世不得安生！"

说完，涂山甫分开枝丫，爬出洞外；出洞后又弓着身体，用枝丫重新挡住了洞口。元稹和薛涛趴在洞口，透过缝隙朝外望去，只见涂山甫已经跑到了小溪处，正假意埋头饮水。

"杜管家，老头在那里！"

"追，抓住的重重有赏！"

涂山甫听了这话，赶紧朝山顶跑去。随后，几名汉子进入了视线。其中有一人被反绑着双手，脸上伤痕累累，一瘸一拐地被后面的人推着往前走。

薛涛看了，差点儿晕倒在元稹怀里——这人正是周星臣！

# 十二

梓州城外那座隐秘宅院里，薛涛正躺在床上小憩。元稹坐在床边，就着烛光看涂山甫交给他的那份状子。不一会儿，陈宏敲门进来，薛涛款衣坐起，见他一脸沉重，终于还是没能问出那个她一直关心的问题。

元稹放下状子，问："怎么样？"

"涂山甫被追到山顶，不慎坠崖……死了。"

"周星臣呢？"

陈宏摇摇头，说："不知所终，只怕也是凶多吉少……"

薛涛听了这话，只觉得天旋地转，身体立时瘫软。元稹赶紧坐到床边，将她抱在怀里，问："洪度，你怎么了？"

薛涛哭道："微之，你一定要替他们报仇！"

元稹也是泪流满面，说："放心，不把他们绳之以法，元稹誓不为人！"回头又问陈宏，"他们怎会发现周星臣有问题？"

"你们去梨花谷遇见的那个船家，晚上和人多饮了几盏，把遇见你们的事说漏了嘴，恰好杜文山一个手下也在场，立即把这事报告了他。杜文山派人去梨花谷挨家挨户搜查，又搜查自己家里，在周星臣的卧房发现了……薛美人那支簪子。"

薛涛哭叫道："是我害了他！"

元稹忙安慰："洪度，这怎能怪你！"

陈宏等他们平静一些，说："元御史以后切勿再以身犯险……"

元稹听了这话顿时不悦："我奉皇命查案，难道天天待在客栈，什么也不做?"

陈宏听了，不敢再言。

元稹问："你们查得怎么样?"

因梓州被严砺盯得太紧，陈宏便带人到遂州、绵州等地暗查，果然收获不小："遂州刺史柳蒙、绵州刺史陶锽徇私枉法，霸占他人财产等罪，均已查实，证人也被我们保护了起来。"

元稹冷哼道："上行下效，早料到会如此!"

"元御史，对付严砺，目前只有涂山甫的证词，证人方面……"

元稹看了一眼薛涛，说："涂山甫有个女儿，名叫涂秋裳，目前流落到成都，我们明日就去找她。一找到她，我们立刻启程回京，弹劾严砺和东川官员!"

薛涛擦干眼泪，说："严砺已经知道你在偷偷查他，一定会加紧对付你，我们明日去成都，得多带人手，以防不测。只要出了东川，他严砺想使坏就没那么容易。"

元稹点点头，对陈宏说："你派两个人去查桃花庄的朱新志，其他人明日都随我们去成都。"

次日，元稹带着薛涛、陈宏等人回云天客栈收拾毕，刚出门便见严砺、潘孟阳带着一干人候在门口。

严砺上前一步，问："元御史这是要去哪里?"

"去成都。严公守住客栈门，不知是送行，还是不准我们离开?"

"当然是送行……锦城好啊，山清水秀，气候温润，盛产美酒美人——只可惜，元御史却不懂得好好享受!"说到此处，严砺盯着元稹的脸，冷笑着说，"元御史来东川之前，我常听人说你很怜香惜玉，哪知竟带着洪度这样娇滴滴的美女爬山越岭，搞得美人一身狼狈，实在是……呵呵呵!"

薛涛深恨他害死涂山甫和周星臣，愤然说："害我狼狈的不是微之，而是住在梓州城里那些贪得无厌、草菅人命的豺狼!"

潘孟阳见严砺霍然变色，赶紧圆场："光天化日朗朗乾坤，要是有豺狼进入梓州城，我第一个打死它!"

元稹担心再说下去会激怒严砺，朝他拱了拱手，带着一行人拍马离开。

严砺看着他们的背影，恶狠狠地对潘孟阳说："当初就该听你的话，把他干掉！"

潘孟阳知道严砺已经起了杀心，说："现在他已经有了防备，动手可不容易。"

"他回到长安，你我都难免一死。多派点人，把他们……"严砺对潘孟阳做了个"杀头"的姿势。

潘孟阳心道：大家一起死？那可不一定，嘴里却恭恭敬敬答了一声"是"。

元稹一行出了梓州城，上了官道，不久穿入一片山林之中。不知何故，今日官道上行人不多，声声鸟鸣使山林更显清幽。

元稹饶有兴致地看着车外一切，缓缓吟道："'芳树无人花自落，春山一路鸟空啼'，这暮春山景，也算一绝。"

薛涛却没有这样的闲情雅致，多次眺望前路，看离成都还有多远。

元稹知道她在担心什么，说："放心吧，陈宏等几人武功都不弱，我们走的又是官道，严砺他们不敢乱来。"

薛涛说："微之，官场风云变幻，凶险莫测；'安史之乱'后各节度使又手握大权，每有不臣之举，你……可有过其他打算？"

"你是说辞官？"见薛涛点头，元稹说，"我自幼苦读，就是想将来成就一番功业；如果辞官不做，一腔抱负化为镜花水月，如何心甘？"

薛涛继续说："现在的情势，不是建功立业的好时机。"

元稹叹息一声，说："就算不为建功立业，我也需要那份官俸，养活一家老小。"

"我在成都有一家纸坊，生意很不错，养活十口八口不在话下。"薛涛看了一眼元稹，说，"你要是愿意，可将家小接到成都，我们在碧鸡坊建一座'吟诗楼'，每日诗酒流连，岂不快活？"

元稹心道：我堂堂男儿，岂能靠你养活？再说了，做小小纸坊主，岂有为官为宦尊贵？他看着薛涛说："洪度，你不必担心，我能应付。"

薛涛这么说，除了担心元稹，也是想试探他。此去成都，只要找到涂秋裳，他便会立即回长安；就算一时找不到，他也不可能久待，必须回朝廷向皇帝复命。

他走的时候，会带上她吗？

虽然相处不到一月，她已经离不开他；她无法想象，当他离开的那刻，她会怎样伤心断肠！如果他愿意给她一个承诺，她还能抱着希望消磨日月；如果他什么都不说就离开，她该如何是好？

这段时间他不惜性命查案，她怎会看不出他想办好差事，在仕途上更上层楼？劝他辞官，不过是一种试探，看他心中是否在考虑他们的未来。

可是，他的回答却只是就事论事——以他的聪慧和敏感，难道听不出她真正想问的是什么，真正担心的是什么吗？

薛涛知道，元稹已有家室，夫人是前工部尚书、太子少保韦夏卿的三女儿韦丛。韦丛下嫁元稹时，他过得很不得志；她不但不嫌弃他，还安于清贫，时常鼓励他。

薛涛当然不指望元稹休掉韦丛娶她，可是，如果元稹和她恩爱一场便抛弃她，于他而言难免背负薄幸之名；于她，则是灭顶之灾……

薛涛抬头看着意气风发的元稹，心道：微之，你心里想的到底是什么？你又是否知道，我心里正想着什么？

# 十三

一路安全到达碧鸡坊，元稹得意地说："怎么样？我说他们不敢乱来吧？"

薛涛对于严砺毫无动作颇感奇怪，默默下了车。陈宏却不敢大意，租了附近一家客栈，派人轮流守着薛涛家门，以防发生意外。

薛涛进入卧房，歪倒在床上。元稹坐在床沿，握住她的手，薛涛想挣脱，却又舍不得，任他握着。

元稹拉起她的手贴住脸颊，问："洪度，你因何不高兴？"

薛涛抚摸着他俊朗的脸，想着那必将到来的分别之日，两行眼泪无声落了下来。

元稹小心地用衣袖替她拭去眼泪，说："我饿了，起来做点吃的吧。"薛涛恨他心中只有自己，却听他又说，"吃了饭早点休息，明早去你的'薛氏纸坊'……"

薛涛又惊又喜，问："你怎么知道纸坊的名字？"

"我所爱之人的一切，我都了如指掌。"

薛涛将元稹拉到旁边躺下，歪倒在他怀里，说："微之，说说你夫人吧，我也想了解你的一切。"

元稹一愣，还是将自己如何和韦丛相识，婚后如何患难与共、相亲相爱说了一遍。

薛涛察觉到他的动情，问："微之，你离家那么久，想夫人吗？"

"洪度，我不想骗你，和你在一起的时候，我偶尔也会想起她……我久未回家，她也一定很思念我。"

"他是你夫人，你思念她，说明你是有情之人；你愿意真诚回答我，我更开心……"薛涛看着元稹，说，"微之，他日你离开锦城，也会像思念夫人一样思念我吗？"

元稹见她一脸深情与幽怨，心头一颤，说："洪度，我知道你在担心什么。放心，以后我不管去哪里，都不会丢下你。在梨花谷那晚，你已经做了我'夫人'，想赖也赖不掉了！"

尽管知道元稹可能只是安慰她，薛涛心里还是甜蜜无比，起床去给他做饭。

太阳已经出来，纸坊的工人开始了一天的劳作。阿贾尔且见峨峨提着水壶出来，忙迎了上去，说："你有孕在身，怎么不多睡一会儿？"抢过她手中的水壶，又说，"这些事情，让丫鬟去做嘛。"

峨峨抱怨说："天天躺在床上，闷死了。"

"以后我每天都来陪你，你就不会这么闷了！"

峨峨回头一看，薛涛笑盈盈地走了进来，旁边是一名三十余岁的英俊男子。

"小姐！"

薛涛抚摸着峨峨的小腹，说："才多久没见，肚子怎么就这么大了？看样子，这胎怕是个儿子。"

阿贾尔且乐得直笑，峨峨白了他一眼，对薛涛说："小姐，你还没给我介绍这位公子呢。"

元稹忙说："在下元稹，字微之。"

峨峨其实早猜到他是谁：前段时间元稹和薛涛在锦城四处游玩，他们的恋情早已传遍成都。

薛涛见元稹对造纸很感兴趣，便让阿贾尔且带他四下参观。等两人一走，峨峨打趣薛涛："小姐，自从我到你们家，就没见你这么高兴过。"

薛涛俏脸一红，故意换上一副严肃表情，说："自从你到我们家，我也没见你这么放肆过。"

峨峨吐吐舌头，说："只要小姐幸福，我就算因为'放肆'天天被你责罚也甘愿！"指指元稹，又说，"快去陪元公子吧。"

"你呢？"

"未来的主子第一次来家里，我当然要整治一席好酒菜！"峨峨说罢，一笑而去。

薛涛过来时，元稹正在看纸坊产的彩纸。薛涛告诉他，这些纸是用桃花、海棠等的汁液浸染出来的。

元稹叫道："如此风雅的造纸法，一定是你想出来的！"

"元公子所料不差，这确实是小姐想出来的。"阿贾尔且提起往事，颇为感慨，说，"若不是小姐想出这个妙法，纸坊早就垮了。我们一家，只怕早已露宿街头。"

元稹笑着说："纸坊既然叫'薛氏纸坊'，她当然要多费心力。"

薛涛纤指抚过面前的红纸，说："可惜用此法染色，纸张颜色深浅不一，还得继续改进才行。"

阿贾尔且不愿打扰他们，托口还有事做，转身准备离开。薛涛却喊住他，说："你有不少生意场上的朋友，我想托你替我打听一个人。"

当下把涂秋裳的事和他说了一遍。

薛涛和元稹来纸坊前，先去了趟幕府。武元衡和段文昌还没回来，目前主事的仍是裴度。两人把涂山甫父女的事和他说了一遍，裴度听了义愤填膺，表示会尽全力寻找涂秋裳。

东西两川是近邻，两地官府中人多有来往，薛涛担心西川府中有严砺的故旧，或是被他收买，请求裴度派信得过的人暗中办理此事。裴度听了，点头同意。

从幕府出来，薛涛告诉元稹，还可以让阿贾尔且帮着找涂秋裳。

元稹不解地问："这种事让官府去做就行了，他一个商人，能起多大作用？"

薛涛不答反问："微之，你认为涂秋裳一个孤弱女子，在成都会如何生存？"

"可能性很多，沦为乞丐，替人家做工，或是干脆找个有钱人嫁掉……"

"没错！另外，为了不被别人识破身份，她还可能用假名字。"

"她还可能向别人隐瞒自己是梓州人。"

"这倒很难隐瞒，因为她说话带着梓州口音。成都和梓州相距不远，两地往来的人极多，涂秋裳隐姓埋名来到成都，就好比一滴水融入江河，裴公要找到她，谈何容易；更何况，他还只能派信得过的人悄悄去找……"

薛涛突然住口不说，元稹性急，忙问："为何不接着说？"

"说累了，我要休息一下。"

薛涛闭上眼睛，幸福地靠在元稹肩头。马车颇有韵律地摇晃着，薛涛满头珠翠随之而动，彼此碰撞，发出悦耳的叮当声。

元稹一把将她放到怀里，说："这样躺着讲话，不会再累了吧？你把我好奇心逗弄起来，却又不接着往下说，你真是……太坏了！"说着将双手伸向薛涛的胳肢窝。薛涛怕痒，连忙告饶，元稹才渐渐住手。

薛涛接着刚才的话说："阿贾尔且有很多生意上的朋友，他们谈事又经常去茶肆。成都人喜欢吃茶聊天，锦城上到官府下至民间种种事情，在茶楼无不言及……"

"我明白了！"元稹兴奋地说，"阿贾尔且朋友多，经常出入市井，讯息来源广，找人比官府要便利；另外，他不是官府中人，还不容易被严砺的人盯上。"


# 十四

吃过晚饭，薛涛和元稹别过峨峨夫妇，回到碧鸡坊。一连等了三日，幕府

244

和纸坊都没有消息。元稹有些坐不住了，派人前去询问，两边都说还没有找到涂秋裳。

薛涛见他茶饭不思，说："微之，锦城那么大，怎么可能几天就找到人？做大事，一定要沉得住气。"

元稹听了，心中稍安，开始梳理涂山甫一案的经过，思谋怎样书写奏章。

两日后是薛涛父亲祭日，按照惯例，薛涛要带峨峨去扫墓。一大早，阿贾尔且和峨峨便来到了碧鸡坊。薛涛等四人坐车，陈宏带人骑马护送，一起去城外的墓园。

马车刚出城，天空便阴沉下来，很快细雨纷纷，淋出一片空蒙，似有无限哀思，充塞于天地之间。

来到墓地，薛涛跪在父母墓前，想起当年母亲病重，自己却不得不去参加幕府的宴会，不觉泪下。看着一旁陪着自己祭奠的元稹，心头又有几分安慰。

母亲生前曾多次对她说，嫁得一个如意郎君，是女人这辈子最重要的事。她空耗二十多年青春，终于等来了微之；只是，她真有机会，把自己的后半生托付给他吗？

峨峨和阿贾尔且等他们祭拜完，也过来祭拜，然后一行人继续往墓地深处走去。

元稹见不是回去的路，奇怪地问："洪度还有亲人葬在这里？"

薛涛点点头，说："她……是我一个姐妹。"

峨峨知道薛涛不愿在元稹面前提起当年在乐营的往事，上前小声说："小姐，要不我们下次再来祭奠卿卿姐吧。"

薛涛摇摇头，说："我已经来了，却不去看他们，即便他们不生气，我也会良心难安。"

"他们"指的是卿卿和柳玉蜀。

来到卿卿和柳玉蜀墓前，元稹看了墓碑上两人的名字，以为他们是夫妻，问："洪度，这对夫妇与你是什么关系？"

"他们不是夫妻，而是一对有缘无分的情侣……"薛涛一边给卿卿和柳玉蜀敬酒，一边将他们的故事向元稹仔仔细细讲了一遍。

元稹听完，大发感慨："卿卿之于刘辟，柳玉蜀之于卿卿，痴心错付却至死不悔；当世有如此深情之人，元稹竟不能与他们相识相交，何其遗憾！"

元稹说罢，和薛涛一起祭拜，然后扶着一脸泪痕的她站了起来。

薛涛擦干眼泪，见冷风将薄薄的雨幕吹得缥缈如烟，飘逸清癯的元稹置身其中，似乎要和这雨幕融为一体。看着他那双多情的眼睛，薛涛不由心道：微之，你可知我和卿卿、柳玉蜀一样，不怕赴死，只怕不能和喜欢的人永永远远在一起！

一行人返回官道，薛涛忽想起什么，走向阿贾尔且，小声问："你说，涂秋裳有没有可能在乐营？"

"乐营中人我交往不多，但裴公是幕府中人，难道不会派人去乐营找？"

"武公不喜歌舞饮宴，乐营这些年颇受冷落，几乎被幕府遗忘，裴公完全有可能没派人去。"

其实，薛涛自己也遗忘了那里。周星臣曾告诉她和元稹，涂秋裳能歌善舞，多才多艺。这样的人流落街头，有极大的可能进入乐营——当年的自己，不正是如此吗？

问题是，都这么多天了，为什么自己就没有想到这一节呢？

薛涛看了一眼在远处等着自己的元稹，终于恍然大悟：因为微之，她不希望想到乐营！

回到碧鸡坊，元稹还没有从卿卿和柳玉蜀的遭遇中抽离出来，不愿做事也不愿说话。薛涛做了几样小菜，烫了一壶酒；元稹心意缠绵，又多饮了几盏，很快醉倒。

薛涛扶他到床上躺下，替他盖好被子，拿了涂山甫写的那份状子和几贯开元通宝，关好房门，穿过院子，来到了门口。陈宏见她要外出，问需不需要派人保护。

薛涛说："严砺的目标是微之，你们保护好他就行了。"

来到街上，薛涛雇了一辆马车，不一会儿就到了乐营。乐营大门颜色灰暗，有的地方甚至红漆剥落，想来是很久没有修缮。

二十多年前，薛涛第一次站在这里，心里既欢喜又哀伤：欢喜是因为终于有了一项营生，可以养活自己、阿母和峨峨；哀伤则是因为一入乐籍，不管自己多么小心翼翼、洁身自好，都休想再拥有女人的清白名声。

当年她站在这门前，迟迟不肯进去。她知道，这乐营虽堂皇富丽，却装满了污泥浊水，一旦跨过那道门槛，就会被污泥脏水所染！

可是，如果不进去，她和家人将马上面对酷寒与饥饿……她与峨峨还年轻，阿母却年老多病，只需一个缺衣少食的严冬，就足以要了她的命！

想到这里，她把眼一闭，咬牙迈过了门槛，将自己的名声和最美的年华，托付给丝竹管弦和那些位高权重的男人……她以为，这一生都无法离开乐营——这里不仅是囚禁她的牢笼，还会是安葬她的坟墓。

不能责怪她悲观，自古以来，乐籍好入不好脱。多少貌美多才的女子，在这里从豆蔻年华待到垂暮之年，死后一卷破席草草掩埋，过完悲凉一生。

能脱离乐籍的是极少数，她们往往是被某个达官显贵看上，娶为侍妾。即便如此，她们的命运也不一定会变得更好；甚至，可能比留在乐营还要糟糕——卿卿，就是最好的例子。

比起卿卿，她要好运一些。韦皋、武元衡都很尊重她，尤其是武元衡，不仅倚她为臂膀，还视她为知己，不惜以家传古琴相赠，还奏请朝廷授予她"校书郎"一职。

可是，不管武元衡等人对她多好，她都觉得自己的生命是残缺的——直到元稹出现。

阿母说得对，女人这辈子，才华、美貌都不是最重要的，遇到一个自己真心喜欢，又真心喜欢自己的人，才是人生至幸。他会让你变得完整，变得幸福，变得无比柔软又无限勇敢。

薛涛不再犹豫，迈过那扇既熟悉又陌生的大门，同时也迈进那段不堪回首的过往。

为了元稹，一切都值得。


## 十五

乐吏罗秀成看见薛涛款款而来，简直不敢相信自己的眼睛："真是洪度……哦不，应该叫薛校书……"

武元衡对薛涛的器重锦城无人不知，罗秀成的态度显得毕恭毕敬。

薛涛见他头发白了大半，衣服也脏兮兮的，显是很久没有更换，猜测这两年乐营的日子不好过，一时找不到话讲。

罗秀成好不容易遇见故人，诉起了苦："武公不好歌舞，上任至今没到过乐营一次，每年召我们入幕府宴客最多一两次。你知道，我们的收入主要靠打赏。不参加宴会，我们没有收入，姑娘们连买胭脂水粉的钱都没有。"

薛涛不知道说什么，只好点点头。

"这一两年西川大治，武公对官员们管得没那么紧，倒是有几位官员请我们赴宴，可惜乐营的姑娘又老了。你知道，你……她们这行吃的是青春饭，年龄一大，就算你琴棋诗画、猜枚行令无所不精，人家也不愿意找你。"

"既然如此，你们为什么不多招几个年轻姑娘？"

"多一个人，虽然多了一双手，却也多了一张口，还要买衣裳、胭脂水粉，那花销也不少啊……"

薛涛打断他说："这么说，最近有人入乐籍了？"

罗秀成眼珠一转，猜测薛涛此来的用意，半天没有说话。薛涛知道他爱财，将准备好的几贯开元通宝塞到他手里。

"薛校书这是干啥？"

"有件事想劳你帮忙。"

罗秀成假意推了几下，将开元通宝收入宽袖，说："有事开口就行了，何必如此客气？走，进去边吃茶边说。"

薛涛随着他来到后院，进入那个以前常去的红亭坐下，仆役很快端来了两盏茶。

罗秀成见薛涛似有所感，小心地问："洪度可是想起了什么？"

薛涛叹息一声，说："你知道的，以前我和卿卿常来这里弹琴弈棋……"

"卿卿红颜薄命，不过，有你这个好姐妹时常去看她，九泉之下，她也能够瞑目了。"

薛涛轻轻摇了摇头，说："她本就是为救我而死，我若不经常去看她，于心何安？"

"洪度是重情重义之人，哪怕不是出于救命之恩，而是出于姐妹之情，我相信你也一定会经常去看她。洪度，其实我也有件事，想请你帮忙。"

"请……讲。"

"整个锦城都知道，武公对你很器重，几乎可说是言听计从。你可否向武公进言，让乐营的姐妹多去几趟幕府？"为了不让薛涛怀疑是他想找钱，罗秀成接着说，"我每月有点微俸，养家糊口不成问题。我这么做，纯粹是为乐营的姐妹。"

薛涛想了想，说："等武公回成都，我会向他进言。只不过，此事能不能成，全在武公那里……"

"那是当然，那是当然。"罗秀成高兴不已，说，"洪度，你有什么事尽管开口，只要我办得到，就是上刀山下油锅，我也绝不推辞！"

"何至于此，"薛涛脸上的笑容一闪即敛，说，"我只是想向你打听一个人……"

"谁？"

薛涛正要回答，身后屋子里传来一阵琴声，悲切中含有莫大的愤怒，如同萧萧秋风，清冷又肃杀。

"这是新入乐籍的一位姑娘，名叫余春樱，听她口音，像是梓州人。这姑娘不仅精于琴棋诗画，还写得一手好诗，与当年的……"罗秀成差点儿说出那个"你"字，还好及时止住，一脸尴尬地看着薛涛，目光饱含歉意。

薛涛却只听进去他的前半段话，说："我找的就是这个'余春樱'！"

说完，起身走出红亭，步入传出琴声那间屋子，见一年约十八岁的清瘦姑娘正专注地拨弄琴弦，连屋子里多了两个人也没有发现。

一曲奏毕，姑娘抬起头来，薛涛见她长得与涂山甫似像非像，试探说："姑娘琴艺绝妙，只是琴音中带了太多哀愤，可是遇到了什么不平之事？"

余春樱抬起头来，见眼前站着一气质娴雅的美艳妇人，因不知其身份，不敢贸然答话。

罗秀成忙说："这位是西川幕府的薛校书。"

余春樱躬身行了个礼，说："我确实遇到了不平之事。"

薛涛说："可愿说来听听？"

余春樱告诉薛涛，她是梓州人，阿爷、阿母都是老实本分的农民。一日，她随父母下地种菜，被邻村的无赖周吉头看见。周吉头多饮了几盏酒，见她长得年轻貌美，上前想调戏。她阿爷见了，赶紧跑来阻拦，周吉头酒醉无力，被推进涪江淹死。阿爷被抓到官府，判了个斩立决；阿母伤心不已，很快也病死。周吉头的家人天天来骚扰，她只好逃到成都；因衣食无着，只得入了乐营……

薛涛一脸不信地问："你一个农家女子，哪有机会学琴？"

罗秀成说："她是入乐营后才学的琴，因天分高，虽然只学了半年，比起其他姑娘却毫不逊色。"

薛涛失望至极，辞别罗秀成出了乐营，雇车回碧鸡坊。离家还有几十尺，薛涛透过车帘，看见有个女子正朝她家走去。待看见那女子的面容，薛涛吃了一惊，忙撩开了帘子。

女子见了她，也吃了一惊，暗想：这人是谁？怎么长得这么像我？

薛涛叫停了马车，付了车钱，走到那女子面前，说："姑娘贵姓？来碧鸡坊找谁？"

女子警惕地看了她一眼，不说话。

"我叫薛涛，就住在碧鸡坊……"

"你真是薛涛？"

薛涛听出她的梓州口音，说："你莫非是涂……"

这女子正是涂秋裳，两年前随奶妈来到成都。半年前，奶妈病死，她带来的钱花光，靠给别人做针线过活。听说元稹到东川查她父亲的案子，又在街市听人谈及元稹和薛涛的恋情，她找到碧鸡坊，正准备去薛涛家。

涂秋裳问："听说你们去过梓州，有没有见到我阿爷？"

薛涛拿出那份状子，说："你看这是不是你阿爷的笔迹？"

涂秋裳接过一看，颤声问："这、这为什么在你手里？我阿爷呢？他是不是……我要去找阿爷！"说罢，转身便走。

薛涛一把拉住她，说："严砺的人正在梓州等你，你回去，只有死路一条！"

"我不管，我要去找阿爷！阿母死了，奶妈也死了，我只有阿爷一个亲人！就算死，我也要和他死在一起……"

"你要是死了，谁替你阿爷阿母报仇？"

刚才还只是怀疑，听了薛涛这话，涂秋裳确定父亲已经亡故，蹲在地上号啕大哭。薛涛听她哭得凄恻，想起阿爷亡故时，自己也是这般伤心欲绝，忍不住发出一声悠长的叹息。

薛涛扶起她，替她擦去脸颊的泪痕，柔声说："秋裳，过一阵子，我陪你回去看望你阿爷阿母。说起来，你阿爷还是为了救我们而死……"

当下便把涂山甫引开杜文山等人，救下元稹和自己一事讲了一遍。

"我知道阿爷的想法：牺牲自己救你们，你们将来可为他申冤报仇；如果不救你们，不仅他自己难逃一劫，还会搭上你们的性命。阿爷是一个心地纯良的人，梨花谷方圆十里，无人不知……"说到此处，涂秋裳变得咬牙切齿起来，"严砺和潘孟阳，为了得到涂家的田宅家财，让我阿爷阿母死于非命。我即便拼上小命，也要报此血海深仇！"

守在薛家门口的陈宏见薛涛和一女子交谈半天，始终不回家，走过来看究竟。

涂秋裳擦干眼泪，问："这位可是元御史？"

薛涛说："不是，元御史在里面。"

陈宏看两人模样，已经猜到七八分，顿时喜形于色，说："涂姑娘，走，我带你去见元御史！"


# 十六


三人到薛家门口，隔着大门听见元稹正和一名男子大声谈笑。待听清那男子的声音，薛涛不禁放缓了脚步：和元稹在一起的，是武元衡！

武元衡明明对她有情，却始终不愿表白，薛涛一开始不懂，后来才明白，他是介意她曾入过乐籍。说到底，他还是一个俗人，爱惜羽毛，在意世俗的看法。

薛涛拉着涂秋裳推门进入院子，正饮酒欢谈的元稹、武元衡、裴度、段文昌都把目光投向她们。武元衡见薛涛神采奕奕，比数月前分别时又多了几分动人之色，目光在她脸上久久不能离开。

元稹却一直盯着随她而入的涂秋裳，问："洪度，这位莫非是……"

武元衡听了，把目光移到涂秋裳脸上，吃了一惊：这女子怎么长得这么像薛涛?!

薛涛点点头，说："没错，她就是涂秋裳。"

元稹从凳子上一跃而起，紧紧拉住薛涛的手，叫道："洪度，你真是我的福星!"

自从知道薛涛陪元稹一同去东川查案，元稹又住在她家，武元衡已经猜到他们关系不一般；如今看见元稹旁若无人地牵着她的手，她则一脸欢悦，更是印证了此前的猜测。

武元衡心中有几许欣慰，更多的却是失落，默默饮下一盏酒；这酒入口时不知是何滋味，等到了肚腹，立即化作酸苦甘辛咸五味，浓浓地充盈着、混杂着、发酵着……

裴度和段文昌都知道他喜欢薛涛，却又怕影响名声与仕途，迟迟不肯表明心意，以致错失佳人。两人当下也不言语，只在心中默默叹息。

武元衡正在失意之际，一双纤手带着一缕清香飘到他眼前，端起食案上的酒壶，替他的空盏斟满了酒；与此同时，一张海棠般娇艳的脸倒映在酒水里，让微晃的醇酒荡漾出一股从未有过的芬芳。

武元衡抬起头，看见涂秋裳脸上挂着两行眼泪，问："你为何哭泣?"

"我……想起了阿爷。"

武元衡与涂山甫年龄相仿，涂秋裳见他刚才面露失意，心头大动，便拿起酒壶，恭恭敬敬地给武元衡斟了一盏酒。薛涛听了两人的对话，忙将涂山甫一家的遭遇给武元衡说了一遍。

饶是武元衡一贯沉稳，也忍不住以手击打食案，说："严砺、潘孟阳如此胡作非为，国法岂能轻饶?!"

涂秋裳从薛涛口中已知在座的一位是西川幕主武元衡，一位是监察御史元稹，忙跪于地下，哭拜道："请武公、元公为我阿爷阿母申冤雪恨！小女子愿生生世世做牛做马，报答两位大恩!"

武元衡忙伸手扶起她，说："有元御史在，一定能洗脱你阿爷阿母的冤屈。元御史若有需要，我当鼎力相助。"

元稹奉命按察东川，为查到严砺的罪证，不惜深入虎穴，险些丧命，武元衡当然不会抢他的功。他忍不住又看了一眼薛涛，心想：她一个弱女子，愿意随元稹深入险地，除了钟情于他，还能有什么解释？只是，元稹不仅有妻室，还风流多才，处处留情，她又比他足足大了十岁，她能否与他白头偕老，实在不可得知。

薛涛说："如今秋裳身份已暴露，严砺在成都的眼线得知，一定会飞报于他，到时候……"

涂秋裳知道她的意思，说："薛姑娘，只要能让严砺和潘孟阳替我父母陪葬，我不惧死！"

薛涛微笑着说："严砺和潘孟阳被处以国法之前，你不能死；之后，你不会死。"

众人听了不禁一笑。

元稹看着涂秋裳说："叫'薛姑娘'生分了。你和洪度长得极像，比她小二十余岁，不如就叫她'姑姑'吧。"

涂秋裳听了，叫了声"姑姑"。薛涛很不是滋味，觉得元稹嫌她老，似有似无地答应了一声。

元稹说："我会尽快写一封奏折，让陈宏带着它护送涂秋裳先行入京……"

听了这话，薛涛又高兴起来：这么说，他想在成都多留一阵？一朵喜悦飞上脸颊，生出千般娇媚、万种风情。涂秋裳是女子，看了也不禁一动，并生出微微妒意。

武元衡接话说："严砺和潘孟阳一定会想方设法对付秋裳，在离开成都之前，也不能掉以轻心。"看了看周围，说，"洪度这里也不安全，为防不测，你们干脆都随我入幕府。"

薛涛对元稹说："武公说得有理，留在梓州调查朱新志的人还没回来，陈宏也需要再等待一阵。"

元稹听了，笑着对武元衡三人说："搬入幕府，能和诸公每日把酒论诗，何其痛快！"

说着拉薛涛入座，众人饮到天黑，一起前往西川幕府。陈宏则于次日前往梓州，了解对朱新志的调查情况。

两日后，陈宏匆匆回到成都，入幕府找到正在竹亭对弈的元稹和薛涛，告诉他们一个石破天惊的消息：严砺和朱新志同时暴毙！

元稹起身太急，弄翻了棋盘，棋子在地上如水珠般乱跳。

"到底怎么回事?!"

"昨晚，严砺带着几个贴身随从去朱新志家，两人闭门饮酒夜谈。后来随从发现里面很久没有声响，推门一看，两人都已气绝……"

元稹看向薛涛，问："你说，他们有没有可能是畏罪自杀？"

薛涛尚未开口，陈宏先说："潘孟阳也是这么下的结论。"

"事情只怕没这么简单。东西两川是近邻，当年刘辟造反，严砺和高崇文等人一同平叛，与成都的很多武将过从甚密。然而，我们从梓州回成都，以及寻找涂秋裳这几天，严砺却什么也没做，这难道不奇怪？"薛涛起身踱了几步，又说，"如果我没猜错，严砺一定想对付我们，他的那些手下却知道，如果杀掉你这个御史，圣上一定会震怒。圣上削藩之志坚决，遇到这种目无朝廷的狂妄之举，很可能会兴兵讨伐东川，到时候大家都会给严砺陪葬。与其如此，不如让他一个人……"

元稹说："你是想说，严砺和朱新志可能是被人杀死？那，杀他们的人，很可能是……"

"潘孟阳!"

元稹三人回头一看，武元衡带着涂秋裳快步走了过来。

武元衡继续说："我已得到消息，东川诸刺史、武将，准备推举潘孟阳为东川节度使。"

目前在东川任职的几名官员与武将，曾是段文昌手下，或是与他共过事。从薛涛家回来后，武元衡立即让段文昌写信给他们，了解东川幕府的一举一动。

薛涛见了武元衡和涂秋裳的亲密状，心想：武公在这事上如此用心，除了想帮微之和我，主要只怕还是想帮涂秋裳。

元稹恨恨地说："杀掉严砺和朱新志，不仅可以将所有罪责推到严砺头上，还能让自己更进一步，成为东川幕主，潘孟阳这一石二鸟之计，实在是毒!"

涂秋裳向前一步，跪在武元衡和元稹面前，说："严砺暴毙是罪有应得，但我阿母是死在梓州监狱，封我家宅的也是梓州官吏，他们都是受命于潘孟阳。

潘贼不受严惩，我阿爷阿母死难瞑目，望武公、元公替我做主！"

武元衡伸手扶起她，说："我们会尽力，不过这事得从长计议……"

话没说完，元稹已快步走出了亭子。

薛涛急问："微之你干啥？"

"去梓州，找潘孟阳！彻查严砺的死因！"

薛涛赶紧上前拉住他衣袖，含泪相劝："微之切勿急躁。严砺之死，为东川所有官员所乐见，他们一定会百般拥戴潘孟阳。你此时去查，一定查不出什么。"

"那也要同潘孟阳对质，痛斥这个阴险歹毒的小人！"

元稹辛辛苦苦查了几十天，好不容易找到涂秋裳这个证人，只要写封奏表，把人证和陈宏等人搜集的物证一同送京，就能将严砺等东川官员连根拔起，一来为东川百姓除害，二来在仕途上，自己也能借此更进一步——哪里知道，这事会横生枝节！

元稹甩脱薛涛的手，大步而去。陈宏见了，也跟了上去。

薛涛无助地看向武元衡。

武元衡柔声说："潘孟阳心患已除，又一心等着当东川幕主，不会对微之下狠手，他不会有生命危险。你在这里安心住着，有任何消息，我会及时知会你。"

薛涛听了心里稍安，却不愿住幕府，当晚便回了碧鸡坊。


# 十七


元稹带着陈宏等人赶到梓州，直扑潘孟阳官邸。

"元御史来了，倒两盏茶去我书房，速速整治酒肴，我要和御史好好饮几盏！"下人应声而去，潘孟阳一把拉了元稹的手，说，"走，随我去书房。"

元稹一言不发随他进入书房，两人相向而坐。不一会儿，茶和酒都端了进来，另有几样下酒凉菜。

潘孟阳亲自替元稹斟好酒，举盏说："自元御史入东川，我虽与你有几次饮宴，却人多口杂，未能尽兴。今日只有你我两人，我们一定要饮个痛快，不醉不休！"

元稹袖手冷笑，说："这酒我可不敢饮。"

潘孟阳放下酒盏，说："听元御史的意思，我今天设的是鸿门宴了？就算是鸿门宴，元御史不请自来，也不合礼数吧？"

"我今日入贵府，不为赴宴，而是想问你一个问题：严砺是怎么死的？"

"我已派能员干吏详查，可以确定，严公和朱新志是畏罪自杀。严公以'私通反贼'为名，籍没涂山甫等八十多户吏民的田宅、奴婢，然后卖给朱新志；少部分钱上缴官库，大部分则落入严公本人口袋。朝廷派你下来调查，他担心东窗事发，于是和朱新志相约自杀……"

元稹哈哈大笑，说："潘刺史，哦不，应该叫潘幕主——你这故事编得可实在精彩！"

潘孟阳一脸惊异地问："元御史何出此言？难道你在东川待了两个多月，竟没查出严公任何罪行？没关系，我查到不少实据，愿全部奉送元御史，让你回去给圣上有个交代……"

"不需要！"元稹冷冷地说，"不仅严砺所犯之罪我查得一清二楚，你潘孟阳干了什么好事，我也统统了然于胸！"

潘孟阳饮了一口酒，有滋有味地品咂一番，慢吞吞地说："那就请元御史说说，我到底干了什么'好事'？"

"涂山甫及梓州许多财主，都是你潘孟阳派人带走；他们的田宅，也是你让人查封……"

"那是严公所命，我身为下属，岂能反抗？对了，幕府发来的文书我都还留着，要不要给元御史看看？"

"那些都是你伪造的！"

"伪造？证据呢？"

元稹一时语塞，半天才说："我会上奏弹劾你，看圣上会相信谁！"

"说得好，我也会上奏弹劾你——看圣上会相信谁！"潘孟阳起身端起元稹那盏酒，说，"元御史这酒已经冷了，冷酒，就该倒掉，留着也没什么用……"说完手一倾斜，当着元稹的面，将一盏酒倒得一滴不剩。

元稹霍然起身，大步而去。

已是子时，屋外别说人声，连风声也没有，薛涛却睡不着，半躺在床上，仔细聆听窗外的动静。

隐隐约约地，她好像听到了马蹄声；很快，它清晰、急促起来，狂风巨浪般冲向她的屋子。薛涛大喜，赶快和衣起床；打开屋门，元稹正好停住马，月色照着他孤傲且愤怒的脸。

"微之……"

薛涛扑到元稹怀里，痛哭失声，发现他身体出奇地冷，忙脱离他怀抱，拉他回屋，拿出一件厚袍子，伺候他穿上。薛涛还想和元稹说话，他已经提起笔，在那封尚未写完的奏表上奋笔疾书。

薛涛见他面色铁青，不敢打扰，去厨房煮了一碗参汤端来，说："微之，先吃碗参汤。"

"写完再说！"

薛涛说了声"好"，埋头去看他新写的奏表，但见笔锋锐利，句句直指潘孟阳。

半晌之后，元稹将笔往书案上一扔，说："好了！"

薛涛见他心情转好，松了一口气，说："把参汤吃了。"

元稹接过薛涛手里的参汤一口吃尽，叫道："痛快，痛快！"也不知他说的是汤，还是方才写的奏表。

"洪度，看看我写的奏表。"

方才，薛涛已把奏表粗略看了一遍，觉得元稹给潘孟阳罗列的罪状，虽然他们知道属实，却缺乏实据，难以说服身居深宫的圣上。

薛涛又细细看了一遍，沉吟片刻，还是决定好好劝劝元稹："微之有没有想过，这奏表圣上看了会怎么想？"

"无非两种结果：信或不信。信，圣上会派人砍掉潘孟阳的脑袋；不信，他会认为我诬告地方大员，下诏痛斥我，甚至贬我的官！"

"微之，潘孟阳是一块又臭又硬的石头，何必与他硬碰硬？"

元稹听了颇为不满，说："洪度的意思，我是鸡蛋，潘孟阳是石头，我与他为敌，是必败无疑了？"

"微之，我不是这个意思。我只是觉得，对付潘孟阳这样的小人，要找对时机与策略；若没有必胜的把握，不必将自己赔进去。"见元稹怒气渐消，又说，"说不定，他就是想激怒你；你若不冷静，反而中了他的圈套。"

元稹想起白天的遭际，倏然一惊，说："洪度所料不差……"把自己和潘孟阳的交锋，给她讲了一遍。

薛涛拉了他的手，说："对手越是狡黠，我们越需要冷静。时候不早了，先好好休息，明天再仔细斟酌奏表怎么改。"

元稹埋头看着她的脸，说："明天你可要好好帮我。"

薛涛羞涩一笑，说："我不帮你帮谁?"

元稹见她娇美如花，心头一荡，弯腰将她抱起……

薛涛醒来已是日上三竿，出门一看，涂秋裳站在一棵樱花树下。她显然刻意打扮过，修眉凤眼，粉黛浅妆，清风吹起她的衣裙，更增风韵。

薛涛理了理衣衫，稳了稳云鬓，这才走向她，问："秋裳什么时候来的?"

"刚来不久。今早上才听门人说，元御史昨晚来过幕府，知道你不在，马上回了碧鸡坊。他去梓州找潘孟阳，情况如何?"

"他昨晚回得比较迟，等他再睡一会儿，我就去叫他。你先坐坐，我给你煮盏茶。"

"不必，我已经醒了。"

涂秋裳见元稹出来，忙迎了上去。元稹见她虽未说话，一双剪水秋瞳和两汪晶亮的眼泪，却把心中所想全部暴露，当下也不隐瞒，把与潘孟阳相见的过程，完完整整告诉了她。

涂秋裳悲愤无比，说："我父母一生善良却无辜惨死，潘孟阳坏事做尽，不仅得不到任何惩罚，反而步步高升——苍天，你到底有没有长眼睛?! 元御史，你接下来准备怎么做?"

元稹说不出话，脸上满是愧疚之色。

涂秋裳说："既然元御史不愿帮我，那我就只身赴京，找圣上，告御状!"

她挂着泪珠的脸一副凛然之态，让人又是佩服，又是怜惜。

元稹素来心软多情，见了她的样子，早把昨晚薛涛劝他的那些话抛到九霄云外："我已经写好了弹劾潘孟阳的奏表，马上命人快马送京——不，我亲自带奏表入京！你是证人，也随我一同入京。"说到此处，顿了顿，大声又坚决地说，"就算舍去头上官帽，我也要和他潘孟阳斗一斗！"

亲自送奏表入京，不仅意味着元稹决定和潘孟阳硬碰硬，还意味着他马上就要离开……

薛涛犹如遭受雷击："微之……"

元稹朝薛涛摆摆手，说："我意已决，不必多言！"


# 十八


薛涛送元稹一行出城。峨峨见薛涛伤心，怕她出事，执意要陪她。马车出了成都，上了官道，很快来到一座长亭。陈宏知道元、薛要话别，带着手下和涂秋裳在百步外等候。

峨峨扶着薛涛下了车。自从知道元稹要离开，薛涛几乎没怎么说话，她到今天才知道什么叫"大悲无声，大苦难言"。

元稹见她瘦得额角显出几条细纹，说："洪度，此地一别，后会有期，你要好好保重。"又对峨峨说，"把酒拿出来吧，我和洪度饮两盏。"

薛涛知道，一旦饮过酒，她就必须和元稹分别，伸手拦住了峨峨，幽怨地看着元稹说："微之，让我跟你一起走吧。"

他不是说过，去哪里都不会抛下她吗？

元稹摇摇头，说："此去长安，凶险不亚于梨花谷，怎能让你以身犯险？"

白居易来信说，潘孟阳已经买通了不少京城高官和宫中内侍，这些人在皇帝面前轮番说他的好话。潘孟阳任东川幕主，已是十拿九稳。如果皇帝任命他为东川幕主，元稹不仅不易扳倒他，祸及自身的可能性还很大。

薛涛拉住元稹的手，说："微之，难道你还不明白，我不怕和你赴死，只怕和你……分离！"

元稹微微一笑，说："你素来谨慎，今天怎么说出'赴死'这等不吉利的话来？放心吧，我会加倍小心。"

说完，用袖子擦了擦额头的汗。薛涛上前，替他把没擦掉的汗擦去，元稹趁机握了她的手。

已经入夏，又日头高照，薛涛却非但不觉得热，反而感到身上一阵阵发凉。他们正双手互握，他难道觉察不到她的冷暖？还有，他不愿带她入京，到底是因为不想她以身犯险，还是担心无法面对夫人韦丛？

在梨花谷，他称她"夫人"，听起来似乎想娶她，此刻却独自匆匆回京——她不知道，是她会错了意，还是他突然改变了主意？自古男儿多薄幸，男人难道真不能长久去爱一个女人？

抬头看着元稹那张英俊的脸，薛涛忍不住想：他明明已答应她，第二天再写一份奏章，不和潘孟阳硬碰硬；为什么第二日一见涂秋裳，立马改变了主意？

"微之，你这封奏章如果治不了潘孟阳的罪，很可能会把自己搭进去。你先不要急着回长安，我们找武公和裴公，再商量一个万全之策……"

元稹打断她说："圣人云'知其不可为而为之'，洪度也是读书人，难道不明白其中的道理？"

薛涛听出他有些生气，忙说："微之，这道理我明白，我只是不希望你白白牺牲。你如此年轻，若稳健为官，用不了几年便可位列公卿，到时候收拾小小的潘孟阳，岂不是易如反掌？"

元稹摇头说："我等不了，涂秋裳等不了，东川那些受潘孟阳迫害的百姓，也等不了！洪度，你替我着想，我很开心。不过，这事我已拿定主意，你不要再劝了，好不好？我还要赶路，你早点回去吧。"

薛涛不舍与他分离，说："微之，让我再送送你。"

元稹知她心意，拉着她一同出了长亭，继续前行。陈宏等人见了，也上马行路，始终与他们保持着一定距离。

行了约半个时辰，又来到一座长亭，薛涛和元稹入亭休息。清风吹过，亭外的柳枝随风摇荡，元稹吟道："'昔我往矣，杨柳依依'，这句诗倒是应眼前之景。"

薛涛说："我想起的却是李太白的《劳劳亭》：'天下伤心处，劳劳送客亭。春风知别苦，不遣柳条青。'"

薛涛看着眼前随风摇荡的柳枝，想起女子如柳，男子如风，女子的行止与命运，从来就由男子决定——如果这男子是她情郎，就更是如此！

元稹再次劝说:"洪度,我们走得越远,你返城的时间越长,让峨峨拿出酒,我们好好饯别吧。"

"不,我要多送送你!"薛涛侧脸看向元稹,学着他的口吻小声却坚定地说,"这事我已经决定,你不要再劝!"

休息一阵,继续赶路。约半个时辰后,又来到第三座长亭。这亭子建在半山腰,掩映于一株古松之下,很是清幽。

薛涛这几日茶饭不思又睡眠不足,下车时差点儿摔倒。峨峨挺着大肚子行动迟缓,元稹抢先一步,扶着她入亭中坐下。

元稹从峨峨手中接过干粮,分成小块,递到她嘴边。薛涛想起这段日子,他经常给她画眉、贴花黄……这样的日子,以及眼前这个她挚爱的男子,很可能将一去不返,她哪还有心情饮食!

"洪度,我知道你在想什么,在担心什么。放心,我说过的每一句话、每一个字,我都记得,也不会更改。"元稹说完,从怀中取出一块物件,放入薛涛怀中贴身放好,说,"这东西我走后你再看。任何时候,只要你开始怀疑我,都可以把它拿出来——它是我的心意,天荒地老也不更改的心意。"

说完,把目光投向峨峨。峨峨会意,也来劝说:"小姐,俗话说'送君千里,终须一别',我拿出酒来,你和元公子饮两盏,然后元公子去长安,你回成都好好休息,好不好?"

薛涛叹息一声,轻轻点了点头。

峨峨去马车中拿出酒壶、酒盏,以及几样下酒菜。元稹亲自斟好酒,递给薛涛。薛涛接过,一饮而尽。元稹陪她饮了,又给她倒了第二盏。薛涛什么也没说,接过再次饮下,眼泪不自觉流了出来——这两盏酒,就像两把利剑,割得她肝肠寸断!

元稹又递过来第三盏酒,薛涛知道,饮完它,他们就要分别,迟迟不肯伸手来接。

元稹笑着说:"这么长时间,我都能写一首诗了……"

"诗,诗……"薛涛心里默念,突然振奋起来。一路上,她都在思考,怎么做才能让元稹再回成都,现在终于有了答案:元稹爱诗,如果开个诗会,他一定会回来!

薛涛接过酒盏，说："微之，我准备今年在碧鸡坊开个'菊花诗会'，你可一定要来。"

元稹一听，果然很有兴致，说："好，好，到时候我把仲初、文昌、乐天全部叫来，大家好好热闹热闹！"

仲初是王建的字，文昌是张籍的字，他们和元稹、白居易都提倡"新乐府"，彼此之间交情甚厚。

薛涛听了元稹这番话，终于疑虑全消，粲然而笑，举盏和他一碰，一饮而尽。

元稹摸摸她的脸颊，说："洪度，我走了。"

元稹说完，迈步出亭，薛涛跟着他走出，一同看向山下的岷江。前几天下过一场大雨，岷江水位上涨，滔滔东去，气势非凡。

元稹忽然豪气填胸，大声说："仰天大笑出门去，我辈岂是蓬蒿人！你潘孟阳是个人物，我元稹也不是无能之辈！洪度，后会有期！"

元稹打马而去，薛涛踮脚翘首目送情郎，双眼渐渐蒙眬。待擦干眼泪，但见流水迢迢，青山隐隐，天地之间，早已没了元稹的影子！

# 第五章

## 一

日暮时分，峨峨进入薛涛卧房，从篮子中取出一块饼，问："小姐，你尝尝这樱桃锤的味道如何？"

"我待会儿吃。"

峨峨拿下她手中的书，将饼放在她手里，说："元公子的诗再好，也不能从早'吃'到晚！"

回到成都，薛涛在碧鸡坊遍种菊花，还弄了不少盆栽，摆放在家中各处，日日小心伺候，希望秋风起时，它们统统应时而开。峨峨见她每日只知道种花，饭也不好好吃，找个借口把她接到了纸坊。结果，薛涛还是不思饮食，每日不是捧读元稹的诗集，就是把玩他临走前送她的礼物——那是一块玉件，上面雕着两只鸳鸯。

初见这玉，薛涛又是幸福，又是感动，又是内疚——元稹对她的心从未改变，她却多次怀疑他！

因为内疚，她更加思念元稹，希望能找机会好好补偿他；她很想给他写信，一想到他现在要全力对付潘孟阳，又怕他分心，只好按压冲动，每日读书写诗自遣。

薛涛见峨峨挺着个大肚子还要照顾自己，不忍惹她担心，拿起饼吃了一口，点头说："不错，比当年眉州刺史何晨送我们的还好。"

那年何晨为讨好韦皋向薛涛送礼，在放樱桃锤的匣子下放了许多银钱，薛涛不敢收，连樱桃锤也不敢多吃。那是峨峨第一次吃到这么美味的食物，舍不得将它们还给何晨，为此还和薛涛起了不小的争执。谁承想，她后来嫁给阿贾尔且，经营起了纸坊；又因薛涛突发奇想，制作出彩纸，在市面大受欢迎，他们的日子越过越好——别说樱桃锤，再贵的食物她也吃得起了！

峨峨抚摸着肚子，看着认真吃饼的薛涛。她知道，薛涛只是假装吃得起劲，她心里一直挂念着元相公，吃任何东西都味同嚼蜡。

峨峨和薛涛生活了二十多年，比谁都了解她：她是全天下最重情的女子，心仪的人不出现，她情愿一直等，哪怕青春虚掷，孤独一生；一旦那人出现，她就往骨子里爱、往死里爱！

峨峨叹息一声，心道：但愿元相公早日归来，不再离开，小姐和他鸾梦成真。若能如此，小姐这一生圆满了；她峨峨这一生，也圆满了。

三日后，武元衡派人到纸坊，请薛涛入幕府。薛涛猜测是元稹有了消息，赶紧更衣梳妆；到了幕府，仆从告诉她，武公在竹亭等她。

薛涛赶到竹亭，只有武元衡在。薛涛见他面色凝重，心里隐然有不好的预感。正要落座，听到身后一阵脚步响，回头一看，竟然是涂秋裳！

薛涛惊问："秋裳什么时候回来的？"

武元衡替涂秋裳回答说："她十日前就回来了，因状告潘孟阳还没有结果，所以没来见你。"

"这么说，现在……有结果了？"

武元衡点点头，说："墨卿来信了。"段文昌先于元稹入京，目前任监察御史，与元稹是同僚。

"他……怎么说？"

"圣上很快就会下旨，任命潘孟阳为东川节度使。"

薛涛顿时脸色煞白——潘孟阳高升，也就意味着元稹失败了！虽然知道这是多半会发生的事，薛涛还是很难接受。

武元衡知她最牵挂元稹，说："墨卿说，微之目前还没事。"

薛涛听了心头稍安，问："圣上难道不信微之所言？"

"那倒未必。圣上虽年轻，却聪明睿智、果敢勇决。严砺暴毙，东川诸将领、刺史，联名奏请圣上任命潘孟阳为东川节度使，他一定能看出这里面的猫腻……"

薛涛愤慨地说："既然如此，圣上为何还要准允？！"

武元衡想不到她会这么问，看了一眼那张气得涨红的脸，暂时没有说话，等她自行平息怒火。

薛涛在西川幕府多年，不仅对西川之事了如指掌，对朝廷与各节度使之间的博弈也看得极为透彻，她问出这等幼稚的问题，只有一种可能：这事发生在她最爱的人身上。

老话说"关心则乱"，实在是至理名言。

等她平静一些，武元衡才说："'安史之乱'后，各节度使权力日大，形同割据。上一任节度使死后，藩镇自行决定幕主人选，朝廷只能睁一只眼闭一只眼。严砺已死，潘孟阳可将所有罪责推到他身上，东川诸官员不用再担罪责，当然会全力拥戴他；如果圣上对他强硬，他就会是下一个刘辟……"

薛涛不解地问："圣上继位以来，立志削藩，先后诛杀刘辟、李锜，为何这次对潘孟阳如此纵容？"

"每打一次仗，国力便会衰减一分，若非迫不得已，圣上绝不会轻言刀兵。"顿了顿，武元衡又说，"再说了，圣上现在想全力对付河朔三镇……"

河朔三镇是幽州、成德、魏博三节度使的统称。"安史之乱"后期，史思明长子史朝义部将李怀仙、张忠志、田承嗣投降朝廷。朝廷为安抚他们，封三人为河朔三镇节度使。

这些降将名义上归顺朝廷，却既不向中央缴纳赋税，又自行任命将领官员，让治下成了彻头彻尾的独立王国。

宪宗继位后，强硬对待藩镇，先后平息刘辟、李锜之乱。兔死狐悲，河朔三镇担心朝廷会对付他们，加紧招兵买马。朝廷暂时无力讨伐他们，只好先采取怀柔之策。

不过，武元衡很清楚，朝廷与河朔三镇迟早会有一仗。河北财赋充足，三镇节度使又手握重兵，手下多能征善战之将——此战之艰难程度，将不亚于当年平息"安史之乱"。

薛涛现在最关心的，不是国家大事，而是元稹："武公，你认为圣上接下来会如何处置微之？"

"墨卿说，现在京城传言很多，有说圣上要贬微之的官；有说微之是奉皇命查案，即便有过错，顶多是罚俸；还有人说，圣上可能升他的官……"

"武公认为哪种说法最有可能？"

武元衡略作沉思，说："圣上知道微之所奏，虽无实据却是实情，不会严惩他；但是，为了安抚潘孟阳，罚俸或是外放是有可能的。微之这人，刚烈正直，有建功立业的雄心，可惜有时候太沉不住气。"

涂秋裳含泪插话说："都是我不好，害了元御史……"

薛涛对涂秋裳是有气的：那日要不是她哭求元稹，他不会不顾一切去和潘孟阳硬碰硬。转念一想，她父母被潘孟阳害死，身为子女想替他们报仇，实乃人之常情。

想到此处，薛涛上前拉住涂秋裳的手，说："这事怎能怪你？要怪就怪……"她也不知该怪谁，只能无奈一叹，起身向武元衡告辞。

武元衡送她出幕府，到达门口，忽又把她叫住，说："洪度，你不要心急，还有两个月便是重阳节，到时候再好好安慰微之。"

菊花诗会定在重阳节，薛涛已经告诉了几位老友。

薛涛一愣，点了点头。


二


接下来几日，薛涛一直在琢磨武元衡那句话的意思，尤其是那四个字：不要心急。

这当然可以理解为武元衡对她的安慰：元稹因为菊花诗会一定会来锦城，到时候便可和他见面，这两个月静心等待就是了。可是，以她对武元衡的了解，若只有这么一层意思，他不会专程将她送到门口，郑重地说出来。

难道，武元衡是想暗示她，这两个月不要和元稹联系？他为什么要这么做？莫非元稹遇到了什么大麻烦，不能受到打扰——尤其是，被她打扰？

峨峨送饭来时，薛涛正坐立难安，在卧房内来回踱步。

"峨峨，明日你不必送饭来。我饿了，自己会去厨房做。"

峨峨小声嘀咕："送来你都不吃，怎肯自己做？"把饭菜放在食案上，站在一旁看着薛涛。

"你先走，我待会儿吃。"

峨峨不说话，却也不离开。

薛涛顿时发火："我说待会儿吃就待会儿吃，你守着我干什么?!"

薛涛已经二十多年没对峨峨发过火，峨峨听了顿时怔住，很快双泪滚滚而下，抽抽噎噎地哭了起来。薛涛话一出口就后悔了，想起峨峨临产在即，担心她动了胎气，忙扶她到凳子上坐下。

"峨峨，对不起，我心里有些烦……"

峨峨止住抽噎，说："小姐，我知道你担心元公子，但你这般不爱惜自己，元公子见了也会伤心。你心里若有事，何不说出来，我就算不能替你拿主意，也……"峨峨想不出自己能做什么，又自责起来，"都怪我没用，什么也帮不了你！"

薛涛忙说："峨峨，你帮了我很多，要是没有你，我甚至不知道这段时间能不能挺过来，我烦恼是因为……"她把元稹最近的遭遇和武元衡那句令人费解的话，给峨峨说了一遍。

峨峨说："小姐，段公子不是在京城吗？你们私交那么好，给他写封信问问情况不就行了？虽然你'愁多梦不成'，现在却并没有'雁尽书难寄'啊。"

这些年衣食不愁、多有闲暇，加上受薛涛影响，峨峨也开始读诗。

峨峨所说，薛涛也想过。但有关元稹的消息，正是段文昌写信告诉武元衡的；换句话说，武元衡对她的那句"暗示"，也可能是段文昌特意叮嘱——若是如此，段文昌怎会对她说实话？再说了，锦城和长安相距千里，信件一来一去需要不少时间；两个月后就是菊花诗会，何不多等几天？

"我再考虑考虑。"

峨峨点点头，目光又投向几案上的饭菜。薛涛无奈，只得勉强吃了一些，峨峨这才收拾碗碟走了。

第二天一早，薛涛还是决定给段文昌写信——哪怕多等一天，她也无法忍受！

信被送走，接下来便是漫长的等待。还好，十日后峨峨产下一男婴，薛涛帮着丫鬟照料她们母子，有事可做，心情才渐渐平静了些。

一月后，段文昌的回信到了，里面什么内容也没有，只是抄录了元稹最近写的一首诗：

曾经沧海难为水，除却巫山不是云。

取次花丛懒回顾，半缘修道半缘君。

薛涛看完，双手抖得连信纸也拿不稳——她还是第一次读到如此深情的诗！问题是，这诗是写给谁的？

段文昌把它寄给她，难道是他写给她的？若是如此，她就是全天下最幸福、最幸运的女人！

如果这诗是写给别人的呢？那么，在元稹眼里，她薛涛就是"花丛"中一朵连回顾一眼也不愿的庸脂俗粉！若是如此，她就是这世上最凄苦、最不幸的女人！

薛涛越想越觉得是后者，道理很简单：如果这诗是写给她的，元稹为什么不亲自寄给她？

从早到晚，薛涛把这诗读了几百遍，时而欣喜若狂，时而悲痛欲绝……到了傍晚，她终于累了，伏在床榻上蒙眬入睡。

不知睡了多久，薛涛被一阵急促的敲门声惊醒："小姐，你快起来！"

薛涛听出是丫鬟翠翠的声音——峨峨生产后，阿贾尔且雇她照顾峨峨母子。

薛涛起身问："什么事？"

"元公子回来了……"

薛涛喜得脑子一片空白，眼泪却扑簌簌落下，润湿了衾被和仍被抓在手里的信。

翠翠见她久未说话，又说："小姐，你没事吧？"

"我没事，我马上就来！"

薛涛翻身起床，梳洗、画眉、贴花黄，做好一切，方才快步奔到院子，只见元稹正背手站在几丛菊花前。

"微之……"

元稹回头见了薛涛，一把将她拉入怀中抱紧，说："霜寒露冷，你为何还穿得这么少？"

薛涛把头靠在他胸前，说："有你在身旁，我一点也不觉得冷。对了微之，你怎会提前回来？"

"怎么，你不希望我提前回来？"

薛涛被他问得一脸娇羞，嗔道："你先回答我！"

元稹指着面前的菊花说："早点回来，好写诗呀。上次桃花诗会败给了你，这次菊花诗会，我誓要一举夺魁，把失去的面子和奖品都夺回来！"

"写诗，我哪是你的对手？'曾经沧海难为水，除去巫山不是云。取次花丛懒回顾，半缘修道半缘君。'这般美、这般深情的诗，我一辈子也写不出一句。"薛涛说完，昂头看着元稹，问，"微之，你这诗是写给谁的？"

元稹伸手揩去她眼角的泪痕，说："傻瓜，当然是写给你的……"

薛涛激动得满脸热泪，元稹正要安慰她，忽听得纸坊外一声大喝："元稹，时辰到了，该上路了！"

薛涛大惊："微之，这是怎么回事？！"

"洪度，我这次来，是专为和你告别的。潘孟阳买通了朝中大臣和御史，他们轮番向圣上进谗言，给我罗织了不少罪名。圣上误以为真，下诏将我发配松州……"

薛涛听了不禁一颤："松州是苦寒之地，你身子单薄，如何经受得起？我、我这就去找武公和裴公……"

元稹拉住她，说："没用的。"

"那，我陪你一起去松州——我去过那里，熟悉风物人情，可以好好照顾你！"

"洪度，你已过不惑之年，不比年轻时，怎能再去那风雪肆虐之地？"

院外又传来一声大吼："啰唆半天，有完没完？"

"洪度，我得走了……"

元稹说完，快步出了院子，上了送他的马车。车夫一甩马鞭，那马车顿时奔如飞云。薛涛哭叫着狂追马车，突然一跤摔倒！

薛涛一下子从床上坐起，才知刚才是在做梦。衣衫被汗湿透，紧贴着她的肌肤，如同着了一件冰衣。


三


菊花开了，碧鸡坊沦陷在各色菊花里。菊花的主人更是盛装以待，由峨峨和翠翠陪着站在门口，迎接来自各地的诗人。

首先进门的是武元衡、裴度和涂秋裳。不过数十日不见，武元衡发现薛涛已瘦到弱不禁风，脸上却犹自带着几分凛然之色，与傲霜而开的菊花颇有几分相似，让人油然而生敬畏之心。

他却不知道，薛涛所有的镇定和笑容，都是装出来的。她既期待今日，又害怕今日；那晚的梦让她有一种不祥的预感：她与元稹之间，或将发生什么不好的事。

诗人们一一到来，峨峨、阿贾尔且和丫鬟一起，忙着招待众人。薛涛一人站在门口，吹着凉凉秋风，目不转睛地看着小巷尽头。

长安诗人还没有到，她等的人，也还没来。今天这场诗会，是专为他而办；如果他不来，所有的菊花，连同她自己，都会一同枯萎。

武元衡和涂秋裳不知何时走到了薛涛身后，武元衡说："洪度，我已命人守在前方路口，微之一到，他们马上会来禀报。你站了很久，进去休息一下吧。"

薛涛摇摇头，说："我不累。招待不周，还请武公见谅。"

武元衡尚未说话，一骑快马飞奔而来，对武元衡说："禀武公，京城诗人到了。"

薛涛和涂秋裳惊得满头珠翠摇晃，武元衡看了她们一眼，挥手让报信人退下。

一刻钟后，两乘马车停在了门口。从头一辆走下王建和张籍，后一辆先走下白居易……薛涛心脏陡紧，双目一动不动盯着马车，只见一人缓缓撩开车帘走了下来，却不是元稹，而是段文昌！

元稹没来！

他明明说过要来，为什么会食言？！

秋阳高悬，照得薛涛一阵眩晕，不自觉地朝后退了两步，涂秋裳忙扶住她，问："姑姑，你怎么了？"

"我没事！"薛涛咬牙答道。

白居易四人走了过来，薛涛打起精神前去迎接。他们都知道她与元稹的情事，想安慰却又不知如何安慰，交谈几句后，便由武元衡和涂秋裳带进了薛家。

薛涛拉住走在最后的白居易，冷冷地问："微之出了何事？为何不来赴约？"

"你真想知道？"

"当然！"

"他可能会被贬谪……不过，对他打击更大的是：韦丛去世了。"

薛涛如闻惊雷，颤抖着从袖中摸出一页纸来，问："这诗是写给韦丛的？"

白居易一看，点了点头。薛涛顿在当地，仿佛变成了一块石头。

"洪度，我不进去无所谓，你是主人，里面上百人可都等着你呢。"

白居易的话，薛涛完全没听见，心里想的全是元稹：看来，他根本就没有喜欢过我。他客居外地，寂寞无聊，与我来一段露水情缘，一离开就把我弃如敝履……难道他真这么薄幸？难道在他眼里，我是一个玩玩就可丢掉的低贱女子？

段文昌见薛涛和白居易迟迟不进门，走过来查看。不一会儿，峨峨也来了，几人轮番劝说，总算把她劝了进去。

武元衡见薛涛如失魂魄，对白居易说："乐天，今天恐怕得你来做会主。"

白居易摆手说："上次东川的桃花诗会，找我做会主；洪度的菊花诗会，怎么还是找我做会主？不行，我要写诗。"

武元衡指指薛涛，说："你看她的样子，哪还能做会主？乐天，一来你才绝当世，你若写诗，在场诸位无人能敌；二来你为人公允，由你来评诗，大家才能心服口服，你就帮帮洪度吧。"

白居易看了一眼如失魂魄的薛涛，不由想起上次桃花诗会，他将她的诗评第一，元稹的诗评第二，元稹借此与她搭讪，当晚更是追薛涛到成都。薛涛不肯开门，他便声称每晚都会骑马从梓州到碧鸡坊找她，直到她开门为止。其实，元稹大多数时候没回梓州，而是在成都的客栈里睡大觉。欺骗薛涛，自然是为了让她感动，以更快赢得美人芳心。元稹为人风流，又懂女人心思，每到一处便会惹下情债，薛涛不知其性，受伤自然难免。

当然，元稹本次未能应约而来，还有其他原因：先是和潘孟阳的斗争失败，没过多久，与他伉俪情深的夫人韦丛又病逝。韦丛的去世，与薛涛还有一定关系。

元稹弹劾潘孟阳的同时，潘孟阳也买通御史，弹劾元稹在东川不做正事，每日和曾经的官伎薛涛四处优游，沉迷于男欢女爱，这事也传入韦丛耳中。韦丛并非妒妇，但薛涛不仅入过乐籍，还比元稹大十多岁，和这样的人谈情说爱，必然会影响他的前途。

元稹才华横溢，又有鸿鹄之志，韦丛一直认为他是宰相之才，哪知他竟如此不自爱，为区区一个薛涛，不惜影响自己前程！她本就生了重病，如今又心情郁郁，没过多久就撒手人寰。

爱妻之死让元稹很伤心，又不知圣上会如何处置他，最终决定不赴薛涛之约。

白居易笑了笑，对武元衡说："我看你是想让薛涛拔得头筹，好让她心情愉悦一些吧？"

武元衡看了薛涛一眼，叹息一声，说："微之未能赴约，洪度伤心欲绝，让她赢得赛诗，或能减少点伤痛。这样吧，我也不参加赛诗了，和你一起做会主。"

武元衡和白居易交谈时，段文昌也走到薛涛旁边，说："洪度，微之不来赴会，只因最近发生了太多事，他没有心情。等过段时间……"

薛涛摆手说："墨卿，你不用安慰我，我……很好。"

段文昌见她脸上一片冷然，不知她是太伤心，还是已从对元稹的苦恋中抽离，只好隐忍不言。武元衡走过来，和薛涛说了由他和白居易做会主的建议，薛涛求之不得，立即点头同意。

武元衡说："你是主人，虽然不做会主，还是要说两句。"

薛涛听了，朝前走去。峨峨见她走得摇摇晃晃，忙上前扶着她走到院中央。

薛涛说："大家能拨冗参加菊花诗会，薛涛身为主人，备感荣幸。本次诗会，我请乐天和武公做会主。乐天和武公才绝当世，为人又公允，定能选出真正的杰作……"


# 四


诗会终于结束，薛涛如同受了一场酷刑。送走最后一名诗人，她在峨峨夫妇陪同下回到家，举目一看，到处是粉的、黄的、紫的菊花。

这些花，她小心侍弄了几个月，终于等来了花开。她以为花开的时候，他会如约而来，与她一起饮酒赋诗，一同流连花丛……

结果，他却违背了承诺。

对她而言，承诺有如泰山之重；对他来说，承诺恰似秋风之轻。当然，也可能在他心里，轻的不是承诺，而是——她！

可恨的是，即便他这样对她，她心里还是放不下他！

薛涛又看向夕阳下的菊花，她小心伺候它们，就是希望它们能美美地开放，迎接她最在意的赏花人。可惜，它们倾尽所有的绽放，竟赢不得他"回首一顾"！

既然如此，它们的绽放还有什么意义?!

薛涛快步走向菊花，将它们一株株拔起，很快便留下满院狼藉。薛涛又奔上楼，将盆栽一盆盆摔碎……阿贾尔且想上去劝阻，被峨峨拉住。

"让她发泄发泄吧。"峨峨说完，不忍再看薛涛。太阳彻底落了下去，碧鸡坊暗了下来，夜风吹过，竟带了几分幽寒。

从成都回来后不久，白居易去了元家，进门便道"恭喜"。

元稹故作不解："何喜之有？"

"我一从成都回来，便听说圣上升你为御史中丞，这还不是'喜'？"

宪宗不仅不将元稹贬官，还升他的官，出乎所有人预料。元稹认为，圣上这么做，是对自己做法的肯定，又上了几道奏表，弹劾潘孟阳及另几位节度使，希冀在仕途上更进一步——韦丛说他有宰相之才，他也始终这么认为。

见元稹捻须微笑，白居易微微不满，说："微之，菊花诗会去了不少诗人，写了不少好诗，洪度却没有写。"

"哦，那可惜了。"

"她瘦了不少。"

元稹脸上微红，叹息着说："韦丛刚去世，我实在无心再去会她，想来她能理解吧。你离开这段时间，我又上了几道奏表……"

元稹转移开话题，白居易不好再说什么，心知武元衡也好，元稹也好，都喜欢薛涛，却都因为她入过乐籍，不可能娶她过门，以免影响名声，继而影响前程——可惜，薛涛至今还对此抱有幻想。

十日后，宪宗却下旨将元稹大骂了一顿，说他无中生有，挑拨朝廷和藩镇的关系，将他贬去洛阳任监察御史。元稹既愤懑又委屈，将自己关在家里，一边饮酒，一边苦想圣上为何会这么做。

想了几日，想不出个所以然，只有去上任。到了洛阳，元稹仍不改其性，弹劾河南尹房式不守法度，上表恳请皇帝将他撤职。房式是房玄龄之后，在朝中根基深厚。结果，宪宗不仅没有准允他的奏请，还停发他半年俸禄，并召他回长安听训。

元稹如遭当头棒喝，然而皇命难违，只得回京。途中夜宿华州敷水驿，住于驿站上房。宦官仇士良、刘士元稍后进入驿站，也要求住上房。

大唐自"安史之乱"始，武将屡屡反叛，导致皇帝对武将失去信任，开始宠幸宦官，一方面派宦官到各地做监军，监督节度使；一方面将嫡系精锐神策军交由宦官统领。

比起父辈、祖辈，宪宗对宦官的宠幸有过之而无不及。去年，他决定对河朔三镇动手，派出的统兵大将，就是吐突承璀、宋惟岳等宦官。此举虽然遭到大多数文臣反对，宪宗仍固执己见。

仇士良、刘士元也是宪宗极为宠信的宦官，驿丞不敢得罪，只好请元稹搬出上房。

自从被宪宗惩罚，元稹憋屈到现在，听了这话怒道："先来者先得，他们后来，凭什么让我搬？"又大骂仇、刘二人是阉人，皇帝宠幸他们，不仅可能祸国殃民，还会危及自身。

仇、刘二人哪里受过这等屈辱？他们冲入上房和元稹对骂，刘士元还抽出马鞭，狠狠抽了两鞭，元稹顿时血流如注。驿丞以送元稹就医为由，半拉半推将他弄出了上房。

消息传到长安，宪宗以"轻树威，失宪臣体"为由，将元稹贬往江陵府任士曹参军。元稹简单收拾行李，带上两道鞭痕和一肚子委屈，狼狈奔赴江陵。

一个月后，薛涛收到了元稹寄来的一封信，说他上次因爱妻去世，未能前来参加菊花诗会。不过人虽未来，诗他却写了；并特别声明，这诗不仅是写给菊花的，还是写给她的。

薛涛看了他的解释，对他的气消了大半，仔细去看附在后面的诗：

秋丛绕舍似陶家，遍绕篱边日渐斜。

不是花中偏爱菊，此花开尽更无花。

"不是花中偏爱菊，此花开尽更无花；不是花中偏爱菊，此花开尽更无花……"薛涛忍不住把这两句诗，吟了一遍又一遍，渐渐双眼潮热起来。

韦丛得到"曾经沧海难为水，除去巫山不是云"，她得到"不是花中偏爱菊，此花开尽更无花"——在元稹心里，她即便不能和韦丛比，至少也相去不远吧？

他心里一直有她，她却怀疑他是浮浪之人，怀疑他对她始乱终弃！

她应该知道，甜言蜜语会骗人，山盟海誓会骗人，但是，诗骗不了人——如果没有刻骨的相思、海一般的深情，怎么可能写出这般直击人心的诗句？

薛涛心中又燃起希望，与之相伴的是深深的内疚，她快步奔回书房，给元稹回信。

# 五

年后，锦城杂花齐放，薛涛和峨峨及其儿子小俊、丫鬟翠翠一同出游。来到万里桥边，只见锦江上桅樯林立，渡口挤满迎来送往的人。薛涛的思绪，早已随着滚滚江水，直奔遥远的江陵。

峨峨见远处有一处桃林，桃花全部绽放，远远望去，如同飘着一朵红云，拉着薛涛过去观赏。

来到桃林中，薛涛不禁想起，她和元稹第一次相会就是在东川的桃园。只是互相一瞥，他们就情难自已；此后几个月，他们就像一对恩爱鸳鸯，一边啾唧着情话，一边游览东西两川名胜，甚至还差点儿一同赴死……

如今她在锦城，他却在江陵，远隔千里，相思就如这眼前的锦江水，日夜流淌，无休无止。

一阵清风吹过，桃花慢悠悠地坠落，仿佛是不忍离开花枝；几只蝴蝶飞入花雨，与桃花一同共舞，斑斓的双翅舞出无尽的依恋与不舍。

薛涛伸出手掌，接住片片落花，流泪吟道：

> 花开不同赏，花落不同悲。
>
> 欲问相思处，花开花落时。

回到纸坊，薛涛赶紧拿过一张红纸，把刚才写的那首诗录下。

对于纸坊的彩纸，薛涛有两点不满：一是过于宽大，写下一首小诗后还剩许多，浪费不说，还有碍观瞻；二是染色浓淡不匀，影响观感。

薛涛搁下笔，又仔细读了一遍，忽而灵光一闪：一对男女，唯有骨肉血脉相融，才算轰轰烈烈爱了一场，才不枉来这人世一趟！如果让纸浆和花汁也"骨肉相融"，造出来的彩纸会不会质量更佳？

薛涛大步奔出卧房，来到院子，将一缸桃花花汁，倒入一缸纸浆之中，拿起木棍不断搅和。她觉得，她搅动的不是花汁和纸浆，而是自己和元稹。她和他互相渗透，直至完完全全、彻彻底底融合到一起，再也不能分开！

直到筋疲力尽，薛涛才放下棍子，叫来阿贾尔且说："明日用这纸浆造彩纸。"说罢，带着一脸汗水与泪水，回到卧房，沉睡不起。

三日之后，第一批红纸造成了，果然色泽均匀，粲然可爱。薛涛又拿来剪刀，将宽纸裁剪成一张张小红笺。

薛涛取过一张红笺，写下一首诗；拿过一张，又写一首……直到把最近写的思念元稹的诗全部录完。搁下笔，看着书案上小小的红笺，恍惚中，它们变成了一只只蝴蝶，双翅轻舞，带着她的才情与相思，飞向远方的元稹……

薛涛用新法所造的彩纸，以及裁剪成的小彩笺，在市面大受欢迎，纸坊日进斗金。

这日，薛涛收到元稹来信，邀她到江陵一聚。薛涛等这句话等了大半年，开开心心收拾包袱上了路。

十多日后，薛涛来到元稹租住的房屋。元稹见了她，笑得一脸灿烂，说："菊花诗会我未能赴约，等了大半年才敢邀你，就怕你不肯来……"

元稹的话，薛涛却一个字也没听进去：才一年多不见，元稹怎么衰老成这样？他明明比她年轻十岁，看起来却比她还要沧桑！

薛涛盯着他满是皱纹的脸，说："微之，你怎么……瘦成这样？"

"不仅瘦，还老了。"元稹凄然一笑，说，"你倒是一点没变，依旧容光焕发。"

薛涛很自责，仿佛他的早衰与自己有关，说："都怪我，我该早点来看你。"

元稹说："我很希望你早点来看我，只是，我现在……"

说到一半又停住，拉着她进屋。薛涛见家里只有一个老男仆，埋怨说："你好歹带个丫鬟，男人心粗，哪懂照顾人？"

不是元稹不想请人，他官俸不高，还要养留在京城的几个子女，经济上时常捉襟见肘。

薛涛见元稹不说话，知道他有难处，不再追问，将屋子打扫了一番，又亲自下厨，做了几样好菜，和他对酌。

饮了几盏后，薛涛问："微之，一月后是太后寿诞，西川官员都在思谋给太后送礼，你有何打算？"

元稹起身，去书案拿来一份奏表，说："这是我给太后写的贺表，你看写得如何？"

薛涛接过看完，说："这表文辞华美，对太后寿诞的恭贺也别出心裁，若能再表达一下对圣上的忠诚，圣上读了，一定龙颜大悦。"

薛涛看出元稹落魄失意，全因仕途蹭蹬，有意帮他重回朝廷，使他振作起来。

元稹听了这话，眸子闪闪发亮，忽而又黯淡下来，说："光是用贺表表达对圣上的忠诚，怕是不够。"

薛涛起身，拉元稹去卧房，打开包袱，取出两匹蜀锦来。元稹一看，一匹绣着龙凤，一匹绣着牡丹，色泽瑰丽，图纹精美，堪称极品！

元稹激动无比，问："洪度，这两匹锦花了不少钱吧？"说完，埋头继续观赏。

这两匹锦，是薛涛买了准备送给元稹的；这几年造纸所得的钱，几乎全花在了上面。见了元稹，才知最好的礼物是送他回京城，于是决定让元稹把它们送给皇帝和太后，希望能使他再次得到重用。

一刻钟后，元稹终于抬起头来，看着巧笑嫣然的薛涛，发现她是另一匹蜀锦，不仅绝美无比，还能给他带来好运，助他脱离困境！


## 六


这日，元稹去官署处理完公务，陈宏找上了门。元稹被贬官，作为亲信，陈宏也被殃及。元稹到江陵任士曹参军后，把他也带了过来。

"元参军，有你的信。"

元稹接过一看，是白居易寄来的。白居易说，他的贺表和蜀锦令圣上和太后很满意，圣上有意调他回京，继续任御史中丞。

元稹开心无比，却听陈宏又说："元参军可还记得刘子墨刘侍郎？"

刘子墨现任户部郎中，元稹和他在御史台共过事，两人私交一般。

元稹点点头，问："怎么提起他？"

"前段时间，朝中疯传圣上准备升他的官，后来却没了下文。"

"何故？"

"听说他喜欢上乐营一个官伎，后来替她脱了乐籍，纳为小妾，圣上认为他有失臣体。"

元稹听了，呆愣半晌，说："我想另租一屋，你替我留意一下。"

元稹几日未归，薛涛问老仆，他说元参军这几日公务繁多，需通宵做事。又过了两日，老仆突然开始收拾衣物，薛涛隐隐觉得有些不妥，反复追问，他才说元稹新租了房子，就在官署附近。薛涛眼前一黑，扶住面前的书案，这才勉强站稳。老仆给她倒来一盏茶，也不知怎么安慰，叹息而去。

次日，老仆也搬走了，薛涛进一步确信元稹想避开自己，思来想去，还是决定去找他要个说法。一路问到元稹新住所，薛涛上前叩门。不一会儿，门"吱呀"一声开了，正是那位老仆。

"微之呢？"

"主人还没回来。"老仆一直挡在门口，丝毫没有请薛涛进去的意思。

"他什么时候回来？"

"他没说。"

"那我等等他。"

薛涛说完，也不理老仆，走到不远处一株槐树下站着。不知何时起了风，刀刃一样割过脸，她似乎感到黏稠的血液流了出来，却不是流在脸上，而是流在心里。

等了一宿，没等来元稹，薛涛回去休息了一下，也不吃晚饭，又来到元稹住处。老仆说，他仍然没回来。

乌云低垂，很快洒下颗颗冷雨，打在薛涛身上。她没去槐树下躲雨，她想看看这雨能下多久，看看元稹能狠心到怎样的程度，也看看她对他的痴心还能经受多少消磨。

雨下到次日，薛涛回去换了身衣服，出门一看，纷纷细雨又变成片片飞雪，粉刷着街道和房屋。薛涛几日睡眠不足，又几乎没有进食，幽魂似的踱到元稹门前，本以为元稹仍没回来，没想到老仆却说，主人一刻钟前刚到家。

如同回光返照，薛涛顿时精神十足，笑着就要进屋，老仆却拦住了她，说："薛姑娘，主人醉了，不能见客。他让你先回西川，他最近会回京城，安顿好后，立即到成都会你。"

薛涛听了这话，脸上的笑容立即冻结，感到浑身发冷，仿佛所有的雪花都飞向了她，使她变成天地间唯一那个雪人，失去了所有的温度、所有的活力、所有的希望……

老仆见薛涛摇摇晃晃，担心她会摔倒，正要去扶，薛涛已经转身离开。一阵大风吹来，老仆用手遮住了眼睛；等再睁眼时，薛涛已经不见，雪地里留着一串弯弯曲曲的脚印，默默诉说着什么。

回到西川，薛涛大病一场。

从江陵坐船回成都，因是逆水，走了足足十日。这十日她没有生病，为什么一回成都就生病？难道她是想借此告诉元稹，他的残忍和薄情伤害不了她？然而，一回到锦城，她的身体再也撑不住，就像被雨水浸泡了几十日的茅舍，又被数十名壮汉狂推，终于彻底地倒塌……

纸坊生意越来越好，峨峨又雇了两个丫鬟照料自己一家，让翠翠跟了薛涛。然而，眼见薛涛生病，峨峨还是把儿子交给丫鬟们，亲自来照顾她。

薛涛发起高烧，时睡时醒。醒着的时候，她对峨峨说，她已经放下元稹；昏睡的时候，又一遍遍喊着元稹的名字，一遍遍吟诵着"不是花中偏爱菊，此花开尽更无花"，"别后相思隔烟水，菖蒲花发五云高"……

峨峨知道，这些都是元稹写给小姐的诗。小姐说她放下了元稹，其实并没有。她说放下，是因为绝望，因为知道此生再不可能与元稹有任何结果。

小姐活了四十多岁，终于等来一个让她真正动心的男人。她是那样投入，那样喜悦，就像三月的百花恣意绽放。可惜，花开之后，却没能迎来结果。

因为天生丽质又保养得当，小姐看起来比实际年龄要小许多。可是，四十多岁的女人毕竟已经失去了最好的年华；而元稹，不过三十出头，正是一个男人最光芒四射的时候。

峨峨认为，薛涛和元稹之间的障碍有很多，年龄便是其中之一——如果是元稹比她大十岁，而不是相反，他们携手一生的可能性将会大许多！

峨峨看着睡得不安稳的薛涛，心道："不是花中偏爱菊，此花开尽更无花——菊花再美，毕竟是开在秋天啊！"

半个月后，薛涛身体好了些，开始读书写诗，偶尔随着峨峨和儿子一同郊游。纸坊的生意如此好，幕府的俸禄可有可无，薛涛又无心做官，于是找到武元衡，辞去幕僚之职，在纸坊和碧鸡坊深居简出。

见薛涛变得比以往任何时候都沉静，峨峨既开心又担心：她终于不再为情所困，只是，她的心，想必也随着情的死亡而死亡。

转眼到了元和八年（813），经过四年讨伐，河朔三镇中的魏博镇归顺朝廷。

去年，原魏博节度使田季安去世。田季安是田承嗣之孙，为人残忍，待下严苛，手下诸将都惧怕他。田季安死后，其妻元氏召集诸将商议，准备立田季安的儿子田怀谏为节度使。田怀谏为人与乃父很像，众将当场拒绝，公推田季安叔父田兴为节度使。

田兴熟读儒家经典，为人宽厚，早有归顺朝廷之心，做了魏博节度使后，立即上奏朝廷，表达归顺之意。手下将士连年征战，也生了厌战之心，均支持田兴的决定。

以往幽州、成德、魏博三镇串通一气，犹如一块铁板，朝廷打了四年，也不能彻底征服他们。如今魏博归顺，使得成德镇失去了南面的屏障，幽州镇失去了西面的屏障，宪宗以为他们也会像魏博镇一样臣服，哪知他们竟依然如故。

不仅幽州、成德二镇，其他藩镇也越来越不把朝廷放在眼里，尤其是淮西镇。

淮西镇自李希烈任节度使后，一直处于割据状态。唐德宗建中三年（782），李希烈自立为王，囚禁并杀害名臣颜真卿，公然反叛朝廷。

唐德宗大怒，派兵讨伐，李希烈大败，被手下将领陈仙奇毒死。陈仙奇准备率众归顺朝廷，遭到李希烈手下的反对，被兵马使吴少诚所杀。

吴少诚被推举为淮西节度使，表面臣服朝廷，私下却行割据之实。当时朝廷因连年打仗，国竭民穷，只能对他的做法睁一只眼闭一只眼。这几年，吴少诚见朝廷拿他没法，越来越嚣张，宪宗为全力对付河朔三镇，只能继续容忍。

元和四年（809），吴少诚病死，其弟吴少阳接任淮西节度使。比起其兄的所作所为，吴少阳可谓有过之而无不及，不仅继续招兵买马，还暗中支持幽州、成德镇对付朝廷，令宪宗暴怒不已。

与此同时，朝中支持对藩镇强硬的两位宰相李吉甫和李绛，年老且矛盾重重，宪宗急需新的股肱之臣辅佐自己。

元和六年（811），经武元衡极力举荐，宪宗把裴度召回朝廷并委以重用。今年年中，又下诏命武元衡入京，委以宰相之职，准备继续对藩镇用兵。

武元衡对藩镇割据痛恨已久，入主西川以来，做得最用心的事，就是让官员将士恢复对皇帝的敬畏与忠诚；如今即将入主中枢，更是雄心勃勃地想削平诸藩，重现大唐昔日的强盛与荣光。

薛涛又一次踏上从成都去长安的官道，不过，上次是烈日炎炎的夏天，这次是西风萧瑟的深秋；上次是送元稹，这次是送武元衡。

随武元衡一同进京的，还有涂秋裳和五六名仆从。武元衡做幕主六年，使西川政通人和的同时，也收获了薛涛这样的知己，涂秋裳这样的爱妾，可谓功德圆满。

来到上次与元稹分别的长亭，一行人在此歇脚。薛涛向远处眺望，但见江流蜿蜒，群山层叠，官道在山峦间时隐时现，仿佛永无尽头。

人生自古伤离别，她两次在此送别生命中最重要的人，时间相差不过四年。

薛涛看向武元衡，说："武公入主西川六年，使西川匪盗绝迹，路不拾遗，百姓无不感恩。薛涛作为西川一员，临别在即，无以相赠，唯有抚琴一曲，祝武公一路坦途，事事如意。"

随薛涛而来的翠翠听了，忙去马车中取来一把古琴。武元衡一看，正是他送她的那把"鸣玉"琴。

倏忽间，琴音已起，如同白云起于山间，又似清泉出于幽谷；渐渐琴声变得急促，犹如飞鸟出林，疾雨扑窗；不经意间又陡然急下，琴声变得舒缓柔情，好似落花逐流水，归燕随落日，道不尽的不舍……

武元衡无限感慨，说："洪度所奏，不亚天籁，元衡离川之际能一闻雅音，足以毕生无憾。元衡能治理好西川，洪度功不可没，可惜你不愿随我去京城，否则我们携手，定能成就一番大功业。"说罢，心想：真能毕生无憾吗？自己喜欢薛涛，却因她入过乐籍，不能与她携手；涂秋裳长得像薛涛，他纳她为妾，可她毕竟不是薛涛。

薛涛微微一笑，说："武公，我不想再离开西川了。"说完，她走向涂秋裳，将桃花诗会所得的那件"玉飞天"塞到她手里；涂秋裳知道它的珍贵，连连推却。

薛涛说："此物是严砺用抢夺东川吏民的财物所买，你家是受害者之一，把它还给你，可谓物归原主。"

薛涛此前舍不得把"玉飞天"给涂秋裳，只因它与元稹有一定关系；如今她对元稹已然心冷，留着它也就没有意义。

涂秋裳听了薛涛所言，一把将她抱住，哭道："姑姑，谢谢你！"她心里说的却是："姑姑，对不起！"


# 七


薛涛目送武元衡和涂秋裳的马车消失在一座形如小羊的山后，也和翠翠上了车。

车夫掉转马头，走了没几步，薛涛忽然问翠翠："你听见什么没有？"

翠翠摇头说没有。

薛涛还是觉得不对劲，让车夫停车，仔细倾听。这样一来，就连翠翠也听出不知何方有喊杀声传来。

薛涛心里叫了一声"不好"，命车夫掉转马头，朝武元衡的方向奔去。离那座山越近，兵刃互击声和惨叫声就越明显。车夫是她们雇的，不愿冒险。薛涛无奈，只好和翠翠下车徒步而行。

转过山后，只见十多名身穿黑衣的汉子，正在围攻武元衡等人。武元衡几名手下武艺都不弱，无奈对方人数是他们两三倍。他们拼尽全力，顶多与对方打成平手，无法将他们彻底击退；时间一长，势必不敌。

翠翠是第一次见到这种场景，吓得手脚酸软。薛涛忙拉着她躲到一棵大树后，小声叮嘱："你待在这里别动。"

翠翠颤声问："小姐你呢？"

"武公是我知己，又是西川百姓的恩人，我必须救他。"

"他们都是壮汉，手里又有兵器，你……怎么救？"

薛涛一时也想不出好主意，却安慰她说："放心，我自有办法。"

薛涛说完，又走上官道，待离武元衡等人还有数百步时，朝着他们疾走大喊："武公莫急，西川幕府的大军马上就来了！"

黑衣人听了这话，忍不住朝薛涛身后看去，但见大路空空，哪里有什么军马。

"臭娘们儿，竟然敢骗我们！"

两名黑衣大汉举着兵器朝薛涛扑来，武元衡一名手下赶紧上前挡住他们。

薛涛毫无惧色地朝他们走去，冷笑着说："我一个弱女子，如果大军不是转瞬即至，岂敢前来找你们？你们要是有能耐在一刻钟内将我们全杀死，那是我们时运不济，怨不得别人；如若不能，就等着你们主子来给你们收尸吧——不过，我猜他不会管你们！"

黑衣人听了依旧不信，领头者说："你莫嘴硬，等收拾了正主，我们再好好……收拾你！"

他说得怪腔怪调，手下人都知道他的意思，浪笑几声，更加凶猛地扑向武元衡及其手下。

薛涛无计可施，转身忽看见一群男子骑马从远处奔了过来，他们共有十余人，除了中间那人看起来文弱，是个书生，其余的都孔武有力。薛涛忙迎上去，请他们施以援手。

书生指着武元衡问："那人真是前西川幕主武公？"

"如假包换。武公治蜀数年，使西川匪盗绝迹、路不拾遗……"

书生冷笑一声，说："若真是匪盗绝迹，杀他的人又从哪儿来？"

薛涛一时语塞，见又有两名武元衡的手下被砍倒，忙说："薛涛请诸位公子大发慈心，救救武公……"

书生听了翻身下马，叫道："你……是薛洪度?!"

薛涛点点头。

"你的诗集我反复读过多遍，很多可以倒背……"书生开始背薛涛的诗。

薛涛此刻哪有心情谈诗，却又不敢打断他，目光不停地看向越来越危险的武元衡。书生见了，这才向手下挥了挥手。那些壮汉从包袱中拿出兵器，冲了过去。

薛涛激动不已，说："感谢出手相救！"

"要谢就谢你的诗。"

"请问公子高姓大名？"

"我叫吴元杰，是淮西节度使吴少阳的幕僚，入蜀公干，没想到在路上遇见你薛洪度，何其有幸！"

吴元杰等手下打退黑衣人，也不和武元衡见面，和薛涛道了别，带着手下拍马而去。武元衡领着涂秋裳走过来，感谢薛涛救命之恩。薛涛给他说了吴元杰的身份，武元衡陷入了沉思。

薛涛说："武公，那些藩镇知你入京后，一定会和圣上强力削藩，所以派人在路上对付你。你……可不可以不入京？"

武元衡看了一眼还在视线中的吴元杰，摇摇头，说："我若如此，便是向他们示弱，他们会更加肆无忌惮，大唐将彻底失去希望。"

薛涛恳求说："那你先回西川，多带点人马，力保路上安全。"

武元衡想了想，说："前面不远处是金堂，我们先到那里住下。你回到成都，让幕府派人前来，我们与他们会合后，再一起赴京。"

薛涛心道：也只好这样了。

翠翠和车夫赶了过来，武元衡把薛涛交给他们，自己则和涂秋裳上车继续赶路。薛涛双眼不觉蒙眬：元稹是这样，武元衡也是这样——是不是所有男人都这样，为了个人功名和所谓的家国大业，可以不顾亲友，不顾爱人，甚至不顾自己性命？！

武元衡和涂秋裳已经走远，一阵秋风扫过，群山黄叶纷飞，如同泪雨。


早朝后，宪宗单独留下李吉甫、张弘靖、武元衡、裴度四位大臣。

"昨日，吴少阳上了一道奏表，请求朕批准其子吴元济袭任淮西节度使。我思考了一夜，尚无决断。今日留下大家，想听听你们的意见。"

在场四人中，李吉甫资历最老，当下上前一步，说："陛下，老臣以为吴少阳突然上表，一定是淮西内部发生了重大变故，很可能他已然病重，命将不久，要趁着还有最后一口气，把儿子扶上幕主之位，将淮西镇牢牢控制在吴家手中。陛下可趁此良机，发兵征讨，让淮西镇重回朝廷之手。"

宪宗问："朝廷征讨淮西，你认为胜算几何？"

"老臣认为胜算极大——比起互为掎角的原河朔三镇，淮西镇可谓独木一根，不难对付。"

张弘靖说："陛下，臣有不同看法。淮西镇与幽州、成德等藩镇一直暗通款曲，朝廷讨伐淮西，难保幽州、成德等镇不会在背后捣乱。再说了，就算要用兵，也应该派人先探清吴少阳、吴元济是否真有反叛之心。如此出兵，才算师出有名。"

宪宗把目光投向武元衡和裴度，问："你们二位以为如何？"

武元衡想起回京途中那次凶险，却毫无惧意，说："臣认为可以双管齐下：一方面派太医前往淮西给吴少阳治病，以探其虚实，一方面挑选兵将，积极备战。只要发现吴少阳父子有任何不轨之心，立即出兵讨伐，让天下节度使都知道，大唐是陛下的大唐！"

裴度说："臣认同武公所言。臣去年出使淮西时，与个别心向朝廷的将领有私交，臣尝试联系他们，看能否了解淮西内部到底发生了什么。"

宪宗说："如此甚好！"

然而，宪宗派去给吴少阳治病的太医，却被吴元济挡在了淮西境外。

几个月后，裴度获得可靠消息：吴少阳已死，吴元济不仅秘不发丧，还以乃父名义上表，要求朝廷批准他为淮西节度使。

因军马尚未到位，宪宗只得暂时按压愤怒，派工部员外郎李君何前往淮西镇吊唁吴少阳。和太医一样，李君何也被吴元济阻止入境淮西。不仅如此，吴元济还派军攻打襄城、叶县等地，并大肆抢掠。

其时李吉甫已经病死，武元衡和裴度成为朝中主战之士的领袖。宪宗与他们商量后，于元和十年（815）正月十七，发布了《讨吴元济诏》，任命大臣严绶为招抚使，统帅大军讨伐吴元济。


# 八

"老爷，您怎么还没休息，明日还要上早朝呢。"涂秋裳路过武元衡的书房，见里面依然亮着灯，开门关切地说。

武元衡从面前淮西镇的地图里抬起头来，说："朝廷用兵淮西已有五月之久，虽有小胜，却不能伤其筋骨。身为宰相，我要想想有无破敌之策，如此方不负圣上厚望。"

天气炎热，武元衡长衫的扣子依然扣得严严实实，弄得满头大汗。

涂秋裳拿起一旁的扇子，一边扇一边说："这样的大事，岂能轻易找到解决办法？对了，您说要将元相公调入京城，却久未行动，莫非是忘了？"

元稹送的贺表和蜀锦让宪宗很满意，很快调他入京，继续任御史中丞。可惜，因为恃才傲物，他得罪了不少大臣和宪宗宠幸的太监，很快又遭贬谪，目前任通州司马。

离开成都时，武元衡对薛涛说，他入京后会设法将元稹调回京城，薛涛听了很淡然。涂秋裳认为她已从对元稹的苦恋中抽离，武元衡却觉得未必。

武元衡顿了顿，说："没忘。我已在圣上面前几次说起微之，还准备于近期正式上表，奏请圣上将微之调回京城，继续任御史。"透过窗户，武元衡看着被月光笼罩的院中小池，忽然有了写诗的冲动，说，"秋裳，给我磨墨。"

很快，涂秋裳备好了笔和纸，武元衡提笔便写：

夜久喧暂息，池台惟月明。

无因驻清景，日出事还生。

"日出事还生……日出事还生……"涂秋裳心里默念了几遍，心道：此诗怕不是什么吉兆！

"老爷，夜深了，早点休息吧。"

武元衡依言回房休息，涂秋裳替他收拾书案上的诗稿，仍觉得心下不安。翌日一早，涂秋裳替武元衡穿戴毕，提出送他上朝，又要他多带几个人，武元衡同意了。

武元衡带着涂秋裳及十余名护卫，出靖安坊东门，沿街北行去大明宫。其时仍天色昏黑，几名护卫提着灯笼走在前面，武元衡和涂秋裳骑马居中，另有几名护卫随行于后。

武元衡正在思考平定淮西的良策，忽听到前面传来"嗖""嗖"之声，几盏灯笼同时被灭！

武元衡心道："不好，有刺客！"

又是一阵乱箭射来，前面几名护卫被射翻在地，武元衡左肩也被射中，翻身落马。

涂秋裳叫了声"老爷"，又朝着护卫大喊："快来保护武公！"

后面几名护卫冲上前来，用身体替武元衡挡箭。一名护卫拼尽最后一丝力气，将武元衡扶上马，掉转马头，用刀背狠狠一拍马臀；马朝着靖安坊方向飞驰而去的同时，护卫也扑倒在地，挣扎几下后便一动不动。涂秋裳见了，也掉转马头追了过来。

武元衡骑马没走多远，看见前方几个蒙面大汉正策马而来，勒转马头一看，后面追他的刺客也已经近在眼前！

"我是大唐宰相，你们应该知道，杀我是什么后果！"

"我们要的就是这后果。"刺客一边说，一边高举兵刃，步步逼近。

涂秋裳听其口音，知道他们正是上次回京途中遇到的那批刺客，上前说："涂秋裳在此！"

刺客头子大笑数声，说："你以为长得像薛涛，你就是薛涛，可以救这姓武的？"伸腿踢了一下涂秋裳的马臀，看她尖叫着跑远，回头向武元衡步步逼近。

武元衡已知难逃一死，闭上眼睛，心道：中立，大唐的未来，就靠你了！

武元衡不知道，与他遇刺几乎同时，裴度也在通化坊遭遇了刺客。他被刺客砍中头部，晕倒于水沟中，刺客以为他已死，没有继续砍杀，他这才侥幸逃得一命。

宪宗听到武元衡被刺杀、裴度被砍伤的消息，既悲伤又震怒——堂堂宰相在上朝途中被刺杀，这是有唐以来从未有过的事！

宪宗当即诏令京师内外全力搜捕刺客，获贼者赏钱万贯，封五品官；有敢包庇藏匿者，则诛其全族。很快，有人奏报成德节度使进奏院军卒张晏等人，近来形迹可疑，可能是杀武元衡的凶手。

进奏院是各藩镇设在京师的机构，节度使及其手下官员入京办事或觐见皇帝，常在此暂寓，其人员、经费全部来自藩镇。

宪宗早就怀疑这是成德、平卢二镇所为，闻奏后立即派人将张晏等人抓捕归案，交由京兆尹裴武和监察御史陈中师审问。

张晏很快对刺杀武元衡一事供认不讳，宪宗遂下令处死张晏等八人；待裴度伤愈后，又任命他为宰相，加大对淮西用兵的力度，意图扫平淮西后对成德镇用兵。

武元衡遇刺的消息传到锦城，薛涛伤心过度，一连数日不能下床。阿贾尔且和峨峨也很难过：如果不是武元衡接替高崇文为幕主，成都不可能这么快恢复元气；纸坊的生意也不会越来越好。

次年清明，薛涛带着峨峨、阿贾尔且给父母和卿卿、柳玉蜀上完坟，又朝着长安方向遥祭武元衡。薛涛想起武元衡对西川的功德，再一次大放悲声；峨峨和阿贾尔且听了，也和她一起痛哭。

良久之后，峨峨夫妇扶起薛涛，准备回城。薛涛走出几步，忽又停下，说："峨峨，我想去看看韦公。"

不过几年未来，韦皋的坟头已经长满荒草。

薛涛心想：韦公镇蜀二十一年，与吐蕃、南诏数次大战，少有败绩，可谓威震四方；他在西川时，集军政、财政、民政为一身，不仅西川大小事务由他乾坤独断，还能左右京城的皇位继承……然而，他死后不到十年，记得他的人已是寥寥无几；就连自己，也已经好几年没来看过他。

薛涛几乎遗忘韦皋，很重要一个原因是武元衡入蜀后的所作所为，与韦皋差别实在太大。

武元衡让她明白，在当今大唐，还有不贪恋权力财帛，一心只想重塑朝廷威信，重现大唐辉煌，让百姓安居乐业的节度使——与之相比，韦皋显得何其卑小。

然而，满天下都是韦皋这样的人，这就注定武元衡选择的是一条最危险的道路，果然，他很快死于节度使卑鄙的刺杀。裴度虽侥幸逃得一死，继续武元衡未竟的事业，但他能否成功，他本人又能否善终，依旧让人不敢乐观。

不过，家国天下，那是男儿的领地，她薛涛是女子，没有什么安邦定国之策，也承受不了那么多的金戈铁马。

站在韦皋墓前，薛涛想起他割据一方以自雄的狭隘，却也忘不了他对她的种种体贴与关照……

另外，薛涛始终记得韦皋和江夏玉箫那段刻骨铭心的爱恋——他最终死于一个与玉箫容貌酷似的女子之手，说明他绝非冷酷无情之人。

薛涛松开峨峨的手，跪在韦皋墓前，给他烧纸敬酒，说："韦公，这么多年，你应该见到玉箫了吧？玉箫为了把最好的自己留在你记忆里，不惜投水自尽……以前我觉得她这么做很傻，现在我终于明白，那才是最聪明的做法——她让你永远记住了她，让你一辈子心怀歉疚，期盼着能与她再度相遇。能永远活在爱人心里，这是一个女人最大的幸福……"

## 九

持续数年的淮西之战，以李愬雪夜入蔡州，生擒贼首吴元济宣告结束。

消息传来，无数诗人高兴莫名，挥毫作诗，刘禹锡一句"忽惊元和十二载，重见天宝承平时"传遍天下，大唐人仿佛看见，开元年间的盛世繁华又开始向他们招手。

然而，人们慢慢发现，在由衷的赞美和欢乐的庆贺声中，夹杂着一些不同的声音。敏感的人已经听出，这些声音和当下主流的旋律很不和谐，心里暗暗升起一层隐忧。

这得从一篇文章说起。

宪宗认为，平定淮西这样的丰功伟业，应该大书特书。为此，他找来礼部侍郎韩愈，让他写一篇文章，刻于碑石，让世人能永远记住这次伟大的胜利。韩愈花了两个多月的时间，写出一篇将近两千字的雄文。宪宗和裴度一看，都觉得很满意。

不过，有一个人却不满意——他就是率军雪夜入蔡州的李愬。

在李愬看来，自己才是平定淮西的第一功臣：如果不是自己冒险率死士夜入蔡州，把正和小妾睡觉的吴元济从被窝里拎出来，朝廷不知猴年马月才能平定淮西之乱！

然而，韩愈的文章却把第一功臣的名号给了宰相裴度，这让他很不服气。

李愬的夫人韦氏是德宗的外孙女，与当朝皇帝宪宗是表兄妹。

韦氏入宫找到宪宗哭诉，宪宗不堪其烦，又担心处置不当激怒这班立下战功的武将，于是磨掉韩愈的文章，找来翰林学士段文昌重写碑文。段文昌权衡良久，斟酌再三，写出了新的《平淮西碑》，把诸将尤其是李愬的功劳大书特书。

一场风波，这才暂时平息。

平定淮西之后，朝廷又开始讨伐成德、平卢两镇，裴度正积极准备赴前线指挥作战。然而，李愬闹出的风波，却让裴度生出一层隐忧：杀掉吴元济这样的旧藩镇，再用李愬取代他们成为新藩镇，李愬会不会成为下一个吴元济？

与此同时，韩愈弟子李翱给他写了一封信，很直白，叫《劝裴相不自出征书》。裴度读完信，放弃了去前线的打算，准备奏请皇帝将自己外派洛阳，优哉游哉过完余生。

几乎与此同时，远在成都的薛涛也收到了一封信，说在通州的元稹因爱妾即将去世，加上仕途不顺，心情沉郁，每日沉迷饮酒，不仅意志消沉，身体状况也相当糟糕。写信人希望薛涛前往通州一趟，安慰并照顾他，使他不再消沉。

信的落款是：一个故人。

薛涛很好奇这故人是谁，很想见他一见；想到此行不免会见到元稹，又犹豫不决。

踟蹰了几日，最终还是决定前往。


元稹宿醉醒来，发现床前坐着一个女子，一身红装，云鬟高挽，正是几年未见却又时常想念着的薛涛！

"洪度，我不是做梦吧？"

薛涛见他头上多了不少白发，人更是瘦弱不堪，已经完全没有当初的翩翩公子样，心里对他的怨恨去了大半。

软弱落魄的元稹，总能令薛涛心生怜惜，哪怕知道一旦他好起来，又会躲避她、抛弃她。

"微之，你没有做梦。"

"你什么时候到的？"

"昨晚。"

"我不该喝醉，否则就能早点见到你……"

薛涛淡淡一笑，用戏谑又微带凄凉的口吻说："你要不是真的喝醉，我哪有机会见到你？"

元稹知她想起那年在江陵的事，没有说话，看着薛涛如霜月般洁白的双手，很想握住它，像以往在锦城时一样轻轻地、牢牢地握住它。

可是，她还愿意吗？

"听说你爱妾生了病？她现在怎样了？"

元稹脸上的表情有几分难堪，有几分惊异，问："你还没见过她？"

薛涛点了点头。

"那你……去看看她吧。"

"行，你好好休息一下——记住，不要饮酒。"

薛涛的话音中带着一种不容人反对的威严，这让元稹觉得有些陌生，却还是点头答应，目送她出了门。

一名侍女带薛涛到元稹爱妾房间，叩门说："主母，有贵客来看您。"

里面的人咳嗽了两声，说："进来。"

薛涛听这声音有几分熟悉，一时却想不起是谁。等她推开门，看清了床上人的面容，惊得用手扶住了门槛。

元稹的小妾，竟然是——涂秋裳！

涂秋裳见了薛涛，挣扎着要起床，薛涛只好走过去，伸手扶住她。泪珠滚满她苍白的面孔，把胸前的衣衫也打湿了大半。

"姑姑，对不起，对不起……"

当年在碧鸡坊第一次见元稹，涂秋裳就被俊朗多才的他深深吸引，从此日思夜想，不能自拔。其时元稹正和薛涛热恋，涂秋裳以为，只要让元稹离开薛涛，慢慢就会把她遗忘，这样自己便能和他在一起。为此，她不惜和武元衡、薛涛等人作对，哭劝元稹进京弹劾潘孟阳。

元稹建功立业的渴望极其强烈，加上涂秋裳的哭劝，终于下定决心与潘孟阳一战。他带着弹劾潘孟阳的奏表和涂秋裳一起入京。一路上，涂秋裳有许多机会和意中人接触，因担心弄巧成拙，只得百般按捺冲动。

结果，元稹被潘孟阳反咬一口，不仅说元稹诬告他，还弹劾他在东川不务正事，每日只知和薛涛厮混。元稹夫人韦丛本已病重，听到这样的消息，很快亡故。涂秋裳想去元府照顾元稹，哪知他却闭门谢客，一个人也不见。

吃了几个闭门羹，涂秋裳又收到武元衡来信，只得先返回成都。武元衡已经知道她钟情元稹，却既不责怪她，也不冷落她。涂秋裳虽然感动，因心中一直挂念着元稹，仍不愿委身于他。

宪宗要对付其他藩镇，决定让已死的严砺背下所有罪责，以安抚东川。涉案的官员，除泸州刺史刘文翼被罢官，其他只是被小惩；而元稹，不但没受惩罚，还被提拔为御史中丞。

涂秋裳早就知道，元稹这人，只有落魄的时候才会真正需要女人，如今他春风得意，她不会有希望。她决定嫁给武元衡，心里却始终无法放下元稹。

后来，元稹仕途蹭蹬，她却已经嫁作他人妇，不能再去找他，只能暗自懊悔。

元和十年（815），武元衡遇刺身亡，元稹当时正在京城公干，前来吊唁。元稹知道，武元衡一死，他调回京城的机会再次丧失，在武元衡灵位前大放悲声。

吊唁出来，天已半黑，刚拐入一条甬道，被人拦住了去路。元稹一看，是涂秋裳。

涂秋裳喊了声"元相公"，说："武公死了，我已无家可归，你就收留我，让我做你的丫鬟吧。"

涂秋裳长得像薛涛，元稹本就有几分喜欢她，此时见她满目深情，言语诚恳，当即决定带她回通州。

一开始，他确实拿涂秋裳当丫鬟对待，但他毕竟是多情之人，加上涂秋裳对他言听计从，照顾更是无微不至；天长日久之下，慢慢也就对她动了心。

这几年元稹仕途不顺，俸禄微薄却又染上酗酒恶习，加之韦丛留下好几个孩子，家中开销极大，时常捉襟见肘。

涂秋裳偷偷将那件"玉飞天"卖掉，得到一万贯钱，让元稹一家衣食不愁。元稹不知她卖掉的是薛涛送给她的宝物，还以为她拿出私房钱贴补自己一家，感动不已，当晚饮多了酒一冲动，便和涂秋裳宿于一室。

第二日醒后，涂秋裳依旧把他当作主人伺候，并未提出非分之请，这让元稹更觉亏欠她，对她反而比以前好。渐渐地，两人超越了主仆的界限，虽无夫妇之名，却有夫妇之实。半年前，元稹干脆纳她为妾。

涂秋裳得偿所愿，照理说该高兴，可她却总觉得胸口压着一块巨石，始终不得舒展。有一天，她终于明白，那是因为她的做法对不起两个恩人：武元衡和薛涛。

薛涛与她非亲非故，不仅和元稹一起，舍命调查她父母的死因，还在她离开成都时，把价值连城的"玉飞天"送给她。而她，却在背后算计她！

因过于内疚，涂秋裳身体越来越差，终至卧床不起……

涂秋裳讲完过去发生的事，拉住薛涛的手，又一迭声地说着"对不起"。

薛涛用双手包住她干柴一般的枯手，叹息一声，说："若是以前，听了这些话，我一定会很恨你。现在，我已经放下很多，希望你也能放下。"

"姑姑，你真的已经……放下微之?"见薛涛沉默不语，涂秋裳怕她误会，说，"我已命将不久，写信叫你来，是望你……能继续和微之在一起。别误会，我不是说把微之还给你，他本来就是你的。是我，把他从你身边抢走了……"

"这不怪你。就算没有你，以微之的个性……"薛涛微微一叹，没有接着往下说。

涂秋裳又一次流下泪来，说："姑姑，谢谢你能原谅我，这样我才能走得安心……等到了地下，我再向武公道歉，任由他责罚……我放心不下的，只是微之。姑姑，答应我，好好照顾微之，别让他出事。不管他是怎样的人，我都在乎他，我知道你也一样……"

薛涛不忍见她伤心，点了点头。。

可薛涛明白，或者说，终于愿意承认，乐籍是一道挂在她脖颈上的枷锁，让她不管怎么做，都不可能成为正常人，也就不可能拥有正常人的幸福。

二十多年前，韦公替她除去那道有形的枷锁，那无形的枷锁却谁也不能替她除去——她自己也不能！这枷锁虽然无形，却谁都看得见，韦皋、武元衡、元稹这样的人，看得更是无比清楚！

韦皋利用她试探第巴头人，第巴头人利用她表达对韦皋的忠诚，武元衡倚仗她治理西川，元稹依靠她走出困境……他们或许真的爱她，却永远不会给她名分。因为她会损害他们的名声，影响他们的仕途！

薛涛又想起干娘对她说的那番话：我们这样的女子，一定不能对男子——尤其是那些杰出的男子动心，否则便是灾难的开始。

干娘、卿卿，都因为深深爱上一个男人，承受了无尽的痛苦，甚至因他而死。

这就是她们这些入过乐籍的女人，永远无法摆脱的谶语。

她，也不会例外。

十

办完涂秋裳的后事，元稹大病一场。薛涛衣不解带，悉心照料，半月后他总算能够下床。

这日，薛涛见屋外阳光粲然，问元稹想不想出去走走，元稹点头同意，薛涛便扶着他来到院子里。

许久没有见到热烈的阳光，元稹有些不习惯，眯着眼看了半天，说："感觉没躺多久，怎么院子里的桃花都开了？"

薛涛扶他到桃树下，元稹叹息一声，又说："好久没收到你制作的彩色小笺……其实我一直很好奇，你最后是如何改进了工艺，让彩纸色泽均匀的？"

薛涛心道：这其实还与你有关。嘴里却说："微之，你饱读诗书又胸怀大志，应该多想想怎么做，才能重回朝廷；造纸这样的事，知道与否，并不重要。"

元稹发现薛涛似乎变了许多，说话的口吻成熟又冷峻，让人不敢不遵从，于是住口不言。

一阵清风吹过，花瓣悠然而落，下起一阵花雨，淋了两人一身芬芳。薛涛见几片花瓣落在元稹肩头，伸手欲替他拂去，玉手落到他衣服上忽又停住，目光中一片柔情。

元稹看她的表情，知她也和自己一样，想起那年在东川桃花林中初次相见的情景，一把握住她的手，说："洪度，我错了。你……愿意原谅我吗？"

薛涛回过神来，想挣脱手，元稹却紧抓住不放。他久病虚弱，这么一用力，已是满头虚汗。

薛涛只好仍由他握着，说："我要是没有原谅你，怎会一接到秋裳的信，马上就赶来通州？"

元稹听了高兴莫名，松开她的手，拉低一枝桃花，想折断送给她，使了很久力，却始终不能折下。薛涛帮他把桃枝折断，递给他。

元稹不接，说："我想把它送给你。"

薛涛听了微微一笑，握在手中把玩一阵，说："外面还是有点冷，你久病虚弱，早点回房吧。"

元稹点了点头，由薛涛扶着又回到胡床躺下。薛涛将那枝桃花放在他枕边，劝他休息一下。元稹听话闭眼，嗅着花香，甜甜入睡。

此后，薛涛每日陪着元稹读书下棋，写诗作画，元稹的身体、精神均迅速康复。

这晚正当十五，月白风清，空气中弥漫着百花的芳香。薛涛见元稹已痊愈，晚饭时命翠翠准备了一壶酒。

元稹见了，大喜过望，说："今晚一定要……"

薛涛打断他说："一定要节制，不可饮醉。"

元稹笑着说了声"遵命"，亲自替两人斟好酒，端起酒盏，看了一眼高悬碧空的圆月，说："今晚花好月圆，佳人在侧，人生若能长此，夫复何求？来，洪度，干！"

薛涛举盏和他一饮而尽，心道：你现在满足于此，不过，用不了多久，你又会不安于现状，生出新的欲念来。就像当年在成都，你若是安于和我过诗酒相伴的安逸人生，怎会抛下我，执意以鸡蛋碰石头，去和潘孟阳决战？

不过，这也许就是男人的秉性吧！

元稹又一次抬头看着天空中的满月，说："洪度，你也许不会相信，有很长一段时间，我每晚都会站在院子里，一边看着天空的月亮，一边思念你。那段时间，我经常吟诵张九龄的一句诗……"把目光转向薛涛，问，"你知道是哪句吗？"

薛涛淡淡一笑，说："是不是'思君如满月，夜夜减清辉'？"

元稹欢喜地说："没错，就是这句！洪度，我们还是这般心灵相通！"

薛涛却没有接话，拿起酒壶替他斟好酒。元稹连饮数盏，在薛涛劝说下吃了点菜，又饮了数盏，已然微醺。薛涛扶他上床，替他除去鞋袜。

次晨，薛涛来到元稹房间，见他已经醒来，正半卧在床上看书。凑近一看，竟然是她的诗集。

元稹抬头看着薛涛，无限感慨地说："'花开不同赏，花落不同悲。欲问相思处，花开花落时'，洪度，这样的相思之苦，我们不能再经受第二次了。"

薛涛想起那段时间，自己因相思而茶饭不思、彻夜难眠，强笑着说："快起来梳洗吧，蓬头垢面的，谁会'相思'你？"

元稹依言起床，坐在镜子前，由薛涛给他梳头。其实他已经痊愈，完全可以自己做这些事，但他情愿由薛涛照顾，这样能和她多一些亲昵。

薛涛替他梳好头，取了帽子戴上，元稹忽说："洪度，我好久没给你画眉了……"

突然起身，将她按到凳子上坐下，拿起眉笔，一脸深情地凑近她的脸，赫然看见这名闻天下的大美人，眼角竟然堆满了细密的皱纹！

元稹的手停在空中，好像连人带笔突然凝固。薛涛察其表情，猜到是怎么回事，心中却并没有多少伤感。

"风尘催白首，岁月损红颜"，不管男人还是女人，都逃不过岁月的刀锋；而女人，尤其是美丽的女人，最经不起岁月的损折。

她们曾经有多艳丽，最后就会有多残败；曾经被爱人爱得越是刻骨，最后被抛弃时就越是凄凉。

这前后的反差是那样强烈，足以让人怀疑，世道人心和匆匆流逝的岁月一样冷酷、一样无情、一样不可更改。

记得多年前，当她听到玉箫为了把自己最好的一面留在韦皋心里，不惜跳水自尽，曾有一个疑惑：玉箫难道只有这样做，才能让韦皋永远爱她、永远记住她？

换句话说，时光，真是那把可以毁灭有情人的利剑吗？

现在，她已经有了答案。

肯定的答案。

元稹的秉性，她已经了解得很清楚：落魄的时候，他需要她、依恋她，希望得到她的帮助；一旦他又春风得意，他就会疏远她，避开她，生怕她影响他的名声与仕途。

与其让他离开她，还不如她主动离开他。

这段时间，她一直在纠结什么时候离开；现在，已有了答案。

薛涛脸上不动声色，接过元稹手中的眉笔，说："还是我自己来吧。"

薛涛开始画眉，一笔一画，画得仔细、专注、从容。她的表情很平静，内心却在翻江倒海。

她想起了江夏那个渡口，玉箫看见等候许久的韦皋，终于来接自己，带着无尽的满足和凄凉，一头扎进了滚滚江水。她要把最好的她，永远留在韦皋心里，让他一辈子不能遗忘。

她还想起第巴头人说的那句话：当你握紧手，什么东西都抓不住；当你松开手，你反而会拥有很多、很多……他当时说这句话，是为了骗她；可这话很有道理，虽然她也是经历了无数的伤痛与曲折后，才真正懂它。

薛涛的眉已经画好，她觉得这是有史以来，她画得最好、最美、最特别的眉毛。

这样的眉，只能自己画！

这样的眉，只有饱经风霜雨雪，尝尽爱恨情仇，心底却又还藏着深浓爱意的女人，才能画！

三日后，薛涛向元稹辞行。

"洪度，你为什么要离开我？"元稹就像孩子一样流泪和无助。

"微之，我这次来，是要让你振作过来。现在，你身体已经康复，又恢复了斗志，我再留在这里，也就没有必要。"

"这么说，你已经不再在乎我？"

薛涛伸出双手，摩挲着他的脸颊，说："不，我依然在乎你。不过，真正在乎一个人，应该想方设法成全他，而不是只想着和他在一起。"

"我不懂这些……是不是那年我在江陵不见你，让你很伤心？洪度，和当时不一样，我现在只想和你在一起！相信我，我此刻说的每一句话都是真的！"

薛涛微微一叹，说："微之，我相信你是一个真诚的人，不会也不愿骗任何人。今天，你说希望和我永远在一起是发自肺腑，当年在江陵，你躲避我，不见我，也是你心中所想……"

"我知道了，你是怕我以后会变。我现在就发誓……"

薛涛忙拉住他举起的手，说："微之，发誓是面对将来。你还年轻，以后会遇到很多人，发生很多事。今天的你，未必知道将来的你是什么样……"

"那你呢？"

薛涛凄然一笑，说："我不一样，我已经老了，未来在我眼前，已经清楚明了……"薛涛的目光又落到元稹的脸上，想好好再看一眼这个她刻骨铭心爱过的男人，"微之，时候不早了，我该上路了。"

接着，不管元稹如何流泪，如何哀恳，薛涛都不为所动，带着翠翠收拾衣物。元稹只得命丫鬟绿竹准备酒菜。

元稹雇了两驾马车，他想和薛涛同乘一车，被薛涛拒绝。最后，薛涛和翠翠坐一车，元稹和绿竹坐一车。元稹久病虚弱，薛涛不忍他多送，在第一座长亭劝他摆酒。元稹不同意。休息一阵后，四人走出亭子，继续行路。

半个时辰后，来到第二座长亭，薛涛又劝元稹摆酒。

元稹伤心不已，说："洪度，你真的不愿留下？"

薛涛微微一笑，说："我已经决定，你不要再劝了。"又劝元稹摆酒。绿竹见元稹面色苍白，担心他的身体，也过来劝说。

元稹看着远方长路，说："再送一程吧，就像当年……你送我一样。"

薛涛只好同意。

来到第三座长亭，翠翠帮着绿竹将酒、菜摆好，退出亭子，让两人好好话别。薛涛替元稹斟好酒，他却迟迟不愿举盏。

"微之，我在你卧房留了一些钱；另外，我写信给裴公和墨卿，让他们有机会便向圣上进言，将你调回京城。"

元稹听了精神一振，说："谢谢你，洪度！"

薛涛淡淡一笑，举起酒盏，说："现在可以饮酒了吧？"

元稹端起酒盏，觉得异常沉重，仿佛里面不仅装着酒，还装着许多他不能承担之物。犹豫片刻，举盏饮了。薛涛也饮了，又给他斟满，两人饮了第二盏。元稹抢先端起酒壶，给薛涛和自己斟酒。

薛涛端起酒盏，看着元稹。元稹犹豫片刻，还是伸出微抖的右手，端起酒，和薛涛碰了一下。薛涛一饮而尽，酒立即化成泪流了出来；不过，不是流在脸上，而是流在心里。

"微之，我走了！"

薛涛说完，再也不看元稹，快步出亭，上了马车。元稹追了出来，看着马车渐行渐远，像一个孩童般泣不成声。

薛涛隐隐听到了他的哭泣，却没有停下。走了约两里路，她才叫停马车，由翠翠扶着下来。回头望去，因青山遮挡，只能看见长亭的顶部，无法看到元稹。

也许，他早已离开了吧。

正是暮春，晚风吹过，官道两旁的桃花、李花、梨花纷纷坠落，下起一场漫长无声的伤心雨。

薛涛忽双眼蒙眬，缓缓吟道："花开不同赏，花落不同悲。欲问相思处，花开花落时……"

# 尾　声

"李公，薛校书到了。"

随着仆从的一声禀告，位于筹边楼顶层的李德裕停止和宾客的交谈，说："快请！不，我亲自去接！"

众僚属和宾客听了，都跟着幕主下楼。

楼下，翠翠正扶着薛涛下了马车。薛涛看着眼前的巍峨高楼，目光变得迷离。翠翠知道，她又想起了小岚和小梅。

唐文宗太和三年（829），南诏数万大军在摄政王嵯颠的率领下攻打西川。其时西川幕主是杜元颖，他为人志大才疏，到西川后又贪污受贿，导致边地将士军粮短缺，只得进入南诏境内劫掠。南诏不仅不惩罚这些士兵，还拿衣食收买他们以套取信息，渐对西川境内的虚实情况了如指掌。

南诏王和嵯颠商量后，认为现在的西川虚弱不堪，而西川兵入南诏境内劫掠，又为用兵提供了口实，开始筹备对大唐用兵。

杜元颖不相信南诏敢和大唐兵戎相见，对边境各州县呈送的军情急报置之不理，直到嵯颠攻下了巂、戎二州，他才如梦初醒，急忙组织人马反击。

十一月二十八日，唐军和南诏军在邛州以南相遇，唐军大败。杜元颖紧急向朝廷求援。其时在位的是唐文宗李昂，他立即命剑南东川节度使郭钊暂时接管西川事宜，并组织各路大军驰援西川。与此同时，嵯颠的大军从邛州出发，很快打到成都城下，攻破外城，杜元颖率众退守内城，几度欲逃，被众将拼死阻拦。

嵯颠知道大唐各路大军即将到达成都，而自己孤军深入，势难与之相抗，在成都城西大肆劫掠后，带着无数车财物珍货和数万西川百姓，退军南诏。

峨峨和阿贾尔且的两个孙女——小岚和小梅，追随贩卖机巧玩意儿的小贩，往城西而去，此后便再未回家。薛涛和峨峨夫妇寻找了足足一个月，仍不见两人踪影，猜测她们也如那些成都百姓，被南诏人掳走……

太和四年（830），李德裕在和牛僧孺的党争中失败，被排挤出朝，担任剑南西川节度使。薛涛立即求见李德裕，建言他修建一座高楼，以激励士气，筹措边事，避免成都再次受难。

李德裕认可其说，但西川与南诏打仗，管库已然耗竭，哪有钱修楼？

薛涛说自己会筹钱，让他不用忧心。回家后，薛涛一面亲手绘制修楼用的图纸，一面去民间募捐。

薛涛不仅是名满天下的大诗人，还在成都住了六十余年，在多任幕主手下担任幕僚。尤其她协助武元衡，让西川大治，更是让西川人感激莫名。一时之间，成都人慷慨解囊，光是马如龙就捐赠了十万贯。

马如龙已九十多岁，走路都需要人搀扶。他早年随父经商，赚了不少钱。"安史之乱"后，大唐和吐蕃、南诏征战不止，行商越来越不安全，他感叹盛世不再，定居成都，写诗为乐，做了十多个诗会的会主。因自印的诗集《锦江集》与韦皋想印的集子重名，他被韦皋找去狠狠骂了一通，后经薛涛解释，才明白其中缘故。

薛涛亲自给马如龙端来一盏茶，问："你还写诗吗？"

"不写了。"马如龙口齿不清地说，"成都不安宁，西川不安宁，整个大唐都不安宁……这世道，哪还有心情写诗？我们的诗会都解散了。"

马如龙走后，薛涛拿出元稹、韦皋等人送的玉器，第巴头人送的绿松石，武元衡送的古琴，以及造纸所赚的几万贯钱，准备把它们捐给幕府，作修楼之用。

听到元稹去世的消息后，薛涛本想听从青城山吴道士的建议，碾玉养花，救活那丛即将枯萎的"洛阳红"牡丹。

然而，小岚、小梅被南诏所掳掠，使她改变了主意：毁掉玉器未必能救活心爱的牡丹，捐出它们修楼，倒是可以拯救许多西川百姓。

另外，韦皋、武元衡、元稹等人，不管为人如何、政见如何，至少都期望大唐百姓不受外族伤害；将他们所送之物，用来修楼保护百姓，他们泉下有知，也一定不会反对。

数月后，薛涛带人将一份修楼用的图纸和百万贯钱，以及玉器、古琴等物送入幕府。李德裕又是吃惊又是高兴，问她如何办到的，薛涛淡淡一笑，没有回答，拱手向他告辞。

李德裕追着她出门，问："薛校书，楼修好后，叫什么名字好？"

薛涛头也不回，毫不犹豫地说："就叫筹边楼吧。"

历时一年多，筹边楼终于建成。李德裕选择良辰吉日，在筹边楼召集僚属、百官，以及为修楼出力较多的锦城百姓庆功。

李德裕在楼下一见薛涛，拱手说："薛校书，楼上请。"

薛涛的目光却落在他旁边的男子脸上，那男子也正盯着他，似乎都想从对方苍老的脸上找到年轻时的痕迹，找回悠然飘远的往事。

"墨卿……"薛涛话一出口，已然眼眶潮热。

这男子正是段文昌，现任荆南节度使，被李德裕邀来参加筹边楼的庆典。

李德裕看了两人一眼，说："'浮云一别后，流水十年间'，你们二位，应该有十多年没见了吧？"

段文昌点了点头，心中激动无限，说出来的却是极客套、极寻常的一句话："洪度，我们上楼吧。"

于是，李德裕、段文昌、薛涛在前，众僚属及宾客紧随他们之后，一行人缓步登上楼顶。薛涛举目远望，但见云山苍茫，江流迅疾，壮阔丽景一收眼底。薛涛又把目光投向西边，那里仍未完全修复的断壁残垣，提醒人们牢记成都人所经历的那场浩劫。

李德裕指着一旁的酒席说："薛校书，筹边楼能建成，你居功至伟；这上座之位，非你莫属。"

薛涛推辞不过，只得坐了，说："李公，我写了首诗，庆贺筹边楼建成。"

说完，从袖中拿出一张小彩笺，递了过去。

李德裕一看，只见上面写的是：

平临云鸟八窗秋，壮压西川四十州。

诸将莫贪羌族马，最高层处见边头。

李德裕说："薛校书此诗，雄健豪迈，道尽筹边楼之功用。"

薛涛没有接话，饮了三盏酒，起身朝李德裕和段文昌一揖，说："李公、段公，薛涛体弱，不能久坐，先行告退，望二位海涵。"

段文昌惊得目瞪口呆。他本次之所以愿意应李德裕之邀回蜀，一是因为在西川多年，对蜀地情意深厚，二是想见一见薛涛——哪知她竟走得如此急！

李德裕赶紧挽留："薛校书，时候还早，何不再饮几盏？"

薛涛摆摆手，说："老了，不胜酒力，你们多饮几盏。"

李德裕要送她，被她拒绝。薛涛看了一眼仍呆愣一侧的段文昌，朝他微微点了点头，在翠翠的搀扶下，一步步朝楼下走去。

段文昌这才如梦初醒，追到了楼梯处，朝下望去。他似乎看见，凡是薛涛经过的地方，都留下一片光华；然而，随着她的走远，这光华也越来越淡，如同逐渐敛去的晚霞。

第一次见薛涛，他就惊艳于她的美貌与才学，从此情愫暗生。然而，她身边先有韦皋，继有武元衡，后有元稹，和这些或英武或儒雅或才冠当世的男子比，他是那样的黯淡。

他只有隔着相当的距离，看着她，守着她，尽量使她免受伤害。

不过，他或许有能力，使她免受这世道的伤害，却绝无能力让她免受时光的伤害……

这名闻天下的佳人，终于还是不可避免地老了。

背后，李德裕又将薛涛的诗作读了一遍，抬头看向远方的青山与流水，发出一声感慨："人寿总有尽时，唯诗与江流不朽！"

伴着段文昌的目光、李德裕的浩叹，薛涛回到了住处，发现那丛"洛阳红"已经枯萎。她默默回房，卸下红装，换上道袍，从此闭门不出。